Paul Hassel

Aus dem Leben des Königs Albert von Sachsen

Paul Hassel

Aus dem Leben des Königs Albert von Sachsen

ISBN/EAN: 9783743620971

Hergestellt in Europa, USA, Kanada, Australien, Japan

Cover: Foto ©Raphael Reischuk / pixelio.de

Manufactured and distributed by brebook publishing software (www.brebook.com)

Paul Hassel

Aus dem Leben des Königs Albert von Sachsen

Aus dem Leben

des

Königs Albert von Sachsen.

Von

Dr. Paul Haſſel.

Erſter Theil:
Jugendzeit.

Mit einem Bildniß.

Berlin. 1898. Leipzig.
E. S. Mittler & Sohn   J. C. Hinrichs'ſche
Königliche Hofbuchhandlung.   Buchhandlung.

Vorrede.

Das Erscheinen des vorliegenden Buches wird im Hin=
blick auf den 23. April, an welchem Tage König
Albert das siebzigste Lebensjahr vollendet, und den 29. Oktober,
den Tag, an welchem er vor einem Vierteljahrhundert die
Regierung seines Landes antrat, einer Rechtfertigung nicht
bedürfen. Der sächsische Volksstamm betrachtet mit dankbaren
Empfindungen den Zeitabschnitt, während dessen der König
seines hohen Amtes waltet, als einen der gesegnetsten, ja vielleicht
als die glücklichste Epoche für die gesammte Entwickelung auf
allen Gebieten des staatlichen Lebens in dem engeren Vaterlande,
und die deutsche Nation blickt mit Ehrfurcht auf die Helden=
gestalt des siegreichen Heerführers, der sich durch seine Mit=
wirkung bei der Einigung Deutschlands ein unsterbliches Verdienst
erworben hat.

Der Lebenslauf eines Regenten ist in noch höherem Grade
als der jeder einzelnen Persönlichkeit unabtrennbar von den Ein=

wirkungen der allgemeinen Zeitbewegung. Aus dieser Wechsel=
beziehung zwischen den Alles beherrschenden Mächten der Geschichte
und der individuellen Entwickelung des Einzelnen ergab sich für
die Darstellung die Aufgabe, die politischen Ereignisse, deren
Zeuge König Albert gewesen ist, ausführlicher zu schildern. Welcher
Regent der Gegenwart hätte die großen Epochen der deutschen
Geschichte seit 1848 eindringlicher mit durchlebt, als König
Albert von Sachsen? Alle die großen Begebenheiten, die Deutsch=
land zuerst erschüttert, dann erhoben haben, wirkten auf seine
Geschicke ein und gaben ihm den Antrieb zu Entschlüssen und
Thaten. In der heutigen Generation der deutschen Fürstenschaft
ist König Albert der Einzige, der in dem Augenblick der ersten
Sammlung und Erstarkung des deutschen Volksgeistes für die
Befreiung Schleswig=Holsteins das Schwert geführt hat. Alters=
genosse und seit länger als einem halben Jahrhundert Freund
des Kaisers Franz Joseph, der früher noch als er die Stürme
einer nach neuen Formen des Völkerlebens ringenden Zeit zu
bestehen hatte, sah er mit Besorgniß und Herzeleid die Spaltung
zwischen Oesterreich und Preußen sich erweitern, ohne den Aus=
bruch der gewaltigen Krisis hindern zu können. Tapfer und
treu hielt er aus an der Seite der Oesterreicher im Jahre 1866,
tapfer und treu trat er ein für die Vertheidigung deutschen
Rechtes und deutscher Ehre in dem nationalen Kampfe von 1870
und 1871. Siegreich im Felde, hat er nach Beendigung des
Krieges als Führer der Okkupationsarmee vor Paris mit starker
Hand die Ausführung des Friedensschlusses beschirmt und in

wahrhaft menschenfreundlicher Gesinnung dafür gesorgt, daß der
unheilvolle Bürgerkrieg, dem Frankreich in den Tagen des Auf=
standes der Kommune anheimgefallen war, dem erschöpften Lande
nicht noch tiefere Wunden schlug. Seit der Begründung des
Deutschen Reiches in Versailles, die sich unter seiner Theilnahme
vollzog, ist er, mit Kaiser Wilhelm I. und dessen Nachfolgern
in aufrichtiger Freundschaft verbunden, unabläffig bemüht ge=
wesen, mit Rath und That, wo immer er zu wirken vermochte,
in allen Fragen der auswärtigen Politik, der Wehrmacht, der
gesetzlichen und wirthschaftlichen Grundlagen des nationalen Ver=
bandes die Eintracht der Fürsten und Stämme Deutschlands zu
befestigen und zu fördern. Unter der Gunst der Vorsehung war
es ihm dann vergönnt, als Herrscher Sachsens den produktiven
Lebenskräften seines Landes, nach allen Seiten des industriellen
und gewerblichen Schaffens wie der wissenschaftlichen und
künstlerischen Bestrebungen, eine Entfaltung zu erschließen, die
in Gegenwart und Zukunft den schönsten Ruhmestitel seiner
Regierung bildet. Und wie König Albert oftmals den Grundsatz
ausgesprochen hat, daß die Macht der deutschen Gesammtheit
vornehmlich auf der Wohlfahrt der einzelnen Glieder beruht, so
bringt ihm in diesen festlichen Tagen nicht nur sein eigenes
Volk, sondern die ganze deutsche Nation den wohlverdienten Zoll
des Dankes dar.

Unter den ungedruckten Quellen, die bei der Bearbeitung
des ersten Bandes zu Rathe gezogen wurden, sind an erster
Stelle hervorzuheben die in dem Text vielfach erwähnten Auf=

zeichnungen des Königs Johann, — eine zusammenhängende Erzählung der Erlebnisse dieses Monarchen, die den Zeitraum eines vollen Menschenalters, von seiner Vermählung im Jahre 1822 bis zur Thronbesteigung im Jahre 1854, umfaßt. Manche Stellen aus der jetzt im Haupt=Staatsarchiv befindlichen Hand= schrift hat bereits der ehemalige Kultusminister Dr. von Falkenstein in seiner 1878 herausgegebenen biographischen Schilderung des Königs Johann mitgetheilt, einige andere sind durch das Gedenk= buch, das zur Feier der fünfzigjährigen Dienstzeit des Königs Albert im Jahre 1893 unter Redaktion des Obersten von Schimpff erschien, in weiteren Kreisen bekannt geworden. Einen voll= ständigeren Einblick in die Eigenart dieser Denkwürdigkeiten werden die Leser aus den folgenden Blättern gewinnen, da die entlehnten Citate überall mit den Worten des Königlichen Autors wieder= gegeben worden sind. Die Abfassung dieser Memoiren entstammt zum größten Theil der Zeit nach 1866, als die voraufgegangenen Kämpfe einen friedlichen Ausklang gefunden hatten, und der König den Drang in sich fühlte, das völlig abgeklärte objektive Bild der Vergangenheit sich noch einmal im Geiste zu vergegen= wärtigen und für die Nachwelt festzuhalten. Die Rücksicht auf viele noch lebende Persönlichkeiten verbietet einstweilen eine voll= ständige Veröffentlichung; dereinst aber werden die „Erinnerungen“ des Königs Johann unter allen Zeugnissen seiner vielgestaltigen litterarischen Thätigkeit sicherlich die lebhafteste Theilnahme finden.

Als Quellen sind ferner zu nennen die Akten des Haupt= Staatsarchivs, namentlich die diplomatischen Korrespondenzen,

und eine Reihe von Schriftstücken der Ministerien des König=
lichen Hauses und der Auswärtigen Angelegenheiten, die dem
Verfasser in freisinnigster Weise zur Verfügung gestellt wurden.
Ueber die Benutzung dieser Vorlagen sowie über die mancherlei
schriftlichen und mündlichen Mittheilungen aus privaten Kreisen,
die der Darstellung wesentlich zu Statten kamen, finden sich
die Hinweise in den Anmerkungen.

Die eingehende Behandlung des historisch=politischen Theils
der Darstellung wird dem Buche nicht zum Nachtheil gereichen,
denn der eigenthümliche Reiz des zeitgenössischen Lebensbildes
besteht eben darin, daß die Betrachtung desselben den Leser in
den genaueren Zusammenhang einer unvergleichlichen Epoche der
deutschen Geschichte einführt oder zurückversetzt, deren Früchte wir
jetzt nicht nur zu genießen, sondern auch zu wahren und fortzu=
pflanzen haben!

Dresden, im Februar 1898.

Der Verfasser.

Inhaltsverzeichniß.

···

Erster Theil.

Jugendzeit. 1828 bis 1854.

Geburt, S. 3. — Taufe, S. 7. — Kirchgang, S. 8. — Politische Verhältnisse Sachsens um 1828, S. 10. — Die alte Monarchie und die konstitutionelle Bewegung; Stellung der Prinzen August und Johann, S. 11. — Ereignisse von 1830, S. 16. — Mitregentschaft Friedrich Augusts, S. 18. — Verfassung vom 4. September 1831, S. 24. — „Der lange Landtag" und die organischen Gesetze, 1831 bis 1833, S. 25. — Anschluß Sachsens an den Zollverein, 1833, S. 27. — Gesetz über die Volksschule, 6. Juni 1835, S. 30. — Erste Knabenjahre des Prinzen Albert, S. 32. — König Anton und der Hof, S. 38. — Besuch mit den Eltern bei Kaiser Franz I. in Prag, August 1833, S. 40. — Erziehung des Prinzen, Instruktion für den Gouverneur Friedrich Albert von Langenn, 1835, S. 43. — Charakter des Prinzen, S. 47. — Lebensgefahr auf dem Königstein, 23. September 1835, S. 49. — Der zweite Landtag, Kriminalgesetzbuch, S. 51. — Tod des Königs Anton, 6. Juni 1836, S. 52. — Die ersten Eisenbahnen in Sachsen, S. 56. — Rückkehr Friedrich Augusts II. nach der Erkrankung in Italien, S. 57. — Tegernsee, Beginn der Freundschaft des Prinzen mit Franz Joseph, S. 58. —

Zweites Kapitel:

Aus dem Leben

des

Königs Albert von Sachsen.

Erster Theil.

Jugendzeit.

1828 bis 1857.

Erstes Kapitel.

Knabenjahre.

Geburt des Prinzen Albert; Taufe, Kirchgang. Politische Verhältnisse Sachsens um 1828: die alte Monarchie und die konstitutionelle Bewegung; Stellung der Prinzen Friedrich August und Johann zu derselben. Ernennung des Prinzen Friedrich August zum Mitregenten, 13. September 1830, und Begründung der sächsischen Verfassung vom 4. September 1831. Reform der Verwaltung und Justiz, Arbeiten des ersten Landtages von 1833 bis 1835; Anschluß Sachsens an den Zollverein. Gesetz vom 6. Juni 1835 über die Volksschule. Achtzigster Geburtstag des Königs Anton, 27. Dezember 1835. — Erste Knabenjahre des Prinzen Albert: das elterliche Haus, Leben in der Stadt und in Pillnitz. König Anton und der Hof. Besuch mit den Eltern in Prag bei Kaiser Franz I., August 1833. Erziehung des Prinzen; Eintritt Friedrich Albert von Langenns als Gouverneur, April 1835. Charakter des Prinzen, Verhältniß zu den Geschwistern. Lebensgefahr auf dem Königstein, 23. September 1835. Monarchenzusammenkunft in Teplitz und Pillnitz, Oktober 1835. Tod des Königs Anton, 6. Juni 1836. Eröffnung der Ständeversammlung durch König Friedrich August II. im Beisein des Prinzen Albert, 13. November 1836. Gesetzgeberische Arbeiten des Landtages, Kriminalgesetzbuch, die ersten Eisenbahnen. Erkrankung des Königs auf einer Reise in Italien und Rückkehr am 23. August 1837. Der Prinz und seine Geschwister in Tegernsee, Beginn der Freundschaft mit Erzherzog Franz Joseph. Tod des Großvaters Prinz Maximilian, 3. Januar 1838. Geburtstagsfeier am 23. April 1838. Prinzeß Amalie, Charakter und dichterische Thätigkeit. Eröffnung der ersten Eisenbahnstrecke zwischen

1*

Dresden und Leipzig, 23. Juli 1838. Eindrücke des Lebens in Weesen-stein, Landbau und Jagd. Erste Reitstudien des Prinzen. — Kriegerische Aussichten des Jahres 1840. Landtag von 1839/40. — Leben in Dresden, Wissenschaft, Kunst, Theater; Eröffnung des neuen Hoftheaters, 12. April 1841; Pflege der Musik, Leben am Hofe. Schwere Krankheit der Prinzessin-Mutter, März 1842; Familienleben im Gartenpalais. Ueber-sicht über den Unterrichtsgang des Prinzen: Vorliebe für Geschichte und Alterthumswissenschaft, lateinische Briefe. — Firmelung des Prinzen am 22. Oktober 1842; Grundsätze seiner religiösen Erziehung. — Enthüllung des Friedrich August Denkmals, 7. Juni 1843. Ende der Kinderjahre des Prinzen.

In der ersten Morgenfrühe des 24. April 1828 herrschte in der altehrwürdigen Haupt- und Residenzstadt Dresden eine ungewohnt festliche Bewegung. Bald nach Mitter-nacht hatte sich in der Stadt die Nachricht von einem freudigen Familienereignisse im Königlichen Hause verbreitet: dem Prinzen Johann, Herzog zu Sachsen, und seiner Gemahlin Amalie Auguste, Tochter des Königs Maximilian I. von Bayern, war im sechsten Jahre ihrer Ehe, am Donnerstag den 23. April, Abends 11¼ Uhr, der erste Sohn geboren worden. Als das Musikkorps des Regiments Prinz Maximilian mit klingendem Spiel über die Brücke zog, und aus der Schanze hinter den Pontonhäusern am rechten Elbufer, dem sogenannten Baier oder Bären, die Geschütze in 130 Salven dem neugeborenen Wettiner den ersten kriegerischen Gruß über den Fluß herübersandten, strömte Alt und Jung auf die Straße hinaus. Die versammelte Volksmenge, die hauptsächlich nach der Umgebung des Schlosses und des von dem Prinzen Johann bewohnten Eckpalais am Taschenberge drängte, wuchs bald auf Tausende an. In dem Mittelpunkt des städtischen Lebens, auf dem Altmarkt, fand die patriotische Kundgebung ihren feierlichsten Ausdruck: die Kapelle des Regiments Maximilian stimmte die ernsten Klänge des Chorals „Herr Gott, Dich loben wir" an, und die Bürgerschaft begleitete die schmetternde Musik mit ihrem Gesang. Eine schleunigst improvisirte Erleuchtung der Häuser am Markt erhöhte den Eindruck dieser ergreifenden Scene. Das milde Frühlingswetter verlängerte die festliche Stimmung bis zum hellen Morgen. Zu einer besonders ergötzlichen Huldigung kam es auf der Elb=Brücke, wo die Mitglieder einer litterarischen Vereinigung, die sich bei dem Italiener Chiappone zu versammeln pflegte, Posto gefaßt hatten und die Vorübergehenden einluden, ein Glas schäumenden Weins auf das Gedeihen des neugebornen Prinzen zu leeren: von dort zogen sie, ein Musikkorps an der Spitze, in Reihe und Glied durch die Stadt.*)

Die Freude der Residenz, die allenthalben im Lande lebhaften Widerhall fand, war sehr begreiflich. Der hochbetagte König Anton, der damals im 73. Lebensjahre stand, hatte das Schicksal gehabt, daß keins von seinen vier Kindern am Leben blieb; sein einziger Sohn starb schon am Tage der Geburt. Der nächste Erbe, des Königs Bruder Maximilian, hatte bereits das 69. Lebensjahr überschritten, und die Ehe seines älteren Sohnes, des Prinzen Friedrich August, meist nach seinem Rufnamen Friedrich benannt, der sich am 7. Oktober 1819 mit der Tochter des Kaisers Franz I. von Oesterreich, Karoline, vermählt hatte, entbehrte des Segens der Nachkommenschaft. Der zweite Sohn, Prinz Clemens, war auf einer Reise durch Italien, die er gemeinschaftlich mit seinem Bruder Johann unternommen hatte, in der Blüthe der Jugend, 23 Jahre alt, infolge einer Gehirn=

---

*) Die Thatsache, die auch von anderer Seite beglaubigt ist, wird erzählt bei Karl Förster: Biographische und litterarische Skizzen. Dresden 1846. S. 337.

entzündung am 4. Januar 1822 in Pisa von einem plötzlichen
Tode dahingerafft worden. Dem Hause des dritten Sohnes,
des Prinzen Johann, war nach vierjähriger Ehe am
22. Januar 1827 zuerst eine Tochter geboren worden, Prinzessin
Marie. Man hatte also allen Grund, die Geburt des Prinzen
Albert als ein besonders glückliches Ereigniß zu feiern; denn
seit länger als einem Vierteljahrhundert war dieser Prinz der
erste männliche Sproß, den die Vorsehung dem alten Fürsten=
stamm des Albertinischen Hauses schenkte. Mußte auch bei der
Jugend seines Oheims und seines Vaters die Aussicht auf die
Thronfolge für den Prinzen nach menschlichem Ermessen in
weite Ferne gerückt sein, das sächsische Volk sah in ihm von
Anfang an den künftigen Erben der Krone, und auch in dem
Königlichen Hause wurde das Ereigniß vom 23. April in
diesem Sinne begrüßt. Prinz Johann widmete der Freude
des Tages eine mit feinsinnigem Gefühl der klassischen Dichtungs=
form nachgebildete Ode unter dem Titel: Die Geburt der Sonne.

Die Anfangsstrophe lautete:

> Ersehnter Strahl des goldenen Helios,
> Dich grüß ich, holdes Licht; mit dir erschien
> Den Männern, die im Kummer lebten,
> Freundlich ein Zeichen der Vorbedeutung,
> Sie wohl zu leiten.

Dann öffnet sich vor dem Blick des Dichters die Per=
spektive der Zukunft und er verkündigt dem Sohne ein goldenes
Zeitalter:

> Laßt zu der Götter Tempel uns Alle heut'
> Vereinigt treten. Kam doch dem Vaterland
> Der Gott=Geschenkte, der Vollender,
> Goldne Geschlechter dereinst beherrschend.*)

---

*) Die Ode ist nach der Handschrift zum ersten Male abgedruckt
in dem Buche: Johann, König von Sachsen. Ein Charakterbild von
Dr. Johann Paul v. Falkenstein. Dresden 1878. S. 79.

Nach den Satzungen der katholischen Kirche fand die Taufe des Prinzen bereits am Tage nach seiner Geburt, 24. April, statt. Ursprünglich war die Feier auf 11 Uhr vormittags anberaumt worden, sie wurde jedoch abgesagt, da man die Ankunft eines der Pathen, des Herzogs Karl von Lucca, erwartete, der seit einiger Zeit als Gast am sächsischen Hofe verweilte, augenblicklich aber auf einem Ausflug nach Leipzig begriffen war. Da sich im Laufe des Tages herausstellte, daß der Herzog, ein Schwager des Prinzen Maximilian, noch am Nachmittage nach Dresden zurückkehren werde, befahl der König die Ansage der Ceremonie auf sechs Uhr abends. Der Empfangssalon des Prinzen Johann war in eine Kapelle umgewandelt worden und der Altar auf ausdrücklichen Wunsch der Prinzessin-Mutter so aufgestellt, daß sie von ihrem Ruhelager in einem anstoßenden Gemach dem Taufakt des sehn- süchtig erwarteten Sohnes mit den Blicken folgen konnte. Nachdem die Oberhofmeisterin, Frau v. Miltitz, den Täuf- ling in die Arme des Königs gelegt hatte, vollzog Bischof Mauermann die heilige Handlung. Der Prinz erhielt die Hauptnamen Friedrich August Albert. In den Annalen der Geschichte wird nur der eigentliche Rufname des Prinzen, Albert, der an den Stifter der Albertinischen Linie er- innern sollte, fortleben. Von den Taufpathen waren persönlich anwesend König Anton, der Herzog von Lucca und die damals dreiunddreißigjährige Prinzessin Amalie von Sachsen, Schwester des Prinzen Johann; abwesend waren die Königin Therese von Bayern, Gemahlin Ludwigs I.; König Ferdinand VII. von Spanien und seine Gemahlin Marie Josepha, die jüngste Schwester des prinzlichen Vaters; die verwittwete Herzogin von Pfalz-Zweibrücken, Marie Amalie, als Schwester des Königs Anton, die älteste Verwandte des Königlichen Hauses; der Kronprinz Friedrich Wilhelm von Preußen nebst seiner Gemahlin Elisabeth, der Zwillingsschwester der Prinzessin Amalie, und Prinz Karl von Bayern.

Am Abend des 24. April erschien die Königliche Familie zu einer Festvorstellung im alten Hoftheater. In dem Augenblick, in welchem König Anton, den Prinzen Johann an der Hand führend, in seine Loge trat, erscholl unter Begleitung von Posaunen und Pauken der einstimmige Jubelruf der zahlreich versammelten Zuschauer. Die Feier wurde eingeleitet durch eine symphonische Tondichtung des Kapellmeisters Reißiger, die am Schluß in die Melodie der Sachsenhymne ausklang. Der artistische Direktor der sächsischen Hofbühne, Theodor Hell, hatte zu diesem Zweck in aller Eile eine Dankeshymne verfaßt, deren Text im Theater vertheilt war, so daß die Anwesenden, indem sie sich von ihren Sitzen erhoben, in den Gesang des Theaterchors einstimmen konnten. Dann folgte die Aufführung der Schiller'schen Jungfrau von Orléans. Gewiß ein seltsames Zusammentreffen, daß gerade dieses Drama des heldenmüthigen Kampfes der Franzosen gegen die Engländer unter Führung der wunderthätigen Hirtin von Domrémi für den ersten Festtag eines Prinzen gewählt wurde, der dereinst, auf der Höhe des Mannesalters, in dem nationalen Kriege der Deutschen gegen Frankreich die höchsten Ehren des siegreichen Feldherrn erwerben sollte.

An dem ersten Sonntag, den Prinz Albert erlebte, wurden in allen Gotteshäusern des Landes Dankgebete veranstaltet; in den Kirchen Dresdens ertönte das Tedeum unter den Salven des Gewehr- und Geschützfeuers. Ihren Abschluß erreichten die offiziellen Feierlichkeiten erst am 8. Juni, dem Tage, an welchem die Prinzessin-Mutter ihren ersten Kirchgang hielt. Der Sitte

des Hauses entsprechend, war dabei auch der kleine Prinz gegen=
wärtig. Von der Oberhofmeisterin in einer Portechaise in die
Hofkirche getragen, erhielt er in den Armen des Königs den
Segen. So feierlich dieser kirchliche Akt verlief, so hätte er
doch leicht der anfangs zarten Gesundheit des Kindes zum Nach=
theil gereichen können: „er erkältete sich", so berichtet Prinz
Johann, „während der lang dauernden Handlung und machte
uns einen Augenblick ziemlich ernste, doch bald zerstreute Be=
sorgnisse". Am Abend jenes 8. Juni wurde auf der Bühne des
mit Blumengewinden geschmückten kleinen Schauspielhauses die
Ode des Prinzen Johann auf die Geburt seines Sohnes, die
König Anton zum Chorgesang in Musik gesetzt hatte, vor einer
eingeladenen Versammlung vorgetragen.

Inzwischen war der Strom der Deputationen, die aus allen
Kreisen des Sachsenlandes ihre Glückwünsche überbrachten, all=
mählich vorübergerauscht. Auch fehlte es nicht an fürstlichen
Gästen, die in derselben Absicht an dem Sommerhoflager in
Pillnitz eintrafen. So kam in der Pfingstwoche der Kronprinz
Friedrich Wilhelm von Preußen mit Gemahlin, und am 8. Juli
der jüngere Bruder desselben, der damals noch schlichtweg den
Namen Prinz Wilhelm von Preußen führte. Er war ungekannt
im Gasthof zum „Goldenen Engel" in Dresden abgestiegen, und
seine Anwesenheit wäre in der Stadt schwerlich bemerkt worden,
wenn nicht seine Meldung bei dem Hofmarschallamt die Folge
gehabt hätte, daß auf höheren Befehl ein Doppelposten von
der Garde=Division vor den Eingang des Hotels beordert
worden wäre. Es ist dies die erste Beziehung zwischen dem
nachmaligen deutschen Kaiser und dem Prinzen Albert. Wie fast
alljährlich, stattete auch diesmal der König Friedrich Wilhelm III.
von Preußen auf der Heimreise aus dem Bade Teplitz dem

sächsischen Hofe am 28. Juli einen Besuch in Pillnitz ab, wo er bereits vor siebenunddreißig Jahren, damals noch Kronprinz, in den Tagen des bekannten Fürstenkongresses (25. August 1791), der dem Ausbruch des Revolutionskrieges voraufging, geweilt hatte.

Das freudigste Ereigniß für die gesammte Königliche Familie, das in die ersten Lebensmonate des Prinzen Albert fällt, war am 9. August die Rückkehr des Prinzen Friedrich August, des nachmaligen Königs, von einer Reise durch Italien und die Schweiz, die er einige Wochen vor der Geburt seines Neffen angetreten hatte.

Suchen wir zunächst einen Ueberblick über die politischen Verhältnisse Sachsens um das Jahr 1828 zu gewinnen, so werden wir diese Zeit am besten mit einem Ausdruck des Prinzen Johann als die des politischen Stilllebens bezeichnen dürfen. Der politische Gesichtskreis des lebenden Geschlechtes wurde in dem ersten Jahrzehnt nach dem Wiener Frieden vornehmlich durch die Erinnerungen an den großen Befreiungskampf beherrscht. Die schweren Opfer, welche gerade die beiden letzten Jahre der gewaltigen Volkskriege über Sachsen verhängt hatten, waren dank der sparsamen und gewissenhaften Regierung Friedrich Augusts des Gerechten, glücklich überwunden. Die harten Prüfungen, die über den König und die Monarchie hereingebrochen waren, hatten die dynastische Anhänglichkeit des Volkes noch befestigt. Die altständische Verfassung des Staates, deren Lebenskraft auf einer Jahrhunderte langen Ueberlieferung und einer in vieler Beziehung mustergültigen Verwaltung beruhte, war noch in vollem Bestande, und es fehlte in maßgebenden Kreisen, namentlich auch in der höheren Beamtenschaft, nicht an Vertretern der Ansicht, daß kein Grund vorliege, die bewährten Einrichtungen zu verlassen. Wer freilich den Kundgebungen des öffentlichen Lebens mit Aufmerksamkeit folgte, konnte die Wahrnehmung machen, daß die Ideen der konstitutionellen Reform allmählich auch in Sachsen anfingen Wurzel zu schlagen. Selbst aus dem Schoße der landständischen Versammlungen ergingen Petitionen an die Regierung, die sich für eine Erweiterung der repräsentativen Rechte durch Hinzuziehung der bisher in den ständischen Organen so gut wie gar nicht vertretenen Berufsklassen des kleinen bäuerlichen Grundbesitzes, der Industrie und des Handels aussprachen. Da der König diesen Bestrebungen ablehnend gegenüberstand, blieb Alles beim Alten.

Am 5. Mai 1827 war Friedrich August nach achtundfünfzigjähriger Regierung aus dem Leben geschieden. Sein Bruder und Nachfolger, König Anton, hatte unter den Stürmen des siebenjährigen Krieges eine freudlose Jugend verlebt; die gewaltigen Umwälzungen der französischen Revolution und die Erschütterungen des europäischen Staatenlebens, die aus ihr entsprangen, bildeten den ernsten Hintergrund seiner Mannesjahre. Sein Sinn und Begehren waren niemals auf den Besitz der Krone gerichtet gewesen, vielmehr nährte er im Herzen den Wunsch, die wenigen Lebensjahre, die er noch erhoffen durfte, in beschaulicher Ruhe zu verbringen. Schon deshalb war es für den König eine psychologische Unmöglichkeit, die Initiative zur Verfassungsänderung zu ergreifen; außerdem theilte er die Anschauungen seines verstorbenen Bruders, und überhaupt bildete die unerschütterliche Pietät für Alles, was mit der ererbten Staatsform zusammenhing, den eigentlichen Grundzug seines Wesens.

Dagegen entsprach es durchaus dem natürlichen Gang der menschlichen Dinge, daß sich in der jüngeren Generation der sächsischen Fürsten, so sehr sie sich durch die Einförmigkeit und die strenge Etiquette des Hofes in freier Bewegung gehindert sah — oder vielleicht gerade wegen dieses leisen Druckes, — Auffassungen und Grundsätze entwickelten, die mit dem herrschenden System nicht ganz im Einklang standen. Durch den umfassenden Unterricht eines hervorragenden Juristen, des ehemaligen Professors an der Wittenberger Universität, späteren Hofraths Stübel, war Prinz Friedrich August frühzeitig für den praktischen Staats= dienst herangebildet worden. Im November 1821 zur Theil= nahme an den Berathungen der obersten Regierungsbehörde, des Geheimen Konsiliums, berufen, hatte er Gelegenheit gefunden, sich in alle Gebiete der Gesetzgebung und Verwaltung einzu= arbeiten. Anfangs waren es hauptsächlich juristische Gegenstände, die sein Interesse erweckten, wie er denn bereits im Jahre 1824 eine ausführliche Denkschrift über die kriminalistische Kontroverse der Todesstrafe verfaßte; später widmete er mit Vorliebe den Fragen des Staats= und Verfassungsrechtes ein eingehendes Studium. Obwohl ihn, wie wir später sehen werden, der militärische Dienst vielfach in Anspruch nahm, fand er doch die Zeit, auf die Arbeiten des Geheimen Rathes täglich mehrere Stunden zu verwenden. Mit welcher Gründlichkeit er dabei zu Werke ging, zeigt die Gewohnheit, die er auch als König bei= behielt, jeden ihm vorgelegten Gesetzentwurf Paragraph für Paragraph mit kritischen Bemerkungen zu begleiten. Er besaß in hohem Grade die Gabe der Information, die es ihm ermög= lichte, nicht nur den allgemeinen Zusammenhang der Staats= geschäfte, sondern auch das Detail selbständig zu beherrschen.

In ähnlicher Weise war Prinz Johann in den Verwaltungs= dienst eingeführt. Auch er verdankt die Anfänge seiner juristischen Bildung den Unterweisungen Stübels, dessen Verdiensten er noch in hohem Lebensalter das Lob spendete: durch die Vorträge seines Jugendlehrers hätten ihm erst die Begriffe von Staat und Recht aufgeleuchtet.*) Dann war der Prinz am 2. Dezember 1822 zum wirklichen Mitgliede des Geheimen Finanzkollegiums ernannt worden, einer Centralbehörde, die nach der damaligen Eintheilung der Ressorts den ausgedehntesten Wirkungskreis besaß. In den ersten zwei bis drei Jahren, während deren er der zweiten Abtheilung des Kollegs überwiesen war, führte er die Referate über die Domänen, das Bergwesen und andere Zweige der Industrie. Im April 1825, als der bisherige Chef der zweiten Abtheilung, Freiherr v. Manteuffel, zu dem der Prinz in freundschaftliche Beziehungen getreten war, zum Präsidenten des Kollegs befördert wurde, erhielt er die Stellung als Vizepräsident und gleichzeitig die Leitung des ersten Departements, unter dessen Obliegenheiten die Verwaltung der indirekten Steuern den Vorrang einnahm. Unstreitig hat gerade die verantwortliche Thätigkeit an der Spitze des wichtigsten Theils der Finanzwirthschaft den größten Einfluß zuerst auf die volkswirthschaftlichen, später auch auf die staatsrechtlichen Ansichten des Prinzen ausgeübt. Seinem vorurtheilslosen Blick entging es nicht, daß die gesammte Institution der indirekten Abgaben mit den mannigfach sich durchkreuzenden Aufsichtsrechten staatlicher und ständischer Organe, städtischer und anderer Körperschaften, einen durchaus feudalen Beigeschmack hatte und der Verbesserung dringend bedürftig sei. In dieser Ueberzeugung begegnete der Prinz sich mit den Anregungen, die von Seiten der Reformpartei des Landtages schon wiederholt zum Ausdruck gebracht worden waren, denn die Umgestaltung des Steuerwesens und die Aufstellung eines Budgets, das in planvoller Uebersichtlichkeit das Verhältniß zwischen den

*) v. Falkenstein, König Johann. S. 24.

Einnahmen und Ausgaben des Staates veranschaulichte, gehörte zu den Hauptforderungen des konstitutionellen Programmes.

Auch sonst liegen mancherlei Nachrichten vor, die darauf hinweisen, daß die Probleme des Verfassungsstaates von dem Prinzen Johann schon damals ernstlich erwogen wurden. Er selbst erzählt in den handschriftlichen Erinnerungen aus seinem Leben, die freilich erst in einem späteren Zeitraum entstanden sind, daß er seit dem Herbst 1826 allwöchentlich eine Anzahl von Männern zu geselliger Unterhaltung um sich zu versammeln pflegte. Die Mitglieder der Vereinigung gehörten den verschiedensten Lebenssphären an; selbst das geistliche Element war durch den evangelischen Oberhofprediger Christoph Friedrich v. Ammon vertreten, einen Theologen, der mit hervorragender Rednergabe eine gemäßigt rationalistische Weltanschauung verband, und auch Fremde von hervorragendem Ruf, die zeitweise in Dresden verweilten, darunter Gelehrte von so offenkundig freisinniger Denkungsart, wie Alexander v. Humboldt und der Historiker Friedrich v. Raumer, wurden hinzugezogen. Den ersten Anstoß zu der zwanglosen Tafelrunde gaben die litterarischen Beschäftigungen des Prinzen, unter denen bekanntlich das in früher Jugend begonnene und bis in das hohe Lebensalter fortgeführte klassische Denkmal seiner Geistesrichtung, die Uebersetzung und Erläuterung der Dichterwerke Dantes, die erste Stelle behauptete; aber es konnte nicht ausbleiben, daß die Debatte sich auch auf die politischen Fragen erstreckte. Daß in diesen Versammlungen, zu denen in der Regel auch Prinz Friedrich erschien, recht liberale Ansichten zu Tage traten, ist durch den Bericht eines der Theilnehmer, des Litterarhistorikers Karl August Förster, ausdrücklich verbürgt. Förster fügt in Bezug auf die Prinzen hinzu: „In beiden Fürsten ist ein seltener Verein geistiger Kräfte, ebler Gesinnungen, freisinniger Ansichten und eine lebenswarme Theilnahme für Jegliches, es gehöre in das Reich des Wissens, der Kunst, der Poesie, oder betreffe die Zustände der Zeit mit ihren Vorzügen und Gebrechen."*)

Endlich ist hier des intimen Gedankenaustausches zwischen dem Prinzen und seinem Schwager, dem Kronprinzen von Preußen, zu erwähnen. Seit dem Jahre 1826 hatte sich aus den verwandtschaftlichen Beziehungen der beiden Fürsten ein un= auflöslicher Freundschaftsbund entwickelt, den Prinz Johann als eine der schönsten Blüthen seines Lebens bezeichnet hat. In der sprühenden Phantasie Friedrich Wilhelms regten sich frühzeitig die Keime der Verfassungsentwürfe, die später unter seiner Re= gierung ihre Verwirklichung fanden und dem König manche bitteren Enttäuschungen bereiten sollten. Sein Grundgedanke war, die altständischen Verfassungen der einzelnen Provinzen des preußischen Staates wiederherzustellen, ihre Rechte in Bezug auf Theilnahme an der Gesetzgebung und Steuerbewilligung zu er= weitern und sodann aus diesen korporativen Verbänden die all= gemeine Landesrepräsentation hervorgehen zu lassen. Wenn Friedrich Wilhelm sich dabei auf die Nothwendigkeit der An= knüpfung an die bestehenden Institutionen berief, so theilte Prinz Johann diese Meinung vollkommen, aber er sah zugleich ein, daß die Rücksicht auf das historische Recht, wo es sich um Gestaltung neuer Lebensformen handelt, doch auch ihre Grenze hat. Sehr bezeichnend für seine eigene Stellungnahme ist die Bemerkung, die der Prinz zu einigen Aeußerungen Friedrich Wilhelms im Frühjahr 1827 machte: „Freilich vergaß er dabei, daß man bei allen politischen Vorschritten mit den Menschen und ihren An=

*) Biographische und litterarische Skizzen. Seite 327.

sichten rechnen muß, und sich aus dem Kopf eines Einzigen her=
aus, er sei auch noch so geistreich, kein Staat aufbauen läßt."
Dieses Wort zeigt deutlich, daß die Rücksicht auf die Forderungen
der Zeit für die theoretische Erkenntniß des Prinzen bereits fest=
stand, bevor sie durch die Ereignisse der nächsten Jahre zur Er=
fahrung heranreifte.

Die liberalen Ideen, die durch den Zusammensturz der
legitimen Monarchie in Frankreich infolge der Juli=Revolution
von 1830 den Einfluß ihrer Propaganda nach allen Seiten hin
geltend machten, ließen auch Sachsen nicht unberührt. Es ist
zwar längst erwiesen, daß bei den bekannten Vorgängen, die sich
Anfang September zuerst in Leipzig, dann auch in Dresden,
sowie in mehreren Städten des Voigtlandes und der Oberlausitz
abspielten, der eigentliche Hebel der Bewegung keineswegs in
einem allgemein empfundenen Verlangen nach einer Konstitution
zu suchen war; die treibende Kraft lag vielmehr in mancherlei
Mißständen, die einen entschieden lokalen Charakter an sich trugen.
In den anderthalb Jahrzehnten des Friedens hatte der rasche
Aufschwung des Handels und gewerblichen Verkehrs den materiellen
Wohlstand der besitzenden Klassen erheblich gesteigert und ein
politisches Selbstgefühl erzeugt, dem gegenüber die alten Kom=
munalverfassungen, die jede Betheiligung der Bürgerschaft an der
städtischen Verwaltung ausschlossen, als eine unhaltbare Anomalie
erscheinen mußten. Unter der ländlichen Bevölkerung erhob sich
eine Agitation für die Aufhebung der Frohnden, in den gewerb=
lichen Kreisen für die Beseitigung des Zunftzwanges. In allen
Schichten der Bevölkerung klagte man über die polizeiliche Be=
vormundung, die von dem alten System unzertrennlich war.
Bisher hatte man diese Zustände ruhig ertragen; jetzt, wo aus
dem Westen der Wind der bürgerlichen Freiheit wehte, wurde

mit einem Schlage der Geist der Neuerung lebendig, und es dauerte einige Zeit, bis die entfesselten Kräfte in die Bahnen einer gesetzmäßigen Entwickelung hinübergeleitet werden konnten.

Die Regierung hatte dabei den Vortheil für sich, daß die besonnenen und gemäßigten Elemente der Bevölkerung von An= fang an das Uebergewicht behaupteten. Sowohl in Leipzig als in Dresden vereinigten sich die Bürger zum Widerstande gegen jeden Versuch einer gewaltsamen Demonstration. Die Errichtung der Kommunalgarden, eine Maßregel, die freilich vom ersten Augenblick an auch manche Bedenken hervorrief, beruhte in beiden Städten auf freier Entschließung der Ordnungsparteien. Einer Kommission, die der König am 10. September zur Aufrecht= erhaltung der Sicherheit unter dem Vorsitz des Prinzen Friedrich berief, gelang es alsbald, die Ruhe wieder herzustellen. Die ver= söhnenden Anreden, die Prinz Friedrich an die ersten auf dem Altmarkt versammelten Kommunalgarden und vor einem Aus= schuß des Stadtrathes hielt, erweckten ein solches Zutrauen, daß der zuerst in den Kreisen der Kommission erörterte Gedanke entstand, ihm einen noch weiteren Antheil an der Leitung der Staatsgeschäfte zu verschaffen.

König Anton war von den Kundgebungen der öffentlichen Unzufriedenheit auf das Aeußerste überrascht; sie trafen ihn wie ein Wetterstrahl aus heiterem Himmel, und dieser Eindruck war keineswegs ein rein persönlicher. In einer Depesche vom 16. September meldete der sächsische Gesandte in Berlin, General= lieutenant Karl Friedrich Ludwig v. Watzdorf, der preußische Minister des Auswärtigen, Graf Bernstorff, habe ihm auf die Kunde von den Unruhen in Dresden gesagt: „Wenn eine so väterliche Regierung, wie die Königlich Sächsische ist, solche

Störungen erfahren muß, so muß man auf Alles gefaßt sein."*)
Es ist eine gewöhnliche Erscheinung, daß die darstellende Ge=
schichtschreibung dem Andenken solcher historischer Persönlichkeiten,
die dem Fortschreiten der Zeitbewegung eher zurückhaltend als
fördernd gegenüberstanden, selten gerecht wird. So hat auch
das Verhalten des Königs Anton in der Krisis des Jahres
1830 bisher noch keine unparteiische Beurtheilung gefunden.
Soviel steht fest, daß der greise Herr schon von dem Augen=
blick an, in welchem die Vorstellungen einer Deputation des Ge=
heimen Raths ihn von der Nothwendigkeit der einzuleitenden
Reformen überzeugt hatten, rückhaltlos seine Zustimmung zu den
ihm unterbreiteten Vorschlägen ertheilte. In gewissem Sinne
war seine Entscheidung bereits getroffen, ehe die Mitglieder des
Konseils in Pillnitz erschienen, indem er aus eigenem Antriebe
die Entlassung des bisherigen leitenden Ministers, Grafen Detlev
v. Einsiedel, der für eine Hauptstütze der ständischen Verfassung
galt, verfügt hatte.**) Das Publikandum vom 13. September,
welches den Prinzen Friedrich zum Mitregenten ernannte, er=
folgte aus dem freien Entschluß des Königs, und ebenso war die
Erklärung des Prinzen Maximilian, der als nächster Erbe
auf die Thronfolge Verzicht leistete, nicht nur eine vollkommen
freiwillige, sondern sie wurde mit dem Ausdruck der höchsten
Befriedigung abgegeben. „Der Fritz ist gut", sagte Maximilian,
in Bezug auf seinen Sohn, „er wird schon in meinem Sinne
regieren!" Einen weiteren Beweis für seine Bereitwilligkeit, auf
die berechtigten Wünsche des Landes einzugehen, lieferte der

---

*) Aus der politischen Korrespondenz Watzdorfs im Hauptstaatsarchiv.
**) Der Hergang ist aus urkundlichen Quellen geschildert bei E. D.
v. Witzleben: Die Entstehung der konstitutionellen Verfassung des König=
reichs Sachsen, Leipzig 1881, S. 140 ff.

König dadurch, daß er mit der Führung der Geschäfte des Kabinets an Stelle Einsiedels den Geheimen Rath Bernhard August v. Lindenau betraute, dem schon bei seinem Uebertritt aus dem altenburgischen in den sächsischen Dienst (1827) der Ruf eines einsichtsvollen und vorurtheilslosen Beamten voranging.

Aus jenen Septembertagen des Jahres 1830 stammen die ersten Anfänge des konstitutionellen Staatslebens in Sachsen. Durch die Entschlossenheit, mit der die Regierung im richtigen Augenblicke eingriff, hatte sie sich die volle Initiative in der Verfassungsfrage gewahrt. Man ging sofort ans Werk und ließ sich dabei von dem sehr richtigen Gesichtspunkt leiten, daß dem Erlaß der Verfassung eine tief greifende organische Reform der gesammten Verwaltung vorangehen müsse. Der Sicherheits= kommission, die nach Ernennung des Prinzen Friedrich zum Mitregenten unter der Leitung des Prinzen Johann eine um= fangreiche Thätigkeit entwickelte, wurde gleich in den ersten Tagen eine große Anzahl von Petitionen überreicht, die auf die Noth= wendigkeit hinwiesen, anstatt des bisherigen bureaukratischen Systems die Selbstverwaltung der städtischen Gemeinden in ihre Rechte einzusetzen. Bereits im September führten Berathungen mit Vertretern der Dresdener Bürgerschaft zu einem Entwurf über die städtische Repräsentation, der die Keime der künftigen Städteordnung in sich enthielt. Das Zusammenwirken der Kommission mit den Delegirten der Stadt trug noch nach einer anderen Seite hin zur Beruhigung der Gemüther bei. Während die Regierung, um Konflikte zu vermeiden, die militärische Besatzung Dresdens bisher in den Herbstkantonnements belassen hatte, beantragte jetzt die Kommunalgarde aus eigenem Impuls die Rückkehr der Truppen bei dem Mitregenten. Den Ab= geordneten der Volkswehr, die diesen Wunsch am 20. September

vortrugen, antwortete Prinz Friedrich mit dem glücklich ge=
wählten und oft wiederholten Worte: „Vertrauen erweckt Ver=
trauen!" An dem bedeutsamen Erinnerungstag der Reformation,
31. Oktober, wurde die Einführung der gewählten Stadt=
vertreter in Dresden und Leipzig durch ein allgemeines Dank=
und Freudenfest gefeiert, an dem auch der Hof und das Militär
sich betheiligten.

Nachdem so die ersten Uebergänge der alten in die neue
Zeit glücklich überwunden waren, konnte die Immediatkommission
am 7. November aufgelöst werden. An die Arbeiten für Neu=
ordnung der städtischen Verfassung schlossen sich die Vorbereitungen
eines Gesetzentwurfs, der von gleicher Bedeutung für die Ver=
hältnisse des flachen Landes war, denn es handelte sich dabei um
die Feststellung der gesetzlichen Bestimmungen für die Befreiung
des ländlichen Grundbesitzes von allen noch bestehenden Diensten
und Servituten. Gleichzeitig war man mit der Ausarbeitung des
Textes der Verfassungsurkunde beschäftigt, der am 6. Januar
1831 dem Geheimen Rath zur berathenden Prüfung überwiesen
wurde. Den Vorsitz in der Verfassungskommission führte Prinz
Johann, unter dessen handschriftlichem Nachlaß zahlreiche Denk=
schriften aufbewahrt werden, die Zeugniß davon ablegen, wie
eifrig er sich an den Verhandlungen über das Staatsgrundgesetz be=
theiligte.*) Zur endgültigen Vereinbarung der Verfassung sollten
sich die alten Stände am 1. März noch einmal in der Residenz
versammeln, um mit diesem wichtigsten staatsrechtlichen Akt der
neueren Zeit ihre Wirksamkeit für immer zu beschließen.

Freilich mußte man gleich in den Anfängen der Reform die
Erfahrung machen, daß der Umwandelungsprozeß der Staats=

---

*) Einige Bemerkungen hierüber finden sich bei v. Falkenstein a. a.
O. S. 115 ff. und v. Witzleben a. a. O. S. 179 ff.

verfaffung sich nicht ohne unliebsame Rückschläge vollziehen sollte. Merkwürdigerweise regte sich die erste Schwierigkeit von außen her. Im Gegensatz zu dem preußischen Kabinet, daß dem Gang, welchen die innere Politik Sachsens seit 1830 eingeschlagen hatte, volle Gerechtigkeit widerfahren ließ, drückte der Wiener Hof in einer ziemlich scharf gehaltenen Note vom 28. September sein Mißfallen aus. Der Staatskanzler Fürst Metternich machte in langen Auseinandersetzungen mit dem Gesandten Grafen v. der Schulenburg-Klosterroda kein Hehl daraus, daß er in dem Emporkommen der konstitutionellen Ideen in dem benachbarten Lande eine Gefahr für Oesterreich erblicke; er warnte nachdrücklich vor der „modernen Ideologie". Es ist wohl hauptsächlich dem Einfluß des Mitregenten zuzuschreiben, daß die Metternichsche Kritik eine sehr sachliche, aber auch ebenso bestimmte Entgegnung fand. In der sächsischen Antwort vom 2. Oktober heißt es: „Die Regierung hat es sich nicht verbergen mögen, daß die zeither nicht ohne Rücksicht auf die Wünsche des mächtigsten und befreundetsten Nachbarstaates beharrlich festgehaltenen Formen und Institutionen dem veränderten, immer lauter gewordenen Bedürfniß der Zeit nicht mehr entsprechen und genügen, und daß dermalen vielleicht der letzte Zeitpunkt sei, wo die zu unabweislicher Pflicht gewordenen Reformen mit Ruhe und Mäßigung ins Werk gestellt werden können. In dieser innigen Ueberzeugung sind Seine Majestät und der Prinz-Mitregent fest entschlossen, den hierzu nöthigen Schritten und Maßnahmen keinen Anstand zu geben."*) Eine unmittelbare

---

*) Nach dem politischen Schriftwechsel mit der Wiener Gesandtschaft im Hauptstaatsarchiv. Depeschen vom Oktober und November 1830. Die österreichische Note vom 28. September ist schon erwähnt bei Flathe, Geschichte von Sachsen III, S. 441.

Wirkung erzielte diese Widerlegung nicht. Kaiser Franz I. selbst mahnte zur Vorsicht: „Gehen Sie nicht zu weit, nehmen Sie sich vor den Advokaten in Acht!" — äußerte er zu dem Nachfolger Schulenburgs, Oberkammerherrn v. Nechtritz.

Von größerer Tragweite war es, daß sich im Lande selbst Bestrebungen geltend machten, welche die ruhige Entwickelung der Reform gewaltsam zu stören drohten. Die Gegenströmung hatte ihren eigentlichen Boden in den Kreisen des kleinen Bürgerstandes, in denen vielfach noch sehr irrige Ansichten über Zweck und Ziel der Verfassung verbreitet waren. Wie in dem Prozeß des öffentlichen Lebens alles Neue leicht verführerisch auf den Geist der Massen wirkt, so betrachtete man die konstitutionelle Regierungsform als den Deus ex machina, in dessen Macht es liege, plötzlich alle wirthschaftlichen Gebrechen jedes Einzelnen aus der Welt zu schaffen. Das vielleicht mit zu großer Nachgiebigkeit eingeräumte Recht der Petitionen hatte zahlreiche Anliegen an die Regierung zu Tage gefördert, bei denen es sich nicht um die vorliegenden Aufgaben der Gesetzgebung, sondern lediglich um die Förderung einseitiger zünftischer Interessen handelte: eine Hauptrolle spielte dabei der Schutz des Handwerks und der Gewerbe gegen Konkurrenz. Die Enttäuschungen, die nicht ausbleiben konnten, steigerten die Unzufriedenheit. In Dresden entstand eine demokratische Bewegung, deren Leitung ein nur allzu deutlich dem französischen Muster nachgebildeter politischer Klub, der Bürgerverein, in die Hand nahm. Die Agitationen fielen gerade in die Zeit, in welcher die Sitzungen des Landtages begonnen hatten, so daß die Absicht, eine Art von Terrorismus auf die Stände auszuüben, nicht zu verkennen war. Als der Verein eine Einmischung in die städtischen Angelegenheiten versuchte, die gewählten Repräsentanten vor sein Forum berief, um ihnen Mandate in seinem Sinne zu ertheilen, und als er schließlich sogar an die Ausarbeitung einer Verfassung ging, die dem Entwurf der Regierung die Spitze bieten sollte, erfolgte am 6. April die Auflösung. Darüber kam es zu tumultuarischen Scenen, die jedoch durch die Thatkraft der Regierung unterdrückt wurden. Der größere Theil der Kommunalgarde hatte in Gemeinschaft mit dem Militär seine Pflichttreue bewahrt; leider aber war dies nicht bei allen Abtheilungen der Fall. Es zeigte sich schon damals, daß das Institut der bürgerlichen Miliz seinen eigentlichen Beruf, die Beförderung des Gemeinsinnes in allen Schichten der städtischen Bevölkerung, doch nur in unvollkommener Weise erfüllte. Namentlich in aufgeregten Zeiten konnte es nicht ausbleiben, daß die wechselnden Stimmungen des Tages in den Reihen der Bürgergarde Parteiungen verursachten, die sich mächtiger erwiesen als die Einheit der Disziplin. Ein Vorgang, der sich einige Monate später, 30. August, in Leipzig ereignete, wo die von der Obrigkeit verfügte Veränderung des Wachtlokals offenen Widerstand hervorrief, lieferte den Beweis, daß sehr unbedeutende Anlässe genügten, um das Selbstgefühl der bewaffneten Bürger zu reizen.

Niemand wurde von diesen Zwischenfällen stärker betroffen als Prinz Johann, dem das wenig beneidenswerthe Amt des Oberkommandos über die Kommunalgarden in 36 Städten des Landes zu Theil geworden war. Man besitzt von der Hand des Prinzen aus dem Spätherbst des Jahres 1831 eine Denkschrift, in welcher er diese Verhältnisse einer eingehenden Erörterung unterzieht. Die Darstellung gipfelt in dem Satze, daß es sich am meisten empfehlen würde, „an Stelle der Kommunalgarden ein mehr der Idee der Landwehr sich näherndes Institut zu errichten". Alle Staatsangehörigen, die entweder den Militärdienst bereits durchgemacht haben oder zu demselben nicht herangezogen worden sind, sollen auf eine gewisse Zahl von Jahren alljährlich während einer kurzen Zeit, unter Aufsicht von Offizieren, zu Waffenübungen vereinigt werden. Es ist der altdeutsche Gedanke der allgemeinen Wehrpflicht, der aber hier, indem er nicht auf die Vertheidigung gegen äußere Landesgefahr, sondern auf die Aufrechthaltung der inneren Ordnung angewandt wird, ein besonderes Gepräge erhält. Der Vorschlag des Prinzen fand keinen Eingang, weil die Aufhebung der Kommunalgarden leicht die Besorgniß vor einer rückläufigen Bewegung hätte erwecken können, doch wurden einige verändernde Bestimmungen über die Zusammensetzung der Bürgerwehr getroffen.

Man sieht: auch der Jugendzeit des Prinzen Albert hat es an politischen Gegensätzen nicht gefehlt. Erst aus dem Kampf mit widerstrebenden Elementen erhob sich die oberste Regierungsgewalt zu einer gesicherten Autorität, die für die endgültige Begründung des Verfassungsstaates die nothwendigste Voraussetzung war. Am 4. September 1831 fand die Uebergabe der Konstitution an die Stände statt. König Anton und der Prinz-Mitregent ergriffen in der feierlichen Versammlung das Wort, indem sie sich zur Erfüllung des geschlossenen Bundes verpflichteten. Die Anrede des Königs schloß mit den Worten: „Möge der Himmel seinen Segen dazu geben, daß diese Verfassung das Land und seine Bewohner so glücklich mache, wie es mein herzlicher Wunsch und Wille ist." Dem Wahlgesetz vom 24. September folgten sofort die umfassendsten Vorarbeiten für die Einberufung des ersten Landtages. Die von der Verfassung als Grundsatz aufgestellte Verantwortlichkeit der Minister bedingte eine völlige Umwandlung des bestehenden Organismus der Behörden. Eine Verordnung vom 7. November 1831 verfügte die

Aufhebung des Geheimen Konsiliums, an dessen Stelle als oberste kollegialische Regierungsinstanz das Gesammtministerium trat: durch dieselbe Bestimmung wurde die Eintheilung der ministeriellen Departements, wie sie sich im Wesentlichen bis auf den heutigen Tag unverändert erhalten hat, in ihren Grundzügen gesetzlich geordnet. Nur ein so vortrefflich geschultes Beamtenpersonal, wie das sächsische, war im Stande, alle diese Aufgaben in verhältnißmäßig kurzer Zeit zu bewältigen. Prinz Johann klagte wohl einmal scherzend über den „nothgedrungenen Galopp" der beschleunigten Gesetzgebung, aber er sah mit vollem Vertrauen auf die Erfolge derselben. „Unsere hiesigen Angelegenheiten", schrieb er am 16. Januar 1832 an Manteuffel, „gehen sehr erwünscht, die Stimmung hat sich unglaublich gebessert, ja sie bessert sich noch von Moment zu Moment, so daß ich hoffe, der Landtag wird glücklich vorübergehen."*) Im Laufe des Frühjahrs 1832 trat in allen Städten die Stadtverwaltung in Kraft, und das verwickelte Geschäft der Ablösungen kam unter Mitwirkung der zu diesem Zwecke vom Staate gestifteten Rentenbank rascher, als man gedacht hatte, in Gang.

Als am 22. Januar 1833 die erste Versammlung der gewählten Vertreter des Landes eröffnet wurde, stand die Regierung im Begriff, die letzte Hand an ein Werk zu legen, das den nachhaltigsten Einfluß auf die Entwickelung des Finanzsystems und der merkantilen Interessen Sachsens ausgeübt hat. Wie so manche Verheißungen der Bundesverfassung, war auch die im § 19 der Bundesakte vorgesehene Vereinbarung über gemeinsame Maßregeln zur Förderung des Handels und Verkehrs unter den deutschen Staaten ein unerfülltes Versprechen geblieben. Die Kartellverträge, welche einzelne Staatengruppen nach dem Vor-

*) Aus dem handschriftlichen Nachlaß des Prinzen im Hauptstaatsarchiv.

gang des preußisch-hessischen Vereins untereinander abschlossen, vermochten die Lücke nicht zu ersetzen; sie hatten sogar die Wirkung, daß die partikularen Gegensätze in allen Theilen Deutschlands eine erhebliche Steigerung erfuhren, da die Zerwürfnisse, die sich aus dem beständigen Zollkrieg zwischen den einzelnen Verbänden ergaben, sehr bald zu einem entscheidenden Moment in der Behandlung der politischen Fragen erhoben wurden. Das Königreich Sachsen hatte gegenüber den Chikanen der geschlossenen Zollstaaten längere Zeit an dem alten System des Freihandels festgehalten; im Jahre 1828 aber war der Anschluß an den Mitteldeutschen Zollverband erfolgt. Allein zu einer intensiven Lebensfähigkeit hat es diese Vereinigung niemals gebracht. Die Anziehungskraft des preußisch-hessischen Bundes veranlaßte einige Kontrahenten der mitteldeutschen Vereinigung ihre ursprüngliche Abneigung gegen denselben zu überwinden, und als vollends der süddeutsche Zollverein, der seinen Schwerpunkt in Bayern und Württemberg hatte, Verhandlungen mit Preußen anknüpfte, die bereits im Mai 1829 zu einem vorläufigen Abkommen führten, stand die Gefahr einer Isolirung Sachsens in naher Aussicht.

In richtiger Erkenntniß der drohenden Krisis gab der Prinz-Regent den ersten Antrieb zur Einleitung der Unterhandlungen mit Preußen, die in einer Sitzung des Staatsrathes, welcher auch sein Bruder beiwohnte, am Weihnachtstage 1830 beschlossen wurde.*) Die Bemühungen waren von Anfang an auf die Her-

---

*) Die Stellung des Prinzen Johann zur Sache ergiebt sich aus einem Schreiben an Manteuffel vom 22. Mai 1831, wo es heißt: „Ich glaube, daß jetzt nichts wünschenswerther sein kann als eine große teutsche Zollvereinigung, um die vielen kleinen Hemmungen des Verkehrs im Innern Teutschlands zu entfernen." Hauptstaatsarchiv.

stellung eines allgemeinen deutschen Handels= und Zollvereins gerichtet, und gerade diesen nationalen Gesichtspunkt hob Prinz Friedrich auch in einem Schreiben an den preußischen Kronprinzen hervor. Mit dem Ausdruck einer fast überschwänglichen Genugthuung antwortete Friedrich Wilhelm am 31. Januar 1831: „Sie haben mir einen herrlichen Brief geschrieben, und mein Erstes muß sein, Ihnen dafür den besten Dank meines Herzens darzubringen. Sie haben eine Saite in mir berührt, die jederzeit eher zu laut als zu leise antwortet, mein Gefühl für das teutsche Vaterland. Wahrlich, gnädiger Herr, wenn ich solche Worte vernehme, wie die der ersten Seite Ihres gütigen Briefes, solche wahrhaft teutsch=fürstliche Worte, wenn ich solch thätiges Bestreben für die Einigkeit, für die mögliche Einheit, für die nothwendige Stellung und Macht des schönsten und edelsten der Länder sehe, so schlägt mir das Herz vor Zustimmung, Sehnsucht und Muth."*)

In den Kreisen der nächsten Interessenten war diese ideale Auffassung der Verhältnisse keineswegs die vorherrschende. In Preußen fürchtete der Großhandel die Konkurrenz des Leipziger Meßverkehrs, und verschiedene Zweige der Manufaktur, namentlich die Baumwollen=Industrie, erhoben lebhaften Widerspruch gegen die Zulassung Sachsens. In Sachsen selbst waren die Ansichten getheilt. Die große Masse der kleineren Fabrikanten und Gewerbtreibenden begrüßte die Zollvereinigung mit Freuden, weil sie eine Erweiterung des Absatzgebietes für ihre Waaren erwarten durften; der Handelsstand dagegen gab sich der Besorgniß hin, daß die Einfuhr der ausländischen Fabrikate und Erzeugnisse, die

---

*) Original im Hauptstaatsarchiv; das Schreiben des Prinzen Friedrich liegt leider nicht vor.

bisher nur sehr geringen Abgaben unterlag, durch den höheren
Schutzzoll des allgemeinen Handelsvereins Schaden leiden werde.
Nur der Umsicht und Sachkenntniß des sächsischen Finanzministers
Heinrich Anton v. Zeschau, der sowohl die Verhandlungen in
Berlin als die Berathungen mit den Sachverständigen im eigenen
Lande leitete, ist es zu verdanken, daß nach manchen vergeblichen
Anläufen und unter oft sehr schwierigen Kompromissen durch
Vertrag vom 30. März 1833 der deutsche Zollverein ins Leben
trat.*) Ohne Zweifel war dies das für die Gesammtstellung
Sachsens in dem deutschen Verbande wichtigste politische Ereigniß
der ersten Jugendjahre des Prinzen Albert.

Bei den Verhandlungen in den sächsischen Kammern über
den zur Annahme vorgelegten Zollvertrag tauchten anfangs noch
vielerlei Bedenken auf, zuletzt aber siegte auch hier die Ueberzeugung, daß die Befreiung des Handelsverkehrs sowohl der
Gewerbthätigkeit der Einzelnen als der Wohlfahrt Aller zum
Vortheil gereichen müßte. In dem Schlußbericht vom 28. November 1833 erklärten die Stände ihre Zustimmung, indem sie
zugleich der nationalen Bedeutung des Vertrages ihre volle Anerkennung zollten. Mit dem letzten Tage des Jahres 1833
fielen die Zollschranken in dem größten Theile Deutschlands,
innerhalb eines Gebietes von 23 Millionen Einwohnern. Da in
der Sylvesternacht an vielen Stellen Sachsens ein ungewöhnliches Sturmwetter herrschte, kam im Volksmund das Scherz-

---

*) Die Darstellung der Verhandlungen findet sich bei Joh. Falke:
Geschichte des deutschen Zollwesens, Leipzig 1869, S. 345 ff. und bei
E. T. v. Witzleben: Heinrich Anton v. Zeschau, Leipzig 1874, S. 68 ff.
nach den sächsischen Quellen, — nach den preußischen bei H. v. Treitschke,
Teutsche Geschichte IV, S. 371 ff.

wort auf: nach der Beseitigung der Barrieren habe der preußische Wind Eingang in das Land gefunden.*)

Man könnte den ersten Landtag der sächsischen Monarchie, der während eines Zeitraumes von 21 Monaten tagte, im eigentlichen Sinne des Wortes als eine konstituirende Versammlung bezeichnen, insofern seine wesentliche Aufgabe darin bestand, eine große Anzahl von gesetzgeberischen Akten, die in der Verfassung bereits vorgesehen waren, theils zur Ausführung zu bringen, theils wenigstens den Grundstein zu ihrer Verwirklichung zu legen. In erster Linie gehört hierher die Reform der gesammten indirekten Steuern, die ebenfalls in der Verfassung angekündigt, jetzt um so mehr eine schnelle Erledigung erforderte, weil der Zollvertrag ein übereinstimmendes Verfahren in Betreff der Regelung dieses Theils der Abgaben innerhalb der Bundesstaaten vorschrieb. Ein zweiter Hauptgegenstand der parlamentarischen Thätigkeit bezog sich auf die veränderte Gliederung der Behörden im Anschluß an die schon erwähnte Verordnung vom 7. November 1831 über die Abgrenzung der ministeriellen Departements. Vor allen Dingen galt es, das konstitutionelle Prinzip der Trennung von Justiz und Verwaltung im Einzelnen durchzuführen. Die Landesregierung, die beide Funktionen in sich vereinigt hatte, wurde aufgehoben und für die Verwaltung eine unter der Leitung des Ministeriums des Innern stehende Zwischeninstanz geschaffen, die vier Kreisdirektionen, bei deren Errichtung der Gedanke maßgebend war, daß diese mit umfassenden Befugnissen ausgestatteten Provinzialbehörden am besten im Stande sein würden, den Verhältnissen und Bedürfnissen der einzelnen Landestheile

---

*) Nach den Aufzeichnungen des Prinzen Johann im Hauptstaatsarchiv.

Rechnung zu tragen.*) Gleichen Schrittes hiermit vollzog sich die neue Organisation der Justizbehörden und die Regelung des Rechtsganges im Prozeßverfahren, alles Einrichtungen, deren fortdauernder Bestand für ihre Zweckmäßigkeit spricht. Auch auf die materielle Seite des Rechtes sollte die Reform sich erstrecken: im Oktober 1834 beschlossen die Kammern die Niedersetzung einer Kommission zur Vorberathung eines neuen Kriminalgesetzbuches. Im Bereich des Kriegsministeriums wurde eine neue Wehrordnung mit den Ständen vereinbart und über die leitenden Grundsätze für die künftige Revision des Militärstrafgesetzes ein Einvernehmen erzielt.

Auf dem Gebiete des öffentlichen Unterrichts endlich gewährten das größte Interesse die Verhandlungen, die zu dem Erlaß des ersten konstitutionellen Gesetzes vom 6. Juni 1835 über die Volksschule führten. Der sachliche Eifer, den die Abgeordneten der Behandlung dieses Gegenstandes widmeten, und die vaterländische Gesinnung, die sich dabei kund that, ließen die wohlthätigen Wirkungen des noch so jugendlichen Verfassungslebens im günstigsten Lichte erscheinen. Es herrschte nur eine Stimme darüber, daß es eine Ehrenpflicht der Landesvertretung sei, den altbewährten Ruf des sächsischen Schulwesens in vollem Umfange aufrecht zu erhalten und den Mängeln, über die am meisten geklagt wurde, namentlich der häufig sehr unzureichenden Beschaffenheit der Schullokale auf dem flachen Lande, der Beschränktheit der Lehrmittel und der Ueberfüllung der Klassen, aus

*) Vergleiche H. A. v. Zeschau: Das Wirken der Staatsregierung und Stände des Königreichs Sachsen, Leipzig 1834, S. 91. — eine Schrift, die als Rechenschaftsbericht unmittelbar nach Schluß des Landtages im November 1834 erschien und in musterhafter Klarheit den organischen Zusammenhang der damaligen Gesetzgebung veranschaulicht.

den Mitteln des Staatsbudgets Abhülfe zu schaffen und zu
gleicher Zeit die soziale Stellung des Standes der Elementar=
lehrer durch allmähliche Aufbesserung der Gehälter und durch
verschärfende Bestimmungen über die wissenschaftliche Ausbildung
zu heben. Es hat schon damals an Forderungen, die später
das Stichwort der Parteien werden sollten, wie z. B. Abschaffung
des Schulgeldes und Loslösung der Gemeindeschule von Staat
und Kirche, nicht gefehlt, aber die maßvolle Haltung der Kammern
ließ solche Extreme nicht aufkommen. Indem man die unmittel=
bare Leitung des Schulwesens auf die Ortsbehörden übertrug,
war der Bethätigung der Selbstverwaltung der weiteste Spiel=
raum gelassen, während andererseits dem Aufsichtsrecht des
Staates die gesetzlich anerkannte Verpflichtung gegenüberstand,
in denjenigen Fällen, in denen die Mittel der Gemeinde zur
Unterhaltung der Schulen nicht ausreichten, unterstützend ein=
zutreten. Die ganze spätere Reformbewegung des sächsischen
Volksschulwesens bis zu dem Gesetz vom 26. April 1873 und
den mancherlei Ergänzungen, die dasselbe unter der Regierung
König Alberts erfahren hat, verdankt ihren Erfolg hauptsächlich
dem Zusammenwirken von Staat und Gemeinde, dessen Grund=
züge bereits in dem Gesetz von 1835 enthalten waren.

So hatte der erste Landtag seine Arbeiten nach allen Seiten
hin zu einem befriedigenden Abschluß gebracht. Die Organisation
der Behörden war bis zu den mittelbaren Instanzen bereits
vollständig und im Bereich der unteren Behörden wenigstens in
den Grundzügen festgestellt. Ein Gesetz über die persönlichen
Verhältnisse der Staatsdiener, das am 7. März 1835 erlassen
wurde, stand damit im engsten Zusammenhange. Das neu ge=
ordnete Budget bot ein sehr erfreuliches Bild von dem Zustand
der Finanzen; denn trotz des erheblichen außerordentlichen Auf=

wandes, den die Reorganisation der Behörden und der indirekten Steuern verursachte, ergab der Staatshaushalt bei einer Einnahme von etwas mehr als fünf Millionen, für die damals noch dreijährige Finanzperiode der Jahre 1834 bis 1836, — einen Ueberschuß von annähernd 200 000 Thalern. In einem Rückblick auf die Session des „langen Parlaments" sagt Prinz Johann: „Der Geist auf diesem ersten Landtage war ein wahrhaft guter, ich möchte sagen kindlich naiver. Beinahe ohne Ausnahme hatte Jeder nur das Wohl des Vaterlandes im Auge und folgte seiner Ueberzeugung. Es gab noch keine eigentlichen Parteien, sondern nur Nüancen politischer Meinungen." König Anton hatte sich mit der Neuordnung der Dinge, so stürmisch sie auch anfangs hereinbrach, längst versöhnt. Es kam wohl vor, daß er auf seinen Spaziergängen durch die Stadt in das Wachtlokal der Kommunalgarde eintrat und den Bürgern für ihren Ordnungssinn sein Lob spendete. So war ihm schließlich doch noch ein glücklicher Lebensabend beschieden. Am 27. Dezember 1835 feierte er die Vollendung seines 80. Lebensjahres; ein Alter, das keiner seiner Vorfahren auf dem sächsischen Thron erreicht hatte. Die mancherlei Huldigungen, die ihm bei dieser Gelegenheit aus allen Kreisen des Volkes dargebracht wurden, thaten ihm wohl, und der sonst so wortkarge Mann fand stets einen Ausdruck des Dankes, der gerade durch seine Schlichtheit die Herzen bewegte. Als ihm der Wunsch ausgesprochen wurde, ein Denkmal zu seinen Ehren zu errichten, lehnte er dies in ungekünstelter Bescheidenheit ab, — denn, so meinte er selbst, die Verfassung, die er dem Lande gewährt habe, werde sein Andenken auch für die folgende Zeit bewahren.

Die hier geschilderten inneren Verhältnisse Sachsens bilden gleichsam die politische Atmosphäre, in der Prinz Albert aufwachsen sollte. Mit der Konstitution vom 4. September war eine neue Grundlage des sächsischen Staatslebens geschaffen worden, die sich als kräftig genug erwies, um nicht nur die Erschütterungen des nächsten Jahrzehnts siegreich zu überdauern, sondern auch, trotz mancher Veränderungen, in ihrem innersten Kern und Wesen unberührt, dem weiteren Ausbau des Rechtsstaates als Fundament zu dienen. Der biographischen Darstellung wird es gestattet sein, an dieser Stelle noch besonders auf das persönliche Moment hinzudeuten, welches darin lag, daß die beiden Männer, die in erster Linie berufen waren, dem heranreifenden Prinzen als Vorbild zu dienen, sein Vater und sein Oheim, an dem öffentlichen Leben einen Antheil nahmen, wie es in dieser Weise bei den jüngeren Fürsten regierender Häuser doch nur sehr selten der Fall zu sein pflegt. Wenn der hochbetagte Konferenzminister v. Nostitz und Jänckendorf in einer Anrede an den zum letzten Male versammelten Geheimen Rath, am 30. November 1831, die brüderliche Eintracht der Prinzen feierte und dabei an die Dioskuren erinnerte, so war dieser Vergleich zutreffend für die damalige wie für die folgende Zeit.*) Hatte der Prinz=Mitregent schon zufolge seiner leitenden Stellung einen großen Einfluß auf die Regierungsgeschäfte, so stand ihm sein Bruder, wie wir gesehen haben, nicht nur in den kritischen Ereignissen, die dem Erlaß der Konstitution vorausgingen, mit Rath und That zur Seite, sondern er hat als Mitglied des Staatsraths und der Ersten Kammer, in die er auf Grund der Verfassung eintrat, auf den mannigfachsten Gebieten der Verwaltung und Gesetzgebung eine ununterbrochene Thätigkeit ausgeübt. Dem

---

*) „Vortrag, gehalten in der Sitzung des Geheimen Rathes", handschriftlich im Hauptstaatsarchiv.

Prinzen Albert wurde das schöne Erdenlos zu Theil, daß er von frühster Jugend an in eine Umgebung gestellt war, die für ihn im Hinblick auf den hohen Beruf, der seiner wartete, von unvergleichlichem Werth sein mußte.

Schon das elterliche Haus wurde für den Sohn eine Stätte der segensreichsten Einwirkungen. Die Prinzessin=Mutter Amalie bewahrte sich bis in ihr hohes Lebensalter den Frohsinn ihrer süddeutschen Natur. Die vollkommenste Uebereinstimmung des seelischen Empfindens herrschte zwischen ihr und ihrem Gemahl, in dessen Charakter die kritische Veranlagung des norddeutschen Wesens sich mit einer glücklichen Gabe des Humors und einer seltenen Tiefe des Gemüthes verband. Wie die Prinzessin allen Richtungen in der vielseitigen Beschäftigung des Prinzen eine verständnißvolle Theilnahme entgegenbrachte, so war der Prinz unablässig bemüht, die geistige Gemeinschaft der Ehe zu idealer Vollendung zu gestalten. Einen wahrhaft poetischen Ausdruck hat das Verhältniß der beiden Ehegatten in einem Gedichte gefunden, welches Prinz Johann bei Uebergabe eines Exemplars der Uebersetzung von Dantes „Hölle" seiner Gemahlin widmete, und in dem es heißt:

Darum laß' vereint in Lieb' uns wallen
Durch des Lebens dunkle Wechselszenen,
Bis sich uns das Paradies erschließet,
Wo zur Wirklichkeit wird jedes Sehnen;
Wo sich in der Wahrheit Glanz der Glaube,
Sich das Hoffen löset in Erfüllen,
Und nur aus der Lieb' in vollen Strömen
Ewig uns des Himmels Wonnen quillen.*)

Die zärtliche Neigung, mit der der Vater seinem erstgeborenen Sohne zugethan war, ist uns in manchen einzelnen Zügen überliefert

---

*) Abgedruckt bei v. Falkenstein, a. a. O. S. 106.

worden. Bekanntlich kam in den Jahren 1829 und 1830, als die Diplomatie der europäischen Großmächte sich mit der Besetzung des griechischen Throns beschäftigte, auch die Kandidatur des Prinzen Johann in Vorschlag; zweimal ist ein Anerbieten in dieser Angelegenheit von Seiten des französischen Kabinets an den sächsischen Hof ergangen. In seinen Lebenserinnerungen belehrt uns der Prinz darüber, daß es hauptsächlich die Rücksicht auf seinen Sohn gewesen sei, die ihn bewog, einen ablehnenden Bescheid zu ertheilen. „Ich muß gestehen", schreibt er, „daß der Antrag für mich viel Verlockendes hatte. Ich hatte mich stets, wie damals viele Tausende, für die griechische Sache interessirt, und einen jungen Mann von 27 Jahren konnte die Aussicht auf eine so ruhmvolle Aufgabe nicht gleichgültig lassen. Gleichwohl sah ich ein, daß als dem Nächsten am vaterländischen Thron nach meinem Bruder und als Vater des einzigen Erben, von dem ich mich nicht hätte trennen wollen, die Annahme für mich unthunlich sei".*)

Den Schauplatz der ersten Kinderjahre des Prinzen Albert bildete zunächst das alte Palais am Taschenberge, wo er das Licht der Welt erblickt hatte, und dessen Umgebung lange Zeit hindurch keine andere Veränderung erfuhr, als daß im April 1832 der Bau der Hauptwache begann, — sodann das Lustschloß in Pillnitz, in welchem nach alter Gewohnheit in Gemeinschaft mit dem König die sämmtlichen Prinzen und Prinzessinnen des Königlichen Hauses einen beträchtlichen Theil des Jahres, in der Regel von Anfang Mai bis gegen Mitte Oktober, zuzubringen pflegten. Dazu kam alsbald das Gartenpalais in der Langen Gasse, das

---

*) Handschriftliche Aufzeichnungen des Prinzen Johann im Hauptstaatsarchiv.

als Besitzthum der Sekundogenitur damals dem Prinzen Maxi=
milian zur Verfügung stand, von diesem aber seinem Sohne
Johann zu vorübergehendem Aufenthalt überlassen wurde. Der
Einzug fand am 16. April 1830 statt. Zu jener Zeit noch
außerhalb der Stadt gelegen, war jenes Grundstück während
einer längeren Reihe von Jahren nicht in Gebrauch gewesen,
so daß man auf Schritt und Tritt, selbst am hellen Tage, in den
Gartenanlagen den Mardern begegnete, die sich hier eingenistet
hatten; aber es enthielt im Vergleich zu den Räumen des Stadt=
palais hohe und luftige Zimmer und, was besonders wünschens=
werth war, es besaß einen geräumigen und schattigen Park als
Tummelplatz für die junge Welt. Der Kreis der Geschwister
des Prinzen erweiterte sich in rascher Folge: am 4. Februar 1830
wurde Prinzeß Elisabeth geboren, am 5. April 1831 Prinz
Ernst, am 8. August 1832 Prinz Georg, am 16. August 1834
Prinzeß Sidonie, am 4. Januar 1836 Prinzeß Anna.

Der enge Zusammenhalt zwischen den Mitgliedern des
Hauses führte zu manchen festlichen Veranstaltungen im Familien=
kreise, zu denen frühzeitig auch die Kinder hinzugezogen wurden.
Mit besonderer Vorliebe betrieb man die Aufführung lebender
Bilder, zu denen meist Prinz Johann oder die berufene
Dichterin in diesem fürstlichen Kreise, Prinzessin Amalie, den
Text verfaßt hatte. Bei einer solchen Feier, zu Ehren des von
schwerer Krankheit genesenen Großvaters Maximilian, erschien
am 30. Juli 1830 Prinz Albert, kaum zweijährig, zum ersten
Male auf der Bühne des Maxpalais an der Ostraallee in einem
Tableau. Der lebhafte Knabe mag sich aber in der stummen
Rolle, die ihm zufiel, nicht behaglich gefühlt haben, denn der
Vater berichtet: „Der kleine Albert störte die Darstellung durch
Geschrei". Der Sommeraufenthalt in Pillnitz gestaltete sich

diesmal besonders lebhaft, da die Schwester des Prinzen Johann,
Marie Anna, Gemahlin des Großherzogs Leopold II. von Tos=
kana mit ihren drei jugendlichen Töchtern Caroline, Auguste und
Marie, von denen die letztere nur ein Jahr älter war als ihr
Vetter Albert, längere Zeit am Hofe verweilten. Ausflüge in
die Umgebung wechselten mit theatralischen Spielen, die diesmal
in einer Reihe von Bildern das Scheiden und Wiedersehen im
Familienkreise veranschaulichten und sich theilweise an die klassischen
Vorbilder der Flaxmannschen Zeichnungen zu Dantes Gedichten
anlehnten. „In diese schöne Familienvereinigung“, so erzählt
Prinz Johann, „fiel plötzlich wie ein Blitzstrahl die Nachricht
von den folgenschweren Julitagen in Paris. Schon die Kunde
von den verhängnißvollen Ordonnanzen erweckte bei mir einige
Besorgniß. Namentlich konnte ich mich von der Rechtmäßigkeit
der Maßregel nicht überzeugen. Wenige Tage darauf bei einem
kleinen Balle in Pillnitz sagte mir General von Minckwitz, da=
mals Unterstaatssekretär für die auswärtigen Angelegenheiten:
»Man schlägt sich in den Gassen von Paris!« Mit diesen
Worten und der darauf folgenden Nachricht von dem Siege der
Revolution gegen das Königthum war das politische Stillleben
am Ende.“

Im Sommer des folgenden Jahres (1831) verbrachte die
Prinzessin=Mutter mit ihrer ältesten Tochter Marie, deren
schwächliche Konstitution den Eltern viele Sorgen bereitete, und
dem Prinzen Albert mehrere Wochen in Schandau. Der Auf=
enthalt in diesem Bade, der am 21. Juli begann, fiel in die
Zeit der letzten Ständeversammlung. Durch die Berathungen
des Verfassungsentwurfes wurde der Prinz=Vater in Dresden
zurückgehalten, aber er benutzte jede Pause in den parlamentarischen
Arbeiten zum Besuch seiner Familie: „es war mir dann stets“,

so bemerkt er, „eine besondere Freude, in die schöne frische Natur zu den Meinigen zu kommen".

Unter den Persönlichkeiten seiner nächsten Umgebung, von denen Prinz Albert sich eine lebhafte Erinnerung aus den Tagen der frühesten Jugend bewahrte, nahm König Anton die erste Stelle ein. Der greise Monarch hatte seine ganze Lebensweise nach einer Zeiteintheilung geordnet, die mit unumstößlicher Regel= mäßigkeit Tag für Tag innegehalten wurde. Am frühen Morgen, selbst im Winter meist schon vor sieben Uhr, erschien er zur Andacht in der Kirche, oft nur von einem Diener begleitet, und begab sich von da zu Fuß nach dem Marpalais, wo er das Frühstück einnahm. In das Schloß zurückgekehrt, beschäftigte er sich in den ersten Vormittagsstunden mit den Regierungsangelegen= heiten; später fuhr er nach einem der Stabtthore und stieg hier zu Pferde, um einen weiteren Spazierritt zu unternehmen. Gegen Mittag hörte er den Vortrag der Minister oder empfing persönliche Meldungen, und mit dem Glockenschlage ein Uhr setzte er sich zur Mittagstafel, meist in Gemeinschaft mit seinem Bruder Maximilian, der Gemahlin desselben, der in der Stille waltenden Prinzessin Auguste, Tochter Friedrich Augusts des Gerechten, und seiner Nichte Amalie, die in der Vielseitigkeit ihrer Interessen für Dichtung, Musik und Malerei das belebende Element bildete. In den späteren Nachmittagsstunden fand dann eine gesellige Vereinigung im Brühl'schen Palais bei dem Prinzen Maximilian statt, wo jahraus jahrein das Kammerspiel zum Gegenstand der Unterhaltung diente. Der herrschende Geschmack gab vor allen anderen Kartenspielen dem Boston den Vorzug, und auch für die Neffen und Nichten des Königs bestand eine Art von stillschweigender Verpflichtung, sich an diesem Familien= vergnügen zu betheiligen. Abends erschien der Hof im Theater,

doch wartete der König selten das Ende der Vorstellung ab, da
es ihm zur Gewohnheit geworden war, sein meist sehr einfaches
Nachtmahl in der neunten Stunde einzunehmen. Außerdem
besuchte er mindestens wöchentlich einmal die Prinzen. Traf
die Reihe den Prinzen Johann, so wurde die jüngere Generation
dem Oberhaupt des Hauses vorgeführt, oder seine Freude an
dem munteren Treiben derselben veranlaßte den König, bis in
das Heiligthum der Kinderstube vorzudringen. Unvergeßlich wird
dem Prinzen Albert namentlich der 21. November 1831 geblieben
sein, an welchem Tage das Hofjournal meldete: „Seine Majestät
erhoben sich vormittags ³/₄11 Uhr zu Seiner Königlichen Hoheit
Prinz Albert und brachten ihm den Hausorden vom Rauten-
kranz." Seitdem der König im Jahre 1830 das Schloß
Weesenstein im Müglitzthale käuflich erworben und so recht in
seinem bürgerlich schlichten Sinn mit „der Urväter Hausrath"
ausgestattet hatte, zog er sich häufig zu beschaulicher Betrachtung
dorthin zurück, namentlich an solchen Tagen, in denen das Alter
von den Erinnerungen an die Vergangenheit lebt. So hielt er
es auch bis an sein Lebensende an dem Vorabend des Weih-
nachtsfestes: mit dem Eintritt der Dämmerung aber kehrte er in
die Stadt zurück, denn er wußte, daß die Kinder des Prinzen
Johann ungeduldig auf den Augenblick harrten, in welchem der
König eintraf, um ihnen die Christgeschenke zu bescheeren.

Ueberhaupt knüpften sich an die Festtage des Jahres so
manche auf althergebrachter Sitte beruhende Gebräuche, an denen
auch die Jüngeren und Jüngsten sich erfreuten. In der Christ-
woche trugen die Altmeister der Bäckerinnung den Riesenstollen
in das Schloß, von dem jedes Mitglied des Königlichen Hauses
seinen Antheil erhielt; am Sylvesterabend ließ der Chor der
Kreuzschule seine frommen Weisen auf dem Hofe des Palais

am Taschenberg ertönen; den ersten Ostertag begrüßte die Choralmusik von den Thürmen der Stadt, den Pfingsttag das Feuer der Kanonen von der Bärenschanze; in die erste oder zweite Woche des August fiel das Armbrustschießen auf der Vogelwiese, an dem der Hof sich alljährlich betheiligte und bei dem die Kinder ihr Glück an den Würfelbuden versuchen durften; dann kam seit dem Jahre 1831 an jedem 4. September das damals wahrhaft volksthümliche Konstitutionsfest, das dem Auge manches bedeutsame Schauspiel darbot: gleich im Jahre 1832 Aufzüge der Kommunalgarden und Gewerke mit ihren Abzeichen, Deputationen aus den nächstgelegenen Amtslandschaften beider Elbufer, besonders stark vertreten die weibliche und männliche Jugend, die, im festlichen Gewande der Landestrachten, dem Könige allerhand Gaben der herbstlichen Ernte, Blumen und Früchte überreichte und in sinnigen Gedichten ihn überzeugte, daß „die gute alte Zeit" doch noch nicht ganz entschwunden war.

Den Sommer des Jahres 1832 verbrachte der Hof in stiller Zurückgezogenheit, da der Tod die Gemahlin des Prinzen Friedrich, Karoline, am 22. Mai von ihrem langjährigen epileptischen Leiden erlöst hatte.

Während der Epoche des „langen Landtages" sah sich Prinz Johann mit seiner Familie noch mehr als sonst an Dresden und die nächste Umgebung gefesselt. Dennoch bot gerade das Jahr 1833 Gelegenheit zu einer Reise, die den Prinzen Albert zum ersten Male über die Grenzen seines Vaterlandes hinausführen sollte. Kaiser Franz I., der sich im August in Prag aufhielt, hatte den König und die Prinzen mit ihren Angehörigen zu einer Begegnung dorthin eingeladen. Es war dies mit Ausnahme eines kurzen Aufenthaltes in Teplitz im Jahre 1835 das einzige Mal, daß König Anton während seiner Regierung das

Land verließ. Der Aufbruch des Königs von Pillnitz fand am 15. August statt; am 19. August folgte der Mitregent, der vor Kurzem mit der Tochter Max' I. von Bayern, Marie Anna Leopoldine, ein zweites Ehebündniß eingegangen war, in Begleitung seiner Gemahlin, und an demselben Tage Prinz und Prinzessin Johann mit ihren Kindern Albert und Elisabeth. Prinz Johann gedenkt des Aufenthaltes in der Hauptstadt Böhmens mit den Worten: „Ich fand mich zum ersten Male wieder auf längere Zeit in Prag und in der vom Jahre 1814 her mir vertrauten Lokalität des Hradzin und freute mich der Erinnerung. Der Kaiser, den ich hier zum letzten Male sah, war, wie früher, sehr gnädig für mich. Er warnte mich väterlich, mich bei meiner Theilnahme an den ständischen Verhältnissen nicht zur Eitelkeit verführen zu lassen, und äußerte einige Bedenken über unser Staatsdienergesetz, daß es die Diener zu sehr von der Regierung unabhängig mache." So nachhaltig äußerte sich in österreichischen Kreisen die Besorgniß vor dem sächsischen Konstitutionalismus, daß Franz I. sich über den Inhalt eines Gesetzes aussprach, welches damals dem Landtag noch zur Berathung vorlag. Nachdem der Prinz erwähnt hat, daß er sich bemüht habe, die Bedenken nach Kräften zu beseitigen, fährt er mit Bezug auf den Kaiser fort: „Auch für meine Kinder war er sehr freundlich. Sie wurden meist nach Tische in den Salon gebracht. Der kleine Albert ging eines Tages auf den Kaiser zu und sagte zu ihm: »Du heißest Kaiser!« Der alte Herr antwortete: »Nein, mein Kind, ich heiße Franz, bin der Kaiser.«" Auf der Rückfahrt von Prag traf man in Buschtiehrad die vertriebene Königsfamilie der französischen Bourbonen, die dort für den Sommer ihre Residenz aufgeschlagen hatte. Drei Generationen waren an diesem Fürstenhofe vertreten: König Karl X.,

der bereits das fünfundsiebzigste Lebensjahr überschritten hatte,
durch seine Mutter, die sächsische Prinzessin Marie Josephe, dem
Hause der Wettiner nahe verwandt. — sein Sohn, der Dauphin
Ludwig, und sein Enkel, Sohn des am 14. Februar 1820 er-
mordeten Herzogs von Berry, Heinrich, Herzog von Bordeaux,
nach dem Verzicht seines Großvaters und seines Oheims der
einzige Erbe des älteren Zweiges der französischen Monarchie.

In den ersten Jahren der Kinderzeit stand der Prinz unter
der Aufsicht der Freifrau v. Eberstein, geborenen v. Wolfersdorff,
die später, bis an das Ende der vierziger Jahre auch den
jüngeren Geschwistern ihre Fürsorge widmete, und seine Erziehung
lag in den Händen einer französischen Gouvernante, Demoiselle
Zoe de Royer, die wegen ihres frischen und lebensfrohen Wesens
im ganzen Hause wohlgelitten war. Als sie in die Heimath
zurückkehrte, trat an ihre Stelle eine Dame aus altem reichs-
ritterlichen Geschlecht, Fräulein Sophie v. Sturmfeder, der es
weder an vielseitigen Kenntnissen noch an Energie fehlte, die
aber trotzdem, wie es scheint, was ihren Zögling betraf, der
Aufgabe auf die Dauer nicht gewachsen war. Unmittelbar nach
der Beendigung des Landtages von 1834 hielt der Vater es für
angemessen, sich mit der Wahl eines Gouverneurs für seinen
Sohn zu beschäftigen. Der ursprüngliche Gedanke war, ihn unter
die Obhut eines Offiziers zu stellen, wie ja auch die Prinzen
Friedrich und Johann bis in das Jünglingsalter in der Person
Watzdorfs, des schon erwähnten späteren Gesandten in Berlin,
einen militärischen Mentor gehabt hatten. Es fand sich jedoch
im Augenblick nicht die geeignete Persönlichkeit, und so schritt der
Prinz zur Berufung eines Mannes aus dem höheren Beamten-
staude, der nicht nur eine hervorragende wissenschaftliche Bildung,
namentlich auf dem Gebiete der Rechtskunde, besaß, sondern auch

bereits in verantwortlichen Stellungen des Justizdienstes und der Verwaltung den Beweis seiner Befähigung abgelegt hatte: Friedrich Albert von Langenns.

Im siebenunddreißigsten Lebensjahre stehend, hatte Langenn im Jahre 1820 seine Laufbahn als Dozent in der juristischen Fakultät der Universität Leipzig begonnen, war zwei Jahre später bei dem Oberhofgericht daselbst, bald darauf bei dem Appellations=gericht zu Dresden angestellt und im Jahre 1829 als Hof= und Justitienrath in die Landesregierung berufen worden.*) Als Mitglied der Kommission für die Ausarbeitung des Gesetzes über die Kommunalgarden war er bereits im Jahre 1830 in nähere Beziehung zu dem Prinzen Johann getreten, und die Umsicht, die er als Regierungskommissar bei der Reorganisation der Kommunalgarde in Leipzig im September 1831 bewies, hatte das Vertrauen, das der Prinz in ihn setzte, befestigt. Nach der Umgestaltung der Verwaltungsbehörden stand seine Ernennung zum Kreisdirektor in Leipzig bevor. Der beste Beweis für seine Tüchtigkeit liegt wohl darin, daß man ihn aus seinem Leipziger Wirkungskreise, namentlich auch aus den Beziehungen zu der Hochschule, um deren Interessen er sich durch Förderung der Bauten des Augusteums große Verdienste erworben hatte, ungern scheiden sah und selbst Schritte that, um ihn dort festzuhalten.

In einem Briefe vom 12. Januar 1835, der in sehr warmen Worten gehalten war, machte Prinz Johann Langenn mit seinem Anliegen bekannt. „Ich habe viel darüber hin und her gedacht", schrieb der Prinz, „aber unter allen Personen, auf welche sich meine Gedanken lenkten, ist mir Niemand vorgekommen, in dessen

*) Vergl. die Lebensskizze v. Langenns von Flathe, Allgemeine deutsche Biographie, 17. Band, Seite 671 (1883).

Hände ich mit größerem Vertrauen dieses Werk legte, als Sie selbst, theuerster Freund." Schon am 26. Januar erklärte sich Langenn zur Annahme des verantwortungsschweren Auftrages bereit. Mochte es ihm auch nicht ganz leicht sein, aus seiner bisherigen Stellung gerade in dem Augenblick zu scheiden, in welchem die Reform der Verwaltung, an der er thätigen Antheil genommen hatte, erst noch ihrem Abschluß entgegensah, so gab doch das Bewußtsein der patriotischen Pflicht für ihn den Aus=schlag. Die Bedeutung der Aufgabe und vor Allem die Anfor=derungen, welche dieselbe an seine Person stellte hat Langenn von vornherein in vollem Maße erkannt. „Eure Königliche Hoheit", so heißt es in seinem Antwortschreiben, „haben mich durch das Vertrauen, welches Höchstdieselben als Fürst und Vater mir be=wiesen, in tiefster Seele ergriffen und hoch über mich selbst er=hoben; denn die Erziehung eines Prinzen, der vielleicht zu einem Thron berufen ist, halte ich für eine der höchsten Aufgaben des Lebens, wie sie eine der schwierigsten ist. Ich halte jenes Amt für ein möglicherweise historisches. Darum aber soll, so scheint es mir, der Fürstenerzieher ein religiös, sittlich, psychologisch und politisch durchgebildeter Mann sein, er soll hohen Ernst mit Freundlichkeit verbinden, um das fürstliche Kind und den Jüng=ling auf jene Höhe zu leiten, die dem künftigen Berufe entspricht und zugleich ihn immer eingedenk sein läßt, daß er dazu erkoren sei, die Menschen, welche die Vorsehung seiner Regierung anver=traut, zu beglücken."

Bei solchen Ansichten konnte es nicht schwer fallen, ein Ein=verständniß zwischen dem Vater und dem Lehrer zu erzielen. Der Prinz hatte eigenhändig eine sehr ausführliche, mehr als 50 Paragraphen umfassende Instruktion für die Erziehung seines Sohnes entworfen, ein Schriftstück, das die ganze Theilnahme des

Herzens verräth, mit der er sich in den Gegenstand vertiefte, und zugleich als ein Denkmal seiner eigenen Lebensanschauung zu den wichtigsten historischen Urkunden zählt, die wir von ihm besitzen.*) Mit der ihm eigenthümlichen systematischen Gründlichkeit stellt er zunächst einige allgemeine Bestimmungen auf, die den Zweck hatten, die äußere Lebensweise des jungen Prinzen und die einfachen Verhältnisse seines Hofhaltes zu ordnen; hierauf geht er zu den besonderen Bestimmungen über, die sich auf die körperliche und geistige Ausbildung des Sohnes und den Unterricht in den einzelnen Fächern, namentlich auch in der Religion, beziehen. Daran schließt sich unter der Ueberschrift: „Erziehung im engeren Sinne" eine Reihe von gewichtigen Grundsätzen, die hauptsächlich die allgemeine Ausbildung des Charakters, das Verhältniß zur Familie und zur Außenwelt sowie die Vorbereitung für den künftigen Beruf des zum Throne geborenen Prinzen behandeln. In erster Linie sollte der Erzieher auf die frühzeitige Erweckung des vaterländischen Sinnes sein Augenmerk richten. „Innige Anhänglichkeit und Ehrfurcht sowie treuer Gehorsam gegen den Landesherrn, warme Liebe zum Vaterlande und festes Halten an vaterländischen Einrichtungen ist meinem Sohne tief ins Herz zu prägen. Den Irrthümern der Zeit in politischer Hinsicht ist durch tiefbegründete Achtung für positives Recht und Anknüpfung der bürgerlichen Ordnung an ein höheres Prinzip entgegenzuwirken. Die meinem Sohne von Gott gegebene Stellung in der Welt kann und darf demselben kein Geheimniß bleiben, sie

---

*) In einem Aufsatz Petzholdts: „Die Erziehungsgrundsätze des Königs Johann von Sachsen mit Rücksicht auf die Erziehung seines Sohnes Albert" (Wissenschaftliche Beilage der „Leipz. Ztg." vom 8. März 1885) sind die Briefe des Prinzen und Langenns nebst der Instruktion abgedruckt, doch hatte schon vorher v. Falkenstein a. a. O. Seite 136 ff. mehrere Stellen daraus mitgetheilt.

ist vielmehr als etwas faktisch Vorhandenes möglichst einfach
darzulegen. Bei schicklicher Veranlassung ist aber mein Sohn
darauf hinzuweisen, daß diese ihm verliehene Stellung ein Geschenk
Gottes sei, und dies ihn um so mehr verbinde, durch Erwerbung
der nöthigen Tüchtigkeit und durch treue, keine Opfer scheuende
Pflichterfüllung sich derselben würdig zu machen. Regungen des
Stolzes ist auf diese Weise und, da nöthig, durch Darstellung
der Thorheit desselben entgegenzuwirken. In reiferen Jahren ist
jedoch mein Sohn auch darauf aufmerksam zu machen, daß es
eines Fürsten Pflicht sei, die ihm von Gott gegebene Stellung
zu behaupten."

Es bedarf wohl kaum der Erwähnung, daß ein großer Theil
der Instruktion erst für die späteren Lehrjahre berechnet war:
dem vorsorglichen Vater lag nur daran, den Gouverneur gleich
beim Beginn des Unterrichts in die letzten und höchsten Ziele der
von ihm erstrebten Ausbildung des Sohnes einzuweihen, und
dazu diente neben der Korrespondenz mit Langenn auch noch eine
ausführliche mündliche Unterredung, die am 21. März 1835
stattfand. Im Uebrigen ließ sich der Prinz von dem Grundsatz
leiten, daß ein verständnißvolles Eingehen auf die Eigenart des
Kindes die vornehmste Aufgabe der Pädagogik sei, und am aller-
wenigsten war es seine Absicht, den Sohn einer ausschließlichen
Prinzenerziehung zu überantworten, die immer Gefahr läuft,
mehr nebensächliche Momente, wie die Repräsentation oder die
bevorzugte Lebensstellung, zu berücksichtigen, statt die Haupt-
erfordernisse der allgemeinen humanistischen Bildung, die wissenschaftliche Gründlichkeit und die Anleitung zum Selbststudium,
aus dem sich einzig und allein die Unabhängigkeit des Urtheils
zu entwickeln vermag, in den Vordergrund zu stellen. Wenn
Prinz Johann sagte: „der Erzieher muß den ganzen Menschen

unter Berücksichtigung der Individualität harmonisch zu entwickeln suchen, also den Geist wie den Körper, das Gemüth wie den Verstand", — so sprach er damit einen erzieherischen Lehrsatz aus, dem die begeistertsten Anhänger Pestalozzis ihren Beifall nicht versagen werden.

Soweit die vereinzelten Nachrichten einen Rückschluß gestatten, war Prinz Albert in seinem achten Jahr eine Knabe von lebhaftem, frühzeitig gewecktem Temperament, der mit klugen Augen in die Welt blickte. Die Eindrücke der äußeren Umgebung, namentlich auch der Natur, und jede Belehrung, die man seinen stets bereiten Fragen entgegenbrachte, nahm er mit rascher Empfänglichkeit in sich auf. Auch erfreute er sich einer zwar nicht gerade besonders kräftigen, aber doch durchaus gesunden körperlichen Anlage, die nur der besonnenen Pflege bedurfte, um dereinst den größten Anstrengungen gewachsen zu sein. Mit dem Eintritt Langenns, der im Frühjahr erfolgte, änderte sich zunächst nur wenig in dem äußeren Leben des Prinzen. Nur den Unterricht genoß er anfangs allein, sonst aber brachte er einen großen Theil des Tages im Kreise seiner Geschwister zu, mit denen er auch, unter dem Präsidium des Fräulein v. Sturmfeder, die Mahlzeiten einnahm. Mit seinen Brüdern Ernst und Georg verband ihn eine treue Kameradschaft, die sich mit den Jahren nur noch inniger gestaltete, bis der frühe Tod des Ersteren eine unerwartete Lücke riß. Ueberhaupt bildete die innigste Anhänglichkeit an die Eltern und an alle Mitglieder der Familie einen Grundzug in dem Wesen des Knaben, während er Fremden gegenüber zurückhaltend war und selbst mit einer gewissen Schüchternheit zu kämpfen hatte. Seinen Jugendgenossen dagegen erschloß er sich mit offenem Gemüth und einer Anspruchslosigkeit, die jedes Vorrecht der Geburt verbannte. In dem geselligen Haushalt, den

Prinz Johann und Prinzeß Amalie führten, wurde darauf ge=
sehen, daß die heranwachsende Generation sich frühzeitig an
den Umgang mit Kindern aus anderen Ständen gewöhnte. Fast
alltäglich, in der Regel nachmittags, wenn der Unterricht beendet
war, stürmten einige gleichaltrige Gefährten durch die Pforte in
der Kleinen Brüdergasse die Treppen des Prinzenpalais hinauf,
wo in geeigneten Räumen die weibliche und männliche Jugend
sich zu gemeinsamen Spielen vereinigte. Einen Hauptbestandtheil
der Vergnügungen gewährte die Aufführung von Charaden, ein
Zeitvertreib, der sich von dem älteren Geschlecht des Hofes auf
das jüngere vererbte und durch die damit verbundenen Verklei=
dungen und Improvisationen der Phantasie mancherlei Anregungen
gewährte. Außerdem verstand es Herr v. Langenn, der in aller=
hand Kunstfertigkeiten bewandert war, auch die praktischen Fähig=
keiten seiner Zöglinge in zweckmäßiger Weise zu beschäftigen und
auszubilden, wobei Prinz Albert durch sein frühzeitig entwickeltes
Geschick für alle Handgriffe des Bauens und Konstruirens der
Anleitung des Lehrers mit bereitwilligem Eifer entgegenkam.

Der Sommer 1835 brachte in Gemeinschaft mit den Eltern,
der Prinzessin Elisabeth, den Brüdern und Langenn einen längeren
Aufenthalt im Bade Teplitz, wohin von der dort zum Kurgebrauch
verweilenden Großmutter, der Königin=Wittwe Karoline von
Bayern, eine Einladung ergangen war. Man trat wieder in
enge Beziehungen zu der französischen Königsfamilie, die diesmal
von einem stattlichen Gefolge begleitet war, darunter Persönlich=
keiten, die in den Zeiten der alten Staatsordnung, des ancien
régime, und in den Julitagen 1830 eine Rolle gespielt hatten,
wie der Herzog von Blacas, einer der Führer der Legitimisten,
Bischof Fraissinout, ehemaliger Kultusminister und jetzt Religions=
lehrer Henri's von Bordeaux, und Graf Montbel, der bei dem

Erlaß der Ordonnanzen betheiligt gewesen war, und dessen schöne Gemahlin die Honneurs des exilirten Hofes machte.

Bei Gelegenheit der alljährlich sich wiederholenden militärischen Inspektionen fand am 23. September vor dem Mitregenten und seinem Bruder eine Exerzirübung des Gardereiter-Regiments in der Nähe von Pirna statt. Der Prinz-Vater hatte bestimmt, daß sein Sohn, begleitet von dem Erzieher, am Nachmittage auf dem Königstein mit ihm zusammentreffen sollte. Es war das erste Mal, daß eine ernste Lebensgefahr über dem jungen Fürsten schwebte. Beim Verlassen der Festung, gegen Abend, brach bei der Biegung des Weges zur Neuen Schenke die Deichsel an dem Wagen des Prinzen Johann, in welchem auch Prinz Albert und Langenn sich befanden, und die scheu gewordenen Pferde sausten im Galopp die mit Steinplatten gepflasterte Straße hinab. Zwar gelang es der Geistesgegenwart des Postillons, das Gespann an dem vorauffahrenden Wagen des Prinzen Friedrich und dessen Gemahlin, hart an dem offenen Felsabhang entlang, vorüberzulenken, dann aber verlor er die Gewalt über die Zügel, die Vorder- und Hinterräder trennten sich, und es erfolgte ein Umsturz, — zum Glück nach der Seite des Bergrandes, denn ein Fall nach der entgegengesetzten Richtung, dem steilen Abgrunde zu, würde eine unberechenbare Katastrophe herbeigeführt haben. Prinz Johann erlitt einige Verletzungen, sein Sohn und Langenn blieben unbeschädigt, während der Führer des Wagens dienstunfähig wurde. In Dresden waren im ersten Augenblick die übertriebensten Nachrichten von dem Unfall verbreitet; man erzählte sich, Herr v. Langenn sei den Berg hinabgestürzt und habe den Hals gebrochen.*)

—————

*) Nach der Darstellung des Prinzen Johann in den Lebenserinnerungen, einem Briefe an Manteuffel vom 10. Oktober 1835 und den Akten der Oberpostdirektion zu Leipzig im Hauptstaatsarchiv.

Ein besonders lebhaftes Treiben entfaltete sich in dem sonst so altväterisch stillen Hoflager von Pillnitz während der ersten Herbstwochen des Jahres 1835. In den letzten Septembertagen hatten die drei Monarchen von Rußland, Oesterreich und Preußen eine Zusammenkunft in Teplitz, die von der öffentlichen Meinung des In- und Auslandes zunächst als eine Erneuerung der heiligen Allianz aufgefaßt wurde, bis sich herausstellte, daß das Ereigniß zu keinerlei Abmachungen zwischen den betheiligten Fürsten geführt hatte. Friedrich Wilhelm III., der nach dem Tode des Kaisers Franz I. (2. März 1835) der einzige noch überlebende Theilnehmer des Bündnisses von 1815 war, verband mit dem Kongreß lediglich den Zweck, der Welt zu zeigen, daß trotz der Veränderungen, die das europäische Staatensystem in zwei Jahrzehnten erfahren hatte, das Einverständniß der Ostmächte, in welchem er die Bürgschaft des Friedens erblickte, unerschütterlich geblieben sei. König Anton und die Prinzen, seine Neffen, mit ihren Gemahlinnen begrüßten die Herrscher persönlich. Für die sächsischen Verhältnisse hat der Fürstentag sogar eine gewisse Bedeutung gehabt, da er dem Prinzen Friedrich und seinem Begleiter, dem Minister von Zeschau, der soeben zu dem Portefeuille der Finanzen noch das des Auswärtigen übernommen hatte, Gelegenheit zum Meinungsaustausch mit Metternich gab. Der Eindruck des Mitregenten auf den Fürsten-Staatskanzler war ein so günstiger, daß dieser, nach Wien zurückgekehrt, sich in Lobeserhebungen über den hohen Geist, den vortrefflichen Willen und den tiefen Rechtssinn des Prinzen erging und alle Mißverständnisse, die seit fünf Jahren einer Annäherung im Wege gestanden hatten, für aufgehoben erachtete.*)

*) Bericht des Gesandten in Wien, v. Uechtritz, 24. Oktober 1835. Haupt-Staatsarchiv.

Ein großer Theil der Fürstlichkeiten, die Zeugen der Entrevue waren, berührte auf der Rückreise Pillnitz. Auch dem Prinzen Albert wird manche Persönlichkeit aus jenen Tagen in Erinnerung geblieben sein: vor Allen die ehrwürdige Gestalt des Siegers von Aspern, Erzherzog Karl; ferner der Herzog von Leuchtenberg, Sohn des Vizekönigs von Italien, Eugen Beauharnais; der jugendliche Erbgroßherzog von Weimar, Karl Alexander, Prinz Wilhelm von Preußen und dessen Gemahlin Augusta, die damals die ersten Beziehungen zu dem stammverwandten sächsischen Königshause anknüpfte.

Dann folgten stillere Zeiten. Die Vorbereitungen für den zweiten Landtag, der im nächsten Jahre zusammentreten sollte, beschäftigten den Prinzen-Vater schon während des Winters. Aus der Berichterstattung über das den Ständen vorzulegende Kriminalgesetzbuch, welche die Erste Kammer dem Prinzen Johann übertragen hatte, erwuchs ihm eine Arbeit, die nach Ausweis der darüber vorhandenen Aktenkonvolute die größten Dimensionen annahm. Der durch seine Verbreitung klassischer Bildung in Amerika berühmte Litterarhistoriker George Ticknor, der fast vierzig Jahre hindurch mit dem Prinzen und König im Briefwechsel stand, giebt eine ansprechende Schilderung von dem Studirzimmer desselben, das wie die Werkstätte eines Gelehrten mit Büchern, Plänen und Schriftstücken überfüllt war.[*]) Einige Unterbrechungen gewährten nur die Feierlichkeiten zu dem schon erwähnten achtzigsten Geburtstage des Königs Anton, am 27. und 28. Dezember 1835, und die Taufe der Prinzessin Anna, die am 5. Januar 1836 in der Palaiskapelle im Beisein des Prinzen

---

[*]) Hillard, Life of George Ticknor, Boston 1876. I. Seite 466. Tagebuch vom 8. Januar 1836.

Albert und seiner Geschwister Elisabeth, Ernst und Georg stattfand. Nach Beendigung des Karnevals zog sich der Prinz mit
seiner Familie auf sein Landgut Jahnishausen zurück, um unge-
stört seinen Studien obliegen zu können.

Als man am 2. Mai in das Sommerlager von Pillnitz
übersiedelte, gab eine sichtbare Veränderung in dem Befinden
des Königs Anlaß zu ernsten Besorgnissen. In gewohnter Rüstig-
keit hatte König Anton sich noch am 11. April auf einem kleinen
Ballfest, das Prinz Friedrich zu Ehren seines Vaters gab, an
der Française betheiligt, bald darauf aber stellten sich die Anzeichen einer Herzbeklemmung ein. Die Mahnungen der Aerzte,
die auf Schonung drangen, blieben erfolglos: noch am 4. Juni
begab sich der alte Herr, wie jeden Vormittag, in die Stadt;
kaum im Schlosse angelangt, wurde er von einer Ohnmacht befallen, die längere Zeit andauerte. Es gelang, ihn nach Pillnitz
zurückzuleiten, — aber seine Stunden waren gezählt! Nach
dem Empfang der Sakramente ertheilte er, ungetrübten Geistes
und in voller Ruhe der Seele, den Prinzen und Prinzessinnen,
auch den Kindern des Prinzen Johann, seinen Segen; dann ent-
schlummerte er sanft am 6. Juni, wenige Minuten vor halb
zwölf Uhr mittags. Alles in Allem ein Mann von seltener
Herzensgüte und unerschütterlicher Gottesfurcht, die ihn alle
Schicksalsschläge seines langen Lebens mit stiller Ergebung tragen
ließ, von einem vielleicht zu weichen Stoff des Gemüthes für die
politischen Kämpfe, die ihm nicht erspart blieben, — ein Patriarch
seines Hauses und von einer selbst für die damalige Zeit wohl
beispiellosen Genügsamkeit in Bezug auf den äußeren Glanz seiner
Königlichen Würde.

Die Ueberführung der sterblichen Hülle des Königs von
Pillnitz nach Dresden, die am 8. Juni abends auf der fliegenden

Elbfähre unter Fackelbegleitung erfolgte, wird in der Seele seines jugendlichen Großneffen einen tiefen Eindruck hinterlassen haben.

Die Veränderungen, die durch die Thronbesteigung des Königs Friedrich August II. in dem Hofhalt vor sich gingen, mögen auf das Leben des Prinzen Albert kaum einen Einfluß ausgeübt haben, aber es lag doch in der Natur der Sache, daß auch für ihn die äußere Welt sich allmählich erweiterte. Schon melden die Berichte bisweilen seine Anwesenheit bei offiziellen Feierlichkeiten: am 18. Juni war er zugegen, als sein Königlicher Oheim die Deputationen der Universität Leipzig und des Rathes der Residenzstadt Dresden empfing, die ihn ihrer Treue versicherten. Am 13. November wohnte er auf einer Tribüne des Thronsaals, in Begleitung der Königin und seiner Mutter, zum ersten Male der Eröffnung des Landtages bei. Mit inhaltsschweren Worten entwickelte der neue Landesherr das Programm seiner Regierung, das in dem Gelöbniß gipfelte, unterstützt von der Einsicht und den Erfahrungen der Stände, dem Vaterlande die Wohlthaten einer guten Verwaltung und Gesetzgebung zu sichern, das Recht stets heilig zu halten, vor Allem aber den religiösen Sinn zu pflegen, den das Sachsenvolk bis jetzt auf so ehrenwerthe Weise zu bewahren wußte, und somit den Beweis zu liefern, daß die Bahn, auf der man jetzt wandle, die Bahn des gegenseitigen Vertrauens, diejenige sei, auf welcher allein das wahrhaft Bessere erstrebt werden könne.*)

Anregungen anderer Art gewährten die Besuche der Fürstlichkeiten, die dem König ihre Glückwünsche zum Regierungsantritt darbrachten. Zuerst, bereits am 5. Juli, erschien der Herzog von Bordeaux, der durch seine Liebenswürdigkeit und

---

*) Landtagsakten 1836/37. Mittheilungen, S. 2.

den Eifer, mit dem er die Dresdener Kunstsammlungen besichtigte, allgemeine Sympathie erweckte. Nachdem am 3. August, dem Geburtstag seines Souverains, der langjährige preußische Gesandte am sächsischen Hofe, Herr v. Jordan, dem König den Schwarzen Adlerorden überreicht hatte, traf am 4. August Friedrich Wilhelm III. persönlich ein und empfing aus den Händen Friedrich Augusts den Hausorden der Rautenkrone. Durch die zweite Vermählung des sächsischen Herrschers waren die verwandtschaftlichen Beziehungen der beiden Fürstenhäuser noch enger geknüpft worden, da die Königin Marie eine Schwester der Kronprinzessin Elisabeth von Preußen war. Der Kronprinz Friedrich Wilhelm unterhielt seitdem mit seinem Schwager Friedrich August einen freundschaftlichen Verkehr, der sich kaum weniger innig gestaltete als sein Jugendbund mit dem Prinzen Johann. Ein wochenlanger Aufenthalt des Kronprinzenpaares in Pillnitz, im Herbst 1836, befestigte dieses Verhältniß. Das meiste Aufsehen aber erregte die Anwesenheit des jungen Königs von Griechenland, Otto von Bayern, die den Bewohnern der Residenzstadt um so mehr Stoff zur Unterhaltung bot, als am 8. September im dortigen Schlosse, in den Gemächern der Mutter des Prinzen Albert, des Königs Verlobung mit der Prinzessin Amalie von Oldenburg in Gegenwart der Braut und deren Verwandten feierlichst vollzogen wurde.

Während des festlosen Winters, der dem Todesjahre des Königs Anton folgte, nahmen die Berathungen des Landtages das öffentliche Interesse fast ausschließlich in Anspruch. Seine Thätigkeit bewegte sich in denselben Bahnen wie die der Ständeversammlung von 1833 und 1834, denn noch immer handelte es sich im Wesentlichen um die Feststellung der organischen Gesetze, welche die Verfassung verheißen hatte. Die außerordentlich langwierigen Debatten über das Kriminalgesetzbuch mit seinen mehr als 300 Paragraphen wurden von der Ersten Kammer eröffnet, und Prinz Johann erzählt, daß er Wochen hindurch die Rednerbühne nicht habe verlassen können, da ihm als Referent die Aufgabe zufiel, über jedes der zahllosen Amendements sein Gutachten abzugeben. Es dürfte in der Geschichte der deutschen Landesvertretungen nur äußerst selten vorgekommen sein, daß bei der Behandlung einer einzelnen Vorlage eine solche Fülle von juristischem Scharfsinn ins Feld geführt wurde, wie damals in den sächsischen Kammern. Die Erörterung einiger prinzipieller Fragen, wie die Bestrafung des Zweikampfes, die Todesstrafe und die Organisation des Gefängnißwesens, rief in weiten Kreisen der deutschen Rechtswissenschaft lebhafte Theilnahme hervor.

Einen großen Aufwand an Zeit erforderten sodann die Vorarbeiten für die gesetzliche Regelung des Grundsteuersystems. Die Regierung hatte, im Anschluß an den § 39 der Verfassung, diesen Gegenstand schon auf dem vorigen Landtag dem Votum der Stände unterbreitet und mit Zustimmung derselben in der Zwischenzeit sehr eingehende Pläne über die Abschätzung der Grundstücke und die Vermessung der verschiedenen Kategorien des Grundbesitzes aufstellen lassen. Obwohl auch in der Versammlung von 1836 und 1837 noch ein gewisser Gegensatz zwischen den städtischen und ländlichen Eigenthümern unverkennbar war, wurde doch zuletzt ein allseitiges Einverständniß über diesen wichtigsten Zweig der direkten Abgaben erzielt, so daß im Laufe der nächsten Jahre die schwierige Veranlagung der Steuer im Einzelnen vorgenommen werden konnte.

Von großer Bedeutung waren ferner noch die Beschlüsse, die Kammern auf dem Gebiete des Eisenbahnwesens zu Die sächsische Staatsverwaltung ist eine der ersten

in Deutschland gewesen, welche die Wichtigkeit des Verkehrs=
mittels der Zukunft von Anfang an richtig erfaßte, und auch die
Landesvertretung stand in dieser Beziehung auf der Höhe der
Zeit. Einzelne Stimmen der Opposition ließen sich zwar ver=
nehmen; man hörte den Einwand, daß die Eisenbahnen höchstens
für Handel und Großindustrie, überhaupt nur für reiche Leute
von Vortheil seien. Selbst Warnungen aus militärischen Gründen
wurden laut: man hob hervor, daß in einem Lande wie Sachsen,
welches durch seine centrale Lage so oft der Schauplatz des
Krieges gewesen, die kostspieligen Bahnanlagen nur allzuleicht der
Zerstörung des Feindes ausgesetzt sein würden. Gleichwohl war
im Jahre 1833 der Antrag des Baues der Leipzig—Dresdener
Bahn, zu dem eine Aktiengesellschaft sich erboten hatte, mit über=
wältigender Majorität durchgegangen, und auch die neuen Vor=
schläge der Regierung, die sich auf den Ausbau der Linie
Chemnitz—Riesa und der Bahnen nach dem Voigtlande und der
Lausitz bezogen, wurden von dem Landtage angenommen.

Die ununterbrochene geistige Anspannung der letzten Jahre
veranlaßte den König, dessen Gesundheitszustand schon seit einiger
Zeit mancherlei Schwankungen unterworfen war, noch während
der Tagung der Stände, am 28. Juni 1837, einen Reise=
ausflug nach Oberitalien und in die Alpen zu unternehmen.
Auf dem Rückwege begriffen, erkrankte der König an einem
klimatischen Fieber, das er sich wohl in den sumpfigen Niederungen
der Umgebung von Ravenna zugezogen hatte. Da die Nachrichten
über sein Befinden ernste Befürchtungen hervorrufen mußten, be=
gab sich am 26. Juli der Leibarzt Dr. Carus nach Laybach, und
am 3. August folgte auch die Königin Marie dorthin. Es
dauerte noch einige Tage, bis die Gefahr beseitigt war, dann
erfolgte am 23. August die Rückkehr des Königs, die sich zu

einem allgemeinen Freudenfeste gestaltete. Die ganze Königliche Familie, auch der greise Vater, Prinz Maximilian, und die Kinder waren dem Königspaar bis Pirna entgegengefahren, und vor dem Forsthause daselbst entspann sich in Gegenwart von Tausenden von Zuschauern, darunter auch die Zöglinge der Militärschule von Struppen, eine Empfangsszene, wie sie herz= licher nicht zu denken war. Dann bestieg man das Dampfschiff „Königin Marie“ zur Fahrt nach Pillnitz, ein besonderes Ver= gnügen für die Jugend, denn es war das erste Mal, daß der Hof sich dieses erst vor wenigen Wochen dem Verkehr über= gebenen Beförderungsmittels bediente. Den Beschluß des Tages bildete ein Fest der Landstände auf dem Finblaterschen Wein= berg, bei welchem die Höhen des rechten Elbufers unterhalb Loschwitz in bengalischem Licht erstrahlten.*)

Bald darauf, am 5. September, trat Prinz Albert, in Be= gleitung seiner Eltern und drei seiner Geschwister eine Reise an, die ihm diesmal ganz neue Eindrücke erschloß und ihn mit Persönlichkeiten in Berührung brachte, denen er später in wichtigen Momenten seines Lebens näher treten sollte. Man begab sich zunächst nach Regensburg, wo die geschichtlichen Erinnerungen der alten Reichsstadt mit Aufmerksamkeit betrachtet wurden, und von dort nach München, wo die ganze Familie bei der Schwester der Prinzessin=Mutter, Ludovike, Gemahlin des Herzogs Max, in dem Palais in der Ludwigstraße gastliche Aufnahme fand. Später schloß sich daran ein längerer Aufenthalt in dem anmuthigen Tegernsee, wohin die Königin=Wittwe von Bayern eine Art von Familienkongreß entboten hatte, nämlich die Kinderschaar ihrer drei Töchter, Amalie von Sachsen, Sophie, Gemahlin des Erzherzogs

---

*) Nach dem Bericht in der Leipziger Zeitung, 1837, S. 2572.

Franz Karl von Oesterreich und Ludovike von Bayern. Diese Vereinigung bildeten vier Sprößlinge des Hauses Wettin, Elisabeth, Albert, Ernst und Georg, — ebensoviele von habsburgischer Abstammung, Franz Joseph, Maximilian, Karl Ludwig und Marie Anna, — zwei von Wittelsbachischem Geschlecht, Ludwig und Helene. Nach einer Aeußerung des Prinzen Johann darf man annehmen, daß die junge fürstliche Welt das Leben in der schönen Natur mit voller Ungezwungenheit genoß: der Führer des Reigens war, als der Aelteste, Prinz Albert. Aber auch für die Zukunft war das Beisammensein in Tegernsee nicht ohne Bedeutung, denn aus jenen fröhlichen Tagen der Kinderzeit stammt der Freundschaftsbund der sächsischen Prinzen mit dem späteren Kaiser Franz Joseph und dem Erzherzog Maximilian, der dereinst in fernen Welten einen tragischen Untergang finden sollte.

Während die Prinzeß Johann mit ihren Kindern erst am 31. Oktober wieder in Dresden eintraf, war ihr Gemahl schon im Laufe des September zurückgekehrt, weil die Fortsetzung der ständischen Berathungen ihm nur einen kurzen Urlaub gestattete. Gerade in den letzten Monaten der Tagung hatten die Kammern, die erst am 5. Dezember geschlossen wurden, noch eins der wichtigsten Gesetze zu erledigen, die Gemeindeordnung, die insofern zu den Grundlagen der Verfassung gehörte, als sie dazu bestimmt war, die Einrichtungen der Selbstverwaltung, die den Städten schon zu Theil geworden waren, auf die ländlichen Bezirke zu übertragen.

Das Jahr 1838 begann mit einem schmerzlichen Ereigniß. Am 3. Januar starb der Großvater des Prinzen Albert, der Nestor der Familie, Prinz Maximilian, in seinem neunundsiebzigsten Lebensjahre. Der hochbetagte Fürst, für den schäftigung mit der Kunst und das Leben im Kreise der Kinder und Enkel den Mittelpunkt des Daseins bildeten, war bis vor Kurzem noch ungemein rüstig und beweglich gewesen; in der Umgebung von Dresden und Pillnitz kannte ihn jedes Kind, das ihm auf seinen weiten Spaziergängen begegnete, die er meist unbedeckten Hauptes unternahm. Er hatte noch im vorigen Jahre einen Besuch an dem verwandten Hofe von Toskana gemacht, aber nach einem unglücklichen Fall im Palazzo Pitti begannen seine Kräfte zu schwinden. Die Anspruchslosigkeit seines Wesens offenbarte sich noch in einer testamentarischen Bestimmung, in der der Prinz jedes Ceremoniell bei seiner Bestattung untersagte. Prinz Johann, durch die Trauer um den Vater tief gebeugt, sehnte sich nach einer Erfrischung des Gemüthes und fand dieselbe zunächst in litterarischer Beschäftigung. Die Dantestudien, die er auch mitten in seiner politischen Thätigkeit niemals ganz unterbrochen hatte, waren bis zu dem Punkte gediehen, an dem eine Neubearbeitung des Inferno sich dem Abschluß näherte. Da der Prinz aber, nach Art des deutschen Gelehrten, das Hauptgewicht auf den erläuternden Kommentar zu seinem Werke legte, der die vollständige Beherrschung der italienischen Quellen über die damals noch ziemlich im Dunkeln liegende Geschichte der Frührenaissance voraussetzte, so entschloß er sich im März zu einer längeren Reise nach Italien, welche die ganze Halbinsel der Apenninen und die Insel Sicilien umfassen sollte.

In der Abwesenheit des Vaters sorgte dessen Schwester Amalie dafür, daß der Tag des 23. April, an welchem Prinz Albert sein zehntes Lebensjahr vollendete, durch Veranstaltung eines Kinderballs, bei dem auch der König und die Königin erschienen, festlich begangen wurde. Prinzeß Amalie hat viele Jahre hindurch zu ihrem Neffen in einem Verhältniß von

faft mütterlicher Freundschaft gestanden, und in seinen Lebens=
erinnerungen behauptet ihr Bild einen unbestrittenen Ehrenplatz.
Sie besaß eine resolute Entschlossenheit des Willens und eine
Festigkeit des Charakters, die mit ihrer zarten äußeren Er=
scheinung in einem merkwürdigen Gegensatz standen. Obgleich die
Politik ein Element war, das sie am liebsten von sich fern hielt,
äußerte sich die Schlagfertigkeit ihres Urtheils doch sehr häufig
in treffenden Bemerkungen über die Begebenheiten der Zeit und
die leitenden Persönlichkeiten. Wie tapfer hatte sich schon in
ihrem jugendlichen Herzen der Ingrimm gegen Napoleon geregt,
zu einer Zeit, als der Zwang der äußeren Verhältnisse ihr
engeres Vaterland noch ganz unter die Aegide des großen
Korsen stellte! Was immer der vornehmste Stempel einer eigen=
artig entwickelten Persönlichkeit ist: sie trug das Maß der Dinge
in sich selbst. Ihre dramatischen Dichtungen liefern durch die
naturgetreue Schilderung solcher Lebenskreise, denen sie von Geburt
fern stand, eine Bestätigung der psychologischen Thatsache, daß
hochgebildete Frauen sich oft weit leichter über den Vorstellungs=
kreis ihres Standes erheben als die Vertreter des starken Ge=
schlechts. Wenn die Lustspiele und Dramen der Prinzessin Amalie
auf allen Bühnen Deutschlands und selbst darüber hinaus Ein=
gang fanden, so ist das namentlich darauf zurückzuführen, daß
sich in ihnen das Streben offenbarte, eine Gegenwirkung gegen
die Ueberfluthung der deutschen Bühne durch die französischen
Intriguenstücke, welche damals die Mode beherrschten, herbeizu=
führen. An Stelle einer künstlich aufgebauten Handlung, die
meist mit einer politischen oder sozialen Tendenz verbunden war,
tritt die natürliche und ungeschminkte Darstellung deutscher Sitte,
deutscher Empfindung; schwierige und nervenerschütternde psycho=
logische Probleme, die das heutige Publikum begehrt, liegen aller=

dings nicht in dem Bereich der Dichterin, dagegen ist die Zeich=
nung der Charaktere oft mit so großer Sorgfalt entworfen, daß
selbst hervorragende dramatische Künstler die Nachbildung dieser
Gestalten zu ihren Lieblingsrollen zählten.

Für die Neffen und Nichten war es stets ein Freudentag,
wenn sie in den wohlgeordneten Räumen des säuberlich schmucken
Heims der Tante Amalie die Kunstschätze und Seltenheiten, welche
diese auf ihren häufigen Reisen nach dem Süden gesammelt
hatte, staunend betrachten durften. Die Prinzessin verstand es
meisterhaft, die Kinder spielend zu beschäftigen und ihnen zugleich
die dem Alter entsprechende geistige Anregung zu bieten; allzeit
blieb sie ihnen eine wohlwollende Fürsorgerin, bis zu dem Augen=
blick, den sie noch erlebte, da die Prinzen Albert und Georg
hinauszogen in den Kampf für das Vaterland!

Als Prinz Johann nach viermonatlicher Abwesenheit am
18. Juli zurückkehrte, traf er den Kaiser Nikolaus von Rußland,
der mit seiner Gemahlin und seiner jüngsten Tochter Alexandra
einige Tage als Gast in Pillnitz weilte. Es war das erste Mal,
daß Prinz Albert dem nordischen Herrscher begegnete, zu dem er
später, wie wir sehen werden, in besonders freundschaftliche Be=
ziehungen treten sollte.

Am 23. Juli wohnte der ganze Hof, darunter auch der
junge Prinz, der Eröffnung der ersten Eisenbahnstrecke zwischen
Dresden und Leipzig bei, einem Fest, das sich, der Neuheit des Er=
eignisses entsprechend, mit großer Feierlichkeit abspielte. Auf dem
mit Reisig und Blumen geschmückten Neustädter Bahnhof
empfingen die Mitglieder der Direktion an der Spitze der in
Reihe und Glied aufgestellten Arbeiter des Bahnbaues den König.
Darauf bestieg man die Waggons und fuhr unter Begleitung
der Musik des Leib=Infanterie=Regiments bis zur Station Wein=

traube. Es war ein sehr bescheidener Anfang, denn die zurück=
gelegte Entfernung betrug kaum eine deutsche Meile!

Einen Theil des Herbstes verbrachte Prinz Johann mit
seiner Familie zum ersten Male auf dem Schlosse Weesenstein,
welches er aus der Hinterlassenschaft König Antons für eigene
Rechnung käuflich erworben hatte. Die rationelle Bewirthschaftung
und Verbesserung seiner Güter bildete eine Lieblingsbeschäftigung
des Prinzen=Vater, theils um der Sache selbst willen, theils weil
er für die Poesie des Landlebens in hohem Grade empfänglich
war. In einer seiner Dichtungen sagt er:

> Wohl Dem, der von dem nichtigen Gewühle
> Der Stadt sich wendend, Dein Asyl begrüßt,
> Wo in des stillen Wiesengrundes Kühle
> Der eigne Herd sich lockend ihm erschließt.

Der Sinn für die stillen Freuden der Natur und die innere
Befriedigung, die das Schaffen auf eigenem Grund und Boden
dem Landbesitzer gewährt, vererbten sich frühzeitig von dem Vater
auf den Sohn. Ueberhaupt war es ein wesentliches Moment
für die Entwickelung desselben, daß die Lebensweise des Hofes
ihm die Möglichkeit gewährte, den größten Theil des Jahres
außerhalb der Stadt zuzubringen. Den König, der bekanntlich
mit besonderer Vorliebe das systematische Studium der Botanik
betrieb, zog es in jedem Jahre, wenn die Lustbarkeiten des
Karnevals vorüber waren, nach dem stillen Landhause auf dem
Weinberge oberhalb Wachwitz hinaus, das für ihn sein Eldorado
war, und wo er sich auch in der späteren Jahreszeit, wenn die Tage
in Pillnitz anfingen, unbehaglich zu werden, für mehrere Wochen,
oft bis Ende November, niederzulassen pflegte. Das große Er=
eigniß des Herbstes war nicht nur für die Königliche Familie,
sondern auch für die Bewohner der umliegenden Ortschaften die

alljährliche Feier der Weinlese, an welcher die Jugend sich mit
Spiel und Tanz betheiligte, bis unter den Klängen der Militärmusik ein Feuerwerk die Fröhlichkeit beendete. In gleicher Weise
wurde es im Elternhause des Prinzen Albert zur feststehenden
Gewohnheit, den Frühling entweder im Gartenpalais oder auf
einer der Landbesitzungen, im Jahre 1839 z. B. in Jahnishausen, zu begrüßen und ebenso vom Herbst Abschied zu nehmen.

Aber noch andere Freuden gewährte der häufige Aufenthalt
auf dem Lande. Unter den beiden letzten Regenten Sachsens war
das ritterliche Vergnügen der Jagd so gut wie verpönt gewesen;
unter Friedrich August aber trat die alte Waidmannslust der
Albertiner wieder in ihr volles Recht. Da auch der Bruder des
Königs in seinem Revier häufig Gastfreundschaft übte, so konnte
es nicht ausbleiben, daß sein Sohn, wenn auch einstweilen noch
als unthätiger Zeuge, bei dem Aufbruch zur Jagd oder der Heim-
bringung des Wildes zur Strecke, Bilder in sich aufnahm, die
schon in frühen Jahren seiner regsamen Phantasie eine neue
Welt erschlossen.

Inzwischen war die physische Kraft und Gewandtheit des
Prinzen Albert in seinem zwölften Lebensjahre bereits so weit
gediehen, daß er einen Pony, welchen der Vater ihm zum Geburtstage geschenkt hatte, mit Sicherheit zu lenken verstand, obwohl dieses erste Pferd, ein Hengst Gothländischer Race, ihm
gewiß manche Schwierigkeiten bereitete, denn es führte wegen
seiner widerspänstigen Launen den Namen Tydeus — nach dem
Homerischen Helden, der zwar klein von Gestalt, aber voll un-
gestümen Muthes war. Die Reitstunden des Prinzen leitete der
Adjutant des Vaters, Rittmeister Adolf Kurt v. Prenzel, der
allen Grund hatte, mit den Leistungen seines Schülers zufrieden
zu sein.

Im Jahre 1840 erlebte Prinz Albert zum ersten Male einen drohenden Wettersturm der europäischen Politik, der ganz Deutschland durchzuckte und die nationalen Empfindungen des Volkes, die seit 1815 zu schlummern schienen, in leidenschaftliche Erregung versetzte. Eine unkluge Wiederbelebung der Napoleonischen Erinnerungen veranlaßte das streitlustige Ministerium Thiers, das am 1. März 1840 die Leitung der Geschäfte übernommen hatte, in dem Konflikt zwischen der Türkei und Aegypten die Partei des siegreichen Vizekönigs Mehemed Ali zu ergreifen und dadurch den Gegensatz der übrigen Großmächte herauszufordern, die entschlossen waren, den Vasallen der Pforte zur Herausgabe seiner Eroberungen zu zwingen. Die Folge davon war, daß die Quadruplealliauz in dem Londoner Protokoll vom 15. Juli, ohne Rücksicht auf Frankreich, sich zur Wiederherstellung des Friedensstandes im Orient vereinigte. Das Bekanntwerden dieses Vertrages, bei dem die Regierung Louis Philipps völlig bei Seite gedrängt war, erzeugte in Paris eine Aufwallung der nationalen Eitelkeit, die das Ministerium und für einige Augenblicke selbst den König mit sich fortriß. Der sächsische Gesandte am Hofe der Tuilerien, Johann Heinrich von Könneritz, berichtet von einem Gespräch mit Thiers im Parke von Auteuil am 4. August, bei welchem der Konseilpräsident den ganzen Aufwand seiner Rhetorik glänzen ließ. „Europa muß wissen", rief er aus, „daß Frankreich Armeen hat und als Großmacht sich nicht ignoriren läßt, — man muß wissen, daß wir allein Geld haben: 200 Millionen, die unbenutzt daliegen." Frankreich verlange eine entscheidende Stimme bei der Festsetzung der Grenzen im Osten. „Setzt man sich darüber hinweg", fuhr Thiers fort, „so ist dies der Krieg, der Krieg aufs Aeußerste,

sollte Frankreich selbst darüber zu Grunde gehen".*) Die fran=
zösische Nation befand sich in demselben Kriegstaumel wie 1793,
und wie damals bildete die Eroberung des linken Rheinufers
den Feldruf der öffentlichen Meinung.

Die Verhältnisse fügten es, daß die Sommerresidenz in
Pillnitz der Schauplatz wichtiger diplomatischer Unterhandlungen
wurde, die sich auf die schwebende Frage bezogen. Am 13. August
hatte König Friedrich Wilhelm IV., der soeben nach dem Tode
seines Vaters zur Regierung gelangt war, am sächsischen Hofe
eine Zusammenkunft mit Metternich. In seiner Begleitung be=
fand sich sein Bruder, der Prinz von Preußen, der die Möglich=
keit des Kriegsfalls sehr ernstlich ins Auge faßte. Es wurden
Konferenzen abgehalten, die ein vollkommenes Einverständniß in
der Haltung Oesterreichs und Preußens den Drohungen Frank=
reichs gegenüber herbeiführten. Der Zusammenhalt der deutschen
Mächte und die nationale Begeisterung, die namentlich in West=
deutschland unter dem Eindruck des Beckerschen Liedes vom freien
deutschen Rhein in hellen Flammen aufschlug, belehrte die Fran=
zosen, daß ihre Politik sich in falschen Zirkeln bewegte, wenn sie
auf die Uneinigkeit der Deutschen gerechnet hatten. Die Wogen
in Paris verstummten: Thiers verschwand einstweilen von der
politischen Bühne, und sein Nachfolger Guizot, der zu den
eifrigsten Fürsprechern der englisch=französischen Allianz zählte,
lenkte in friedlichere Bahnen ein.

Während dieses Zwischenspiels der auswärtigen Politik
waren vom 10. November 1839 an die sächsischen Kammern zu
ihrer dritten Session versammelt gewesen. Der Eröffnung
wohnte diesmal nicht nur Prinz Albert, sondern auch sein Bruder

---

*) Depesche aus Paris, 5. August 1840. Hauptstaatsarchiv.

Ernst bei. Der Rechenschaftsbericht, den der vorsitzende Minister v. Lindenau verlas, konnte feststellen, daß die fundamentalen Gesetze des Verfassungsstaates, die das Werk der beiden ersten Ständeversammlungen gewesen waren, sich auf allen Gebieten der Verwaltung und Finanzen, des Handels und der Industrie in ihrer praktischen Ausführung vollkommen bewährt hatten. Mit besonderer Genugthuung geschah der Beendigung des Baues der gesammten Eisenbahnstrecke Leipzig—Dresden Erwähnung, die am 8. April unter Theilnahme des Hofes dem Verkehr übergeben worden war, und deren musterhafte Anlage der Minister als ein Denkmal sächsischer Intelligenz und Arbeitskraft bezeichnete.*) Die Regulirung der Grundsteuer war im besten Gange: die Grundsätze über die Ablösung der bisher noch bestehenden Befreiungen wurden dem Gutachten der Landesvertretung unterbreitet. Man näherte sich dem Zeitpunkt, an welchem die durch die Konstitution verbürgte Einheit und Gleichheit der Besteuerung zu einer vollendeten Thatsache werden sollte. Da die Versammlung sich meist nur mit Detailfragen zur Ergänzung der bestehenden Gesetzgebung zu beschäftigen hatte, trat die prinzipielle Wichtigkeit ihrer Berathungen hinter der der früheren Jahre nicht unerheblich zurück. Die Entlassung der Stände fand am 10. Juni 1840 statt, wieder in Gegenwart der Prinzen Albert und Ernst, denen sich diesmal auch der jüngere Bruder, Georg, angeschlossen hatte.

Es war eine Zeit des äußeren und inneren Friedens, in welcher der junge Fürst allmählich dem Knabenalter entwuchs. Vergegenwärtigen wir uns zunächst den weiteren Rahmen seiner Umgebung in dieser Epoche, so ist daran zu erinnern, daß die

---

*) Landtagsakten 1839. Mittheilungen S. 6.

sächsische Hauptstadt, deren Entwickelung in dem ersten Drittel
unseres Jahrhunderts nur langsam vorwärts schritt, unter der
Regierung König Friedrich Augusts II. auf den mannigfachsten
Gebieten der deutschen Kultur einen bemerkenswerthen Aufschwung
nahm.*) Wie immer in fürstlichen Residenzen, ging die Förderung
hauptsächlich vom Hofe aus, der mit auserlesenem Geschmack die
geistigen und künstlerischen Richtungen der Zeit unterstützte und
durch die ungezwungenen Formen seiner Geselligkeit auf weite
Kreise anregend wirkte. Der im Geburtsjahr des Prinzen zur
Erinnerung an den dreihundertjährigen Todestag Albrecht Dürers
gestiftete sächsische Kunstverein ließ sich durch jährliche Aus-
stellungen auf der Brühlschen Terrasse die Pflege der Malerei,
Zeichenkunst und Plastik angelegen sein, und alle drei, später
alle fünf Jahre, wurden Industrieausstellungen veranstaltet, welche
die zunehmende Blüthe und Kunstfertigkeit des sächsischen Gewerbes
zur Veranschaulichung brachten. Ludwig Richter wußte in seinen
gemüthvollen Schilderungen des deutschen Lebens, namentlich in
den Illustrationen zu den hervorragendsten Dichtwerken unseres
Volkes, deutsche Innigkeit mit einem behaglichen Gefühl für die
landschaftlichen Reize seiner engeren Heimath zu verbinden;
Eduard Bendemann schmückte seit dem Anfang der vierziger
Jahre auf Befehl des Königs den Thronsaal des Residenzschlosses

*) Nach den Tabellen bei Otto Richter, Verfassungsgeschichte der
Stadt Dresden, 1885, Seite 199 und 201, erreichte die Einwohnerzahl der
Stadt erst einige Jahre nach der Geburt des Prinzen Albert wieder den
Personenstand, den sie vor Ausbruch des siebenjährigen Krieges gehabt
hatte. Doch beweist eine Bemerkung des Prinzen Johann in einem Briefe
an Manteuffel aus dem Januar 1836, daß der Zufluß der Fremden sich
schon damals fühlbar machte. Dort heißt es: „Die Gesellschaft ist hier
zahlreicher, als sie je war; besonders von Engländern wimmelt es förmlich.
Auch die einheimische Gesellschaft hat an Zahl zugenommen." Haupt-
Staatsarchiv.

mit Freskogemälden aus der deutschen Kaisergeschichte. Die Arbeiten für die Statue Friedrich Augusts des Gerechten, deren Ausführung ursprünglich dem berühmten Berliner Bildhauer Christian Rauch zugedacht war, auf dessen Empfehlung jedoch dem jugendlichen Ernst Rietschel übertragen wurde, gaben dem Prinzen Johann, der an der Spitze des Denkmalkomités stand, vielfache Gelegenheit zu persönlichem Verkehr mit der Künstler= welt. Thorwaldsen, der im Juni 1841 einige Tage in Dresden verweilte, wurde am Hofe mit ungewöhnlichen Ehren aufgenommen: eine Festvorstellung im Theater, der er in der mittleren Königs= loge beiwohnte, schloß mit einer allegorischen Verherrlichung seiner Kunst, unter begleitenden Worten, welche die Schauspielerin Fräulein Berg sprach.*)

Auf dem Gebiet der dramatischen Kunst behauptete Dresden auch damals seinen schon aus der Augusteischen Zeit ererbten Ruhm. Da das alte Schauspielhaus anfing baufällig zu werden, entstand unter den Händen des genialen Gottfried Semper, der auch die einförmige Architektur der Privathäuser in Elbflorenz durch manche neue Motive bereichert hatte, das neue Hoftheater. Eine der letzten Aufführungen in dem alten Hause, das am 31. März 1841 geschlossen wurde, benutzte Prinz Johann, um seine Kinder zum ersten Male ins Theater zu führen, — man gab die alte Oper von Grétry „der Blaubart" — und ebenso war er mit seiner Familie bei der Einweihung des neuen Hauses, die am zweiten Ostertag, 12. April, mit Torquato Tasso statt= fand, anwesend. Im Schauspiel wetteiferte die Mannigfaltigkeit der Darbietungen mit der feinfühligen Abwägung des Zusammen=

*) Nach der Erzählung bei Thiele, Thorwaldsens Leben, deutsche Ausgabe, Leipzig 1856, III., S. 118.

spiels. Emil Devrients glänzende Begabung, die freilich weniger auf die Charakteristik als auf die Schönheit der Darstellung das Hauptgewicht legte, und das seelenvolle Spiel des Fräulein Bayer erhoben das Dresdener Schauspiel zu einer Musterbühne der damaligen Zeit. Unter dem Einfluß Ludwig Tiecks, der bis zur Berufung nach Berlin, 1842, lange Jahre seinen Wohnsitz in Dresden hatte, überwog die klassische Richtung: namentlich die Shakespeareschen Dramen sind erst durch die Bearbeitungen und scenischen Einrichtungen des Altmeisters der Romantik und seines Freundes, Graf Baudissin, von Dresden aus dem Verständniß des deutschen Publikums näher geführt worden. Die Eigen=thümlichkeit Tiecks, in dem engsten Kreise seiner Getreuen sich geflissentlich gegen jede Berührung mit der Offentlichkeit ab=zuschließen, hat seinem Wirken in dem Geistesleben der sächsischen Hauptstadt offenbar Abbruch gethan. Nur in der Dante=Gesellschaft des Prinzen Johann und in den kleinen Abendzirkeln der Königin Marie theilte sich der unvergleichliche Zauber seines rezitirenden Vortrags weiteren Hörerkreisen mit. Seine Theater=regie aber hielt sich von dem Vorwurf der Einseitigkeit frei, denn der Spielplan umfaßte beinahe alle Gattungen der neueren Bühnendichtung bis zu dem lokalen Scherzspiel, das in dem Sommertheater des Linckeschen Bades zur Geltung gelangte, und den dramatisirten Romanen der Charlotte Birch=Pfeiffer, an denen die Mädchenpensionate sich entzückten.

Dieselbe Vielseitigkeit herrschte in dem Repertoire der Oper. Neben den klassischen Tonwerken Glucks, Mozarts und Beethovens behauptete sich die leichtere italienische und französische Musik, und auch die deutsche komische Oper begann mit Lortzing, der eine Zeit lang Kapellmeister in Leipzig war, Aufnahme zu finden. Die beiden Hauptgattungen des großen Stils, die bald in der

Kritik die heftigste Fehde gegen einander führten, die heroische
Oper Meyerbeers und das musikalische Drama der Zukunft, das
mit Wagners Rienzi am 20. Oktober 1842 zum ersten Male
über die Dresdener Bühne ging, feierten in Dresden gleiche
Triumphe.*) Bis zum Jahre 1830 hatte der Hof die italienische
Musik bevorzugt, jetzt begünstigte er die deutsche Tonkunst: im
Verein mit der Hofkapelle brachte die Dreyßigsche Singakademie
die gewaltigen Schöpfungen Händels wieder zu Ehren, und in
einem der schon damals üblichen Palmsonntags-Konzerte des
Hoftheaters erlebte im Jahre 1843 das Meisterwerk des um den
klassischen Ruf des Leipziger Gewandhauses hochverdienten Felix
Mendelssohn-Bartholdy, das Oratorium Paulus, seine erste Aufführung in Dresden. Durch die Begründung des Konservatoriums
in Leipzig ging Sachsen in der Förderung des musikalischen
Studiums aus öffentlichen Mitteln den übrigen deutschen Staaten
mit rühmlichem Beispiel voran. Mendelssohn, der im Jahre 1840
zu dem Plane die erste Anregung gab, sprach dabei den Gedanken
aus, daß die kunstsinnige Pleißestadt der geeignetste Ort sei, um
an die Schule der Wissenschaften die der Tonkunst anzuschließen,
aber er anerkennt zugleich, daß das Gelingen des Unternehmens
wesentlich dem verständnißvollen Eingehen des Königs Friedrich
August II. auf seine Rathschläge zu verdanken sei.**) Diese
idealen Bestrebungen waren nicht ohne Einfluß auf die Erziehung des Prinzen Albert; schon in jungen Jahren regte
sich in ihm Sinn und Verständniß für Musik, und durch sein

*) Der Darstellung liegen zu Grunde die Tageschronik des Hof-
marschallamts und die entsprechenden Kapitel bei R. Prölß, Geschichte des
Hoftheaters in Dresden. 1878.

**) Schreiben vom 8. April 1840 in den Briefen von Felix Mendels-
sohn-Bartholdy, Leipzig 1863, S. 230 ff.

ganzes Leben ist ihm diese Kunst eine freundliche Begleiterin geblieben.

Die Anziehungskraft, welche Dresden als Pflegstätte so vieler geistiger Interessen ausübte, hatte zur Folge, daß eine stattliche Zahl deutscher Fürstensöhne zur Vervollkommnung ihrer Bildung dort längeren Aufenthalt nahm. In erster Linie ist der Erbprinz von Sachsen-Koburg, nachmals Ernst II., zu nennen, der in den Jahren 1839 bis 1842 sich im Garde-Reiter-Regiment dem Militärdienst widmete. Der Herzog hat in späterer Lebenszeit über die liebevolle Aufnahme, die er in dem sächsischen Königshause fand, sich in sehr warmen Worten ausgesprochen und mit Recht hervorgehoben, daß das gesammte Leben in diesem harmonischen Kreise, das ihn an die Zeiten der Renaissance erinnerte, wohl einer besonderen Darstellung würdig sei. Eine dankbare Anerkennung zollt er namentlich dem veredelnden Einfluß der fürstlichen Frauen in diesem Familienzusammenhang. „Die Königin Marie und die Prinzessin Johann", sagt er, „verbreiteten einen wahrhaften Zauber über den ganzen, nur der feinsten Sitte huldigenden Hof."*) Dem Prinzen Albert stand sein Erneſtiniſcher Vetter schon durch den Unterschied der Jahre ferner; enger mit ihm verbunden waren die drei Mecklenburgischen Prinzen, Friedrich Franz von Schwerin, der nachmalige Kriegsführer im Feldzug an der Loire, Georg von Strelitz und Wilhelm von Schwerin, die nacheinander in dem hochangesehenen Blochmannschen Institut ihre Erziehung genossen und sowohl beim König als beim Prinzen Johann als Kinder des Hauses angesehen wurden. Die Königin und die Prinzessin-Mutter

---

*) Aus meinem Leben und aus meiner Zeit von Ernst II., Herzog von Sachsen-Koburg-Gotha, Berlin 1887. I, S. 71.

waren unerschöpflich in der Erfindung geselliger Veranstaltungen, die den Vereinigungspunkt der Jugend bildeten. Ländliche Feste und Ausflüge in die Sächsische Schweiz wechselten mit musikalischen Aufführungen und mit lebenden Bildern, theils nach Gemälden der Dresdener Galerie, z. B. die Söhne des Rubens, von den Prinzen Albert und Ernst dargestellt, theils, unter Rietschels Leitung, nach plastischen Bildwerken.

Die Erziehungsgrundsätze des Prinzen Johann, deren schon gedacht wurde, sorgten dafür, daß die Gefahren, die ein Leben reich an geistigen Anregungen, aber auch an Zerstreuungen hätte erzeugen können, von seinen Söhnen fern gehalten wurden. Seit dem Jahre 1841 durfte der Gang der Studien nicht mehr unterbrochen werden: von den jährlichen Reisen der Eltern waren die Prinzen ausgeschlossen. Auch blieben diesem sonst so lebensfrohen Familienkreise trübe und schmerzliche Stunden nicht erspart. Am 13. November 1841, dem Geburtstage ihrer Töchter Elisabeth und Amalie, starb die Großmutter Karoline von Bayern, und im März des folgenden Jahres erkrankte die Prinzessin Johann an einer Lungenentzündung. In der Charwoche, am Gründonnerstage, fürchtete man ihr Ende; nach dem Empfang des Abendmahls spendete sie ihren Kindern den Abschiedssegen. Mit dem Klang der Osterglocken aber trat die Krisis der Heilung ein, die freilich nur langsam vorwärtsschritt. Die Prinzessin athmete erst wieder auf, als sie aus den eng umschlossenen Räumen der Stadtwohnung, wo ein aus alten Tagen stehengebliebener Baum vor dem Italienischen Dorfe als einziger Zeuge des erwachenden Frühlings ihren Natursinn beschäftigte, in das Gartenpalais übersiedeln konnte. Prinz Johann gedenkt der Stimmung dieser Zeit mit den Worten: „Es giebt keine größere Freude, als das Wiederanf

Kranken zu beobachten, für deren Leben man gezittert hat."
Dann entwirft er ein Bild des voll in sich befriedigten
Familienglücks, das sich alltäglich wiederholte, wenn die Eltern
mit der zum Besuch bei ihnen verweilenden Königin Elisabeth
von Preußen auf der Veranda des Gartenpalais durch den An=
blick der zu voller Jugendblüthe herangewachsenen Söhne erfreut
wurden, die aus dem Elbbad zurückkehrend in den Garten
stürmten, um sich mit der übrigen Kinderschaar, deren jüngstes
Mitglied damals die am 24. Mai 1840 geborene Prinzessin
Margarethe war, zu vereinigen.

So ruhig und gemessen wie in den Tagen der ersten
Kindheit bei der Aufführung der Charaden ging es unter der
Jugend nicht mehr zu. Wie die Mehrzahl der deutschen Knaben,
wenn das Selbstgefühl der körperlichen Kraft die Muskeln zu
spannen beginnt, mit Vorliebe das Soldatenspiel betreibt, so
ereignete sich dies auch bei den Sprößlingen des sächsischen
Fürstenhauses, und Prinz Albert ergriff dabei die Führerschaft,
sowohl was den Eifer als was die systematische Gründlichkeit
betraf. Ein alter Soldat, der Feldwebel Klemm, der den Dienst
der Pontoniere an der Elbfähre in Pillnitz überwachte, hatte ihn,
als er etwa zehn Jahre alt war, in die ersten Elemente des
Ingenieurwesens eingeweiht: zwischen den mit verschnittenen
Hecken eingefaßten Rasenplätzen des Schloßgartens entstand unter
den Händen des Prinzen und seiner Gefährten ein regelrechtes
Erdschanzwerk. Dann schenkten die Eltern den Söhnen und
deren Freunden Uniformen, die nach dem Muster der alten
Dresdener Schloßgarde, rothe Röcke und weiße Beinkleider, an=
gefertigt wurden. Die jungen Kriegsleute waren mit Stein=
schloßgewehren ausgerüstet und übten unter Kommando des
Prinzen Albert, der als Sergeant die Abzeichen seiner Würde

trug. Das war die erste Charge des zukünftigen deutschen Feld=
marschalls!

Es rückte der Zeitpunkt heran, an dem die Jugenderziehung
des Prinzen Albert, soweit sie lediglich an die Stätte des
Elternhauses geknüpft war, ihren Abschluß finden sollte. Gestattet
die lückenhafte Ueberlieferung auch nicht, die einzelnen Phasen
des Lehrplans, nach dem der Unterricht des Prinzen sich gliederte,
zu verfolgen, so bieten doch einige Nachrichten, die vorliegen,
einen genügenden Anhaltspunkt für die Beurtheilung seiner
individuellen Geistesrichtung. Man erzählt, daß der Knabe dem
ersten Lehrmeister, der ihm die Elemente der Schreib= und
Rechenkunst beibringen sollte, nicht gerade mit besonderer Freudig=
keit entgegengekommen sei: erst als es dem ehrenwerthen Mann
gelang, den mechanischen Lehrstoff durch zweckgemäße Erzählungen
im Gewande der Fabel anregender zu gestalten und in seinem
Schüler das Verständniß für den Nutzen des Lernens zu wecken,
erwachte dessen Willenseifer von selbst.*) Es offenbarte sich
frühzeitig, daß der Prinz zu den Naturen gehörte, die nur zu
belehren sind, indem man sie überzeugt. Hiermit steht im
engsten Zusammenhange, daß Langenn in einer Schilderung der
Persönlichkeit seines Zöglings den Selbsttrieb als eine der vor=
züglichsten Eigenschaften desselben hervorhebt, die, frühzeitig er=
wacht, wesentlich dazu beitrug, dem Erzieher und den Lehrern die
Arbeit zu erleichtern. Der Prinz hatte die Fähigkeit, das für
die Verhältnisse, in denen er aufwuchs, Schickliche und Förder=
liche aus eigener Erkenntniß zu begreifen und danach zu handeln.
Als er etwas älter wurde, regte sich in ihm eine besondere Vor=

---

*) Die Episode wird bei Fedor von Köppen, König Albert und das
Haus Wettin, Leipzig 1895, S. 37 berichtet, doch ohne Nachweis der
Quelle.

liebe für die geschichtlichen Studien, die er später bei noch reiferer Entwickelung mehr und mehr als eine wesentliche Grundlage der allgemeinen Bildung schätzen lernte. Diese Neigung für die Geschichte mag dadurch gefördert worden sein, daß Langenn in dem Jahrzehnt, in welches seine Thätigkeit als Gouverneur der Prinzen fällt, sich mit der Ausarbeitung der biographischen Werke über Herzog Albrecht (1838) und Kurfürst Moritz (1841) beschäftigte, die noch heute einen ehrenvollen Platz in der sächsischen Geschichtsforschung einnehmen. Klarheit und Anschaulichkeit galten dem Prinzen Alles, und seine Gabe, das Gelesene oder Gehörte in bündiger Form verständnißvoll wiederzugeben, wird besonders gerühmt.

Es versteht sich von selbst, daß außer dem Gouverneur noch andere Lehrkräfte für die Ausbildung des Knaben herangezogen wurden. Besondere Erwähnung verdient in dieser Beziehung der Konrektor Dr. Julius Sillig, dem der Unterricht in den klassischen Sprachen zugetheilt war, und der sich in einer Reihe von Jahren dieser wichtigen Aufgabe mit so großem Erfolge entledigte, daß es ihm gelang, eine aufrichtige und unauslöschliche Neigung für das Studium des Alterthums in seinem Zögling zu erwecken. Der Prinz-Vater war auch hier bei der Wahl der geeigneten Persönlichkeit mit großer Umsicht verfahren, denn er selbst hatte, als er sich in den zwanziger Jahren seines Lebens autodidaktisch mit der Erlernung des Griechischen beschäftigte, in Sillig, der zu den hervorragendsten Philologen der Dresdener Kreuzschule gehörte, einen bewährten Rathgeber gefunden. Und wenn die freie und selbständige Beherrschung des Erlernten dem Prinzen Johann als das zu erstrebende Ziel der intellektuellen Erziehung vorschwebte, so wird er sicherlich sein Wohlgefallen daran gehabt haben, daß sein Sohn bereits im Alter von kaum zwölf Jahren im Stande war, einen lateinischen Brief zu schreiben. Dieses früheste, bisher bekannt gewordene Schriftstück von der Hand des Prinzen stammt aus dem Januar 1840 und lautet: „Dem Sillig sagt Albert Heil! Du bist krank, das ist mir sehr betrübend. Ich bitte Gott, daß er Dir die Gesundheit wieder herstelle. Ich werde fleißig sein und mich inzwischen auf Deine Stunden vorbereiten, damit ich nichts vergesse. Lebe wohl und fahre fort mich zu lieben." Ein zweiter Brief, an denselben Lehrmeister gerichtet und unmittelbar nach des Prinzen fünfzehntem Geburtstage, Ende April 1842, geschrieben, zeigt dann schon eine größere Gewandtheit und Mannigfaltigkeit des Ausdruckes. „Geliebtester Lehrer! In Pillnitz werde ich zwar wieder zu Dir kommen, aber ich wünsche Dir schon früher zu beweisen, wie sehr ich Deiner gedenke, wie sehr ich Dich liebe. Wir werden noch länger in Weesenstein bleiben, wie man sagt. Mir ist es lieb, weil ich Zeit habe, Deine Aufgaben recht gut zu machen. Gestern verließ mich Herr v. Langenn, und Herr v. Minckwitz kam. An meinem Geburtstage hatten meine Brüder ein Fest zubereitet, und als ich vom Reiten zurückkehrte, führten sie mich in mein Zimmer, das mit Blumen und Zweigen geschmückt war. Sehr schöne Geschenke empfing ich; unter anderen eine Ausgabe des Cid von Herder, aus dem Spanischen übersetzt, mit Bildern geschmückt. Lebe wohl, geliebtester Lehrer, und halte es für gewiß, daß ich immer Dein folgsamer und fleißiger Schüler sein werde. — Albert."*) Diese Briefe sind nicht nur bezeichnend für die gemüthvollen Beziehungen, die zwischen dem Schüler und

---

*) Die beiden Schriftstücke sind vor Kurzem bei Gelegenheit der 44. Versammlung deutscher Philologen und Schulmänner in Dresden von dem Archidiakonus an der Kreuzkirche, ·Dr. Neubert, in dem Dresdener Anzeiger vom 30. September 1897 veröffentlicht worden.

seinem Präzeptor obwalteten, sondern sie lassen zugleich die ein=
fachen und harmonischen Verhältnisse, unter denen die Knaben=
jahre des Prinzen dahinflossen, im freundlichsten Lichte erscheinen.

Mit dem 22. Oktober 1842 begann für den Prinzen das
reifere Jünglingsalter. An diesem Tage empfing er in Gemein=
schaft mit seiner Schwester Elisabeth und einigen Söhnen und
Töchtern katholischer Familien das Sakrament der Firmung. Es
war eine einfache Hausfeier, die in der Kapelle des Eckpalais am
Taschenberg im engsten Kreise der Familie vor sich ging: der
König und die Königin versahen die Pathenstellen. Von Anfang
an hatte Prinz Johann bei der Erziehung seines Sohnes auf
die Ausbildung des religiösen Sinnes das höchste Gewicht gelegt.
In der früher erwähnten Instruktion wurde der Erzieher an=
gewiesen, darauf hinzuwirken, „daß echte positive Religiosität mit
fester Anhänglichkeit an die Grundsätze seiner Kirche, jedoch ohne
allen Widerwillen gegen andere Konfessionsverwandte, in des
Prinzen Herzen Wurzel schlage“. „Was meines Sohnes Er=
ziehung betrifft“, hatte der Vater damals dem langjährigen Ver=
trauten, Manteuffel, geschrieben, „so können Sie versichert sein,
daß ich ihn ebensosehr vor Religionsgleichgültigkeit als vor In=
toleranz zu bewahren mich bestreben werde. Ich glaube in der
Wahl seines Erziehers einen Beweis meiner Gesinnung gegeben
zu haben und bin gerade in diesem Punkte mit ihm völlig gleichen
Sinnes.“*) Langenn war mit voller Ueberzeugung Protestant,
und seine geschichtlichen Arbeiten gaben ihm Veranlassung, tiefer
in den Geist der Reformation einzudringen. Der Geistliche, der
dem Prinzen den Religionsunterricht ertheilte, Hofprediger Joseph
Dittrich, war ein Mann, der in Bezug auf den Unterschied der

*) Schreiben vom 23. Oktober 1835 im Hauptstaatsarchiv.

religiösen Bekenntnisse einen versöhnenden Standpunkt einnahm: das beste Zeugniß für seine Gesinnung liegt darin, daß es nie zu einem Konflikt zwischen ihm und dem evangelischen Erzieher gekommen ist. Nach der Anordnung des Vaters hatten der Lehrer und der Seelsorger bei denjenigen Unterrichtsgegenständen, bei denen die Behandlung religiöser Fragen nicht zu vermeiden war, wie in der Geschichte und bei dem Studium der Klassiker, sich über die Art und Weise der Erörterung solcher Punkte zu verständigen. Nichts lag dem Prinzen Johann ferner als ein stillschweigendes Uebergehen der historischen Entwickelung des konfessionellen Unterschiedes; er verlangte sogar ausdrücklich, daß derselbe seinem Sohn als etwas Vorhandenes und Gegebenes möglichst einfach dargelegt werde. In dem Umgang mit dem Vater empfing der Prinz von diesem selbst frühzeitig die Belehrung, daß eine grundsätzliche Zurückhaltung in den inneren Angelegenheiten der bestehenden kirchlichen Gemeinschaften, zu den Hauptaufgaben des regierenden Fürsten gehöre.*) Die Duldsamkeit in religiösen Dingen war für den Sohn ein Erbtheil des Vaterhauses, das ihm in der ganzen Stufenfolge seines Lebens als Leitstern gedient hat.

Am 7. Juni 1843 gab die Enthüllung des dem Andenken Friedrich August des Gerechten gewidmeten Denkmals Anlaß zu einer großen patriotischen Feier. Truppen aller Waffengattungen und Kommunalgarden bildeten Spalier vom Schlosse bis zum Zwinger; die Innungen zogen mit ihren Fahnen und Gewerkzeichen auf; zu beiden Seiten des Denkmals gruppirte sich ein Kranz von je 58 jungen Mädchen, in die Farben des Landes

---

*) Vgl. v. Falkenstein a. a. O. S. 136 und 195 und die oben S. 45 erwähnte Mittheilung Petzholdts.

gekleidet, welche die Zahl der Regierungsjahre des Königs sinn=
bildlich veranschaulichten. Auf der Haupttribüne versammelte sich
der Hof, darunter auch Prinz Albert mit seinen Geschwistern,
die Minister, Würdenträger und Gesandten. Eine Festhymne des
Kapellmeisters Richard Wagner eröffnete die Feier; Minister
v. Nostiz=Jänckendorf hielt die Festrede, die der König mit einem
Dank an die Künstler und das Denkmalskomité erwiderte.
Unter dem Gruß der Kanonen und den Klängen eines Mendels=
sohnschen Männerchors, dem die Melodie der Sachsenhymne zu
Grunde lag, fiel die Hülle des Denkmals, das von den Festjung=
frauen bekränzt wurde. Abends gab man im Theater, wie einst
zur Geburtstagsfeier des Thronerben, die Jungfrau von Orléans.

In den Herbst desselben Jahres fällt die erste Dienst=
leistung des Prinzen in der Armee. Unsere Betrachtungen folgen
ihm in diesen neuen Beruf, der für die fernere Gestaltung seines
Lebensweges von höchster Bedeutung werden sollte.

Zweites Kapitel.

Eintritt in die Armee. Studienjahre.

Verhältniß der früheren Fürsten Sachsens zur Armee; Johann Georg III.
im Türkenkrieg; König August der Starke, Prinz Xaver. Zurücktreten
des militärischen Elementes unter Friedrich August dem Gerechten. Theilnahme des Prinzen Friedrich August und seines Bruders Clemens an
dem Feldzuge von 1815. Lebhaftes Interesse des Prinzen Friedrich
August für Armee und Militärwissenschaften. Erlaß des Prinzen Friedrich
August an das Sächsische Korps bei Uebernahme des Kommandos,
23. Juli 1830. Frühere Absicht des Königs Johann, sich ganz dem
Militärdienst zu widmen; fortdauerndes Interesse desselben für die
Armee. Gesetz vom 26. Oktober 1834 über Erfüllung der Militärpflicht.
Berücksichtigung des militärischen Elementes bei der Erziehung des
Prinzen Albert und seiner Brüder. Erste Theilnahme des Prinzen an
dem Manöver 1839. Belebung des militärischen Geistes durch die Er-
eignisse von 1840. Uebungen des Prinzen mit den Kadetten, 10. Oktober
1840. Anleitung zum Artilleriedienst 1841/42. Erster Frontdienst im
Sommer 1843 und Theilnahme am Manöver. Der Prinz auf Feldwache.
Lieutenantspatent vom 24. Oktober 1843. — Fortsetzung der wissenschaftlichen Studien. Charakteristik des Prinzen, April 1844. Prinz
Albert zum ersten Male bei den preußischen Manövern in der Umgegend
von Halle, September 1844. Reifeprüfung für die Universität, 13. März
1845. Die große Elbfluth. Einführung des Prinzen in das juristische
Studium. — Ueberblick über die inneren Verhältnisse Sachsens. Beginn
der Opposition gegen die Verhältnisse am Bundestage; Verfassungsstreit
in Hannover. Gegensätze der Ansichten bei den Verhandlungen über die

Neuordnung des Strafprozesses; Landtag von 1842/43. Der deutsche Bund und das Preßgesetz. Veränderte Stellung der Parteien seit 1842. Kirchliche Wirren der Jahre 1844/45. Tumultuarischer Auftritt in Leipzig, 12. August 1845; gemäßigte Haltung des Prinzen Johann. Der Landtag von 1845/46. Außerordentlicher Landtag von 1847. Anfänge der schleswig-holsteinischen Verwickelung seit 1846. Allgemeine Lage der europäischen Politik im Jahre 1847. — Militärische Verhältnisse des Prinzen und seiner Brüder; ihr Freundeskreis. Leben in Dresden und am Hofe. Verhältniß des Prinzen Albert zu Friedrich August II. Prinz Albert, Generalstabsoffizier im Manöver von 1846. Schmerz über den Tod seines Bruders Ernst, 12. Mai 1847. Ernennung zum Hauptmann, 17. September 1847. Besuch Franz Josephs und seiner Brüder. Silberne Hochzeit der Eltern, 21. November 1847. Abreise des Prinzen nach Bonn. Studiengefährten, Kollegien, Leben an der rheinischen Hochschule. Vorlesungen Dahlmanns. Verkehr im Hause von Perthes. Besuch des Prinzen Johann in Bonn, Februar 1848. Ausbruch der Februar-Revolution, Aufregung am Rhein. Abreise des Prinzen von Bonn.

In den geschichtlichen Darstellungen des deutsch-französischen Krieges, namentlich in denjenigen Schriften, die den Verdiensten des sächsischen Heeres und seiner Führer gewidmet sind, begegnet man nicht selten der Bemerkung, daß seit Kurfürst Moritz der Kronprinz Albert von Sachsen der erste Albertiner gewesen sei, der ein lebhaftes Interesse für das Kriegswesen bekundet habe. So allgemein hingestellt, entspricht dieser Satz nicht ganz den historischen Thatsachen. Unter den regierenden Fürsten des 17. Jahrhunderts hat Johann Georg III. schon in frühem Lebensalter an den Reichskriegen gegen Ludwig XIV. mit großem Eifer theilgenommen und später bei der Befreiung Wiens von den Türken in Gemeinschaft mit dem Polenkönig Johann Sobieski, der freilich den Löwenantheil des Ruhmes davontrug, an der Spitze seines Heeres sich persönlich hervorgethan. Von seinem Sohne, dem Kurfürsten Friedrich August dem Starken ist bekannt, daß er wiederholt in den Kämpfen gegen Franzosen, Türken und Schweden den Oberbefehl über die sächsischen Truppen und zeitweise auch über die kaiserliche Armee führte. Zu den großen oder glücklichen Feldherren seiner Zeit wird man ihn allerdings nicht zählen dürfen; aber seine Vorliebe für das Kriegswesen bethätigte sich in der Sorgfalt, die er auf die Ausbildung und Vermehrung der sächsischen Streitkräfte verwandte; — die berühmten Feldlager unter seiner Regierung, die so häufig zum Gegenstand künstlerischer Darstellung gemacht worden sind, übten nicht nur durch den äußeren Prunk, der dabei entfaltet wurde, sondern auch in taktischer Beziehung eine große Anziehungskraft auf die militärischen Zeitgenossen aus.

Eine entschiedene Begabung für den Soldatenstand besaß unter den Albertinischen Fürsten des 18. Jahrhunderts der jüngere Bruder des Kurfürsten Friedrich Christian, Prinz Xaver. Von Jugend auf für den Waffendienst erzogen, hat dieser Fürst alle Wechselfälle, die das sächsische Heer während des siebenjährigen Krieges zu bestehen hatte, mit durchlebt und zuerst in Gemeinschaft mit den Oesterreichern unter Daun, dann seit 1759 als Generallieutenant Ludwigs XV. mit den Franzosen unter Broglie standhaft für die Sache seines Vaterlandes gekämpft. Wenn ihm auch die Siegesgöttin nicht hold war, so fand er doch vielfach Gelegenheit, seine Entschlossenheit und Bravour vor dem Feinde glänzend zu bewähren. In den fünf Jahren seiner Regentschaft für seinen minderjährigen Neffen Friedrich August machte er sich namentlich auch um die Heeresorganisation Sachsens verdient, — wie denn z. B. die Begründung der Artillerieschule (1768) als sein eigenstes Werk zu bezeichnen ist. Nachdem er sich später in das Privatleben zurückgezogen und seinen Aufenthalt in Frankreich genommen hatte, wo er als „Graf von der Lausitz" das Bürgerrecht erlangte, widmete Prinz Xaver seine militärischen Talente noch mehrfach seinem neuen Vaterlande. Der Sohn seiner Lieblingsschwester, Marie Josephe, Dauphine von Frankreich, Ludwig XVI. verlieh ihm ein Reiterregiment, das nacheinander in Hagenau, Breisach und Metz in Garnison lag und zu Ehren seines Inhabers die Bezeichnung „Sachsen-Husaren" führte. In dem Kriege von 1792 bildete dieses Regiment einen Sammelpunkt für die Königsgetreuen der Emigration, um schließlich, nach manchen Dornenwegen des Schicksals, durch Einverleibung der Mannschaften in österreichische Truppentheile in der Armee des Kaisers aufzugehen. Und wie die Erinnerung an die Sachsen-Husaren längst erloschen ist, so schuldet auch die sächsische Kriegsgeschichte bis auf den heutigen Tag dem Prinzen Xaver die wohlverdiente Anerkennung seiner kriegerischen Thaten.*)

Wenn in den Kämpfen, die aus der Bewegung von 1789 und der Weltherrschaft Napoleons entsprangen, keiner der sächsischen Fürsten persönlich im Felde erschien, so erklärt sich dies dadurch, daß weder Friedrich August der Gerechte, noch seine Brüder eine tiefere Neigung für den Militärberuf empfanden. Zwar nahm der König an den schwierigen Arbeiten der Reorganisation des Heeres im Jahre 1815 lebhaften Antheil, allein über diese administrativen Dinge hinaus erstreckte sich sein persönliches Eingreifen nicht, und wenn der Monarch, selbst noch in späten Lebensjahren, Heerschau über seine Truppen abhielt, so wußte Jedermann, daß der alte Herr damit nur einer ceremoniellen Pflicht genügte. Die unmittelbare Leitung des obersten Kriegs-

---

*) Einige Episoden aus dem militärischen Leben des Prinzen hat ein französischer Schriftsteller, Arsène Thévenot, in dem Buche Correspondance inédite du Prince François-Xavier de Saxe, Paris 1874 S. 8 ff. überliefert.

6*

herrn, die, nach deutschen Begriffen, die festeste Grundlage für die Erhaltung der Schlagfertigkeit und des kriegerischen Geistes bildet, blieb dem sächsischen Heere damals versagt.

Auch in dieser Beziehung sollten, ähnlich wie wir es früher auf dem Gebiet der Politik gesehen haben, in der Generation, in welche die Jugendzeit des Prinzen Albert fällt, die Verhält= nisse sich anders gestalten. Die Theilnahme an dem Feldzuge gegen Frankreich im Jahre 1815 hatte den damals achtzehn= jährigen Prinzen Friedrich August frühzeitig in das militärische Leben eingeführt. Der österreichischen Armee unter Fürst Schwarzenberg, in dessen Hauptquartier der Prinz und sein jün= gerer Bruder Clemens sich befanden, war es zwar nicht ver= gönnt, die Lorbeeren des letzten Kampfes gegen Napoleon zu theilen, da ihr Aufbruch aus den Stellungen am Oberrhein erst erfolgte, als die Entscheidung bei Belle=Alliance bereits gefallen war, allein der längere Aufenthalt in dem Heerlager und der tägliche Verkehr in einer ausgesuchten Gesellschaft kriegsgeübter Offiziere mußten für die Entwickelung der Persönlichkeit des Prinzen von großer Bedeutung sein. Da es einige Wochen dauerte, bis die Regierungsfrage in Paris gelöst und der Waffen= stillstand geschlossen wurde, fand Prinz Friedrich noch Gelegen= heit, dem Kriege selbst in das eherne Antlitz zu schauen. Bei einer Rekognoszirung gegen Straßburg, die er an der Seite Schwarzenbergs mitmachte, stand er in der Nähe der württem= bergischen Vorposten unter dem feindlichen Geschützfeuer und be= wies dabei eine Unerschrockenheit, die seinen Begleiter, den früher schon genannten Generalmajor v. Watzdorf, mit wahrer Soldaten= freude erfüllte. Während des Vormarsches durch die Champagne, inmitten einer noch immer feindseligen Bevölkerung, lernte der Prinz alle Einzelheiten des Felddienstes kennen, und ein längerer

Aufenthalt im Lager von Dijon, wo eine Armee von mehr als 100 000 Mann zusammengezogen war und unter den Augen Wellingtons und des Zaren Alexanders I. einige 30 Schwadronen auf schwierigem Terrain gegen einander manövrirten, trug zur Bereicherung seiner militärischen Kenntnisse bei.

Für die vaterländischen Beziehungen war das denkwürdigste Ereigniß in dem Kriegsleben des Prinzen Friedrich der begeisterte Empfang, der ihm und seinem Bruder am 28. August 1815 bei einem Besuche ihrer Landsleute in den Kantonnements um Breisach bereitet wurde. Seit jenem Tage knüpfte sich zwischen der Armee und dem künftigen Erben der Krone ein persönliches Verhältniß, das sich später in allem Wechsel der Zeiten unerschütterlich bewährt hat.

Wäre es nur auf den Willen des Prinzen angekommen, so würde er fortan seine ganze Arbeitskraft dem Heeresdienst gewidmet haben. Allein es entsprach dies nicht den Ansichten des Königs, der zwar durchaus damit einverstanden war, daß sein Neffe im Zusammenhang mit der Armee verblieb, aber das größere Gewicht auf die Beschäftigung desselben in der Civilverwaltung legte. In einem Versuch seiner Lebensgeschichte, den König Friedrich August kurze Zeit vor seinem unerwarteten Dahinscheiden unternahm, der aber leider nur bis zu einem unvollständigen Fragment gediehen ist, berührt der König diese Verhältnisse und spricht sich mit der ihm eigenthümlichen Offenheit der Selbstkritik darüber aus, welche Schwierigkeiten ihm später nach seiner Ernennung zum Brigadier im Jahre 1822 die selbständige Truppenführung bereitet habe, weil ihm nicht die Möglichkeit gegeben worden war, sich in dem verantwortlichen Kommando der kleineren Verbände zu üben. Durch eifrige Studien über Taktik und Strategie suchte er dann seine

militärische Vorbildung zu vervollkommnen: man besitzt von ihm
Kollektaneen über den ersten Feldzug Bonapartes in Italien und
andere Episoden der neueren Kriegsgeschichte, — umfassende
Arbeiten, die von kritischem Urtheil zeugen. Allen Zweigen der
Heeresverwaltung widmete Prinz Friedrich ein gleichmäßiges
Interesse. Im Jahre 1829 beschäftigte er sich mit einer Frage,
die auch heute noch die Geister bewegt, über die Stellung, welche
den Ehrengerichten zur Verhütung des Zweikampfes in der Armee
anzuweisen sei, und führte darüber einen Briefwechsel mit dem
Erzherzog Karl, dessen Ansichten in militärischen Dingen für
ihn großen Werth hatten, sowie mit dem Kronprinzen Friedrich
Wilhelm von Preußen und dem Herzog Karl von Bayern.

Wie sehr Prinz Friedrich sich allmählich mit der Armee
verwachsen fühlte, bezeugt wohl am deutlichsten der Tagesbefehl,
den er bei seiner Beförderung zum kommandirenden General
des sächsischen Korps am 23. Juli 1830 an die Truppen erließ.
„Kein erfreulicherer, kein ehrenvollerer Beweis des Zutrauens
Seiner Majestät des Königs", so hieß es in dieser Ansprache,
„konnte mir zu Theil werden, als der, welcher mich an die Spitze
der braven sächsischen Armee stellt. Schon seit Jahren war ich
stolz darauf, mich zu ihren Reihen zu zählen, war es mir ein
freudiges Gefühl, für das Wohl des mir anvertrauten Theils
derselben zu rathen. Dem Besten der Gesammtheit des ehr-
würdigen Kriegerstandes nun meine Kräfte zu weihen, soll mein
Stolz und meine Freude sein. Wenn ich selbst, in der Beförderung dessen, was das Wohl des Heeres betrifft, streng in
den Maßregeln, welche die Aufrechthaltung der Würde und
Ehre dieses ehrenwerthen Standes erfordert, mich bestrebe, denselben seinem hohen Ziele als Schützer und Vertheidiger des
Vaterlandes immer näher zu führen, so rechne ich auf eine all-

seitige kräftige Unterstützung. Nur durch echten Gemeinsinn, durch unablässiges Zusammenwirken nach dem einen klar erkannten Ziele kann das Gute wahrhaft gefördert und das Heer zu seiner Bestimmung herangereift werden. In der zuversichtlichen Hoffnung, daß solche Gesinnungen der sächsischen Armee niemals fehlen werden, trete ich mit Freudigkeit meinen neuen Beruf an."

Es wird hier auf diese früheren Verhältnisse Bezug genommen, um zu zeigen, daß die militärischen Ueberlieferungen des Albertinischen Fürstenstammes, mochten sie auch eine Zeit unterbrochen gewesen sein, sich bereits wieder in gefestigten Bahnen bewegten, als Prinz Albert seiner künftigen Lebensbestimmung entgegenreifte. Auch in seinem väterlichen Hause machte der Einfluß dieser Ueberlieferung sich geltend, denn Prinz Johann hegte nicht nur die lebhaftesten Sympathien für die Armee, sondern es hatte sogar eine Zeit gegeben, wo auch bei ihm die Neigung für die militärische Laufbahn vorherrschend gewesen war. Als zwanzigjähriger junger Mann trug er sich mit den Gedanken, im Auslande den Krieg zu erlernen, um dann dereinst als kommandirender General im Verein mit seinen Brüdern dem Vaterlande nützlich sein zu können. Der frühe Tod des Prinzen Clemens hatte diesen Lebensplan zerstört. „Der Soldatenstand kann fortan meine einzige Beschäftigung nicht sein", schrieb er damals, Februar 1822, an seinen Bruder Friedrich. Aber auch später, als der Civildienst und die Betheiligung an den Staatsgeschäften die Thätigkeit des Prinzen vorzugsweise in Anspruch nahmen, hinderte ihn dies nicht, seine militärischen Obliegenheiten in vollem Umfange zu erfüllen. In einem Briefe an Manteuffel aus dem Jahre 1832 findet sich die Bemerkung: „Die Zeit der Herbstübungen hat mich mehrere Wochen lang im Lande hin und her getrieben. Ist gleich der

Kriegerstand mein eigentlicher Beruf nicht, so darf man denselben doch in jetziger Zeit gewiß nicht vernachlässigen. Er bleibt die sicherste Garantie für die Regierung neben einer guten Administration."

Da durch die Einführung der Konstitution auch die Angelegenheiten der Armee in eine unmittelbarere Berührung mit dem öffentlichen Leben traten, als es unter der alten Staatsordnung der Fall gewesen war, so lag darin für den Prinzen-Mitregenten und seinen Bruder die Veranlassung, der gesetzlichen Regelung der Militärverhältnisse ihre besondere Aufmerksamkeit zuzuwenden. Wie oben bemerkt wurde*), beschäftigte sich gleich der erste Landtag mit diesem Gegenstande. Es handelte sich hauptsächlich um die Erledigung zweier Fragen, zwischen denen jedoch der engste Zusammenhang obwaltete: die Festsetzung des Kriegsbudgets und die Bestimmungen über die Verpflichtung zum Waffendienste. Der dreißigste Paragraph der Verfassungsurkunde hatte die allgemeine Wehrpflicht als Grundsatz anerkannt. Es fehlte schon damals nicht an Stimmen, die sich für die bedingungslose Durchführung dieses Prinzips nach preußischem Muster aussprachen, während die Regierungsvorlage vom 13. März 1833 der Ergänzung des Heeres durch Stellvertretung oder freiwilligen Eintritt einen weiten Spielraum eröffnete. Unterstützt wurde der Vorschlag der Regierung durch die Thatsache, daß nach statistischer Berechnung in dem Zeitraume der letztverflossenen sieben Jahre von den 12 532 Wehrpflichtigen, die sich in jährlichem Durchschnitt zur Musterung stellten, nur 1764 Mann ausgehoben worden waren. Die Einführung der allgemeinen Wehrpflicht würde mithin eine erhebliche Verstärkung der Armee

---

*) Vergl. S. 30.

und eine beträchtliche Steigerung des Kriegsbudgets, das sich auf eine Million und dreimalhunderttausend Thaler belief, verursacht haben. Als entscheidendes Moment kam hinzu, daß nach Maßgabe der damaligen Wehrkraft des deutschen Bundes der aktive Bestand des sächsischen Heeres sich als ausreichend erwiesen hatte für die Erfüllung der Bundespflichten, die in erster Linie bei dem Erlaß des Wehrgesetzes zu berücksichtigen waren. Andererseits ließ sich gegen die Stellvertretung der sehr begründete Einwand erheben, daß sie vornehmlich den wohlhabenderen Klassen der Bevölkerung zu Gute kam, die in der Lage waren, durch Zahlung des Einstandsgeldes sich von dem Dienst in der Armee zu befreien. Prinz Johann verkannte die Ungleichheit, die hierin lag, keineswegs; in einer Denkschrift, die sich auf den Gegenstand bezieht, sagt er: „Mein Ideal einer Wehrverfassung wäre eine möglichst allgemeine Konskription durch das Loos gegen ausreichende Entschädigung aus der Staatskasse, — leider muß diese Idee an den finanziellen Verhältnissen der meisten Staaten scheitern." Gegen den in den Kommissionsberathungen auftauchenden Gedanken der Zusammensetzung des Heeres aus Freiwilligen, die der Staat zu bezahlen haben würde, wendet er sich mit den Worten: „Abgesehen von den finanziellen Bedenken, steht dieser Idee auch der Umstand entgegen, daß dadurch unsere Heere zu Söldnerhaufen herabsinken und alle bürgerliche Bedeutung verlieren würden."*) Mit Rücksicht auf die Finanzen des Staates und die gewerblichen Verhältnisse entschied sich der Landtag für die Zulassung der Stellvertretung. So kam das Gesetz vom 26. Oktober 1834 über

---

*) Eigenhändige Denkschrift des Prinzen Johann im Hauptstaatsarchiv.

die Erfüllung der Militärpflicht zu Stande, das eine sechs=
jährige Dienstzeit im stehenden Heere vorschrieb und die für
Sachsen neue Einrichtung einer Reserve mit dreijähriger Dienst=
dauer ins Leben rief. Während eines großen Theiles der
militärischen Wirksamkeit des Prinzen Albert bildete dieses Gesetz
die Grundlage für die Formation des sächsischen Heeres.

Nach altem Herkommen des Albertinischen Hauses wurden
die fürstlichen Söhne bald nach ihrer Geburt zum Chef eines
der Regimenter ernannt, welches dann in der Regel den Namen
seines Inhabers erhielt. Auch bei dem Prinzen Albert war dies
geschehen: bereits am 16. Mai 1828 hatte ihm sein Großoheim
König Anton das Regiment verliehen, das bisher seinen eigenen
Namen führte und das jetzt die Bezeichnung Erstes Linien=In=
fanterie=Regiment Prinz Albert annahm. Daß es nicht in der
Absicht des Vaters lag, das militärische Moment in der Erziehung
des künftigen Thronfolgers besonders zu betonen, bewies schon
die Wahl eines Civilgouverneurs für denselben. Was Prinz
Johann erstrebte, war nur das Interesse an der Armee, das ihn
selbst beseelte, von früher Jugend an als Grundelement in die
Anschauung des heranwachsenden Knaben übergehen zu lassen.
In diesem Sinne verfügte er im Frühjahr 1835, in der An=
weisung für Langenn: „Mein Sohn ist dazu anzuhalten, jedem
Stand im Staate die ihm gebührende Anerkenntniß zu gewähren,
insbesondere dem ehrenwerthen Kriegerstande, der die festeste
Stütze der Throne ist, Zuneigung und Aufmerksamkeit zu be=
zeigen." Als um Ostern des Jahres 1839 die Prinzen Ernst
und Georg zur Fortsetzung des Unterrichts, den sie bisher
genossen hatten, wie ihr älterer Bruder der Oberleitung
Langenns anvertraut wurden, entschloß sich der Vater, noch einen
zweiten Gouverneur für seine Söhne zu berufen, und wählte

dazu einen Offizier, den Oberlieutenant im Ersten leichten Reiter=
Regiment, Friedrich August v. Minckwitz; doch war dabei noch
nicht an eine systematische Vorbildung für den Militärdienst
gedacht, sondern es sollte die Aufgabe des Untererziehers sein,
die körperliche Ausbildung der Prinzen zu überwachen und zu
leiten.

Die physische Entwickelung des Prinzen Albert durfte, wie
wir sahen, die besten Hoffnungen erwecken. Die Sicherheit und
Entschlossenheit, die er bei den Reitübungen bewies, veranlaßten
den Vater, ihm im Herbste 1839 die Theilnahme an den
Manövern, und zwar zu Pferde, zu gestatten.

Der Schauplatz der ersten militärischen Aktion, welcher der
Prinz beiwohnte, war die Umgegend von Kohren, südöstlich von
Leipzig. Mit Freuden gedenkt der Vater noch in späten Tagen
des denkwürdigen Vorganges: „Der Versuch," — schreibt er in
seinen Lebenserinnerungen, „gelang über alle Erwartung; Albert
zeigte eine solche Sicherheit im Reiten, eine solche Aufmerksamkeit
und ein solches Interesse an den militärischen Uebungen, daß
wir ganz erfreut waren. Es war wie ein Vorspiel seiner
künftigen kriegerischen Leistungen. Obgleich das Manöver mehrere
Stunden dauerte, wollte er durchaus nicht den Wagen besteigen,
um mit den Damen nach Kohren zu Tisch zu fahren, sondern
legte diesen Weg mit uns Andern zu Pferd zurück. Freilich
war er auch am andern Tage ganz steif."*) Die glücklich be=
standene Probe hatte dann die weitere Folge, daß der Prinz
einige Wochen später bei der Inspektion der Kantonnements in
der Oberlausitz gegenwärtig sein und bei dieser Gelegenheit sich

---

*) Das Citat ist theilweise bereits abgedruckt in dem von dem Oberst
v. Schimpff herausgegebenen Werke: König Albert fünfzig Jahre Soldat.
S. 7. Dresden 1893.

mit „Tydeus" an die Tête seines Ersten Linien-Infanterie-Regiments setzen durfte, um die Truppen vor seinem Vater in Parade vorüberzuführen (8. Oktober).

Die Vermuthung liegt nahe, daß seit jenen Herbsttagen des Jahres 1839 in dem Prinzen aus innerstem und eigenstem Antriebe der Entschluß reifte, den Kriegerstand zu seinem Lebensberuf zu erwählen, nachdem die Neigung dazu, wie wir bemerkten, sich schon in seinen Jugendspielen offenbart hatte.

Die Zeitverhältnisse bewirkten ohnehin, daß die militärischen Interessen, die infolge der langen Friedenszeit einigermaßen in den Hintergrund getreten waren, sich wieder stärker zu regen begannen. Die Kriegsgefahr des Jahres 1840 führte zu lebhaften Erörterungen über die Nothwendigkeit einer Reform der Bundeskriegsverfassung, welche die Folge hatten, daß auf den Antrag Preußens die Einsetzung periodischer Inspektionen der Kontingente in den einzelnen deutschen Staaten vom Bundestage beschlossen wurde. Prinz Johann, der für den Fall einer Mobilisirung der deutschen Heere zum Oberbefehlshaber des IX. Bundeskorps ernannt worden war, und mit dem Vertrauten des Königs Friedrich Wilhelm IV., General v. Radowitz, Verhandlungen über den etwaigen Kriegsplan geführt hatte, erhielt die Inspektion über die österreichischen Truppen, die er im Jahre 1841 zum ersten Male, und zwar in Gemeinschaft mit dem preußischen Bundeskommissar, Prinz Wilhelm von Preußen, dem nachmaligen Kaiser, zur Ausführung brachte. Seine militärischen Stellungen gaben ihm, wie er selbst erzählt, Veranlassung, sich noch eifriger als bisher in kriegswissenschaftliche Studien zu vertiefen. Wie ernst er es mit dieser Beschäftigung nahm, geht daraus hervor, daß er seine Belehrung hauptsächlich aus den Werken Clausewitz' schöpfte, dessen klassische Darstellungen über

Krieg und Kriegführung zu den wichtigsten Quellen für die Entwickelung der modernen Taktik gehören.

Inzwischen war auch für den Prinzen Albert die Zeit gekommen, in der sein militärischer Unterricht beginnen sollte. Nach den pädagogischen Ansichten des Vaters, der von Anfang an eine methodische Behandlung des Lehrstoffes als die wichtigste Aufgabe für die Erziehung des Sohnes bezeichnet hatte, verstand es sich von selbst, daß als nächster Zielpunkt der Ausbildung die gründliche Erlernung des regulären Dienstes ins Auge gefaßt wurde. Der König gab dazu um so bereitwilliger seine Zustimmung, als er ja aus eigener Erfahrung wußte, wie wesentlich es für den künftigen Truppenführer ist, in dem wohl bemessenen Stufengang der niederen Chargen die sichere Beherrschung des Details praktisch zu erlernen. Nachdem Prinz Albert sich für die Armee entschieden hatte, sollte er diesem Berufe ganz, mit Leib und Seele und mit voller Tüchtigkeit angehören.

Das erste Stadium der Vorbereitung war natürlich das Exerziren. Der Prinz wurde theils allein, theils im Verein mit seinen Brüdern geschult. Dann trat er am 10. Oktober 1840 zum ersten Male in Reih und Glied mit der gleichalterigen Klasse der Kadetten, der vierten Sektion. Die Uebungen wurden meist in dem großen Saale des Korps, das sich damals noch in der Ritterstraße in Dresden-Neustadt befand, bisweilen aber auch im Freien abgehalten, — auf dem alten Exerzirplatz der Dresdener Garnison, dem Heller, am Fuß der Anhöhen, die sich gegen den Lößnitz-Grund ausdehnen. Als der Prinz, der übrigens noch nicht die Uniform trug, am 4. November mit den Kadetten einen Feldmarsch hierher unternahm, erschienen seine Eltern, um Zeuge zu sein, wie ihr Sohn in der Schützenlinie tiraillirte und sich an dem Laufschritt betheiligte. Der jugendliche Krieger gerieth leicht in Wärme, und ein frisches Roth prangte auf seinem Antlitz. In dieser Weise wurde längere Zeit fortgefahren. Es blieb dem Prinzen nichts erspart, was der Kursus vorschrieb: der Dienst in der Front, die Handhabung des Gewehres, das noch nach dem System der Vorderlader konstruirt, mit Schlagschloß und Feuerstein versehen war. Die Kadetten, damals 90 Mann, formirten sich als Kompagnie in zwei Peletons und vier Sektionen in zwei Gliedern, die vom rechten Flügel nach der Größe her geordnet waren, so daß der Prinz, der erst im dreizehnten Lebensjahre stand, neben dem noch kleineren sogenannten Flügelmann der Vorletzte im ersten Gliede wurde. Führer der Kompagnie war der Kadettenoffizier Oberlieutenant v. Rottenburg, der die jungen Leute frühzeitig an strenge Zucht gewöhnte. Durch sein offenes und ungezwungenes Wesen erwarb der Prinz sich bald die Zuneigung seiner Kameraden, unter denen Mancher berufen war, dereinst in den Kriegen von 1866 und 1870 die Gefahren des Schlachtfeldes unter seiner Führung mit ihm zu theilen.

In den Jahren 1841 und 1842 erhielt Prinz Albert die erste Anleitung in dem Waffenhandwerk der Artillerie. Seine Gefährten bei dieser Unterweisung waren die Zöglinge der Artilleriesektion des Kadettenkorps, fünf an der Zahl. Man übte in der Nähe der jedem älteren Dresdener unvergeßlichen Pontonschuppen, am rechten Ufer der Elbe, gegenüber der Brühlschen Terrasse, an einem alten sechspfündigen Bronzegeschütz, das schon die Kriegsthaten des vorigen Jahrhunderts erlebt hatte. Zur Bedienung des Geschützes gehörten acht Mannschaften, und die Stelle des Lehrmeisters versah ein ehemaliger Unteroffizier der Artillerie. Der Prinz, obwohl noch nicht 14 Jahre alt, zeigte sich den körperlichen Anstrengungen, die mit der Hantirung am Geschütz verbunden waren, vollkommen gewachsen: alle Verrichtungen oder „Nummern", wie der technische Ausdruck lautete, von dem Auf- und Abprotzen bis zum Laden und Richten, wurden ihm geläufig. Da das Geschützexerziren eine freiere, selbstständigere Bewegung gestattete und nicht bloß mechanische Fertigkeiten, sondern auch große Aufmerksamkeit erforderte, so bereitete diese Beschäftigung dem Prinzen und seinen Mitschülern besondere Freude.*)

Im Sommer 1843 war der Prinz bereits soweit instruirt, daß er als Lieutenant, vorläufig noch ohne Patent, in die Front des Leib-Regiments eintreten und im Herbst mit in das Kantonnement ausrücken konnte. Die Idee, die dem Manöver zu Grunde lag, hatte diesmal eine umfangreiche Zusammenziehung der Truppen veranlaßt. Die Voraussetzung war, daß ein sächsisches Korps, welches die östliche Partei bildete, durch einen feindlichen Angriff gezwungen worden war, Dresden und die Elbe zu verlassen und sich hinter die Spree bei Bautzen zurückzuziehen, wo die Ankunft eines verbündeten Korps aus Schlesien erwartet werden sollte. Die westliche Partei dagegen, die den Feind vorstellte, beherrschte die Elbübergänge bei Dresden und Meißen, mußte sich aber einstweilen, da auch auf dieser Seite ein rückwärtiges Korps noch im Anmarsch begriffen war, darauf beschränken, seine Vortruppen auf das rechte Elbufer zur Beobachtung der Straßen gegen Bautzen, Kamenz und Königsbrück vorzuschieben. Damit bei fortgesetzter Offensive die Elbe im gegebenen Augenblick an mehreren Punkten überschritten werden

---

*) Nach mündlicher Mittheilung des Generallieutenants v. Schubert, der in der Kadetten-Kompagnie der Nebenmann des Prinzen war und auch an dem artilleristischen Unterricht theilnahm.

konnte, hatte die West=Armee bei Merschwitz eine Brücke zu
schlagen und sich am 24. September bei Meißen zu konzentriren.
Der Ost=Armee war vorgeschrieben, sobald die Avantgarde der
Truppen aus Schlesien am 23. September in Bautzen ein=
getroffen sein würde, eine Brigade, bestehend aus dem Leib=Regiment
und dem 1. Linien=Infanterie=Regiment Prinz Albert, verstärkt
durch ein Reiter=Regiment und eine Fuß=Batterie, unter General=
major Freiherrn v. Hausen, staffelweise gegen Königsbrück zu
entsenden und dadurch die Verbindung mit einem zweiten von
Berlin heranrückenden Hülfskorps sicherzustellen, das am 1. Oktober
bei Großenhain eintreffen sollte. König Friedrich August nahm
sein Hauptquartier im Centrum der beiden Armeen im Schlosse
Moritzburg, das unter den letzten beiden Regierungen einiger=
maßen in Vergessenheit gerathen, nach langer Zeit zum ersten
Male wieder das Treiben eines großen Hofstaats in seinen
alten Mauern sah. Prinz Johann führte den Oberbefehl über
die östliche Armee, während an der Spitze der West=Armee der
kommandirende Generallieutenant Clemens v. Cerrini stand.

Prinz Albert, der den Offiziersdienst bei der 11. Kompagnie
des III. Bataillons im Leib=Regiment versah, lag anfangs inner=
halb der Kantonnements desselben in der Umgegend von Bautzen
auf dem Gutshof Dahren. An einem der Manövertage, 28. Sep=
tember, wurde als Parole und Feldgeschrei die Losung: „Albert
und Bautzen" ausgegeben. Später folgte der Prinz mit seinem
Truppentheil den Bewegungen der Brigade Hausen. Der Prinz=
Vater erzählt in seinen Lebenserinnerungen von einzelnen Szenen
des Gefechts, die sich entspannen, als die West=Armee aus ihren
Stellungen zwischen Radeburg und dem Röderbach gegen die
sächsische Brigade, die auf dem Marsch nach Königsbrück begriffen
war, zum Angriff überging, schließlich jedoch über die Elbe

zurückgedrängt wurde. Dabei gedenkt er einer Episode, die für die gewissenhafte Pflichterfüllung des Sohnes spricht. Es war am 27. September; der Prinz stand in der Nähe der feindlichen Vorposten auf Feldwache, unweit des Erdmannsdorfschen Gutes Zschorna, wo sich für diesen Abend das Quartier seines Vaters befand. „Während wir beim Souper saßen," — so lautet der Bericht des Prinzen Johann, „kam Albert herein, um etwas Nahrungsmittel zu fassen. Ich lud ihn ein, an meinem Tische Platz zu nehmen; er lehnte es aber ab, um zu seinem Posten zurückzukehren. Diese echt militärische Haltung des jungen Menschen gefiel mir sehr gut, sowie ich überhaupt mit Freude hörte, daß er sich sehr ausdauernd und soldatisch gezeigt habe". Uebereinstimmend hiermit lautet das lobende Urtheil Cerrinis, der in einem Bericht vom 23. September dem König meldet: „Seine Königliche Hoheit Prinz Albert befindet sich wohl; das Kantonnement hat unverkennbar sehr wohlthätig auf ihn gewirkt. Er betreibt den Dienst mit großem Eifer, scheint sich sehr darin zu gefallen und hat sich die Herzen aller Soldaten gewonnen".*)

Infolge des glücklich bestandenen Probedienstes verlieh der König seinem Neffen am 24. Oktober 1843 das Patent als Lieutenant. Von diesem Tage datirt der Eintritt des Prinzen in die Armee: 55 Jahre sind seitdem verflossen!

Neben seinen militärischen Beschäftigungen setzte der jugendliche Fürst noch Jahr und Tag die wissenschaftlichen Studien unter Langenns Leitung fort, denn es lag im Plane seines Bildungsganges, daß er die volle Reife des Abgangszeugnisses zur Universität erlangen sollte. Der Vormittag gehörte dem

---

*) Aus dem Nachlaß des Königs Friedrich August II. im Hauptstaatsarchiv.

Dienst in der Kaserne, die übrige Zeit des Tages den Wissen=
schaften. Eine solche Arbeitstheilung hätte dem Civilgouverneur
einige Verlegenheit bereiten können, aber der Selbsttrieb des
Prinzen wußte alle Kollisionen zu vermeiden. Außerdem war
es ein glückliches Zusammentreffen, daß Langenn, der ursprüng=
lich die Absicht gehabt hatte, sich dem Soldatenstande zu widmen,
und nur durch den Wunsch seiner Eltern zur Wahl eines andern
Berufs veranlaßt worden war, der militärischen Seite in der
Entwickelung seines Pflegebefohlenen mit theilnehmendem Ver=
ständniß folgte.

Wir verdanken dieser Vielseitigkeit des Erziehers eine Schil=
derung des Prinzen, die in die Zeit fällt, in welcher der Zu=
sammenhang mit der Armee seine Wirkung auf die Charakter=
entwickelung desselben auszuüben begann. In diesem Schriftstück,
das kurz vor dem 23. April 1844 verfaßt ist, heißt es: „Prinz
Albert, jetzt nahe der Erfüllung des sechzehnten Lebensjahres,
hat, man kann es sagen, einen vortrefflichen Charakter, er ist
human, wahrhaft menschenfreundlich, hat ein Herz für fremde
Noth, giebt gern und ist wirklich ernst religiös. Seine Vater=
landsliebe ist rein und unbefangen, Achtung für Recht und Ge=
rechtigkeit erfüllt ihn, und die geringste Mahnung, daß etwas
wohl nicht ganz dieser großen Fürstentugend entspreche, läßt ihn
in sich gehen. Sein Geist ist gebildet, er eignet sich schnell die
Sache an, er fühlt das Schöne und Treffliche, welches in
Schriften niedergelegt ist und sonst ihm zu Ohren kommt. Zu
zwei Dingen hat der Prinz ganz besonderen Beruf: zum Militär=
wesen und zu den eigentlich politischen Wissenschaften. So viel
das Militärwesen betrifft, so hängt er keineswegs bloß an der
äußeren Pracht und Herrlichkeit, sondern er ergreift auch den
Kern der Sache. Der Dienst gefällt ihm, und seine Lieblings=

studien sind Schlachtbeschreibungen, Kriegsgeschichte überhaupt
und noch ganz besonders Lebensbeschreibungen großer Militärs.
Dabei ist er ganz unbefangen, und ich habe es sehr oft gehört,
wie er alles Andere von der militärischen Seite in dieser Be=
ziehung trennt. So viel die politischen Wissenschaften betrifft,
so liebt er zwar nicht das abstrakte Philosophiren darüber, ist
auch dazu nicht angeleitet worden, wohl aber studirt er gern die
Geschichte und knüpft daran Betrachtungen, die mich oft erfreut
haben." Auch später, ja während seines ganzen Lebens, blieb
Prinz Albert ein Feind jener spekulativen Betrachtung der Ge=
schichte, die so oft Gefahr läuft, auf dem Wege philosophischer
Konstruktion oder durch Nutzanwendung politischer Theorien das
reine Bild der geschichtlichen Wahrheit in mehr oder minder
tendenziöser Weise zu entstellen. Aus dem Urtheil Langenns
geht hervor, daß die Natur seinen Schüler mit einem empfäng=
lichen Sinn für die Realität der Dinge ausgestattet hatte, auf
den vielleicht auch seine Vorliebe für die Biographie zurück=
zuführen sein dürfte, die unter allen Formen der historischen
Darstellung am meisten geeignet ist, das Werden und Wachsen
der einzelnen Persönlichkeit unter dem Einfluß der Zeitideen und
der die Welt bewegenden geistigen und materiellen Kräfte zu
lebensvoller Erscheinung zu bringen. Als weitere individuelle
Züge des Prinzen rühmt Langenn sein heiteres Wesen, seine Ge=
selligkeit und sein Gefallen an dem Umgang mit Freunden; auch
hebt er besonders hervor, daß die beiden großen Herrscher=
eigenschaften, Energie und Stetigkeit, bei dem künftigen Thron=
erben schon damals im Keime vorgebildet waren.*)

---

*) Das Citat, nach Mittheilungen, einem Tagebuche v. Langenns ent=
nommen, siehe bei v. Schimpff a. a. O., Seite 10 ff.

Auch die Erziehung der jüngeren Brüder Ernst und Georg nahm allmählich einen mehr militärischen Charakter an; sie blieben zwar noch einige Zeit der Obhut Langenns anvertraut, standen aber zugleich, seit dem Herbst 1843, nach dem Rücktritt Minck= witz', unter Leitung des Oberstlieutenants v. Engel, der bisher Flügeladjutant des Königs gewesen war, in dieser Stellung sich das volle Vertrauen des Monarchen erworben hatte und den Prinzen fortan als Führer in der angegebenen Richtung dienen sollte. Im Frühjahr 1844 verweilte die Familie des Prinzen Johann auf Schloß Weesenstein, von wo Fußwanderungen bis über die böhmische Grenze, nach dem Mückenthürmchen und Mariaschein unternommen wurden; doch währte der Aufenthalt, mit Rücksicht auf die Studien der Söhne, die keine längere Unterbrechung erleiden sollten, nur vierzehn Tage.

Dann folgte das Sommerlager in Pillnitz, wo in diesem Jahre das Leben ebenfalls stiller und einförmiger verlief als sonst, weil der Hof des Königs fehlte. Schon seit geraumer Zeit hatte Friedrich August sich eingehend mit dem Programm einer Reise nach England beschäftigt. Bei der Vermählung mit dem Prinzen Albert von Sachsen=Koburg hatte die Königin Viktoria dem Oberhaupte des Albertinischen Hauses in sehr ver= bindlichen Ausdrücken ihre Freude über die Anknüpfung der verwandtschaftlichen Beziehungen zu demselben bezeigt.*) Als Bestätigung dieser sympathischen Kundgebung war im Oktober 1842 die Verleihung des Hosenband=Ordens an Friedrich August erfolgt. Mußten schon diese äußeren Umstände dem König den Wunsch nahe legen, der Beherrscherin Englands seinen persön=

---

*) Der eigenhändige Brief der Königin, der im Hauptstaatsarchiv aufbewahrt wird, ist vom 18. März 1840.

lichen Dank abzustatten, so gesellte sich dazu als weiterer Beweggrund das Interesse, das er den politischen Einrichtungen und der Industrie des Inselreiches entgegenbrachte. Friedrich August hatte, begleitet von dem Oberhofmeister Geheimen Rath Gottlob Heinrich v. Minckwitz, dem Kammerherrn Albert Friedrich Grafen Vitzthum v. Eckstädt, dem Flügeladjutanten Major Reichard und dem Leib= arzt Dr. Carus, Dresden am 21. Mai verlassen und war nach einem Besuch bei dem König Leopold von Belgien auf dem ihm von der englischen Admiralität zur Verfügung gestellten Dampfer „Prinzeß Alice" am 28. Mai über Ostende in Dover gelandet. Es wurde zunächst ein Ausflug durch die Insel Wight unter= nommen, dann begab sich der König am 1. Juni nach London, wo im Buckingham=Palace Gemächer für ihn in Bereitschaft ge= setzt waren. Ein Aufenthalt von beinahe drei Wochen gestattete dem König die Sehenswürdigkeiten der britischen Hauptstadt und die Veranstaltungen des High = Life nach den verschiedensten Richtungen hin kennen zu lernen. Er besuchte unter dem sach= kundigen Geleit des sächsischen Gesandten Georg Rudolf v. Gers= dorf die Wohlthätigkeitsanstalten und Hospitäler, die Institute für Kunst und Wissenschaften, namentlich die botanischen und zoologischen Sammlungen, die Marineetablissements in Greenwich und Woolwich, betheiligte sich an einer Revue im Windsor=Park sowie an einem Meeting auf dem Rennplatz in Ascott und be= wies für alle Eindrücke, die er in sich aufnahm, eine solche Empfänglichkeit, daß die Königin Viktoria darüber ihre besondere Genugthuung aussprach.*) Ebenso günstig lautete das Urtheil der englischen Presse über die Persönlichkeit des sächsischen

---

*) Schreiben der Königin an Leopold von Belgien, 11. Juni 1844 in dem Buche „Leben des Prinzen Albert" von Th. Martin, deutsche Aus= gabe, Gotha 1876, I. Seite 223.

Monarchen; die litterarische Zeitschrift „Athenaeum" veröffentlichte eine Charakteristik des Königs, in der seine geologischen und botanischen Studien anerkennend hervorgehoben wurden.

Das Hauptereigniß jener Tage aber war die gleichzeitige Anwesenheit des Kaisers Nikolaus von Rußland. In der Vorgeschichte des Orientkrieges spielt dieser Besuch des Zaren in London, wie man weiß, eine bedeutsame Rolle; die Absicht, die ihm zu Grunde lag, war, womöglich eine Lockerung der englisch-französischen Allianz herbeizuführen, welche die Krisis von 1840 glücklich überdauert hatte, und die leitenden Staatsmänner des Kabinets von St. James für die russischen Pläne in Bezug auf die Türkei zu gewinnen, die wahrscheinlich früher, als es geschah, zur Reife gelangt sein würden, wenn nicht die Bewegung des Jahres 1848 dem Kaiser eine sehr unerwünschte Zurückhaltung auferlegt hätte. Daß die öffentliche Meinung den Annäherungs-versuch des Zaren mit gemischten Empfindungen aufnahm, bewies jener Artikel des Athenaeums, der dem „autokratischen Herrscher eines unermeßlichen Reiches" den freisinnigen Beförderer der Wissenschaften in Friedrich August gegenüberstellte.

Die Reise des Königs, die sich nach dem Aufbruch von London am 20. Juni noch über ganz England und Schottland erstreckte, hatte in Sachsen den besten Eindruck gemacht. Als Friedrich August nach dreitägiger ziemlich stürmischer Meerfahrt von Leith, dem Hafen Edinburgs, am 7. August in Hamburg landete, wurde er hier bereits von einer Leipziger Bürgerdepu-tation begrüßt, die ihm entgegengeeilt war. Seine Ankunft in Leipzig am folgenden Tage vollzog sich unter herzlicher Theil-nahme aus allen Kreisen der Bevölkerung, und in Dresden vollends gestaltete sich der Empfang am 9. August gegen Abend zu einem wahren Familienfeste. Auf dem Leipziger Bahnhof nahm der König im Kreise der Angehörigen seines Hauses die Huldigungen des Stadtraths entgegen, denen der Bürgermeister Hübler in einer warm empfundenen Rede Ausdruck verlieh. Bei einem Feste der Bogenschützengesellschaft am 10. August, zu Ehren des fünfundzwanzigjährigen Jubiläums der Prinzessin Amalie als Mitglied dieses Bundes, betheiligte sich ganz Dresden an einer stürmischen Ovation. Wenn man bedenkt, wie rasch der Wechsel der Stimmungen eintrat, so wird man behaupten dürfen, daß die Reise nach England für den König den letzten vollen und ungetrübten Genuß des Daseins bedeutete.

Gegen Ende September durfte Prinz Albert sich eine kurze Ruhepause in seinen wissenschaftlichen Arbeiten gewähren. Er folgte seinem Vater nach Chemnitz zu einer Felddienstübung, welche die zweite Linien=Infanterie=Brigade am 28. September in Gemeinschaft mit einer bei Penig kantonnirenden leichten Halbbrigade unternahm, und wohnte unmittelbar darauf einem Brigade=Exerziren der Kavallerie in der Nähe von Leipzig bei. Dann aber erwartete ihn ein noch größeres militärisches Schau= spiel. Friedrich Wilhelm IV. hatte den König, den Prinzen Johann und dessen Sohn zu den Herbstübungen eingeladen. „Wie glücklich mich das Wiedersehen mit Dir, Johannes und Albertus machen würde, brauche ich Dir nicht erst auszusprechen, allertheuerster Schwager", schrieb der preußische Herrscher am 15. September an Friedrich August. Die Manöver wurden in der Umgegend von Halle abgehalten; man nahm Quartier auf dem Schlosse Giebichenstein. Prinz Johann gedenkt aus der Erinnerung jener Tage wiederum eines Vorfalls, der die jugend= liche Reise seines Sohnes im besten Lichte erscheinen läßt. In seinen Aufzeichnungen erzählt er: „Die Fahrten zu den Manövern waren ziemlich weit. Im ersten Wagen fuhren die beiden

Könige, im zweiten Albert und ich mit den beiden, meinem Bruder und mir zugetheilten Offizieren, General von Gerlach und Oberst von Finkenstein. Während dieser Fahrt wurde viel von militärischen, insbesondere kriegsgeschichtlichen Gegenständen gesprochen. Mein Sohn entwickelte hierbei eine merkwürdige Belesenheit und klare Erinnerung in solchem Bezug, insbesondere erinnere ich mich, daß einst von der Affaire bei Wavre im Jahre 1815 die Rede war, an der General Gerlach betheiligt gewesen war. Albert wußte so genau die Namen und Stellungen aller einzelnen Korps anzugeben, daß die beiden Herren ganz verwundert waren."*) Das erste Auftreten des jungen Fürsten in dem Kreise des preußischen Militärs war also jedenfalls als ein glückliches zu bezeichnen.

Der Winter von 1844 auf 1845 verging unter angestrengtem Fleiß, denn die Jugenderziehung des Prinzen näherte sich dem Abschluß. Sein Studiengenosse, Prinz Wilhelm von Mecklenburg, kehrte, nachdem der Unterricht, den er in Dresden erhalten hatte, beendet war, in die Heimath zurück. Am 12. März gab der König zu Ehren des Scheidenden ein Festmahl unter Theilnahme der drei Söhne des Prinzen Johann und des damals vierzehnjährigen Prinzen Moritz von Sachsen=Altenburg, der sich seit einiger Zeit in der sächsischen Hauptstadt aufhielt, um hier

*) Bei Wavre stieß am 18. Juni der von Napoleon nach der Schlacht bei Ligny zur Verfolgung der Armee Blüchers entsandte Marschall Grouchy auf das III. preußische Korps. Der französische Feldherr glaubte anfangs, die gesammte Streitmacht des Feindes vor sich zu haben, während Blücher mit der Hauptmasse des Niederrheinischen Heeres bereits den Marsch nach Waterloo zur Vereinigung mit Wellington angetreten hatte. Leopold von Gerlach stand damals als Premierlieutenant bei dem General=stab der 11. Brigade. Die Erinnerung an ihn ist in unseren Tagen durch die Veröffentlichung seiner Denkwürdigkeiten und seines Briefwechsels mit Bismarck erneuert worden.

seine Ausbildung fortzusetzen. Prinz Albert stand vor einem der wichtigsten Ereignisse des Jünglingsalters: er hatte am folgenden Tage, 13. März, in Gegenwart seines Königlichen Oheims und seines Vaters die Abiturientenprüfung zu bestehen, nachdem die schriftlichen Probearbeiten schon vorher erledigt worden waren. Durch einen glücklichen Zufall hat sich eine dieser Arbeiten erhalten und zwar diejenige, die sich auf den staatswissenschaftlichen Theil des Examens bezieht.*) Dem jungen Fürsten wurden Aufgaben gestellt, die nach dem heutigen Lehrplan eigentlich schon über die Grenzen der Gymnasialbildung hinausgreifen, da sie eine gewisse Kenntniß der juristischen Propädeutik voraussetzten. Klar und bündig wußte der Verfasser die Unterschiede zwischen geschriebenem und ungeschriebenem Recht zu entwickeln und an Beispielen zu erläutern. Namentlich in der Rechtsgeschichte erwies er sich als wohl vorbereitet. Es machte ihm keine Schwierigkeit, die einzelnen Abtheilungen des Corpus juris sowie die Titel der älteren Quellen des Römischen Rechtes aufzuzählen und den wesentlichen Inhalt der wichtigsten Grundgesetze des Reiches deutscher Nation von der Goldenen Bulle bis zu dem westfälischen Friedensinstrument anzugeben.

Unmittelbar darauf schied Langenn aus seiner Stellung als Erzieher der Söhne des Prinzen Johann, die er ein volles Jahrzehnt hindurch bekleidet hatte. In einer Privataudienz am 2. April dankte ihm der König in warmen Worten für seine erfolgreichen Dienste. Als Beweis der Gnade seines Landesherrn erhielt Langenn zunächst die Stellung eines Direktors im

*) Das Schriftstück, dem auch die gleichzeitigen Probearbeiten der Ernst und Georg beigefügt sind, wurde aus dem Nachlaß des Friedrich August dem Hauptstaatsarchiv überwiesen.

Justizministerium, unter Verleihung des Titels als Wirklicher
Geheimer Rath und mit der Berechtigung, den Berathungen des
Gesammtministeriums beizuwohnen.

Der Augenblick, in welchem für Prinz Albert die selbst-
ständige Führung des Lebens begann, fiel zusammen mit der
Geburt des jüngsten seiner Geschwister, der Prinzessin Sophie,
die am 15. März 1845 das Licht der Welt erblickte. Mit Beziehung auf die Iden des März glaubte der geistreiche König
von Preußen diesem Kinde prophezeien zu dürfen, daß es dereinst die Krone einer Königin oder Kaiserin tragen werde, —
was freilich nicht in Erfüllung ging. Bei der Taufe in der
Hauskapelle versahen Prinz Albert und dessen Schwester Elisabeth
die Pathenstelle. Nächstdem verdient aus der Chronik jener Zeit
ein Naturereigniß erwähnt zu werden, welches die Bewohner
Dresdens in fieberhafte Aufregung versetzte. Es war die Hochfluth der Elbe, die nach einem für die Jahreszeit ganz ungewöhnlichen Eisgang in der letzten Woche des März eintrat und
das Schlimmste befürchten ließ. Am 29. März meldete der
Wachtposten auf der alten Augustus-Brücke, daß sich an dem
mittleren Pfeiler, der mit einem Crucifix geschmückt war, ein
Riß in dem Gemäuer bemerkbar mache; wenige Stunden später
erfolgte an dieser Stelle ein Zusammensturz, durch den ein Theil
des monumentalen Bauwerkes in einen Trümmerhaufen ver-
wandelt wurde. Durch die Schleusen drang die Fluth bis in
das Innere des Taschenbergpalais, wo Prinz Johann und dessen
Familie wohnten. Der Raum zwischen dem Schloß, dem Zwinger
und dem neuen Schauspielhaus bildete eine große Wasserfläche:
das Hoftheater mußte geschlossen werden. Der Strom durchriß
die Dämme, und es bildete sich ein zweiter Arm der Elbe, der
über die Wilsdruffer Vorstadt und die Friedrichstadt verheerend

hereinbrach. Die Fluth überstieg am 1. April den höchsten, geschichtlich beglaubigten Wasserstand der Elbe vom Jahre 1655 um eine halbe Elle. In dichten Schaaren drängte das Publikum auf den Schloßthurm, um von hier aus das unermeßliche Strombett des Flusses in Augenschein zu nehmen, so daß der Zugang verboten werden mußte. Täglich sah man die Mitglieder des Königshauses an den gefährdetsten Stellen, um Rath und Hülfe zu ertheilen. Erst am 9. Mai konnte die Augustus-Brücke für den Verkehr der Fußgänger wieder freigegeben werden; bis dahin war die Verbindung zwischen beiden Ufern vermittelst einer Schiffbrücke und durch Dampfboote unterhalten worden.

Als militärischer Begleiter versah seit dem Frühjahr 1845 der Major im Garde-Reiter-Regiment Hans Julius August v. Mangoldt den Dienst bei dem Prinzen Albert, dessen Ernennung zum Oberlieutenant am 3. März erfolgt war. Außerdem stand in näherer Beziehung zu ihm der Rath am Appellationsgericht in Dresden, Dr. Robert Schneider, der seine Laufbahn als Dozent der Juristenfakultät in Leipzig begonnen hatte und dann nach Dresden berufen wurde, um die weitere juristische Ausbildung des jungen Fürsten zu leiten. Der Dienst im Regiment und diese wissenschaftliche Beschäftigung nahmen den Prinzen in der nächsten Zeit fast ausschließlich in Anspruch, während in dem öffentlichen Leben seines Vaterlandes die ersten Anzeichen einer tief eingreifenden Erschütterung auftauchten, zu deren Verständniß wir einen kurzen Rückblick auf die Entwickelung der inneren Verhältnisse Sachsens in den vorangegangenen Jahren werfen müssen.

Wir haben früher gesehen, unter wie glücklichen Auspizien der Ausbau des modernen Rechtsstaates auf Grund der Verfassung, unter einmüthigem Zusammenwirken der Regierung und der Landesvertretung in Angriff genommen wurde. Es schien als ob die altangestammte Begabung des sächsischen Volksstammes für Gesetz und Recht, die, wenn man nicht auf die Zeiten des Sachsenspiegels zurückgehen will, jedenfalls schon in den Konstitutionen des Kurfürsten August Hervorragendes geleistet hatte, sich noch einmal glänzend bewähren sollte. Die Früchte waren nicht ausgeblieben. Handel und Wandel blühten, die Hoffnungen, die sich an die Einführung der neuen Zollgesetzgebung knüpften, hatten sich erfüllt. Die Ergebnisse der Grundsteuerregulirung nach dem Gesetz vom 9. September 1843 gestalteten sich günstiger, als man erwarten konnte; überhaupt erfuhren die regelmäßigen Einnahmen des Staates unter dem Einfluß des wohlgeordneten Budgets eine Steigerung, welche die Regierung in die Lage versetzte, Ermäßigungen einzelner Steuerobjekte eintreten zu lassen: eine Maßregel, die immer als der überzeugendste Gradmesser für die Gesundheit des staatlichen Organismus angesehen werden darf.

Wenn wir zunächst die Genesis der späteren Kämpfe ins Auge fassen, so ergiebt sich die unzweifelhafte Thatsache, daß die polemische Tendenz, welche in den sächsischen Ständekammern um die Mitte der vierziger Jahre zu Tage trat, ihren Ursprung nicht sowohl in den Parteigegensätzen des eigenen Landes als in der Gesammtheit der politischen Verhältnisse Deutschlands hatte. Die Mißstimmung über die Haltung des deutschen Bundestages, die in den Kreisen des süddeutschen Liberalismus, namentlich in Bayern, Baden und der Pfalz, schon längst zu feindseligen Demonstrationen geführt hatte — man braucht nur an das Hambacher Fest zu denken — entwickelte sich allmählich auch in Sachsen zu einem Hauptfaktor in den Kundgebungen der liberalen Partei. Das Bestreben der deutschen Bundesgewalt, die Verhandlungen der Ständekammern in den einzelnen Staaten ihrer

Kontrole zu unterwerfen, hatte von Anfang an selbst bei den ge=
mäßigten Vertretern des Konstitutionalismus lebhaften Wider=
spruch erweckt. Der Gegensatz verschärfte sich durch die Behand=
lung, welche der hannoversche Verfassungsstreit von Seiten des
Zentralorgans der deutschen Reichsverfassung erfuhr. Es war
damals, im Dezember 1837, zum ersten Male geschehen, daß
der sächsische Landtag, dem Beispiel Badens folgend, sich mit
einer Angelegenheit beschäftigte, die zwar außerhalb der eigent=
lichen Sphäre seiner Thätigkeit lag, aber durch die Aufregung,
welche das Ereigniß in ganz Deutschland verursachte, den Anstoß
zu einer allgemeinen Agitation gegeben hatte. Von Seiten der
zweiten Kammer wurde der Regierung der Wunsch ausgesprochen,
ihren Einfluß für die Wiederherstellung der hannoverschen Ver=
fassung von 1833 aufzubieten. Mit vollem Grund verwies der
Minister des Auswärtigen v. Zeschau auf die Unmöglichkeit einer
Intervention in dieser Form; dagegen versprach er, den Ge=
sandten am Bundestage mit Weisungen zu versehen, die den all=
gemein anerkannten Gesinnungen des Ministeriums entsprächen.

Die Stände beruhigten sich bei dieser Erklärung, zumal sie
wußten, daß ihre Ansicht über den Rechtsbruch, der in dem
Welfenreiche vorlag, sowohl von dem König als von dem Prinzen
Johann getheilt wurde. Als dann aber der Bundestag, wenn
auch nur mit geringer Stimmenmehrheit, den ganzen Rechtsfall
als außerhalb seiner Kompetenz liegend auf sich beruhen ließ,
kam der im Jahre 1840 in Dresden versammelte Landtag auf
die Sache zurück. Noch bestimmter als im Jahre 1837 plai=
dirte die Zweite Kammer für die Wiedereinsetzung des ver=
fassungsmäßigen Rechtszustandes in Hannover. Die Erste Kammer
trug Bedenken, sich dieser Forderung anzuschließen; sie bot je=
doch die Hand zu einem Kompromiß, der nach Form und In=

halt sich zu einem Mißtrauensvotum gegen den Bundestag ge=
staltete. Der Minister v. Zeschau hatte das Ersuchen der
Kammern um Mittheilung der an die Gesandtschaft in Frankfurt
erlassenen Instruktionen abgelehnt, unter Berufung darauf, daß
die Geheimhaltung der Verhandlungen von Seiten des Bundes
der Regierung die gleiche Enthaltsamkeit auferlege. In Folge
dessen vereinigten sich die Kammern am 15. Juni 1840 zu einem
Antrage, durch den der Bundestag veranlaßt werden sollte, seine
Verhandlungen der Oeffentlichkeit zu übergeben, wie dies in
früheren Jahren geschehen war. Ungleich tiefer greifend war
der zweite Antrag, der sich auf die Einsetzung eines Staats=
gerichtshofes zur rechtskräftigen Entscheidung aller Streitigkeiten
über die Landesverfassungen bezog. Der Antrag hatte insofern
eine gewisse doktrinäre Färbung, als er an die Erinnerungen
des ehemaligen Reichsgerichts anknüpfte, obschon gerade diese
Institution wegen der Unsicherheit ihrer Befugnisse und ihres
frühzeitigen Verfalls nicht gerade zu den Glanzseiten der deut=
schen Rechtsentwickelung gehörte. Die damaligen Abgeordneten
gaben sich wohl keiner Täuschung darüber hin, daß sie mit ihren
Beschlüssen nicht durchbringen würden: die Regierung verwarf
dieselben. Immerhin war es ein bemerkenswerthes Ereigniß,
daß aus der Mitte der sächsischen Landesvertretung ein Protest
gegen die am Bundestage herrschende Auffassung der konstitutio=
nellen Fragen in die Oeffentlichkeit drang.

Von einem Zwiespalt zwischen der Regierung und den
Ständen konnte im vorliegenden Falle kaum die Rede sein. An=
ders verhielt es sich in der vierten Sitzungsperiode der Kammern,
die im November 1842 ihren Anfang nahm. Es handelte sich
um die damals in den juristischen Fachkreisen und den parla=
mentarischen Debatten so vielfach erörterte Frage über Ein=

führung des mündlichen und öffentlichen Verfahrens bei dem Strafprozeß. Der Entwurf einer neuen Kriminalprozeßordnung ließ die auch in Sachsen angestrebten Reformen unberücksichtigt. In den sehr umfangreichen Motiven, von denen die Vorlage begleitet war, suchte der Minister v. Könneritz an der Hand eines Vergleiches mit der Gesetzgebung anderer Staaten den Nachweis zu führen, daß die bisherigen Erfahrungen auf dem Gebiete des öffentlichen und mündlichen Prozesses zweifelhafter Natur seien; seine Ausführungen gipfelten in dem an sich unanfechtbaren Satze: die Bürgschaft einer guten Strafrechtsprechung sei weniger in den Formen des Untersuchungsverfahrens zu erblicken als in der Richtigkeit und Gerechtigkeit der Urtheile, zu denen die Untersuchung nur das Material liefere.*) Schon bei den Debatten in der Ersten Kammer, die sich zuerst mit dem Gesetz beschäftigte, stellte sich heraus, daß die kompakte Majorität, auf welche die Regierung gerechnet hatte, nicht vorhanden war. Die Kammer erklärte sich zwar mit 18 gegen 23 Stimmen für die Ausschließung der Mündlichkeit und Oeffentlichkeit, aber sie nahm unmittelbar darauf mit 33 gegen 8 Stimmen den Vermittelungsantrag eines ihrer hervorragendsten juristischen Mitglieder, des Domherrn Dr. Günther, an, der unter Beseitigung des in dem Entwurf festgehaltenen Prinzips der Inquisition durch den Einzelrichter schon für die erste Instanz der Untersuchung eine kollegiale Einrichtung empfahl. „Die Absicht des Antragstellers", bemerkt Prinz Johann in seinen Lebenserinnerungen, „ging offenbar dahin, der bevorstehenden Differenz aus dem Wege zu gehen und das zunächst ins Leben zu führen, was alle Theile für zweckmäßig erkannten." Unter diesen Umständen war es unaus-

---

*) Landtagsakten 1842, 1. Abth., Band 1, S. 96.

bleiblich, daß bei den Verhandlungen der Zweiten Kammer das
Gutachten der Deputation, das sich für die Reformen des Kri-
minalprozesses aussprach, nahezu einstimmig angenommen wurde.
Von etwa 70 anwesenden Mitgliedern hatten sich 31 an dem
zehntägigen Redekampfe betheiligt, der in der parlamentarischen
Geschichte Sachsens bisher ohne Beispiel dastand, und wenn die
unerschütterliche Beharrlichkeit, mit welcher der Minister
v. Könneritz jeden einzelnen Einwurf zu widerlegen suchte, alle
Anerkennung verdiente, so mußte doch auch der Referent, Advokat
Braun aus Plauen, der nachmalige Märzminister, durch seine
Sachkenntniß und Beredsamkeit selbst bei den Gegnern Eindruck
zu erzielen. Der Mißerfolg veranlaßte das Ministerium, die
Vorlage am 25. Januar 1843 zurückzuziehen, indem es im
Wesentlichen an seinem Standpunkt festhielt. Es braucht kaum
gesagt zu werden, daß der Entschluß der Regierung vielfach an-
gefochten worden ist. Auch Prinz Johann hat sich später, bei
einer historischen Betrachtung der Dinge, in gleichem Sinne geäußert; seine Darstellung der damaligen Vorgänge schließt mit
den Worten: „Es gab dieses Beharren auf einer von der
öffentlichen Meinung so entschieden geforderten Abänderung, wenn
sie auch aus der edelsten Ueberzeugung hervorging, doch dem
Ministerium einen Stoß, der sein Ansehen in den folgenden un-
ruhigen Zeiten bereits etwas untergraben vorfinden ließ."

Eine andere Meinungsverschiedenheit entspann sich über die
Angelegenheiten der Presse. Es war dies abermals eine Frage,
die mit der Bundesgesetzgebung im engsten Zusammenhange stand.
Da die im 18. Artikel der Bundesakte in Aussicht gestellten
gleichförmigen Verfügungen über die Preßfreiheit bisher nicht
zur Ausführung gelangt waren, so bestand formell das infolge
der Karlsbader Konferenzen erlassene vorläufige Preßgesetz vom

Jahre 1819 noch in Kraft, während thatsächlich der Bund die Regelung der Preßverhältnisse den einzelnen Staaten überließ, unter der selbstverständlichen Voraussetzung, daß die darüber getroffenen gesetzlichen Bestimmungen mit dem provisorischen Bundesgesetz in Einklang stehen müßten. In der sächsischen Verfassungsurkunde war daher festgesetzt worden, daß die Angelegenheiten der Presse durch ein Gesetz geordnet werden sollten, welches die Freiheit derselben, unter Berücksichtigung der Vorschriften der Bundesgesetze und der Sicherung gegen Mißbrauch, als Grundsatz aufstellen werde. Zweimal, in den Jahren 1833 und 1840, war die Regierung bereits in Verhandlungen über den Gegenstand mit den Ständen eingetreten; beide Male aber hatte sie ihre Entwürfe zurückgezogen, nicht bloß, weil dieselben auf manchen Widerspruch stießen, sondern auch weil in den Kammern die Ansicht vorherrschte, daß die endgültige Feststellung des Rechtsverhältnisses der Presse bis zum Erscheinen des Bundesgesetzes zu vertagen sei. Die Zweite Kammer hatte schon im Mai 1840 die Aufhebung der provisorischen bundesgesetzlichen Bestimmungen und die Verwirklichung des Artikels XVIII, also den Erlaß eines Bundesgesetzes, beantragt.*) Bisher aber war dies weder geschehen, noch ließ sich erwarten, daß es geschehen werde. Die sächsische Regierung entschloß sich bei diesem Stande der Dinge im November 1842 zur Vorlegung eines neuen Gesetzes, welches die Censur der Werke von mehr als 20 Bogen aufhob und im Uebrigen die geltenden Bestimmungen über die Beaufsichtigung der Presse, namentlich die Behandlung anonymer Schriften, auch ferner für rechtsbeständig erklärte. Das Dekret, durch welches der Entwurf angekündigt wurde, hob hervor, daß durch dieses

---

*) Landtagsakten 1840. Beilagen zur 3. Abtheilung II, S. 558.

Gesetz der Presse das mit der Bundesgesetzgebung vereinbare Maß der Freiheit gewährt und die noch bestehende Lücke der Verfassung ausgefüllt werde. Bei den Verhandlungen der Zweiten Kammer im April 1843 wurde sowohl das eine wie das andere Argument lebhaft bekämpft. Man erinnerte von Neuem an die Verheißungen der Bundesakte und bestritt, daß der Grundsatz der Preßfreiheit, den die Verfassung anerkannt hatte, durch das Gesetz verwirklicht werde. Eine gewichtige Stimme führten die Vertreter des Leipziger Buchhandels, und man wird zugeben müssen, daß es nicht nur das Interesse ihres Standes, sondern die vorwaltende Tendenz der Litteratur war, was sie veranlaßte, auf die Beseitigung aller Censurvorschriften für das gedruckte Wort zu bringen. Trotzdem entschied sich die Majorität für die Annahme des Gesetzes, um so mehr, als das Ministerium sich mit einigen Abänderungen einverstanden erklärte und die Möglichkeit einer Revision der vereinbarten Bestimmungen nach den Erfahrungen, die sich aus denselben ergeben würden, durchblicken ließ.

Eine allzu tief greifende Wirkung wird man diesen ersten parlamentarischen Kämpfen nicht beimessen dürfen. Der dem König bei seiner Rückkehr aus England im August 1844 bereitete Empfang, dessen wir oben gedachten, konnte als Beweis dafür gelten, daß der innerste Kern der loyalen Gesinnung im Volke noch unberührt war.*) Freilich das Wort des Prinzen Johann aus dem Jahre 1834, es gebe keine Parteien, konnte auf den gegenwärtigen Zustand keine Anwendung mehr finden. Die bisherigen Erfolge der Gesetzgebung hatten darauf beruht, daß die Konservativen in allen wichtigeren Fragen mit dem gemäßigten

*) Vergl. S. 102.

Liberalismus, der an und für sich das Uebergewicht behauptet hatte, zusammenhielten. Das Auftreten einer extremen Partei unter den Liberalen, das seit 1839 und noch deutlicher seit 1842 bemerkbar wurde, zog die natürliche Folge nach sich, daß auch innerhalb der Konservativen die Ausscheidung einer Partei begann, die keine Neigung mehr zeigte, den Bund mit den Altliberalen aufrecht zu erhalten.

Ungleich bedeutsamer als die Verschiebung der Parteien waren andere Erscheinungen, die an der Wende der Jahre 1844 und 1845 auftraten, als die bekannten kirchlichen Wirren der damaligen Zeit auch in den sächsischen Landen Eingang fanden. Die Bewegung des Deutsch-Katholizismus nahm ihren Ausgangspunkt von Leipzig, denn in dem dort unter Theilnahme Robert Blums herausgegebenen fortschrittlichen Organ der „Sächsischen Volksblätter" erschien die Kriegserklärung, welche der ehemalige Kaplan Ronge gegen die römisch-katholische Kirche richtete, und die erste Versammlung der Deutsch-Katholiken wurde am 9. Februar 1845 in derselben Stadt abgehalten. Die Bestrebungen der neuen Gemeinde wurden anfangs in weiten Kreisen zustimmend aufgenommen, namentlich auch von Seiten der Protestanten: an manchen Orten zeigte man sich sehr geneigt, ihr die Benutzung der Kirchen einzuräumen. Die Regierung zögerte zwar, die öffentlichen Gottesdienste zu gestatten und den eingereichten Bekenntnißschriften die staatliche Genehmigung zu ertheilen, sie hielt es vielmehr für nothwendig, dieselben zunächst dem Gutachten des Landeskonsistoriums und der theologischen Fakultät zu unterbreiten, da schon bei der Konstituirung des Deutsch-Katholizismus eine gewisse Uneinigkeit der Lehrmeinungen zu Tage trat; im Uebrigen aber ließ sie der Entwickelung freien Lauf. Ueber die Grundsätze der Mäßigung, die bei der Behandlung der religiösen

Fragen befolgt wurden, äußert sich Zeschau in einem Privat=
schreiben an den Gesandten in Wien, Kammerherrn Rudolf
v. Könneritz am 9. März 1845: „Die größte Vorsicht und
Unparteilichkeit ist dabei nothwendig, und vor Allem darf die
Parität nicht aus den Augen gesetzt werden. Mag es auch
sonderbar klingen, so ist es doch gewiß wahr, und eine richtige
Beurtheilung der hiesigen Zustände lehrt uns dies, daß ein
strenges Verfahren gegen die jetzigen religiösen Bewegungen der
katholischen Kirche nur Nachtheile bringen würde. Die Theil=
nahme dafür würde nur gesteigert werden."*)

Es gehörte mit zu den kritischen Wahrzeichen jener Ueber=
gangsepoche, daß der stürmende Freiheitsdrang, der sich allenthalben
in Deutschland zu regen begann, bevor er seine Hebel auf
politischem Gebiete in Bewegung setzte, die leidenschaftliche Er=
regung der kirchlichen Kämpfe als Mittel für die Zwecke der
Parteien benutzte. So gewiß es keine Wissenschaft giebt, die
ohne fortwährende Beziehung zu den lebendigen Ideen der Gegen=
wart zu denken wäre, ebenso begreiflich erscheint es, daß die
unduldsame Orthodoxie, die damals namentlich in den östlichen
Landestheilen Preußens ihr Haupt erhob, den einmüthigen
Widerstand der freisinnigen Richtungen innerhalb der protestanti=
schen Theologie erzeugte. Es war der alte, historisch begründete
Streit zwischen Dogmatismus und Rationalismus, der hier zu
neuem Leben erwachte. Zur Verallgemeinerung und Verschärfung
der Gegensätze aber trug es wesentlich bei, daß sie in un=
verkennbarem Zusammenhange mit den politischen und sozialen
Problemen der Zeit standen. Nur so erklärt es sich, daß die
sektirerische Agitation, die von den freien Gemeinden ausging,

---

*) Aus der Korrespondenz Könneritz' im Hauptstaatsarchiv.

die breiten Maſſen des Volkes ergriff. Der Kongreß der „Licht=
freunde" in Köthen am 25. Mai 1845 faßte nicht nur eine Reihe
von Beſchlüſſen über Austritt aus den Landeskirchen und Auf=
hebung der ſymboliſchen Bekenntniſſe, die allen Grundlagen der
beſtehenden Kirchenverfaſſungen den Krieg erklärten, ſondern er
offenbarte zugleich eine entſchieden radikale Tendenz: es gelangten
Adreſſen von Handwerkervereinen zur Verleſung, in welchen die
Arbeiterfrage mit den Ideen der chriſtlichen Freiheit in Verbindung
gebracht wurde. Da eine Anzahl ſächſiſcher Geiſtlichen ſich an
den Debatten betheiligt hatte, und die Bewegung von den benach=
barten Provinzen in das Land eindrang, glaubte die Regierung
Einhalt gebieten zu müſſen. Am 17. Juli 1845 erließen die mit
der Leitung der evangeliſchen Angelegenheiten betrauten Staats=
miniſter, unter Wahrung der Gewiſſensfreiheit und der Un=
abhängigkeit des proteſtantiſchen Prinzips der freien Schrift=
forſchung, ein Verbot gegen Vereine und Verſammlungen, welche
darauf gerichtet ſeien, das Glaubensbekenntniß der Augsburgiſchen
Konfeſſionsverwandten in Frage zu ſtellen oder anzugreifen.*)
Der leitende Geſichtspunkt dieſer Verordnung erhellt aus den
Worten Zeſchaus: „Wir waren es unſerer Pflicht ſchuldig ſo zu
handeln; wir ſind als die Wächter der proteſtantiſchen Kirche
anzuſehen!"

Die Bekanntmachung rief eine ungewöhnliche Aufregung
hervor: man führte ſie auf Einwirkungen von höherer Stelle
zurück; man ſprach von geheimen Umtrieben der Jeſuiten. Unter
dem Einfluß dieſer Stimmungen kam es bei der Anweſenheit
des Prinzen Johann in Leipzig, deren Zweck die alljährlich ſtatt=
findende Muſterung der Kommunalgarde war, am 12. Auguſt zu

*) Abgedruckt bei Flathe, a. a. O., Band III, S. 541.

tumultuarischen Auftritten, zu deren Unterdrückung zuletzt die be=
waffnete Macht einschreiten mußte. Wir brauchen bei den einzelnen
Vorgängen nicht zu verweilen, denn sie haben längst eine authentische
Darstellung gefunden, durch die namentlich auch der Ungrund der
gegen den Prinzen erhobenen Beschuldigung, daß die Veranlassung
zu dem Aufgebot des Militärs von ihm ausgegangen sei, mit
überzeugender Beweiskraft festgestellt worden ist.*)

Das waren schwere, sorgenvolle Tage für die Familie des
Prinzen Johann. „Als ich nach Hause kam", erzählt der Prinz,
„fand ich Alles beängstigt über mein Abenteuer." Für den
Prinzen Albert begann seit jener Zeit die Schule der politischen
Erfahrungen. Wenn auch kein direktes Zeugniß über seine Auf=
fassung des Leipziger Ereignisses vorliegt, so steht doch fest, daß
die maßvolle Haltung, die sein Vater trotz der erlittenen Kränkungen
beobachtete, für ihn zu einem lehrreichen Vorbild wurde. Wir
besitzen gerade aus dieser Zeit schriftliche Aeußerungen des Prinzen
Johann, die keinen Zweifel darüber bestehen lassen, daß er zwar
die Nothwendigkeit einer Gegenwirkung gegen die radikalen
Tendenzen anerkannte, im Uebrigen aber sich mit Entschiedenheit
gegen jede gewaltsame Maßregel der Reaktion aussprach. Nach
seiner Ansicht durfte die Regierung in keinem Punkte von den
verfassungsmäßigen Verpflichtungen abweichen, noch die Bahn des
gemäßigten Fortschritts verlassen. Man gab ihm von ver=
schiedenen Seiten den Rath, sich einstweilen der Theilnahme an
den parlamentarischen Arbeiten zu enthalten; er selbst aber er=
klärte dies als unvereinbar mit seinen Ueberzeugungen.

*) In diesem Sinne haben sich auch H. v. Sybel, Begründung des
deutschen Reiches unter Wilhelm I., Band I, S. 111, und H. v. Treitschke
a. a. O. V, S. 344 ausgesprochen. Vergl. Flathe a. a. O. S. 543 und
v. Falkenstein S. 160, wo die betreffende Stelle aus den Aufzeichnungen
des Prinzen Johann im Wortlaut mitgetheilt ist.

Zunächst mußte man auf einige stürmische Szenen in dem Landtage, der am 14. September zusammentrat, gefaßt sein. Die Ergänzungswahlen hatten der Zweiten Kammer eine Verstärkung der oppositionellen Partei zugeführt, die in den ersten Wochen eine vorherrschende Rolle spielte. Es zeigte sich dies namentlich in dem Antrag auf Erlaß einer nur von der Zweiten Kammer ausgehenden Adresse, die sich zu einem umfangreichen Programm der Wünsche und Beschwerden über die vorliegenden Zeitfragen erweiterte. Die Regierung wies diesen Modus als verfassungswidrig zurück und drang mit ihrer Ansicht durch; sie fand Unterstützung an den gemäßigten Liberalen, die zunächst eine ängstliche Zurückhaltung beobachtet hatten, im Verlauf der Debatten aber zu einer selbständigen Aktion zurückkehrten. Man ließ den Gedanken an eine einseitige Adresse fallen und nahm schließlich überhaupt von einer Beantwortung der Thronrede Abstand, da die Erklärungen, welche die Minister über die wichtigsten Differenzen in den vorberathenden Kommissionen abgaben, zur Beschwichtigung der Gemüther beitrugen.

Das Verfahren der Staatsgewalt in Sachen der Deutschkatholiken wurde ausdrücklich als übereinstimmend mit der Verfassung anerkannt; eine vorläufige Verordnung regelte die Rechtsverhältnisse der Dissidenten bis zum Erscheinen eines Gesetzes, mit dessen Vorbereitung für den nächsten ordentlichen Landtag eine Zwischendeputation betraut wurde. Uebrigens zeigte sich bei der Debatte, daß die Erwartungen über die Tragweite der Reformbewegung innerhalb der katholischen Kirche während der Frist von kaum einem Jahre einen nicht unerheblichen Rückgang erfahren hatten. Ebenso gelang es der Regierung, die Streitigkeiten, die sich über die Bekanntmachung vom 17. Juli erhoben hatten, beizulegen. In einem mit überzeugender Klarheit vor-

getragenen Exposé entwickelte der Justizminister v. Könneritz den
Rechtsstandpunkt jener Verfügung und kündigte zugleich die Ab=
sicht einer Reform der evangelischen Kirchenverfassung an. Das
Ergebniß war schließlich ein für die Gesammtverhältnisse der
evangelisch=lutherischen Kirche Sachsens besonders günstiges, denn
die damaligen Verhandlungen haben zu der späteren Einführung
der Synodal= und Presbyterialordnung die erste Anregung ge=
geben, wie in gleicher Weise der gesetzgeberische Akt über die
Dissidenten eine Revision der bestehenden Bestimmungen über
die Hoheitsrechte des Staates hinsichtlich der katholischen Kirche
zur Folge hatte.

In der Leipziger Angelegenheit hatte sich anfangs die Neigung
kundgegeben, die Behörden, von denen die Anwendung der Waffen=
macht ausgegangen war, in Anklagezustand zu versetzen, aber die
Regierung, die nach stattgehabter Untersuchung eine Ueberschrei=
tung der Kompetenzen in Abrede stellen mußte, behauptete auch
in dieser Frage ihre Position. Wie weit die oberste Staats=
gewalt davon entfernt war, den liberalen Forderungen prinzipiell
entgegenzutreten, legte sie dadurch an den Tag, daß sie ihren
Widerspruch gegen das mündliche Verfahren im Kriminalprozeß
fallen ließ und auch eine theilweise Oeffentlichkeit der Gerichts=
verhandlungen bewilligte.

Im Ganzen gestaltete das Endresultat des im Juni 1846
geschlossenen Landtages sich besser, als man vorhergesehen hatte.
Auf dem Gebiete der materiellen Interessen waltete noch immer
eine erfreuliche Uebereinstimmung der gesetzgebenden Faktoren ob.
Es handelte sich damals um eine wichtige Erweiterung des
sächsischen Eisenbahnnetzes. Eine Gesellschaft, welche den Bau der
sächsisch=bayerischen Linie von Leipzig nach Hof übernommen
hatte, scheiterte an finanziellen Schwierigkeiten, so daß die Re=

gierung sich veranlaßt sah, das Unternehmen käuflich zu erwerben und damit zum ersten Male das System der Staatsbahnen in größerem Umfang zur Anwendung zu bringen. Da es für diesen Zweck der Bewilligung einer Anleihe von zehn Millionen Thalern bedurfte, mußten die Stände im Januar 1847 zu einer außerordentlichen Tagung einberufen werden. Anton Heinrich v. Zeschau trug dabei noch einmal einen Erfolg davon, der sich seinen Verdiensten um Begründung des deutschen Zollvereins ebenbürtig zur Seite stellte: auf Grund des von ihm selbst ausgearbeiteten Finanzplanes kam das Anlehen ohne jede Schwierigkeit zur Ausführung.

Trotz alledem war eine völlige Beruhigung des öffentlichen Geistes nicht eingetreten. Höchstens konnte von einer Ruhe vor dem Sturm die Rede sein. Schon während des Landtags von 1845 auf 1846 mußte man die Wahrnehmung machen, daß das Verlangen nach einer Reform der Bundesverhältnisse auch in den politischen Kreisen Sachsens sich mit zwingender Gewalt in den Vordergrund drängte. Es waren schon nicht mehr bloß die Angelegenheiten der Presse und der Fortbestand der Ausnahmegesetze von 1819, die den Gegenstand unaufhörlicher Angriffe bildeten, sondern die Kritik richtete sich gegen die Gesammtheit der Institutionen von 1815 oder wenigstens gegen die Art, wie sie gehandhabt wurden. Schon bei der Adreßdebatte hatte die Erste Kammer infolge eines Referates, welches der Präsident dieser Körperschaft, Albert v. Carlowitz, am 19. November 1845 erstattete, sich einstimmig für einen Antrag erklärt, durch den die Regierung ersucht wurde, bei dem Centralorgan in Frankfurt auf die endliche Erfüllung der in der Bundesakte gewährten Verheißungen hinzuwirken. Der Redner hatte hervorgehoben, daß der Bund nur durch die Fortentwickelung der bestehenden Verfaſſung, ohne welche ein einiges und ſtarkes Deutſchland nicht zu denken ſei, ſich das Vertrauen der Nation erwerben könne. „Dieſer leiſe und doch ziemlich deutliche Tadel des Bundestages", bemerkt Prinz Johann, „entſprach der allgemeinen, wohl auch nicht unberechtigten Stimmung und fand allenthalben den größten Anklang. Zeſchau ſchrieb in jenen Tagen: „Die Mißſtimmung über die zeitherige Unthätigkeit des Bundes iſt groß, und der Abreßbericht der Erſten Kammer, der Dienſtag zur Berathung gelangt, wird Ihnen beweiſen, wie auch ruhige und wohlgeſinnte Männer darüber denken."*)

Den mächtigſten Impuls aber erhielt die Wiederbelebung der nationalen Empfindungen im Frühjahr 1846 durch das erſte Aufleuchten der ſchleswig=holſteiniſchen Frage. Unſere Darſtellung berührt damit ein Zeitereigniß, welches einen wichtigen Abſchnitt in dem Leben des Prinzen Albert bildet, da es den Anlaß zu ſeiner erſten Kriegsthat geben ſollte. Noch bevor am 8. Juli der „offene Brief" Chriſtians VIII. erſchien, hatten die Beſchlüſſe der däniſchen Ständeverſammlungen, die auf die Einverleibung der Herzogthümer in die Geſammtheit der Monarchie hindeuteten, bei den Landesvertretungen der deutſchen Staaten einen allge= meinen Sturm hervorgerufen. In Sachſen liefen aus allen Theilen des Landes Petitionen ein, die mehrere tauſend Unter= ſchriften trugen. Bei einer Verhandlung am 28. Mai ſprach die Kammer ſich dahin aus, daß es ſich um einen geiſtigen Kampf handle, in welchem das deutſche Element an der Elbe und Eider „mit allen Waffen des Rechtes, des Nationalgefühls und der Energie vertheidigt werden müſſe, um nicht in dem Namen eines

---

*) Privatſchreiben an Könneritz in Wien, 17. November 1845. Haupt= Staatsarchiv.

anderen Volkes unterzugehen". Der Bund schulde es dem An=
sehen Deutschlands gegenüber dem Auslande, den Uebergriffen
fremder Mächte Widerstand zu leisten.*) Die zurückhaltende
Entschließung des Bundestages vom 17. September, die, weit
davon entfernt, die Einmüthigkeit der nationalen Gesinnungen zu
berücksichtigen, sich in den Grenzen eines Appells an das Rechts=
gefühl Christians VIII. bewegte, konnte keine andere Wirkung
haben, als die volksthümliche Bewegung in der schleswig=holstei=
nischen Frage vorwärts zu treiben und der Entwickelung des
radikalen Elementes in den deutschen Parteikämpfen Vorschub
zu leisten.

Schon aber stiegen andere Wetterzeichen an dem Horizont
der europäischen Politik empor. Allenthalben regten sich die ersten
Symptome innerer Erschütterungen, die insofern einen überein=
stimmenden Charakter an sich trugen, als die bewegende Kraft in
ihnen aus den Ideen der nationalen Selbständigkeit und Freiheit
entsprangen, und die Kämpfe selbst sich unter mehr oder minder
revolutionären Erscheinungen vollzogen: der Aufstand in Polen
und Galizien, die Verfassungsstreitigkeiten auf dem ungarischen
Landtag, die Erhebung des Sonderbundes gegen die Eidgenossen=
schaft in der Schweiz, die immer heftiger auftretende Opposition
der spanischen Cortes, und vor Allem in Italien das Wieder=
erwachen des Einheitsgedankens, der sich seit der Besetzung Fer=
raras durch die Oesterreicher, im August 1847 unaufhaltsam
über die ganze Halbinsel der Apenninen verbreitete. Gerade in
Italien zeigte sich die beginnende Krisis von ihrer gefährlichsten Seite.
Denn wenn der Geist der Insurrektion, der von den Alpen bis
zum Jonischen Meere vorherrschte, den Sieg über die bestehenden

*) Landtags=Mittheilungen, II. Kammer, Band 5, Seite 4308 ff.

Staatsordnungen davontrug, so war die Gesammtheit der politischen Schöpfungen des Wiener Kongresses, auf denen bisher der Zustand Europas beruht hatte, in ihren Grundlagen erschüttert. Das Gefühl der allgemeinen Unsicherheit hat seine Rückwirkung auch auf das Fortschreiten der nationalen Bewegung in Deutschland ausgeübt, mindestens insoweit, als die auf die Gestaltung einer kräftigeren und einheitlicheren Centralgewalt gerichteten Bestrebungen durch die Möglichkeit eines europäischen Krieges einen verstärkten Antrieb erhielten.

Während so ein Umschwung der allgemeinen Zeitverhältnisse sich ankündigte, war in dem äußeren Leben des Prinzen Albert kaum eine merkbare Veränderung eingetreten. Auch nach seinem Eintritt in die Armee verblieb er in dem Hause seiner Eltern. Der Zusammenhalt mit seinen Brüdern, der, wie wir wissen, von Jugend auf ein außerordentlich inniger war, wurde noch dadurch gefestigt, daß diese ebenfalls sich für den Soldatenstand entschieden. Am 22. März 1846 machten die Prinzen Ernst und Georg dem König zum ersten Male ihre Meldung in Uniform, dann begann auch für sie die Zeit des aktiven Dienstes, und zwar wurde Prinz Ernst dem ersten leichten Reiter=Regiment, das seinen Namen trug, und Prinz Georg dem zweiten Linien=Infanterie=Regiment Prinz Maximilian eingereiht. Da bei der Ausbildung der jüngeren Prinzen der Unterricht in der Artillerie und dem Ingenieurwesen, den ihnen der Hauptmann Andrich ertheilte, eine Hauptrolle spielte, berührten sich die militärischen Interessen der drei Brüder in der mannigfachsten Weise, denn auch Prinz Albert beschäftigte sich im Frühjahr 1846 unter der Leitung des Lehrers der Mathematik am Kadettenkorps, Hauptmann Rouvroy, mit den gleichartigen Studien, weil er während

des Sommers den praktischen Uebungen der Artillerie bei=
wohnen sollte.

Wie in den voraufgegangenen Jahren, so waren die sächsi=
schen Prinzen auch jetzt von einem umfangreichen Freundeskreis
fürstlicher Altersgenossen umgeben. Seit dem Mai 1845 lebte
in der Familie des Prinzen Johann der älteste Sohn seiner
Schwägerin, der Herzogin Max in Bayern, Prinz Ludwig. In
diesem Verhältniß, das Jahre hindurch fortdauerte, wurde der
junge, damals vierzehnjährige Wittelsbacher mit derselben Sorg=
falt erzogen, die den Kindern des eigenen Hauses zu Theil ge=
worden war. Prinz Johann ging in seiner Gewissenhaftigkeit
so weit, daß er den bayerischen Neffen in einigen Lehrgegen=
ständen, namentlich in der Geschichte, zeitweise persönlich die
nöthigen Anleitungen gab und auch die militärische Seite des
Unterrichts überwachte.

Als ständige Gäste wurden ferner außer dem schon ge=
nannten Prinzen Moritz von Altenburg zwei Prinzen von
Schwarzburg=Sondershausen, drei Vertreter des fürstlichen Hauses
Thurn und Taxis und drei Prinzen von Hohenlohe=Langenburg
betrachtet, die insgesammt das Vitzthumsche Gymnasium besuchten.
Während diese jugendliche Fürstenschaar mehr mit den Prinzen
Ernst und Georg verkehrte, trat der ältere Bruder in nähere
Beziehungen zu dem Erbgroßherzog Peter von Oldenburg und
dem Erbprinzen Georg von Meiningen, die in Leipzig studirten
und sich in der Regel zu den Hoffestlichkeiten in Dresden einfanden.

Der Reiz der Geselligkeit wurde erhöht durch die Anmuth
weiblicher Jugend. Prinzessin Elisabeth, die das siebzehnte
Lebensjahr erreicht hatte, stand im Freundschaftsbund mit den
altenburgischen Prinzessinnen Elisabeth und Alexandra, von denen
jene sich später mit dem Erbgroßherzog von Oldenburg, diese

mit dem Großfürsten Konstantin von Rußland vermählte. Für
die verschiedenen Zweige des Schleswig-Holsteinschen Hauses
bildete Dresden den Mittelpunkt der Familienvereinigung, seitdem die vier Töchter des Herzogs Karl von Schleswig-Holstein-
Sonderburg-Augustenburg, die zu der älteren Generation
gehörten, sich dort dauernd niedergelassen hatten.*) Ihre Anwesenheit gab Veranlassung zu häufigen Besuchen der jüngeren
Verwandten, unter denen sich der nachmalige Herzog Friedrich VIII.
und dessen Schwestern befanden. Diese Zusammenkünfte hatten
sogar eine gewisse politische Bedeutung: durch persönliche Unter-
redungen mit dem damaligen Chef des Hauses, Herzog Christian,
der in Begleitung seiner Gemahlin, der Gräfin Danneskiold, in der
zweiten Hälfte des Mai 1846, also zur Zeit der parlamentarischen Verhandlungen über Schleswig-Holstein, in Dresden verweilte, wurde der sächsische Hof in den Stand der Angelegenheit
eingeweiht und von der Rechtmäßigkeit der Erbansprüche überzeugt.

Prinz Johann hat später den Herbst 1846 und die ersten
Monate des folgenden Jahres als die glücklichste Epoche seines
Lebens bezeichnet. Auf die Hochfluth der politischen Verhältnisse
im Jahre 1845 war noch einmal, wenigstens äußerlich, ein Zustand der Windstille eingetreten. Die Hauptstadt verharrte im
Vergleich mit Leipzig einstweilen noch in einer neutralen Haltung.
Ganz konnte zwar auch Dresden die Symptome des neuen Zeit-
geistes nicht verleugnen, aber sie äußerten sich zunächst in ziemlich
harmloser Form. Wenn im Hoftheater Stücke der modernen
Richtung über die Bühne gingen, die es an Anspielungen auf
die Meinungskämpfe des Tages nicht fehlen ließen, wie die Karls-

*) Die letzte dieser Schwestern, Pauline Victorie, die ein Alter von
83 Jahren erreichte, starb am 10. Dezember 1887 in ihrem bürgerlich einfachen Wohnsitz an der Elbe.

schüler von Laube am 11. November, oder Uriel Akosta, das Gutzkow'sche Trauerspiel, das am 11. Dezember 1846 im Beisein des Königs und der Königin die erste Darstellung erlebte, so schüttelten die Aelteren bedenklich das Haupt; bei dem heran=wachsenden Geschlechte dagegen erweckte der Triumph des freien dichterischen Genius über die Vorurtheile seiner Umgebung oder die Vertheidigung religiöser Duldung gegen das Pharisäerthum in Amsterdam Stürme des Beifalls. Ein fremdartiges, aber sehr bewegliches Element kam in dem gesellschaftlichen und littera=rischen Leben Dresdens zur Geltung durch die massenhafte Ein=wanderung der Polen; man zählte im Herbste bereits einige achtzig Familien, die vor der Revolution geflohen waren und ihr Standquartier in der sächsischen Residenz aufgeschlagen hatten, wo man ihnen, vielleicht allzu bereitwillig, den Aufenthalt ge=währte. Im Uebrigen huldigte man nach wie vor den edelsten Genüssen der Kunst. Es ist die Zeit, in welcher der erste Ver=such einer Aufführung der Neunten Symphonie Beethovens mit den Chören unter Richard Wagners Leitung, trotz der vor=handenen Gegenströmung, ein glänzendes Zeugniß für die un=versiegbare Lebenskraft der klassischen Musik ablegte. Vieuxtemps, Liszt, die Damen Albani und Viardot=Garcia entzückten die Hörer. Die fünfundzwanzigjährige Wiederkehr des Tages, an welchem mit der Erstaufführung des Freischütz die deutsche Ton=kunst über die veralteten Formen der italienischen Musik den Sieg davongetragen hatte, am 26. Januar 1847, gestaltete sich zu einer weihevollen Huldigung für Karl Maria von Weber.

Seinem Lebensalter entsprechend, trat auch Prinz Albert jetzt mehr in die Oeffentlichkeit. Der König, der an dem Dienst=eifer des Neffen die größte Freude hatte, zog ihn häufig in seine Nähe, — nicht nur wo die Pflichten der Repräsentation in

Frage kamen, wie bei der Einweihung der Bahn nach Bautzen, am 23. Juni 1846, sondern auch zu seiner Begleitung auf Jagden und Spazierritten. Wenn Friedrich August, wie es bisweilen geschah, von nervöser Abspannung befallen wurde, hatte er die Gewohnheit, durch außerordentliche Anstrengung des Körpers gegen das Leiden zu reagiren. Es ist vorgekommen, daß er an einem Frühlingstage bei der ersten Morgendämmerung von seinem Landhaus in Wachwitz aufbrach, die weite Strecke über die böhmische Grenze bis Außig zu Pferde zurücklegte und nach kurzer Rast über die Nollendorfer Höhen, wo ihn ein Gewitter überraschte, tief in der Nacht zurückkehrte. Auch Prinz Albert liebte ausdauernde Bewegung und stimmte in den ritterlichen Neigungen mit seinem Oheim überein.

Für den Herbst 1846 war eine Bundesinspektion des sächsischen Korps durch die Kommissare von Oesterreich, Bayern und Hessen-Darmstadt angesagt. An der Spitze der österreichischen Vertretung stand Feldmarschalllieutenant Grabowski, der später durch seine Theilnahme an dem Aufstand in Ungarn eine traurige Berühmtheit erlangen sollte. Seine Aufgabe in Sachsen erfüllte er mit peinlicher Genauigkeit, denn er widmete nicht nur den Uebungen sämmtlicher Truppengattungen volle Aufmerksamkeit, sondern unterzog auch die Kasernements und selbst die Oekonomieverwaltung einer eingehenden Kontrole, die übrigens zu voller Zufriedenheit ausfiel. Die Feldmanöver, die am 23. September begannen, entwickelten sich in der Gegend von Pirna. Prinz Albert war als Generalstabsoffizier zur Dienstleistung bei dem General von Cerrini bestimmt worden und hatte sich durch eine Rekognoszirung des Terrains von Schloß Weesenstein aus für diesen Auftrag vorbereitet. Nach Beendigung der Gefechtsübungen nahm der König am 28. September auf dem Plateau in der Nähe von Groß=Sedlitz die Parade ab. Dem Prinzen Johann wurde das Glück zu Theil, seine drei Söhne in Reih' und Glied zu sehen. Es war das erste und — das letzte Mal!

Das Jahr 1847 sollte eine schmerzliche Lücke in dem Leben des Prinzen Albert hinterlassen. Bei seinem Bruder Ernst, der durch seine Wohlgestalt und geistige Begabung zu den schönsten Hoffnungen berechtigte, traten gegen Ostern die Anzeichen einer ernsten Erkrankung auf. Die Gefahr schien vorüberzugehen. Einige Zeit nach dem Feste konnte man· hinausziehen auf Schloß Weesenstein; Prinz Johann versprach sich die beste Wirkung von dem Aufenthalte daselbst, namentlich „von den Ritten mit seinen vier jungen Leuten“. Allein Prinz Ernst war nicht mehr der Alte; er konnte sich zwar noch an einem Spaziergange nach Kopitz betheiligen, dann aber kam eine sich schnell entwickelnde Blutfleckenkrankheit zum Ausbruch. Am Abend des 11. Mai verlor der Prinz infolge eines Nervenschlages das Bewußtsein und am Morgen des 12. Mai um 4¼ Uhr verschied er.*) Es war eine ergreifende Scene, als der König, der, ohne Ahnung von dem unerwartet eingetretenen Todesfall sich zur Auerhahn= beize nach Bärenstein begeben hatte, auf der Heimkehr in Weesen= stein vorsprach, um sich nach dem Befinden seines Neffen zu erkundigen, und jetzt aus dem Munde des ihm durch den Garten entgegeneilenden Vaters die Trauerbotschaft empfing. Auch die Königin Marie war, sobald sie die Nachricht erhielt, von Wach= witz nach Weesenstein geeilt. Am Morgen des 13. Mai wurde die sterbliche Hülle unter militärischem Ehrengeleit nach Dresden übergeführt und im Thurmzimmer des Eckpalais am Taschenberge

*) Vgl. C. G. Carus, Lebenserinnerungen und Denkwürdigkeiten, Leipzig 1866, III, S. 236 ff.

aufgebahrt, bis abends in aller Stille die Beisetzung erfolgte. Im Parke zu Weesenstein, der so oft der Schauplatz der kindlichen Spiele des Prinzen und seiner Brüder gewesen war, errichtete die Liebe der Eltern dem dahingeschiedenen Sohne ein einfaches Denkmal.

Der König befahl die Ansage der Trauer auf das Doppelte der üblichen Zeit, um dadurch kundzugeben, „daß er den vielgeliebten Prinzen wie einen Sohn betrachtet habe": alle Festlichkeiten für den 18. Mai, den fünfzigjährigen Geburtstag Friedrich Augusts, wurden abbestellt.

Prinz Albert war durch den Tod seines Bruders tief erschüttert; er litt nicht nur seelisch, sondern auch körperlich. Am 20. Juni schreibt Zeschau: „Prinz Albert geht bald seiner Gesundheit wegen, die nicht die beste ist, nach Helgoland, nach Michaelis dieses Jahres aber nach Bonn." Die Abreise nach dem Nordseebad, wohin Mangoldt den Prinzen begleitete, fand am 15. Juli statt und die Rückkehr am 21. August. In den Tagen vom 15. bis 23. September verweilten die Erzherzöge Franz Joseph, Maximilian und Karl Ludwig in Pillnitz. Es war gerade ein Jahrzehnt verflossen seit der Vereinigung in Tegernsee, im Sommer 1837, bei welcher die Kinder der Prinzessin Amalie mit ihren gleichalterigen Anverwandten aus Oesterreich und Bayern bekannt wurden.*) Mit Ausnahme des Prinzen Ernst, dem man eine wehmuthsvolle Erinnerung widmete, waren die männlichen Mitglieder jenes Jugendbundes sämmtlich zur Stelle. Prinz Albert machte den Führer durch die Gemäldegalerie, das Grüne Gewölbe, die Waffensammlung, das Antikenkabinet und das historische Museum. Es wurden

---

*) Vgl. S. 57.

Ausflüge nach dem Königstein, der Bastei und nach Leipzig unter=
nommen. Der König gab zu Ehren der Freunde seiner Neffen
ein Dejeuner auf dem Weinberge bei Wachwitz, nach dessen
Beendigung die Jugend sich am Tanz belustigte. Bei einem
Manöver der Artillerie auf dem Heller gewannen die Erzherzöge
einen Einblick in die militärische Thätigkeit des Prinzen Albert,
der am 17. September bei dem Herrenmanöver, den Uebungen
der Artillerie auf dem Heller, seine Sechspfünder=Batterie im
Schießen mit so günstigem Ergebniß vorführte, daß seine
Beförderung zum Hauptmann erfolgte.*) Abends besuchte man
das Hoftheater; das Drama des dänischen Dichters Henrik
Herz, König Renés Tochter, ein letzter Nachhall aus der Zeit
der Romantik, übte durch seine poetische Sprache eine große
Anziehungskraft auf die Jugend aus.

Allmählich begannen dann die Vorbereitungen für die Reise
nach Bonn. Es war das erste Mal, daß ein Albertinischer Fürst
eine deutsche Universität beziehen sollte, und der Plan, den Sohn
dorthin zu entsenden, ist von dem Vater in reifliche Erwägung
gezogen worden. Prinz Johann äußert darüber: „Es trat da=
mals die Nothwendigkeit an mich heran, meinen Sohn Albert,
dessen Erziehung, soweit sie im Hause erfolgen konnte, vollendet
war, nun auf einige Zeit aus dem Hause zu schicken. Mein
erster Gedanke war gewesen, ihn auf einige Zeit in fremde
Dienste treten zu lassen. Er hatte theils von Herrn von Langenn
selbst, theils von einigen tüchtigen Lehrern**) juristischen Unter=
richt genossen, so daß ein Universitätsbesuch mir weniger nöthig
erschien, zumal ich bis jetzt von solchen prinzlichen Studienjahren

---

*) Vgl. v. Schimpf a. a. O. S. 18.

**) Neben dem Appellationsrath Schneider leitete der Geheime Justiz=
rath Krug die Studien des Prinzen.

keinen großen Erfolg gesehen hatte. Meine Absicht ging auf den
österreichischen Dienst, namentlich auf die Garnison Mailand, wo
unter Radetzkys Leitung damals etwas zu lernen war. Diese
Angelegenheit, als den künftigen Thronerben betreffend, mußte
wohl einmal im Gesammtministerium zur Sprache gebracht
werden. Hier war man aber allgemein für einen Universitäts=
besuch und nicht für den fremden Dienst. Ich fügte mich dieser
Ansicht und bin am Ende der Meinung, daß es so besser war,
indem das militärische Wesen in meinem Sohn sich schon von
selbst Bahn gebrochen hat."

Der Unterricht in der Jurisprudenz, dessen der Vater er=
wähnt, beschränkte sich nicht nur auf die Fächer des Staatsrechts
und der Rechtsgeschichte, sondern umfaßte auch die praktische An=
wendung des Rechtes im Prozesse. Am 22. März 1847 erschien
der Prinz in dem Kriminalsenat des Oberappellationsgerichts;
Herr von Langenn, der vor Kurzem zum Präsidenten des
obersten Gerichtshofes ernannt worden war, begrüßte ihn mit
einer Ansprache, in welcher er daran erinnerte, wie oft die
Gerechtigkeit und die Rechtspflege Gegenstand der Gespräche und
gemeinsamen Studien des Lehrers und Schülers gewesen seien.*)
Nach dem Urtheil Schneiders bewies der Prinz eine besondere
Befähigung für die Entscheidung schwieriger Rechtsfragen, und
auch der Vater sprach sich lobend über das „Judicium" seines
Sohnes aus.**) Auf der Universität sollten die erworbenen

*) Die umfangreiche Rede ist abgedruckt in der Zeitschrift: Neue
Jahrbücher für sächsisches Strafrecht, Leipzig 1846, IV, S. 497.
**) Vgl. darüber v. Schimpf a. a. O., S. 19, wo einige Mittheilungen
aus dem handschriftlichen Nachlaß des nachmaligen Ministers v. Schneider
benutzt worden sind, die sich im Besitz seiner in Dresden lebenden Tochter
befinden. Auch für die folgende Darstellung ist diese Quelle mehrfach zu
Rathe gezogen worden.

Kenntnisse durch einige Kollegien über Geschichte, Politik und Staatswissenschaften ihre Ergänzung finden.

Es waren natürlich am wenigsten Gründe der Politik, die für die Wahl von Bonn den Ausschlag gaben; aber es ist nicht ohne Interesse, daran zu erinnern, daß in den damaligen Verfassungskämpfen Preußens die durch die Berathnngen des Vereinigten Landtages im Jahre 1847 eine erhebliche Verschärfung erfahren hatten, gerade der rheinische Liberalismus an der Spitze der Opposition gegen das altständische Prinzip der Reformen Friedrich Wilhelms IV. stand.

Am 18. November empfing der Prinz eine Anzahl von Personen, die ihm besonders nahe standen, zum Abschiede. Am 21. wohnte er dem silbernen Hochzeitsfest seiner Eltern bei, das jedoch wegen der Familientrauer im engsten Kreise gefeiert wurde. Nur das preußische Königspaar und Prinz Wasa, Letzterer als Vertreter des Kaiserhofes, waren abends vorher zur Beglückwünschung eingetroffen. Nachdem Prinz Albert am 23. in Gemeinschaft mit den preußischen Majestäten bei dem König und der Königin das Frühstück eingenommen hatte, trat er in Begleitung Mangoldts und Schneiders über Leipzig die Reise nach Bonn an. Hier nahm er anfangs sein Absteigequartier im Hotel Bellevue, siedelte aber bald in eine Privatwohnung über, die in der Koblenzerstraße 20 gelegen war. Das Haus ist erst kürzlich niedergerissen worden, um dem Neubau der Bonner Lesegesellschaft Platz zu machen.

Der Ruf der damals noch jugendlichen, aber durch eine glückliche Zusammensetzung des Lehrkörpers rasch emporgeblühten Hochschule am Rhein hatte im Winter von 1847 auf 1848 eine stattliche Schaar deutscher Fürstensöhne dorthin gezogen. Unter ihnen waren drei, die dereinst bei dem Einigungswerk der deut-

schen Nation eine hervorragende Rolle spielen sollten: Prinz
Albert von Sachsen und der preußische Prinz Friedrich Karl als
Heerführer, Erbprinz Friedrich von Baden, der nachmalige Groß=
herzog und Schwiegersohn des ersten deutschen Kaisers, im Rath
der Fürsten. Außerdem fand der Prinz seinen ehemaligen
Studiengefährten aus Dresden, Wilhelm von Mecklenburg=
Schwerin, und den Erbprinzen Friedrich von Hessen. Die Stelle
eines Mentors bei dem Prinzen Friedrich Karl versah der Major
Albrecht von Roon, den Wilhelm I. später als den Waffenschmied
seiner Armee bezeichnet hat.

Der 27. November war der Tag der Immatrikulation:
„Prinz Friedrich August Albert zu Sachsen, Königliche Hoheit,
stud. jur. et camer.. 19 Jahr alt, aus Dresden" lautete die
von dem Universitätssekretär Oppenhoff bewirkte Eintragung in
das Album; feierlicher die lateinische Bezeichnung in der Matrikel:
Celsissimus Princeps Regius Friedericus Augustus Albertus
Dux Saxoniae. Nach der Erfüllung dieses Aktes mußte der
Prinz mit eigenhändiger Namensunterschrift in vier Exemplaren
den üblichen Revers vollziehen, in welchem er sich verpflichtete,
keiner „geheimen oder nicht autorisirten Verbindung" beizutreten.
So wollte es der Bundestagsbeschluß vom 20. September 1819,
der gegen die als staatsgefährlich verpönte Burschenschaft gerichtet
war. Man sieht daraus, daß die Ausnahmegesetze des Bundes
auch an der Jugend des künftigen Mitbegründers der deutschen
Einheit nicht spurlos vorübergegangen sind.

Erst nachdem diesen Förmlichkeiten genügt, konnte am
1. Dezember zur Belegung der Vorlesungen in der Quästur ge=
schritten werden, wobei auch Mangoldt und Schneider sich be=
theiligten. Der Prinz und die Herren seines Gefolges hörten
die beiden Hauptkollegia Dahlmanns über deutsche Geschichte und

über Politik, die in weiten Kreisen der Studentenschaft begeisterte
Aufnahme fanden. Die Zahl der Hörer betrug in der historischen
Vorlesung 48 und in der staatswissenschaftlichen 115. Der be=
rühmte Gelehrte stand damals auf der Höhe seines Schaffens
und nahe dem Gipfel seiner politischen Wirksamkeit. Seine
eben damals erschienenen Werke über die englische und französische
Revolution hatten diese großen Epochen der neueren Geschichte
zum ersten Male dem politischen Verständniß des deutschen
Publikums erschlossen. Der Erfolg seiner schriftstellerischen Ar=
beiten beruhte darauf, daß Dahlmann an der Hand der geschicht=
lichen Thatsachen die Lehren von dem Wesen und den Aufgaben
des Staates entwickelte. Dieses didaktische Moment der historischen
Schule bildete·auch den Grundton seiner Vorlesungen. Durchaus
freisinnig und national in seinen Ueberzeugungen, war er doch
ein unbedingter Anhänger der Monarchie: die Aufrechterhaltung
der Staatsordnung galt ihm als das oberste Gesetz, dem
auch die Entwickelung der konstitutionellen Freiheiten sich fügen
mußte.

In ein besonders nahes Verhältniß trat Prinz Albert
ferner zu dem Professor der Rechte Clemens Perthes, der ihm
ein Privatissimum über Staatsrecht hielt, und in dessen gast=
lichem Hause er den Verkehr mit den Professoren der Universität
genoß. Perthes gehörte mehr der konservativen Richtung an:
durch sein ganzes Wesen ging ein tief religiöser Zug, der ihn
veranlaßte, im Verein mit Wichern für die Aufgaben der inneren
Mission zu wirken. Er ist später auch der Lehrer des nach=
maligen Kronprinzen Friedrich Wilhelm von Preußen gewesen
und hat lange Jahre in freundschaftlichen Beziehungen zu dem
Kriegsminister von Roon gestanden, der ihm in seinen Denkwürdig=
keiten eine ehrenvolle Erinnerung widmete.

Dem Prinzen Albert wurde Perthes ein wohlwollender Be=
rather und Freund. Er gestattete ihm gern den Zugang zu seiner
reichhaltigen Bibliothek, und der Prinz benutzte diese Erlaubniß
in ausgiebigster Weise. Dabei mußte auch er die Erfahrung
machen, die gerade den strebsamen Jüngern der Wissenschaft
selten erspart bleibt, daß die ungewohnte Fülle des ein=
dringenden Stoffes den methodischen Plan der Studien beein=
trächtigt, bis in dem allzu empfänglichen Geist allmählich die
Kunst der Selbstbeschränkung zur Reife gelangt. Perthes er=
kannte sehr richtig, daß dieser Prozeß, der in der Regel von
mancherlei inneren Kämpfen und Zweifeln begleitet zu sein pflegt,
am sichersten und leichtesten zu überwinden ist, wenn der Lernende
frühzeitig darauf hingeleitet wird, seine eigene produktive Thätigkeit
zu üben. Es entging ihm nicht, daß dem Charakter des Prinzen,
der durch sein bescheidenes Auftreten sofort die volle Zuneigung
des Lehrers erwarb, noch ein gewisser Mangel des Selbstver=
trauens anhaftete. Mit der liebevollen Sorgfalt eines väter=
lichen Freundes führte Perthes den jungen Fürsten nicht nur in
die Litteratur des Staatsrechts und der Geschichte ein, sondern er
stellte ihm auch die Aufgabe, sein Urtheil über die gelesenen
Werke in selbständigen Resumees zusammenzufassen. Daneben
wurden, bisweilen in Gemeinschaft mit den übrigen Prinzen,
Besprechungen abgehalten, die den Theilnehmern Gelegenheit
geben sollten, über politische Fragen der Gegenwart, namentlich
soweit sie das Verfassungsrecht der deutschen Staaten betrafen,
ihre Meinung zu äußern.*)

*) Nach Mittheilungen aus dem Tagebuch und dem handschriftlichen
Nachlaß von Clemens Perthes, die dessen Sohn, Herr Professor Otto Perthes
in Bielefeld, dem Verfasser gütigst zur Verfügung gestellt hat. Aus der=
selben Quelle stammen noch mehrere andere Nachrichten auf den folgenden
Blättern.

Wie der Prinz ein allezeit willkommener Gast in dem Perthesschen Familienkreise war, so fand er nicht minder freundliche Aufnahme in dem Hause des Kurators der Universität, des nachmaligen preußischen Kultusministers, v. Bethmann=Hollweg, der längere Zeit hindurch als Professor der Jurisprudenz dem Lehrkörper der Universität angehört hatte und als Mitglied des Staatsraths unter den Notabeln des Rheinbundes, besonders in den Kreisen des gemäßigten Liberalismus, eine hervorragende Stellung einnahm. Seine humane Gesinnung, die milde, fast priesterliche Würde seiner äußeren Erscheinung bewirkten, daß er bei der akademischen Jugend in hohem Ansehen stand.

Von großem Interesse für den Prinzen war ferner die Bekanntschaft mit dem viel gefeierten Nestor der Hochschule, Ernst Moritz Arndt, der trotz seiner 78 Jahre noch tapfer in die publizistische Bewegung eingriff und durch regen Verkehr mit der studirenden Jugend dafür sorgte, daß die lebendige Ueberlieferung der nationalen Ideen des Befreiungskampfes dem künftigen Geschlecht nicht verloren gehe. Nach einer ganz anderen Richtung hin gereichte dem Prinzen zur Förderung der Gedankenaustausch mit seinem sächsischen Landsmann, dem Professor der evangelischen Kirchengeschichte, Friedrich Rudolf Hasse, dessen Hauptwerk, die Darstellung der Lehren des Anselm von Canterbury, die damals ihrer Vollendung entgegenging, zu lehrreichen Gesprächen über den religiös=politischen Streit zwischen Kaiserthum und Papstthum sowie über die Probleme der scholastischen Philosophie Anregung gab. Vervollständigt wurde der Kreis der Gelehrten, mit denen der Prinz intime Beziehungen unterhielt, durch Professor Georg Mendelssohn, einen Vetter des Komponisten, der von geographisch=geologischen Studien ausgehend, durch eine

Schrift über das Verhältniß des Ständethums zur Monarchie den politischen Zeitfragen näher getreten war.

Abgesehen von dem fröhlichen Treiben innerhalb der studentischen Verbindungen, bot Bonn zu jener Zeit, namentlich im Winter, wenig Zerstreuung. Das Stadttheater war erst im Bau begriffen, und von den Lustbarkeiten des Karnevals, bei denen die Kölner Lokalfigur des „Henneschen" mit seiner plattdeutschen Redeweise eine gewichtige Rolle spielte, wurden die akademischen Kreise kaum berührt. Dagegen blühte die Pflege der klassischen Tonkunst, die von den rheinischen Musikvereinen mit besonderem Eifer betrieben wurde. Unter den neueren Tondichtern behaupteten Robert Schumann und Nils Gade den Vorrang: der unerwartete Tod Felix Mendelssohn-Bartholdys am 4. November 1847 gab Anlaß zu einer würdigen Gedächtnißfeier.

Der Studienfleiß des Prinzen Albert wird durch einen Bericht Schneiders und die Mittheilungen des Vaters ausdrücklich verbürgt. Auch die geselligen Verhältnisse gestalteten sich zu voller Zufriedenheit. Die Ungezwungenheit der akademischen Sitten, die unter den jungen Fürsten herrschte, veranlaßte hier und da kleine Zwistigkeiten, und es verdient als ein Charakterzug des Prinzen Albert erwähnt zu werden, daß er meist die Vermittelung zwischen den streitenden Parteien übernahm.

Inzwischen waren in dem Elternhause in Dresden manche Veränderungen vor sich gegangen. Gegen Schluß des Jahres 1847 wurde der militärische Führer des Prinzen Georg, Oberst v. Engel, zum Oberstallmeister ernannt, und der Rittmeister im Garde-Reiter-Regiment Adolf Senfft von Pilsach übernahm seine Stelle. Im Januar 1848 traf ein Schreiben des Königs Karl Albert von Sardinien ein, welches eine Werbung um die Hand der Prinzessin Elisabeth für seinen zweiten Sohn, den Herzog

Ferdinand von Genua, enthielt. Eine alte Familienverbindung wurde dadurch erneuert, denn die noch lebende Mutter Carlo Albertos, Marie Christine, war eine Fürstin aus Albertinischem Geschlecht. Im Uebrigen verweilten die Gedanken des Prinzen Johann, wie er selbst erzählt, hauptsächlich bei seinem ältesten Sohne. Deshalb entschloß er sich Anfang Februar zu einer Reise nach Bonn; der Adjutant Major Prenzel und Präsident von Langenn bildeten sein Gefolge. In Deutz, gegenüber von Köln, fand sich Prinz Albert zur Bewillkommnung ein. „Es war das erste Mal", so heißt es in den Aufzeichnungen des Vaters, „daß ich den Rhein in seiner eigentlichen Größe sah. Er ging gerade stark mit Eis und gewährte mit dem längs seinem Ufer sich entfaltenden alten Köln einen imposanten An= blick. Wir hatten am anderen Morgen einige Mühe, durch die Eisschollen hindurch das linke Rheinufer zu erreichen. Fast gegenüber des oberen Endes der Stadt eingestiegen, wurden wir durch die Schollen bis zu dem unteren Ende hinabgeschoben. Hierauf besichtigte ich den herrlichen Dom und traf abends in Bonn ein.*) Hier verweilte ich einige Tage. Ich fand Albert auf der Universität bereits recht gut eingerichtet. Man war zu= frieden mit seinem Fleiß; persönlichen Einfluß auf ihn hatte Professor Perthes gewonnen, ein lieber angenehmer Mann, der lange in dem geistreichen Münsterschen Kreis mit Fürstenberg und Stollberg gelebt hatte und von dem reinen teutschen Patriotismus aus den Jahren der Freiheitskriege durchdrungen war. Fleißig hörte mein Sohn auch Dahlmanns Vorlesungen über Geschichte und Politik, bei welchem ich gleichfalls zweimal hospitirte." Dabei ereignete sich eine ergötzliche Scene. Kurz

*) 10. Februar 1848.

vor dem Anfang der Vorlesung erschien in dem ganz gefüllten
Auditorium Eilf ein vornehm aussehender Herr mit einem jungen
Manne, die beide in der ersten Bank Platz nahmen. Dahlmann
trug an diesem Tage englische Geschichte vor und schloß, wie es
seine Gewohnheit war, mit einem eindrucksvollen Satze: „Und
so verließ Karl I. Whitehall und kehrte nur dahin zurück, um
sein Haupt auf den Block zu legen.“ Erst hinterher erfuhren
die Anwesenden, daß jener ältere Herr Prinz Johann von
Sachsen gewesen sei.*) Der Prinz-Vater besuchte von Bonn
aus noch einmal Köln, um einer Sitzung des Geschworenen=
gerichts beizuwohnen, und Düsseldorf, wohin von Seiten des
Divisionskommandeurs, Generallieutenant Graf v. d. Gröben,
die Einladung zu einem Maskenfest am 12. Februar ergangen
war, dem auch Prinz Albert beiwohnte, und das durch die Mit=
wirkung der Düsseldorfer Künstlerschaft, unter Vortritt der
Historienmaler Karl Friedrich Lessing und Ferdinand Theodor
Hildebrandt, eine besondere Weihe erhielt. Prinz Johann schließt
seine Erzählung mit den Worten: „An einem der letzten Abende
in Bonn genoß ich ein Stück Universitätsleben, indem bei meinem
Sohne eine Vereinigung der ihm am meisten bekannten Pro=
fessoren stattfand. Es war ein sehr belebter Abend, bei dem be=
sonders der alte Arndt, wenn auch in gewisser Hinsicht eine
Ruine, doch durch Lebhaftigkeit und Heiterkeit sich auszeichnete.“

Noch nach Jahr und Tag gedachte Clemens Perthes dieser

---

*) Der Verfasser verdankt diese Notiz und einige andere Nachrichten
über den Aufenthalt des Prinzen Albert in Bonn der gütigen Mittheilung
des Geheimen Justizraths Professor Dr. Hermann Hüffer. Der Vorgang bei
dem Besuch des Prinzen Johann in dem Dahlmannschen Kolleg ist durch
die Erzählung eines noch lebenden Augenzeugen, des ehemaligen Ober=
bürgermeisters Kaufmann, beglaubigt.

geselligen Zusammenkunft vom 14. Februar 1848, hauptsächlich im Rückblick auf eine längere Unterredung mit dem Prinzen-Vater, dessen versöhnliche Aeußerungen über konfessionelle Fragen einen tiefen Eindruck in ihm hinterlassen hatten.*)

Wenige Tage nach der Abreise des Prinzen Johann traf am 26. Februar in Bonn die Nachricht von der Revolution in Paris ein. Es war an einem Sonntag; morgens 9 Uhr erhielt Prinz Friedrich Karl die Kunde von der Einsetzung der Republik und eilte mit der Neuigkeit zu Perthes. Am Nachmittage versammelten sich die deutschen Fürstensöhne mit den Professoren bei Prinz Friedrich von Baden. Das Ereigniß wurde lebhaft besprochen, und es regten sich mannigfache Befürchtungen über den Rückschlag desselben auf die politischen Verhältnisse Deutschlands. Dahlmann, der sich trotz seiner vielen Berufsgeschäfte entschlossen hatte, den künftigen Thronfolgern von Sachsen und Baden ein Privatissimum zu lesen, beleuchtete die möglichen Folgen des Ereignisses für Deutschland. Er bezeichnete es als die Aufgabe des Augenblicks, mit der Gewährung der rechtmäßigen Forderungen nicht zu zögern, aber er sprach sich eben so entschieden für die Zurückweisung aller übertriebenen, den Staat gefährdenden Begehren aus: „sogleich und Alles, was die konstitutionelle Monarchie ausmacht, aber keinen Fuß breit weiter", so lautete sein Rath.**) Wie an vielen Stellen Deutschlands, so glaubte man auch in den Rheinlanden, daß die Errichtung der Republik zu einem Kriege mit Frankreich führen werde. Die preußische Regierung machte sich auf diesen Fall ge-

*) Schreiben an den Prinzen Johann vom 29. September 1849.
**) Vergl. Anton Springer, Friedrich Christoph Dahlmann, Leipzig 1872, II., S. 206.

faßt; sie verfügte die Mobilisirung der Armeecorps in Westfalen und der Rheinprovinz, die Einberufung der Kriegsreserven. Der Prinz von Preußen wurde zum Statthalter der Rheinlande ernannt. Auf Anordnung des Stadtrathes in Bonn trat eine Bürger-Schutzwacht zusammen, an der auch die Studenten und sogar die anwesenden Engländer sich betheiligen sollten. „Die mit den Tagesinteressen verknüpfte Aufregung verschlang jedes andere Interesse", schreibt Roon.*) Prinz Friedrich Karl verließ die Universität bereits am 5., der Prinz von Baden am 6. März, während Prinz Albert den Schluß des Semesters abwartete. Die ungewöhnlich warme Witterung jener Märztage lockte ihn ins Freie hinaus; wiederum an einem Sonntag, 12. März, besuchte er mit Perthes die Rheinaussicht in Rolandseck. Dann erlebte er noch, daß am 20. März, als das Patent Friedrich Wilhelms IV. vom 18., das dem preußischen Volke eine Verfassung verhieß, bekannt wurde, Gottfried Kinkel in einer Versammlung der Bürger Bonns das schwarz-roth-goldene Banner entfaltete und in einer schwungvollen Rede, die übrigens noch den Bund mit den rechtmäßigen Gewalten als patriotische Pflicht betonte, „die Freiheit und Einheit des großen, unvergänglichen, durch Eintracht heiligen deutschen Reiches" proklamirte.**) Am Sonntag den 19. März sah der Prinz die Professoren Perthes und Hasse bei sich zu Tisch. Bald darauf erhielt er ein Schreiben seines Vaters, das ihn in die Heimath zurückrief. Am Freitag den 24. März verließ er Bonn. Der getreue Perthes begleitete ihn bis auf das Dampfschiff.

---

*) Denkwürdigkeiten aus dem Leben des General-Feldmarschalls Kriegsministers Grafen v. Roon. Breslau 1892, I., S. 106.

**) Bonner Wochenblatt, 22. März 1848.

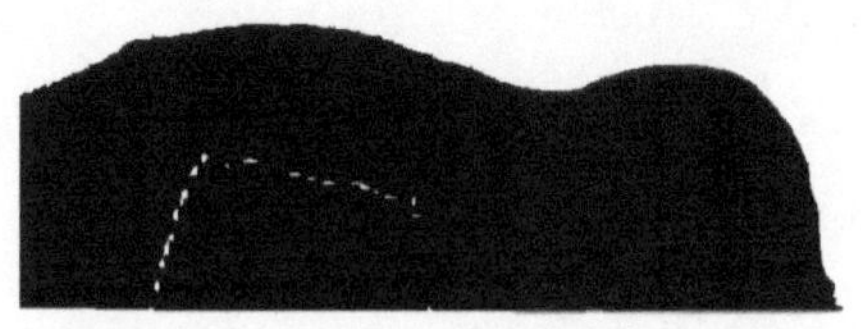

Prinz Albert hatte die Absicht, seine Studien im Sommer=
semester fortzusetzen. In einem Briefe des Vaters an Schneider
vom 27. Februar werden bereits einige Kollegien aufgezählt, die
für die Zukunft in Aussicht genommen waren —, Geschichte bei
Löbell, Nationalökonomie bei Dahlmann. So erklärt es sich,
daß dem Prinzen nach Ausweis der Universitätsakten ein Ab=
gangszeugniß nicht ertheilt worden ist. Die Bewegung des
Jahres 1848 vereitelte jedoch die Rückkehr nach Bonn.

Drittes Kapitel.

Das Jahr 1848. — Ursprung der Bewegung des Jahres 1849.

Die Märzereignisse des Jahres 1848. Rückkehr des Prinzen Albert aus Bonn, 26. März. Die Frage der Centralgewalt, Ansichten Friedrich Augusts. Wahl des Reichsverwesers Erzherzog Johann und Anwesenheit desselben in Dresden, 10. Juli. Verhandlungen der Stände. Militärische Thätigkeit des Prinzen. Sachsens Stellung zu der schleswig-holsteinischen Frage. Sächsische Truppen in Thüringen. Wahlgesetz vom 15. November 1848 und Schluß des Landtages. Prinz Albert in Olmütz, Dezember 1848. Reichsverfassung. Bayerisch-württembergischer Vorschlag des Bundesdirektoriums. Plan des Thüringischen Staatenvereins. Neujahr 1849 am Hofe. Der „Unverstands-Landtag". Dualismus der deutschen Großmächte und Frankfurter Verfassungsentwurf, Grundrechte. Minister-wechsel, 24. Februar 1849. Ablehnung der Kaiserkrone durch Friedrich Wilhelm IV. Der sächsische Landtag und die deutsche Frage. — Wieder-beginn der Feindseligkeiten in Schleswig-Holstein. Abreise des Prinzen zur Armee und Berufung in das Hauptquartier des Reichsheeres.

Die erste Kunde von dem Sturz des Königsthrons in Paris hatte sich in der sächsischen Hauptstadt auf einem Ballfest ver=breitet, welches die Prinzessin Amalie gab. Die Wirkung des Ereignisses schlug plötzlich und betäubend wie ein Blitzstrahl ein.

Im ersten Augenblick hielt man auch hier den Kampf mit dem republikanischen Frankreich für unvermeidlich: namentlich die jüngeren Offiziere gaben ihren Kriegseifer in unverhohlener Weise zu erkennen.

Sehr bald aber offenbarte sich, daß die unmittelbare Gefahr nicht von dem Ausland zu erwarten sei, sondern daß man vor einer gewaltigen Krisis der inneren Verhältnisse Deutschlands stand. Immer lauter und mächtiger hatte sich in allen Theilen des gemeinsamen Vaterlandes der Ruf nach einer Umgestaltung der Bundesverfassung erhoben und in den verschiedensten Programmen der Parteien Gestalt angenommen. Seit dem Bassermannschen Antrag in der badenschen Kammer im Februar 1848 beherrschte das Verlangen nach einer Volksvertretung am Bunde die öffentliche Meinung. Nichts wäre ungerechter als der Vorwurf, daß die Regierung des Königs Friedrich August erst durch die Macht der revolutionären Strömung in die Bahn der Reformen gelenkt worden sei: sie hatte vielmehr, wie wir schon bemerken konnten, die Nothwendigkeit derselben längst erkannt und war mit den Kabinetten von Wien und Berlin in Berathungen über bestimmte Vorschläge eingetreten. Der Entwurf, der den Verhandlungen als Grundlage diente, stammte bekanntlich aus der Feder des Generals Joseph Maria von Radowitz.*) Er enthält die Censurfreiheit, die Veröffentlichung der Bundestagsprotokolle, ergänzende Bestimmungen über die Einheitlichkeit der deutschen Wehrkraft, Einsetzung eines obersten Bundesgerichts und die Ankündigung einer großen Anzahl von Gesetzentwürfen, die wohl geeignet waren, der Bundesverfassung auf den Gebieten

---

*) Näheres enthält die Schrift: Deutschland und Friedrich Wilhelm IV., Hamburg 1848, S. 52 ff., deren anonymer Verfasser Radowitz war.

des Rechtsschutzes und der materiellen Interessen einen mehr nationalen Charakter zu geben.

Die sächsische Regierung hatte sich mit diesen Reformen einverstanden erklärt, zu deren freier Vereinbarung auf Antrag Preußens und Oesterreichs im März 1848 ein Kongreß der deutschen Fürsten oder Minister in Dresden abgehalten werden sollte.

Inzwischen aber traten Ereignisse ein, welche die Freiheit und Unabhängigkeit des monarchischen Prinzips bei der Lösung der Verfassungsfrage in hohem Grade gefährdeten. Schon die Versammlung von Vertretern des deutschen Liberalismus, die am 5. März in Heidelberg tagte und durch einen aus ihrer Mitte niedergesetzten Ausschuß die Einberufung des sogenannten Vorparlaments zum 30. März beschloß, zeigte große Neigung, die ausschließliche Vollmacht für die Rekonstruktion Deutschlands auf die künftige Nationalversammlung zu übertragen. Um diesem Schachzug zu begegnen, raffte der Bundestag seine letzte Kraft zusammen, indem er die 17 Kurien des engeren Bundes auf= forderte, ihre Vertrauensmänner nach Frankfurt zur Berathung eines Verfassungsentwurfs zu entsenden. Von den Konferenzen in Dresden konnte jetzt keine Rede mehr sein.

Die volksthümliche Bewegung hatte sofort auch Sachsen er= griffen, und wieder war Leipzig der Mittelpunkt derselben. In einem Sturm von Petitionen wurde der Regierung das Ver= langen nach einem Volksministerium vorgetragen, bestehend aus Männern, die sich in der liberalen Opposition der letzten Jahre einen Namen gemacht hatten. Es ahnte wohl Niemand, daß der einflußreichste unter den bisherigen Räthen der Krone, Zeschau, aus eigenem Antriebe bereits den Rath ertheilt hatte, Zugeständ= nisse zu gewähren, da dies das sicherste Mittel sei, um die

Führung der Ereignisse in der Hand zu behalten. Das Ministerium selbst bot seine Entlassung an, und der König vollzog nach einer Besprechung mit seinem Bruder am 15. März die neuen Ernennungen. Den Vorsitz übernahm der Gerichtsdirektor Advokat Braun, der zuletzt Präsident der Zweiten Kammer gewesen war, das Departement des Aeußeren und des Kultus Professor von der Pfordten, das der Finanzen der Abgeordnete Georgi und das des Krieges Oberst Graf von Holtzendorff, während die Ernennung des Stadtraths Oberländer aus Zwickau zum Minister des Innern erst einige Tage später erfolgte. Um den Standpunkt des neuen Kabinets genau zu bezeichnen, befahl der König die Entwerfung eines Programms, zu dessen Feststellung die drei zuerst genannten Minister in einem Dresdener Hotel zusammentraten und das nach erfolgter Genehmigung des Monarchen am 16. März bekannt gemacht wurde. Die Hauptpunkte waren: Vereidigung des Militärs auf die Verfassung, Beseitigung der Censur für immer, Reform der Rechtspflege auf den Grundlagen der Mündlichkeit und Oeffentlichkeit, Anerkennung des Vereinswesens mit vorbeugenden Maßregeln gegen den Mißbrauch, Revision des Zollwesens, Veränderung des Wahlgesetzes und, was die deutsche Verfassung betraf, kräftige Mitwirkung zu zeitgemäßer Gestaltung des Bundes unter Mitwirkung einer Volksvertretung.

Am 22. März wurde die Eidesleistung der Truppen vollzogen. In Dresden fand dieser Akt in Gegenwart der Kommunalgarden und der Vertreter des Gemeinderaths auf dem Platz vor dem japanischen Palais statt. Das Militär und die Bürgergarde marschirten über die Brücke und zogen am Schlosse vorbei, wo die Mitglieder des Königshauses versammelt waren. Dann folgte ein Umzug der Innungen, und abends war bei

10*

feſtlicher Beleuchtung der Stadt die ganze Bürgerſchaft in Be=
wegung. Ueberall wo der König und die Königin ſich zeigten,
wurden ſie mit jubelnden Hochrufen empfangen. „Nicht die
kleinſte Unannehmlichkeit", ſo meldet ein Bericht, „hatte die Freude
des Tages geſtört".

In dieſem Augenblick, 26. März, kehrte Prinz Albert nach
Dresden zurück. Soviel ſich inzwiſchen in den politiſchen Ver=
hältniſſen ſeines Vaterlandes geändert hatte, für ihn begann ſo=
gleich wieder die Zeit der Arbeit. Er blieb zunächſt in ſeiner
Vaterſtadt und verſah den Dienſt als Kommandeur der 4. Kom=
pagnie des Fußartillerie=Regiments. Die Zeitereigniſſe bedingten
auch in den militäriſchen Kreiſen eine erhöhte Thätigkeit. Ein
Aufſtand der Landbevölkerung in der Schönburgſchen Herrſchaft
Waldenburg, der ſich leider bis zur Brandſtiftung am dortigen
Schloſſe ſteigerte, zwang die Regierung am 5. April zur Ent=
ſendung einer mobilen Kolonne, welche die Ordnung wieder=
herſtellte. Inmitten der Stürme, die ihn umrauſchten, erinnerte
ſich der Prinz nicht ohne Sehnſucht der beſchaulichen Stunden,
die er in Bonn mit ſeinem Lehrer und Freunde verlebt hatte.
Wenige Wochen nach der Rückkehr in die Heimath, 27. April,
ſchrieb er an Perthes: „In unſerer Zeit, wo die Tage Jahre,
die Wochen aber wie Jahrhunderte erſcheinen, fürchte ich, möchten
Sie beinahe glauben, ich dächte nicht mehr an Bonn und an
Sie. — Darum ergreife ich die Feder, um noch einmal an Ihre
liebe ſtille Bibliothek zu denken, und ſchon kommt es mir vor,
als entfernte ſich der Weltlärm etwas."

Es war die Zeit, in welcher der organiſche Aufbau der
Reichsverfaſſung von allen Seiten in Angriff genommen wurde.
Da Prinz Johann der nationalen Frage ein tiefernſtes Studium
widmete und in allen Phaſen derſelben dem König mit ſeinen

Rathschlägen zur Seite stand, so konnte es nicht ausbleiben, daß auch sein Sohn an der Entwickelung der deutschen Verhältnisse den lebhaftesten Antheil nahm.

Wie die Mehrzahl der deutschen Regierungen, hielt auch das sächsische Kabinet es zunächst für dringend geboten, daß die Mitglieder des Bundes noch vor dem Zusammentritt des Reichs=parlamentes wenigstens über die Grundlagen der künftigen Ver=fassung zu einem gemeinsamen Beschluß gelangten. Der Minister von der Pfordten schrieb in dieser Beziehung am 11. April an den Bundesgesandten Geheimen Rath von Nostitz und Jänckendorf: „Die Regierung ist der bestimmten Ueberzeugung, daß die künftige Verfassung Deutschlands weder von oben noch von unten einseitig vorgeschrieben, sondern als ein Werk freier patriotischer Einigung zwischen Fürsten und Volk zu Stande gebracht werde."*) Es war das erste Glied in einer Kette unheilvoller Wirkungen, daß der Verfassungsentwurf des Bundesausschusses der Siebzehn, das Werk Dahlmanns, seinen Zweck, eine Verständigung unter den Regierungen herbeizuführen, nicht erreichte. Den Haupt=differenzpunkt bildete von Anfang an die Frage des Oberhauptes. Die Anregung des erblichen Kaiserthums, die Dahlmann an die Spitze seines Entwurfes gestellt hatte, stieß allenthalben auf Widerspruch, am meisten bei demjenigen Fürsten, dem er die Führerschaft Deutschlands zugedacht hatte, dem König von Preußen. Wohl hatte Friedrich Wilhelm IV. wenige Tage nach der Revolution in Berlin, in dem bekannten Aufruf vom 21. März, der den vielsinnigen Ausspruch enthielt, „Preußen geht fortan in Deutschland auf", sich bereit erklärt, für die Tage

*) Ministerialschreiben an die Bundestagsgesandtschaft. Hauptstaats=archiv.

der Gefahr die Leitung der deutschen Geschicke zu übernehmen. Aber schon wenige Wochen später sprach sich der König auf das Bestimmteste für die Fortdauer der Verbindung mit der österreichischen Gesammtmonarchie aus, und der Plan, den er für den Wiederaufbau der Reichsverfassung entwickelte, so phantastisch er auch in der Verbindung von mittelalterlichen und modernen Ideen erscheinen mochte, lief doch zuletzt in seinem innersten Kern und Wesen auf die Form des Bundesstaates hinaus: Ehrenvorsitz Oesterreichs, ein wählbarer deutscher König als Träger der obersten Bundesgewalt, ihm zur Seite ein Fürstenrath aus den souveränen Mächten des Bundes, ein preußischer Reichsfeldherr und ein Parlament.*)

Die Gesammtheit der politischen Verhältnisse nahm immer mehr einen Charakter an, welcher die Ruhe und Sicherheit Deutschlands gefährdete. Eine Erhebung der republikanischen Elemente in Baden hatte mit Waffengewalt unterdrückt werden

---

*) Vgl. A. Springer a. a. O. S. 226. Leopold von Ranke, Aus dem Briefwechsel Friedrich Wilhelms IV. mit Bunsen. 1873. S. 204 ff. Einen gewissen Einfluß auf Friedrich Wilhelm IV. übte der Verfassungsentwurf des Prinz-Gemahls der Königin Viktoria aus. (Denkwürdigkeiten des Herzogs Ernst II., S. 273 ff.) Der fürstliche Verfasser hatte sein Memoire am 29. März auch dem König Friedrich August überreicht und am 20. April ein Schreiben folgen lassen, welches den Prinzen der deutschen Fürstenhäuser empfahl, sich um die Kandidatur für das Parlament zu bewerben. Die Stelle, die für die englische Anschauungsweise des Prinzen Albert spricht, lautet: „Ich würde es als einen Gewinn für Deutschland ansehen, wenn Ihr Herr Bruder, der Prinz Johann, sich wählen lassen und an den Verhandlungen in Frankfurt persönlich theilnehmen wollte. Ich habe denselben Vorschlag dem Prinzen von Preußen gemacht, dem er sehr zusagte, und der darüber an den König geschrieben hat. Geben Sie das gute Beispiel; seien die sächsischen Prinzen die ersten, die dem allgemeinen Aufgebot folgen!“ Der künftige deutsche Kaiser im Reichsparlament! (Archiv des Hausministeriums.)

müssen. In Oesterreich wurde infolge der revolutionären Ereignisse die Einheit der Monarchie in Frage gestellt. Ungarn forderte eine Sonderverfassung. In Böhmen entbrannte der alte Kampf zwischen der czechischen und deutschen Bevölkerung. Die Agitation für eine Vereinigung der slavischen Stämme, die auch nach Mähren hinübergriff, bildete gerade in Sachsen den Gegenstand ernster Besorgnisse. „Als unser nächster Feind", äußerte Prinz Albert in dem oben erwähnten Briefe an Perthes, „droht uns der Panslavismus, der sich sehr gewaltig regt. In dem Nachbarlande Böhmen droht den Deutschen von den Czechen beinahe eine sizilianische Vesper, und sie sowohl als die Polen werden sich bei ehester Gelegenheit den Russen in die Arme werfen." Auch Preußen war in seinen östlichen Landestheilen durch einen Aufstand der Polen erschüttert, und in Berlin erhob unter dem Einfluß der radikalen Beschlüsse, welche die konstituirende Versammlung faßte, die Anarchie noch einmal ihr Haupt.

Zu den inneren und äußeren Gefahren, von denen Deutschland umringt war, gesellte sich noch die Schwierigkeit eines auswärtigen Krieges. Der Entschluß Friedrichs VII., Schleswig mit Dänemark zu vereinigen und dadurch die unzertrennliche Zusammengehörigkeit dieses Landes mit Holstein zu zerreißen, war in Kiel mit der Errichtung einer provisorischen Regierung beantwortet worden. Das Vorparlament in Frankfurt hatte die Vertheidigung der Elbherzogthümer für eine Pflicht der deutschen Nation erklärt, der Bund die Kriegsmacht Preußens und einzelner Bundesstaaten zur Exekution aufgerufen. Eifrigst verfolgte Prinz Albert die militärischen Operationen in den Elbherzogthümern. Welche Gedanken ihn dabei beseelten, ergiebt sich aus den Worten an Perthes: „Unser Friedrich Karl ist in Schleswig und hat sich beim ersten Treffen sehr brav und wacker gehalten.

Wie beneide ich ihn!" Noch ehe die Nationalversammlung am 18. Mai in der Paulskirche zu Frankfurt ihre Sitzungen eröffnete, war das überall siegreiche preußisch-deutsche Heer in Jütland vorgedrungen.

Unter diesen Umständen mußte die Begründung der deutschen Centralgewalt als das dringendste Erforderniß des Augenblicks erscheinen. Auch die Regierung Friedrich Augusts war in die Erörterung der entscheidenden Frage eingetreten: der König selbst hat sich darüber in einer Denkschrift geäußert, für deren Verständniß man im Auge behalten muß, daß jeder Vorschlag über die Grundideen der Reichsverfassung, solange die Haltung der übrigen Bundesmächte nicht zu übersehen war, nur einen provisorischen Charakter an sich tragen konnte. „Wenngleich", so urtheilte der König, „manche Bedenken gegen die Erblichkeit des Reichsoberhauptes eingewendet werden können, so stimme ich doch aus Ueberzeugung dafür. Gegenüber einer volksthümlichen und daher beweglichen Repräsentation bedarf das Oberhaupt einer größeren Kraft, die nur in der Erblichkeit gefunden werden kann. Gegen die Wahl, so ansprechend sie im Prinzip ist, spricht die Geschichte. Sollten der Erblichkeit unüberwindliche Hindernisse entgegenstehen, so würde ich eher noch für ein lebenslängliches Alterniren zwischen Oesterreich und Preußen stimmen. Wenn von Erblichkeit die Rede ist, versteht es sich, daß nur von Oesterreich, falls es sich nicht, was Gott verhüte, ganz von Deutschland trennt, die Rede sein kann. Ja, ich sehe in der Erblichkeit das einzige Mittel, Oesterreich zur Theilnahme an einem Bundesstaate zu bewegen und die Antipathien des Nordens und Südens gegeneinander auszugleichen."*)

---

*) Nach dem eigenhändigen Original im Archiv des Hausministeriums.

Neben der Ansicht des Königs bestand ein anderer Plan, der auf den Einfluß von der Pfordtens zurückzuführen ist. Die Herstellung einer erblichen Kaiserwürde, sagte der Minister, so wünschenswerth sie für die Zukunft bleibt, ist zur Zeit unmöglich. Oesterreich befindet sich in einer Krisis, deren Ende kaum zu ahnen ist, schwerlich aber in seiner Kräftigung im deutschen Sinne bestehen wird; seine neue Konstitution hat mehr einen slavischen als deutschen Staat gegründet. Preußen entbehrt der Konsolidation. Eine monarchische Centralgewalt aber ist durch= aus nothwendig, denn nur sie bietet die Bürgschaft für die monarchische Verfassung der einzelnen Staaten. Nach diesen Vordersätzen gelangt der Minister zu dem Ergebniß, daß es sich am meisten empfehlen würde, für die Würde des Oberhauptes einen fünfjährigen Turnus zwischen dem Kaiser von Oesterreich und den deutschen Königen nach ihrer bisherigen Rangordnung festzusetzen. Das erste Oberhaupt wird durch Stimmenmehrheit der Bundesglieder im engeren Rathe gewählt, nach demselben aber jedenfalls der Kaiser von Oesterreich, „sofern", wie der Minister hinzufügte, „er nicht etwa jetzt gewählt werden sollte".*) Unschwer erkennt man in diesem Vorschlag Pfordtens das Aufleuchten der Triasidee. In den Kreisen der Mittelstaaten fand der Entwurf Anklang; Preußen und die kleineren Staaten verhielten sich ablehnend. Was das sächsische Kabinet erstrebt hatte, eine Verständigung der Bundesmächte, wurde nicht erreicht; die Entscheidung in der Verfassungsfrage fiel zunächst dem Parlament anheim.

---

*) Der Wortlaut der Ausführungen Pfordtens ist in den Denkwürdig= keiten Ernsts II., I, S. 291 abgedruckt; sie bilden den wesentlichen Bestand= theil einer Instruktion für die sächsischen Gesandten an den deutschen Höfen vom 10. Mai 1848.

Die Regierung hatte es für nothwendig erachtet, eine außer= ordentliche Versammlung der Stände zu berufen, hauptsächlich weil die Mitwirkung derselben für die gesetzliche Feststellung der in dem Programm vom 16. März verheißenen freisinnigen Ein= richtungen in Anspruch genommen werden mußte. Die Er= öffnungsfeier am 21. Mai bewegte sich diesmal in anderen als den bisher üblichen Formen; sie fand nicht, wie sonst, in einem Saal des Schlosses, sondern im Landhause statt. „Es waren nicht mehr die Stände, die zum König kamen, sondern der König, der zu den Ständen kam", bemerkte Prinz Johann. Bei der Verlesung der Thronrede stand der Bruder des Königs zur Rechten, Prinz Albert zur Linken des Thrones. Friedrich August bezeichnete die Herstellung einer kräftigenden Einheit des deutschen Vaterlandes als das Ziel seines Strebens. „Zur Erreichung dieses Zieles", fuhr der König fort, „und um dem deutschen Volke seine Bedeutung und Stellung in der Völkerfamilie nach außen zu geben und zu sichern und seine Entwickelung im Innern zu heben und zu fördern, bin ich zu Opfern bereit, welche die Umschaffung eines Staatenbundes in einen Bundesstaat von den einzelnen Souveränen erheischt."

Der König legte das größte Gewicht darauf, bei den organi= satorischen Veränderungen, welche die Neugestaltung Deutschlands im Gefolge haben würde, sich auf das Einverständniß der Landes= vertretung stützen zu können. Und anfangs täuschte diese Hoffnung ihn nicht. Als die Nationalversammlung in Frankfurt die Er= nennung eines Reichsverwesers proklamirte und in den sächsischen Kammern am 3. Juli das Dekret verlesen wurde, in welchem der König als einer der ersten deutschen Fürsten die Wahl des Erzherzogs Johann anerkannte, ertönte von allen Seiten en= thusiastischer Beifall. „Es war wirklich ein erhebender Moment", erzählt Prinz Johann. „Die Kammern gaben einstimmig ihren Beitritt durch Akklamation zu erkennen. Sämmtliche Mitglieder beschlossen, nach Pillnitz zu fahren, um dem Könige für diesen hochherzigen Entschluß zu danken. Ich schloß mich denselben an. Auf einem Dampfschiffe waren wir alle zu der Fahrt vereinigt und legten in gehobener Stimmung die Fahrt zurück, bei welcher ich einige nicht eben vortheilhaft bekannte Mitglieder der Zweiten Kammer zum einzigen Male sah. Nachdem wir im Wasserpalaissaale einige Erfrischungen eingenommen, wurden wir im Saale des Burgpalais von dem König empfangen. Präsident Rewitzer*) sprach die dankbaren Gesinnungen der Ständeversammlung aus, worauf auch mein Bruder einige Worte entgegnete und das Ganze mit einem Hoch auf denselben endete. Wenige Tage darauf, am 10., kam der Erzherzog selbst auf seiner Reise nach Frankfurt durch Dresden, begleitet von einer Deputation des Parlaments, die ihn eingeholt hatte. Mein Bruder war ihm bis Löbau entgegengefahren. Wir Prinzen nebst den Ministern und den Mitgliedern der Ständeversammlung empfingen ihn auf dem Bahnhofe. Der Zug von da nach dem Schlosse zwischen einer Haye von Militär und Kommunalgarde unter Glockengeläut, Kanonenschüssen und dem Jubel der zahlreich versammelten Menge war ein sehr feierlicher. Im Schlosse, wo ihn die Königin nebst den Prinzessinnen empfing, fand ein Déjeuner en famille statt, indeß die Deputation mit den übrigen Umgebungen an einer Marschallstafel saß. — Der Erzherzog, ein liebenswürdiger und geistreicher Herr, machte einen günstigen

---

*) Der Vorsitzende der Zweiten Kammer, war seines Zeichens ein Webermeister, übrigens ein Mann, dessen Bildung seinen Stand weit überragte.

Eindruck. Bürgermeister Gottschaldt,*) der mit ihm auf dem Bahnhof gesprochen hatte, erzählte mir von ihm eine Aeußerung, die wohl geistreich, vielleicht aber nicht politisch klug war. Er sprach von Teutschlands Strömen und sagte: »bis jetzt haben wir die Quellen im Besitz, wir sollten aber auch die Mündungen derselben innehaben.« Auf seiner Weiterreise begleitete ihn mein Bruder bis Leipzig und kehrte abends zurück." Als beim Empfange in Leipzig der Erzherzog die Anrede einer Bürgerdeputation mit einem Hinweis auf den geschichtlichen Boden der Stadt, auf dem zuerst die Befreiung Deutschlands errungen sei, beantwortete, wollte der Jubel kein Ende nehmen.

Prinz Albert gehört zu den wenigen noch lebenden Mitgliedern der deutschen Fürstenschaft, die dem Reichsverweser ihre Huldigung darbrachten. Unwillkürlich denkt man dabei an die Anwesenheit des späteren Kronprinzen von Sachsen bei der Proklamation des Kaiserreichs: welche Fülle weltgeschichtlicher Ereignisse mußte sich vollziehen, bis nach 22 Jahren des Hoffens und Harrens, der Kämpfe und der Versöhnungen die deutsche Einheitsbewegung ihr Ziel erreichte!

Im Sommer und Herbst des Jahres 1848 richtete sich die Theilnahme der gesammten Bevölkerung Sachsens auf die Verhandlungen der Ständeversammlung. „Die Monarchie auf volksthümlichen Grundlagen" — das war der Wahlspruch, mit dem das liberale Ministerium die Wünsche des Landes zu befriedigen und die Umgestaltung der Staatsordnung durchzuführen hoffte. Man muß dem Landtage die Gerechtigkeit widerfahren lassen, daß die große Mehrheit der Mitglieder der verantwortungsschweren Aufgabe, die in ihre Hand gelegt, ein einsichtsvolles

---

*) Vizepräsident der Ersten Kammer, Bürgermeister von Plauen.

Verständniß entgegenbrachte. Die Erste Kammer zögerte nicht, dem Beispiel des Königs zu folgen und manche noch bestehende Vorrechte des Grundbesitzes freiwillig zum Opfer zu bringen. Gerade unter der ländlichen Bevölkerung äußerte sich die Gärung am stärksten. Der Freiheitsdrang des Völkerfrühlings hatte in den Bauerschaften vielfach die Vorstellung erweckt, als ob die Stunde für die Aufhebung aller und jeder Abgaben oder sonstigen Verpflichtungen, die an dem Grund und Boden hafteten, ge= schlagen habe. Wie ungerecht die Klagen oft waren, bewies eine Vorstellung, welche die Gutsunterthanen von Weesenstein in Betreff der Jagd anhängig machten, obgleich Prinz Johann ver= sichern konnte, daß der Anblick eines Hasen auf seinem Terrain zu den Seltenheiten gehörte. Aus eigenem Antriebe beantragte die Kammer die Gleichstellung des ritterschaftlichen und bäuer= lichen Grundbesitzes, die Ablösung der gutsherrlichen Gefälle, die Beseitigung des Jagdrechts auf fremdem Grund und Boden. Man verzichtete auf die Patrimonialgerichtsbarkeit, um die kollegialische Einrichtung der Untergerichte zu ermöglichen, die in den Massenpetitionen eine Hauptrolle spielte. Ebenso wurde das Vorrecht des kirchlichen Patronates aufgegeben, weil der volks= thümliche Staat die Selbstverwaltung der Kirchengemeinden ver= langte, deren Nothwendigkeit freilich, wie wir sahen,*) schon seit Jahren anerkannt war.

Die schwierigste Aufgabe aber erwuchs der ständischen Gesetz= gebung aus dem thatsächlich vorhandenen Nothstand, unter dem die arbeitenden Klassen zu leiden hatten. Auf diesem sozialen Gebiete zeigte sich der Rückschlag der revolutionären Bewegung von seiner gefährlichsten Seite. Der Außenhandel stockte; der

---

*) Vergl. S. 120.

mehr als geringfügige Verkehr auf der Leipziger Ostermesse hatte den industriellen Unternehmern die schwersten Verluste gebracht. Schon im Frühjahr war die Zahl der unbeschäftigten Arbeiter im Voigtlande auf mehrere Tausende angewachsen. Die Regierung hatte bereits am 3. April eine Kommission eingesetzt, die sich auf der breitesten Grundlage einer sachverständigen Enquete mit der Umgestaltung der gewerblichen Verhältnisse beschäftigen sollte.*) Als der erste Versuch der sozialen Gesetzgebung oder wenigstens als ein vorbereitender Schritt für dieselbe verdienen die damals ergriffenen Maßregeln noch heute volle Beachtung. Es gab zwar noch keine sozialdemokratische Partei, aber daß die Ideen des Sozialismus und Kommunismus, die durch die Pariser Revolution zeitweise zur Herrschaft gelangt waren, in den industriellen Be= zirken Sachsens und Thüringens Eingang gefunden hatten, konnte sich Niemand verhehlen. Die Regierung hielt es für ihre Pflicht, vor den Schlagworten der Agitation zu warnen. Sie wies mit Nachdruck darauf hin, daß es ein völlig verfehltes Unternehmen sein würde, wenn man von der Staatsgewalt verlangen wollte, die Gegensätze zwischen Kapital und Arbeit auf gesetzgeberischem Wege zu lösen. „Das besondere, den Arbeitern zunächst vor Augen liegende und darum so leicht ganz einseitig aufgefaßte Verhältniß zwischen Lohn und Arbeit, zwischen Arbeiter und Arbeitgeber" — so hieß es in jenem Erlaß — „ist nur ein Glied in der langen Kette organisch zusammenhängender Ver= hältnisse. Jeder Versuch, an diesem Gliede allein eingreifende Veränderungen vorzunehmen, würde eine Störung der ganzen Kette, ein Zerreißen derselben herbeiführen und mehr schaden als

*) Der sehr lehrreiche Erlaß ist in der Leipziger Zeitung vom 6. April S. 2123 abgedruckt.

nützen. Am wenigsten würde das angestrebte Ziel zu erreichen sein durch das traurige Mittel der Umwandlung des freien Tummelplatzes produzirender Thätigkeit in die trostlose Einförmigkeit einer alle andere Entwickelung erstickenden Staatsindustrie. Die Aufgabe kann nur in einer zeitgemäßen Umbildung und Gestaltung aller gewerblichen Verhältnisse bestehen." Zu diesem Zwecke erließ die Regierung an die gewerblichen und industriellen Kreise in allen Distrikten des Landes die Aufforderung, Vertreter ihrer Interessen zu wählen und zu Ausschüssen zu vereinigen, deren Zweck es sein sollte, die Ursachen des Nothstandes zu prüfen und in Gemeinschaft mit der vom Staate ernannten Kommission die Mittel zur Abhülfe vorzuschlagen.

Es bestand der Plan, den Prinzen Albert zum Mitgliede dieser Kommission zu ernennen, die sehr bald eine umfangreiche Thätigkeit entwickelte. Man mußte jedoch davon Abstand nehmen, weil die dienstlichen Verpflichtungen die ganze Zeit des Prinzen ausfüllten. Dies hinderte jedoch nicht, daß er schon damals allen Bestrebungen für die Förderung des Wohls der arbeitenden Klassen eine lebhafte Theilnahme entgegenbrachte. Abgesehen von jener Enquete, wurde von Seiten des Staates eine Reihe von Maßregeln getroffen, deren Endzweck die Erleichterung der Kreditverhältnisse und die Beschäftigung der außer Erwerb gesetzten Arbeiter sein sollte. In Leipzig trat eine Diskonto- und Waarenvorschußanstalt ins Leben; das Finanzministerium unternahm den Bau von Chausseen und Eisenbahnen und bewilligte den Gemeinden Darlehen, um der Arbeitslosigkeit zu steuern. Die Privatwohlthätigkeit brachte große Summen für die gleichen Zwecke auf. Der Gemeinsinn der weiblichen Bevölkerung bethätigte sich durch die Stiftung von Frauenvereinen zum Besten

der arbeitenden Klaffen. Ein Volksfeft, welches die Damen der
Dresdener Bürgerschaft am Johannistage, 24. Juni, im Großen
Garten veranstalteten, verlief unter sympathischen Kundgebungen
für die anwesenden Mitglieder des Hofes, zu denen auch Prinz
Albert gehörte. Beide Kammern nahmen die Nothstandsvorlage
der Regierung einstimmig an. Nach den Erklärungen, welche die
Minister abgaben, durfte man hoffen, daß die Ruhe dem Lande
erhalten bleiben werde. Wenn auch Prinz Albert diese Ansicht
theilte, so gründete er seine Hoffnung darauf, daß es den vereinten Bemühungen der Krone und der Landesvertretung gelingen werde, den Bestrebungen der radikalen Partei einen
Damm entgegenzusetzen. „Die Stimmung bei uns wird besser",
schrieb er am 3. Juni an Perthes, „namentlich giebt sich eine
rührende Anhänglichkeit an unsern König kund, zur Verzweiflung
unserer Republikaner, die täglich verlieren."

Wie alljährlich, verweilten die Mitglieder des Königlichen
Hauses auch im Sommer 1848 in Pillnitz. Prinz Johann berichtet darüber: „Wir hatten im August den Besuch des preußischen
Königspaares, das wir seit den Begebenheiten im März nicht
mehr gesehen hatten und mit dem es Manches durchzusprechen
gab. Auch die gewohnten Landpartien unterblieben nicht ganz.
Wir machten unter anderen eine sehr schöne Partie in die sogenannte Sandschlucht unweit Schandau, wo wir in einem
weiten Felsenthal zu Mittag aßen; vierstimmige Lieder wurden
dabei von Sängern der Königlichen Oper zum Besten gegeben,
unter anderen »Lützows wilde, verwegene Jagd«, wobei der
Bassist Dettmer mit seiner gewaltigen Stimme das ganze Felsenthal widerhallen machte. Sehr erinnerlich ist es mir auch, daß
gerade am Tage, wo in Wien die Ermordung des Grafen
Latour stattfand, wir eine recht heitere Landpartie mit einem

Diner in Böhmen unternommen hatten, 6. Oktober, und wo wenige Tage darauf nach einer Hühnerjagd gegenüber von Pillnitz die Nachricht dieser Greuelthat eintraf."*)

Prinz Albert genoß den Sommeraufenthalt nur soweit, als der Dienst es ihm gestattete. Von äußeren Ereignissen, die seine Person betreffen, mag hier die Eröffnung der sächsisch-böhmischen Eisenbahn, 31. Juli, erwähnt werden, an der der Prinz im Verein mit seinem Vater, seinem Bruder Georg und seinem Vetter Ludwig von Bayern sich betheiligte. Am 7. August hatte er das Glück, bei dem Vogelschießen der Bogenschützen für seine Schwester Elisabeth den Königspreis zu gewinnen. Zu den Errungenschaften des Jahres 1848 gehörte ein Gesetz, welches die Wirksamkeit der Kommunalgarden, die bisher auf die größeren Städte beschränkt war, über alle Gemeinden des Landes ausdehnte. Seitdem fehlte es natürlich nicht an feierlichen Veranstaltungen, zu denen namentlich die Verleihungen von Fahnen den Anlaß gaben. Am 10. September beging die Dresdener Kommunalgarde den Tag ihrer Stiftung mit einer Feier auf dem Waldschlößchen, bei der die jungen Prinzen, die Minister und die Mitglieder des Landtages zugegen waren.

Was die militärische Thätigkeit des Prinzen Albert anbetrifft, so verblieb er den Sommer über bei der Fußartillerie und betheiligte sich im September an den Schießübungen derselben.**) Sein Leben bewegte sich in den einfachsten Formen. In der Regel pflegte er den Weg von der Kaserne bis zur elterlichen Wohnung im Prinzenpalais in Begleitung einiger

---

*) Graf Theodor Baillet v. Latour, österreichischer Kriegsminister, fiel als Opfer der Volkswuth bei Erstürmung des Kriegsministeriums.

**) Vergl. v. Schimpff a. a. D. S. 23.

Kilometern zu Fuß zurückzulegen, wobei er dann häufig zur Prinzzeit, von einem zahlreichen Publikum umgeben, die Musik der einziehenden Bahntruppe anhörte. Ein beherzter Offizier, der in jener Zeit Regimentskamerad des Prinzen war, bemerkt zur Charakteristik desselben: „Der Prinz hatte von Anfang an jenen angeborenen soldatischen, das ganze Wesen beeinflussenden Sinn, der die Beziehungen des Vorgesetzten zu den Untergebenen auf die beide Theile befriedigende Basis stellt, das Befehlen wie das Gehorchen erleichtert und die beste Garantie ist für eine nicht bloß in der strengen äußeren Form, sondern auch in dem Willen und den Gesinnungen der Untergebenen wurzelnde Diszziplin. In dem Verhalten den Unteroffizieren und Mannschaften gegenüber legte er ein ungeheutes Interesse an den Tag. Er erkundigte sich über Verhältnisse und Heimath der Leute und erfreute Manchen nach einer gewissen Zeit durch den Beweis seines ausgezeichneten Gedächtnisses für ihm bekannt gewordene Personen und erhaltene Mittheilungen.“

In seinen dienstfreien Stunden beschäftigte sich der Prinz seit der Rückkehr von Bonn vielfach mit geschichtlichen Studien. Er las auf Empfehlung von Perthes Schlossers Geschichte des 18. Jahrhunderts und die Schriften von Gentz, vornehmlich in der Absicht, sich ein Urtheil über die Ursachen der französischen Revolution zu bilden. Daß er dabei mit kritischem Verständniß verfuhr, beweisen die zutreffenden Bemerkungen, die er über die Methode und Darstellung der beiden Schriftsteller an seinen ehemaligen Universitätslehrer richtete. An Schlosser tadelt er „das nüchterne, tugendhafte Philisterthum“ seiner moralischen Abstraktionen und an Gentz störte ihn die Einseitigkeit des leidenschaftlichen Parteistandpunktes. Ueber die Vorgänge in Frankfurt unterrichtete ihn Perthes, der Ende April ein Mandat als Ge-

sandter Sachsen-Meiningens bei der provisorischen Reichsregierung
angenommen und in dieser diplomatischen Stellung auch bei dem
Vorschlag zur Ernennung des Reichsverwesers mitgewirkt hatte.*)
Der Prinz sprach seine Befriedigung über die Wahl eines
Mannes aus, zu dessen politischer Einsicht er volles Vertrauen
hatte. „Ging ich früher in die Bibliothek", schrieb er am
27. Juni an Perthes, „mir Kraft und Muth zu holen, so sollen
jetzt meine Boten in die Braupfanne deutscher Einigkeit, Frankfurt,
fliegen und voll Stärkung wiederkehren. — Ein gutes Werk
giebt es hier zu thun". Am Schluß des Briefes bat der Prinz
um Uebermittelung seiner Grüße an Arndt und Dahlmann.

Mit dem Offizierkorps der Garnison stand der Prinz im
regsten Verkehr und betheiligte sich mit Eifer an den Gesprächen
über die Ereignisse der Zeit. Der schleswig-holsteinische Krieg
wirkte belebend auf den militärischen Geist der deutschen Heere.
Ueberhaupt fand der nationale Gedanke des Kampfes für die
Herzogthümer in Sachsen volle Würdigung. Wie auf anderen
deutschen Hochschulen, so bildete sich auch in Leipzig ein Frei-
willigenkorps: es traten Vereine zusammen, die für die Aus-
rüstung und Bewaffnung der jungen Mannschaften sorgten. Die
ersten Anzeichen einer Intervention der europäischen Mächte, die
dem Siege der deutschen Wehrkraft ein Ziel zu setzen drohte,
gaben der Regierung Anlaß, ihre Stellung zur Sache mit größter
Bestimmtheit auszusprechen. „Dieser Krieg", äußerte v. der Pfordten
am 7. Juni, „kann und darf nicht anders beendigt werden, als
so, daß die Deutschen völlig Sieger sind und freiwillig den
Frieden gewähren. Die hiesige Regierung ist fest entschlossen,
Preußen, das sich in diesem Kriege wahrhaft patriotisch benimmt,

---

*) Perthes schied aus diesem Amte bereits am 3. August 1849.

aus Kräften zu unterstützen und, wenn es nöthig wird, ihre Truppen abzusenden. Komme, was da wolle, und wäre es Krieg mit Rußland und England zugleich; der erste deutsche National= krieg darf nicht schmachvoll endigen."*)

Schon längst regte sich in der Seele des Prinzen der Ge= danke, daß dort an der Eider und Ostsee für einen deutschen Fürsten die Stelle sei, an der er der Sache des Vaterlandes mit Ehren dienen könnte. Einen Augenblick schien sein Wunsch sich erfüllen zu sollen. Es ging ein Freudenruf durch die ganze sächsische Armee, als die Centralgewalt im August nach Dresden die Aufforderung erließ, eine Brigade von 6000 Mann für Schleswig=Holstein in Bereitschaft zu setzen. Der Abschluß des Waffenstillstandes von Malmö am 26. August 1848 war das erste weltgeschichtliche Ereigniß, das in die Lebensgestaltung des Prinzen Albert eingriff: es zerstörte, wenigstens für den Augen= blick, seine Hoffnungen wie die so manches patriotischen Mannes.

Den sächsischen Truppen sollte zunächst ein weniger glück= liches Loos beschieden sein. Schon seit längerer Zeit hatte die äußerste Linke der Nationalversammlung die thüringischen Lande zum Versuchsfeld ihrer auf die Mediatisirung der kleinstaatlichen Regierungen gerichteten Pläne ausersehen. Namentlich in Alten= burg, Gera und Schwarzburg war durch die Thätigkeit der demokratischen Klubs die Staatsordnung unterwühlt. Angesichts dieser gefährlichen Lage waren Verhandlungen über eine Militär= konvention angeknüpft, durch welche eine engere Verbindung zwischen den thüringischen Kontingenten und der sächsischen Armee hergestellt werden sollte. Es lag dazu noch eine besondere

*) Weisung an den provisorischen Vertreter Sachsens in Frankfurt, Todt, ehemaligen Bürgermeister von Aborf. Hauptstaatsarchiv.

Veranlassung vor, weil die von der Centralgewalt angeordnete Verstärkung der deutschen Wehrkraft auf zwei Prozent der Bevölkerung, also ungefähr auf das Doppelte des bisherigen Bestandes, den minder mächtigen Staaten die größten Verlegenheiten bereitete. Die Konferenzen, die am 2. und 3. September in Leipzig stattfanden, führten zwar nicht zum Abschluß der gewünschten Konvention, da Sachsen-Weimar sich weigerte, seine Truppen in Friedenszeiten unter den Oberbefehl des Königs von Sachsen zu stellen, dagegen waren die kleineren Staaten sehr geneigt, für den Fall der Noth das Schutzrecht Sachsens anzuerkennen.

Die Gelegenheit dazu ließ nicht lange auf sich warten. Die Greuelscenen, die sich nach der Annahme des Malmöer Waffenstillstandes in Frankfurt am Main abspielten, das Attentat vom 18. September, der Versuch der Frankfurter Demagogie, die Nationalversammlung zu sprengen, die Ermordung Lichnowskys und Auerswalds, dies Alles gab das Signal zu einer Erhebung der republikanisch-anarchistischen Elemente, die sich von Baden und Württemberg über Franken bis Thüringen erstreckte. Der Centralgewalt blieb nichts übrig, als zur Rettung der bedrohten Staatsordnung die Hülfe der Territorialgewalten aufzurufen. Das Reichskriegsministerium unter General v. Peucker beschloß die Aufstellung eines Observationskorps von der Schweizer Grenze bis Meiningen, Altenburg und Gera. Am 22. September erhielt die sächsische Brigade, die für Schleswig-Holstein bestimmt gewesen war, den Befehl, nach Altenburg zu marschiren; eine zweite Brigade sollte Oesterreich formiren. Dieser Truppentheil ist jedoch niemals an den Ort seiner Bestimmung gelangt, denn es waren die Tage des Wiener Barrikadenkampfes, der durch den Abmarsch der Truppen zur Bekämpfung des Aufstandes in

Ungarn hervorgerufen wurde. Die wenig beneidenswerthe Auf=
gabe der Reichsexekution fiel einzig und allein den sächsischen
Regimentern zur Last. Prinz Albert wird es schwerlich bedauert
haben, daß er nicht zu der mobilen Kolonne gehörte. Es schien,
als ob die ganze Misere der Reichskriegsverfassung nach altem
Stil sich noch einmal wiederholen sollte. Die Altenburger
Regierung sah sich bei der Ebbe ihrer Staatskassen außer
Stande, die Kosten für die Verpflegung der Hülfsarmee zu über=
nehmen, und ebenso mußte die Centralgewalt, da sie bisher über
keine Reichssteuer verfügte, ihre Insolvenz erklären. Zwischen
dem mit der Leitung der Exekution beauftragten Reichskommissar,
dem preußischen Appellationsgerichtsrath v. Mühlenfels, und der
Militärbehörde kam es zu unliebsamen Konflikten. Die Be=
völkerung in Altenburg protestirte gegen die Besetzung des Landes,
die Bürgerwehr drohte sogar mit offenem Widerstande. Die
Demonstration verlief allerdings unblutig, aber sie erhitzte die
Köpfe der demokratischen Volkspartei, die seit Wochen und
Monaten das Heft der Regierung in Händen hielt. Auch die
äußerste Linke der sächsischen Ständekammer ging mit einer ge=
harnischten Interpellation gegen das Ministerium vor, erreichte
damit aber nichts weiter, als daß die Anklagen über gewaltsame
Unterdrückung der Volksfreiheit unter dem einmüthigen Beistand
der Ordnungsparteien energisch zurückgewiesen wurden.

Es darf gegenwärtig als eine unbestreitbare Thatsache hin=
gestellt werden, daß die Reichsgewalt durch die Septemberereignisse
eine Schwächung ihres Ansehens erfuhr, die sie niemals wieder
zu überwinden vermochte. Von dem Augenblick an, in welchem
das Frankfurter Parlament sich in die endlosen Tiefen der
Debatte über die Grundrechte des Volkes verlor, statt zunächst
die Reichsverfassung unter Dach und Fach zu bringen, war auch

in den Kreisen des sächsischen Liberalismus das Vertrauen in die
Initiative der konstituirenden Versammlung erschüttert. Der
Anspruch, den die Nationalversammlung erhob, daß ihre Be=
schlüsse auch ohne vorherige Zustimmung der Regierungen und
Landesvertretungen bindende Kraft haben sollten, trug nicht zur
Befestigung des Einheitsgedankens bei, sondern bewirkte im Gegen=
theil eine Verschärfung des Sondergefühls der einzelnen deutschen
Stämme. Als das Ministerium infolge jener Verordnung über
die Zusammensetzung der deutschen Wehrkraft einen Gesetzentwurf
einbrachte, der ein wesentliches Moment in der bisherigen
Organisation der Armee, die Stellvertretung, beseitigte und den
Grundsatz der allgemeinen Wehrpflicht einführte, sprach sich nur
eine geringe Mehrheit für die Annahme der Vorlage aus. Bei
der Verhandlung über die deutsche Verfassungsfrage erklärte die
Zweite Kammer, daß es dem Wesen der konstituirenden Ver=
sammlung nicht entsprechen würde, wenn jeder Beschluß den
Einzelstaaten zur Genehmigung vorgelegt werden müßte, aber sie
wahrte ebenso bestimmt den Ständekammern das verfassungs=
mäßige Recht, über die Gesammtheit des Reichsgrundgesetzes ihr
Votum abzugeben.*)

Am eifrigsten hielten die Vertreter der demokratischen
Richtung an dem Standpunkt fest, daß der Landesverfassung, wie
sie dieselbe nach ihren Begriffen umzugestalten wünschten, aus
der künftigen Reichsverfassung kein Präjudiz erwachsen dürfe.
Dies zeigte sich am deutlichsten bei den folgenschweren Verhand=
lungen über ein neues Wahlgesetz. Schon bei dem Erlaß der
Proklamation war das Ministerium sich darüber klar gewesen,

---

*) Bericht vom 9. Oktober, Landtagsakten, Beilagen zur III. Ab=
theilung IV., S. 505.

daß das System des volksthümlichen Staates, zu dem der König
sich entschlossen hatte, eine Veränderung der Verfassung in Bezug
auf die Zusammensetzung der berathenden Körperschaften als
nothwendige Folgerung nach sich ziehen müsse. Bei der Be=
gründung der Konstitution vom 4. September 1831 hatte man
noch einige Beschränkungen der Wählbarkeit beibehalten, die den
Ursprung des unmittelbar aus der Feudalmonarchie hervor=
gegangenen Rechtszustandes nicht ganz verleugnen konnten.
Namentlich beruhte die Organisation der Zweiten Kammer auf
dem Prinzip der gesonderten Vertretung einzelner Stände; sie
bestand aus Abgeordneten der Rittergutsbesitzer, der Städte, des
Bauernstandes, des Handels und Fabrikwesens. Außerdem durften die
Abgeordneten nur aus demjenigen Bezirk gewählt werden, in welchem
sie ihren Wohnsitz hatten, und sowohl das aktive als das passive Wahl=
recht waren vielfach an die Voraussetzung des Grundbesitzes ge=
bunden, — so daß z. B. für die Wahl der Abgeordneten aus
der Klasse der Rittergutsbesitzer nur die Eigenthümer derjenigen
Güter wahlberechtigt und wählbar waren, denen das Wahlgesetz
auf Grund eines bestimmten Census diese Eigenschaft zugesprochen
hatte. Die neuen Vorschläge der Regierung, die dem Landtage
sofort nach Eröffnung seiner Sitzungen unterbreitet worden
waren, kamen einer völligen Umwandlung des Wahlverfahrens
gleich, indem sie den Grundsatz einer nach Ständen gesonderten
Vertretung fallen ließen, Census und Bezirkszwang beseitigten
und an Stelle derselben das allgemeine Wahlrecht begründeten.
Dagegen blieb der Charakter der Ersten Kammer als einer durch
landesherrliche Ernennung und Wahl der korporativen Verbände
geschaffenen Repräsentation im Wesentlichen unberührt.

So umfassend die Zugeständnisse waren, welche die Regie=
rung gewährte, so bewirkte doch der konservative Gedanke, der

sich in der Erhaltung der Ersten Kammer aussprach, daß die demokratische Partei dem ganzen Entwurf eine ablehnende Haltung entgegensetzte. Ein Majoritätsgutachten des mit der Abfassung des Berichtes betrauten Ausschusses der Zweiten Kammer bezeichnete das Fortbestehen der Ersten Kammer als unvereinbar mit dem Wesen des Volksstaates und forderte die Beseitigung derselben. Das Ministerium suchte dem Angriff die Spitze abzubrechen, indem es eine Vertagung des Streitpunktes bis zum Erscheinen der Reichsverfassung beantragte. Dieser Einwand wurde jedoch lebhaft bestritten. Es sei zweifelhaft, sagte die Opposition, ob die Beschlüsse der Nationalversammlung von der Mehrzahl der Regierungen sanktionirt werden würden; in keinem Falle dürfe den Ständekammern der Einzelstaaten das Recht genommen werden, die Grundzüge der Landesverfassungen zu debattiren und die maßgebenden Formen derselben festzustellen. Es entspann sich ein langer Redekampf über die Streitfrage des Ein- und Zweikammersystems. Das Ergebniß war, daß bei der Schlußabstimmung am 29. Juni von dreiundsiebzig Mitgliedern der Kammer zweiundvierzig für die Beibehaltung des Zweikammersystems votirten, gleichzeitig aber den Antrag auf Ausarbeitung eines neuen Entwurfes stellten, durch den auch die Erste Kammer einer den Grundlagen des Volksstaates entsprechenden Regeneration unterzogen werden sollte. Das Gesetz vom 15. November 1848 entfernte aus der Ersten Kammer jede bevorzugte ständische oder korporative Vertretung und ernannte zu Mitgliedern die volljährigen Prinzen des Königlichen Hauses und fünfzig Abgeordnete, die von sämmtlichen ansässigen Grundbesitzern, ohne Unterschied des ländlichen oder städtischen Eigenthums, gewählt wurden. Wählbar war jeder Staatsangehörige, der jährlich zehn Thaler an ordentlichen Steuern entrichtete.

Unter allen Schöpfungen der neuen Aera läßt das Gesetz über Abänderung der Verfassungsurkunde vom 4. September 1831 den Umwandlungsprozeß, in welchem die öffentlichen Verhältnisse Sachsens begriffen waren, im schärfsten Lichte erscheinen. Auch die Erste Kammer entschloß sich, dem Gesetze zuzustimmen, obwohl es Vielen schwer wurde, die historische Entwickelung in dieser Weise unterbrochen zu sehen. Prinz Johann berichtet darüber: „Die Schlußsitzung der Ersten Kammer hatte etwas wahrhaft Rührendes und Ergreifendes. Das Aufhören einer Korporation, die seit Jahren mit redlichem Willen für König und Vaterland gewirkt hatte, der gegenseitige Abschied von Männern, die in so friedlicher Kollegialität gewirkt hatten, erfüllte alle Herzen mit tiefster Wehmuth. Nicht bloß wie sonst der Präsident und Vize=präsident, sondern mehrere Mitglieder sprachen zum Abschied, unter denen auch ich, und ich glaube nicht, daß es meine schlechteste Rede war. Wir glaubten auf ewig zu scheiden, und wer hätte gedacht, daß wir nach nicht ganz zwei Jahren wieder vereinigt sein würden!" Die Worte, die der Prinz damals sprach, sind in der That ein unvergänglicher Beweis seiner Staatsklugheit und seiner maßvollen Gesinnung, denn mochten sie auch die elegische Stimmung des Augenblicks nicht ganz unterdrücken können, so wurzelten sie doch zugleich in der festen Ueberzeugung, daß man den Geboten der Zeit muthigen Herzens Rechnung tragen müsse. „Gegen das Vaterland", sagte er, „darf der echte Vaterlandsfreund nie Groll im Herzen tragen, ihm muß er bis zum letzten Athemzuge Gut und Blut, Kraft und Fähigkeit weihen."*) In diesem Sinne hatte sich der Prinz auf die Seite Derer gestellt, welche die Verfassungsänderung anerkannten.

*) Der Wortlaut der Rede ist abgedruckt bei v. Fallenstein a. a. O. Seite 165 ff.

Am 17. November vollzog der König die Verabschiedung des Landtags, abermals im Sitzungssaal der Stände und, wie bei der Eröffnung, in Anwesenheit seines Bruders und seines Neffen Prinz Albert. In der Schlußrede äußerte der König unter Bezugnahme auf die Aenderungen des Wahlmodus und der Konstitution: „Mit diesen Gesetzen tritt Sachsen in die Reihe der Staaten ein, deren Verfassungen auf dem Repräsentativsystem beruhen. Diese Gesetze erweitern die Rechte und Freiheiten des Volkes und liefern damit einen neuen redenden Beweis von Meinen Gesinnungen und von Meinem Streben, den Wünschen des Landes und den Anforderungen der Zeit möglichst zu entsprechen."

So schloß der Landtag von 1848 mit dem Ergebniß, daß das Programm vom 16. März in allen Punkten zur Ausführung gebracht war. Ein flüchtiger Blick auf die wichtigsten der damals erlassenen Gesetze genügt, um diese Thatsache zu veranschaulichen. Das neue Wahlgesetz ging in der Verallgemeinerung der politischen Rechte des Volkes bis an die äußerste Grenze des konstitutionellen Systems. Die Zusammensetzung der Ersten Kammer verschaffte einem der wichtigsten Faktoren der sozialen Interessen, dem Grundbesitz, eine Theilnahme an der Gesetzgebung, die durch kein Vorrecht der Geburt oder des Standes beeinträchtigt war. Die Wehrverfassung hatte eine Veränderung erfahren, welche die Pflicht des Waffendienstes über alle Klassen der Bevölkerung gleichmäßig vertheilte. Zu einer Reform des Rechtsverfahrens unter Einführung der Geschworenengerichte war der erste Schritt gethan; die Selbstverwaltung der kirchlichen Gemeinden war im Prinzip anerkannt; die Unabhängigkeit der Presse und die Freiheit des Vereinswesens waren durch gesetzliche Bestimmungen geordnet worden. Regierung und Stände hatten den redlichen

Willen kundgegeben, durch sachgemäße Prüfung und Verbesserung
der gewerblichen Verhältnisse das Wohl der arbeitenden Klassen
unter den Schutz der Gesetzgebung zu stellen.

Unter ruhigen Verhältnissen wäre eine gedeihliche Entwickelung der liberalen Verfassung von 1848 vielleicht möglich gewesen. Nur allzubald aber mußte das Ministerium die Erfahrung
machen, daß es sich einer trügerischen Hoffnung hingegeben
hatte, wenn es glaubte, durch die gewährten Zugeständnisse die
Wünsche des Volkes befriedigt und die Rückkehr geordneter Zustände angebahnt zu haben. Unmittelbar vor dem Schluß des
Landtages hatte ein beklagenswerthes Ereigniß, die Hinrichtung
des bekannten Führers der Linken, Robert Blum, in Wien, am
9. November, eine Erregung in Sachsen hervorgerufen, die an
die leidenschaftlichen Auflehnungen der Märztage erinnerte. Von
einem Verschulden der sächsischen Regierung an dem Ausgang
dieser Tragödie konnte keine Rede sein. Auf die erste Nachricht
von der Verhaftung Blums hatte v. der Pfordten der Gesandtschaft in Wien den Auftrag ertheilt, die Auslieferung des Gefangenen auf Grund seiner Staatsangehörigkeit als sächsischer
Unterthan zu erwirken. Dem Vertreter Sachsens, v. Könneritz,
ist der Vorwurf gemacht worden, daß er, noch ehe der Befehl
aus Dresden eintraf, zu einer Intervention hätte schreiten
müssen; aber es wird sich schwer erweisen lassen, ob das Leben
Blums dadurch zu retten gewesen wäre.*) Niemand hat die

*) Zu diesem Urtheil gelangt auf Grund des gesammten Akten-
materials, das ihm vorgelegen hat, Richard Freiherr v. Friesen, Erinnerungen aus meinem Leben, Dresden 1880, I., Seite 109. Auf der entgegengesetzten Ansicht beruht die Darstellung bei H. Blum, Robert Blum,
ein Zeit- und Charakterbild für das deutsche Volk. Leipzig 1878
Seite 525 ff.

Erfolglosigkeit der diplomatischen Vermittelung mehr bedauert als Prinz Johann, der in einem Brief an seine Schwägerin, die Erzherzogin Sophie, die Exekution Blums als einen politischen Mißgriff bezeichnet, weil selbst nach dem Urtheil der Gemäßigten das Recht der Unverletzlichkeit des Abgeordneten die österreichischen Behörden von ihrem Verfahren hätte zurückhalten müssen. „Mit Angst und Spannung", fügt der Prinz hinzu, „habe ich den letzten Begebenheiten in Wien zugesehen, mit inniger Freude den Sieg der guten Sache begrüßt, aber um so mehr ich diesen Sieg wünschte, um so mehr wünschte ich jetzt, daß Ihr das anwendet, was noch allein die Früchte des Sieges sichern kann: Mäßigung und Großmuth."

Während der Vorbereitungen für die Neuwahl der Abgeordneten äußerten sich die ersten Symptome der revolutionären Bewegung, die wenige Monate später zu einem vulkanischen Ausbruch gelangen sollten. Die radikalen Elemente besaßen in den sogenannten Vaterlandsvereinen eine straffe Organisation, die sich über das ganze Land ausbreitete und durch demagogische Umtriebe in den Arbeiterkreisen die Masse des Volkes beherrschte.*) Das Wahlmanifest dieser Partei vom 26. November erklärte dem auf die Verfassung begründeten Rechtszustand den offenen Krieg. Man verlangte für die Volksvertretung das Recht, Aenderung oder Aufhebung bestehender Gesetze sowie neue Gesetze selbst vorzuschlagen, und wollte der Regierung nur noch ein Widerspruchsrecht mit aufschiebender Wirkung, nicht ein unbedingtes Veto gegen die Beschlüsse der Volksvertretung zugestehen. An die Stelle des stehenden Heeres sollte eine Volksbewaffnung mit freier Wahl der Offiziere durch die Mannschaften

---

*) Friesen a. a. O. I., Seite 84.

treten. Man erging sich in den Utopien einer Reform des Gemeindewesens, die jedes Aufsichtsrecht des Staates beseitigte, und erhob die Forderung, daß das Vorschlagsrecht für die Wahl der Beamten auf die Volksvertretung übertragen werden müsse.

Bemerkenswerth ist dabei, daß die sächsische Demokratie in dem Augenblick, in welchem sie den parlamentarischen Kampf für die Durchführung ihrer Grundsätze begann, die deutsche Frage völlig aus den Augen verlor: ihr Wahlaufruf enthielt nicht die leiseste Andeutung über die Stellung der Partei zu der künftigen Reichsverfassung.

Während das sächsische Land unter dem Widerstreit der Parteien einer schweren Erschütterung entgegenging, geschahen im Bereich der beiden Großmächte die ersten Schritte zur Wieder= aufrichtung der obersten Staatsgewalt. In Preußen löste der König die konstituirende Versammlung auf und oktroyirte die Verfassung. Der Belagerungszustand, der über Berlin verhängt wurde, bewirkte, daß die Ordnungsparteien aus der Betäubung, der sie anheimgefallen waren, sich zu einem thatkräftigen Wider= halt gegen die Bestrebungen des Umsturzes vereinigten. Oester= reich hatte zwar noch mit der nationalen Erhebung Italiens und dem Aufstand der Magyaren zu kämpfen, aber der durchgreifen= den Energie Schwarzenbergs gelang es, die inneren Schwierig= keiten so weit zu überwinden, daß der von Wien nach Kremsier verlegte Reichstag die Berathungen einer neuen Grundverfassung für die Gesammtmonarchie beginnen konnte. Am 2. Dezember legte Kaiser Ferdinand die Regierung nieder, und da auch sein jüngerer Bruder, Franz Karl, Verzicht leistete, ging die Krone auf den achtzehnjährigen Erzherzog Franz Joseph über.

Als der Erzherzog Ferdinand von Oesterreich-Este am 4. Dezember die offizielle Nachricht von der Thronveränderung nach Dresden überbrachte, beschloß der König, seinen ältesten Neffen mit der Beglückwünschung des jungen Kaisers zu beauftragen. Es war das erste Mal, daß Prinz Albert die Vertretung des Albertinischen Hauses an einem fremden Hofe übernahm. Begleitet von dem Generallieutenant a. D. Senfft v. Pilsach und dem Oberstlieutenant v. Mangoldt, begab er sich am 9. Dezember nach Olmütz, wo auf Weisung des Ministeriums der Gesandte in Wien, Geheimer Rath v. Könneritz, ihn empfing und von Seiten des Kaisers Oberst Graf O'Donnell zur Dienstleistung bei ihm befohlen wurde.*)

In der österreichischen Hauptstadt schenkte man der Mission des Prinzen besondere Aufmerksamkeit, obgleich sich Jedermann sagen konnte, daß politische Beweggründe dabei nicht im Spiele waren. „Der Besuch des Prinzen Albert ist mehr als eine bloße Höflichkeit", heißt es in einem Briefe aus Wien vom 10. Dezember.**) Nachdem der Kaiserstaat seit dem März 1848 gegenüber den Vorgängen in Deutschland eine geflissentliche Gleichgültigkeit beobachtet hatte, war die Anwesenheit eines sächsischen Prinzen im Lager Habsburgs immerhin ein Ereigniß, das die Blicke auf sich lenkte, und die Bedeutung desselben wurde dadurch nicht abgeschwächt, daß auch von preußischer Seite in der Person des Prinzen Karl, Bruders Friedrich Wilhelms IV., ein fürstlicher Abgesandter in Olmütz eintraf. Man weiß jetzt, daß die Stellung Oesterreichs zu dem künftigen deutschen Bundesstaat sich sehr bald zu einem Hauptmoment in dem Programm des Ministeriums Schwarzenberg entwickelte, dessen Stärke

---

*) Außer O'Donnell versah bei dem Prinzen den Dienst der Rittmeister im k. k. Kürassier-Regiment „Freiherr v. Mengen" Karl Dorner.

**) Vgl. Berlin und Wien, 1845—1852. Politische Privatbriefe, von Karl Friedrich Grafen Vitzthum v. Eckstädt, Stuttgart 1886, S. 206.

darauf beruhte, daß es im eigentlichen Sinne des Wortes mit
der Person des neuen Monarchen identisch war, da Schwarzenberg
und seine Kollegen die Thronfolge desselben zur Bedingung ge=
macht hatten. In der Erklärung von Kremsier vom 27. No=
vember hieß es zwar noch: „Erst wenn das verjüngte Oester=
reich und das verjüngte Deutschland zur neuen und festen Form
gelangt sind, wird es möglich sein, ihre gegenseitigen Beziehungen
staatlich zu bestimmen." In der Zeit der Anwesenheit des
Prinzen Albert aber erging bereits von Olmütz aus am 13. De=
zember eine Note an das Berliner Kabinet, in welcher die
Habsburgische Macht den Anspruch erhob, mit der Gesammtheit
ihres Ländergebietes an der künftigen Vereinigung der deutschen
Staaten theilzunehmen.*) Der Umschwung in den politischen
Verhältnissen Deutschlands, der sich darin ankündigte, wird dem
Prinzen schwerlich verborgen geblieben sein. Auch die sonstigen
Eindrücke, die er empfing, waren bedeutsamer Art. Die Er=
innerung an die Schreckensscenen bei der Belagerung und Er=
stürmung Wiens durch Fürst Windischgrätz beherrschte noch die
Gemüther. Alle Welt zollte der Ruhe und Sicherheit, die Franz
Joseph bei der Uebernahme der Regierung bewiesen hatte, die
größte Anerkennung und erwartete mit Zuversicht von der Kraft
und Selbständigkeit seines Willens eine Verjüngung Altöster=
reichs. Dem Jugendfreunde kam der Kaiser mit der unge=
suchten Herzlichkeit entgegen, die in seiner Natur lag: beim
Abschiede überreichte er ihm das Großkreuz des Stephansordens.
Nachdem der Prinz dem Kaiser Ferdinand einen kurzen Besuch
in Prag abgestattet hatte, wo manche Erlebnisse aus früheren
Jahren wieder in seinem Gedächtniß auftauchten, kehrte er am
17. Dezember abends nach Dresden zurück.

* v. Sybel, Begründung des deutschen Reiches I. S. 95.

Mit dem Abschluß des Revolutionsjahres näherte sich der Zeitpunkt, an welchem die Frage der Reichsverfassung einer Entscheidung entgegenreifte. Indem die Versammlung in Frankfurt endlich zu ihrer eigentlichen Aufgabe, der Berathung des Grundgesetzes, schritt, mußte sie sogleich die Erfahrung machen, daß das Wort, welches Virgil von der Begründung des römischen Volksstaates gebraucht hat, sich an ihrem Vorhaben erfüllen sollte: Tantae molis erat, Germanam condere gentem! Die Gegensätze der großen und kleindeutschen Parteien, an denen die Versuche der Einigung Deutschlands damals wie in langen Jahren der folgenden Zeit scheitern sollten, traten in ihrer ganzen schneidenden Schärfe hervor, als die Versammlung mit souveränem Machtspruche die Ausschließung Oesterreichs von dem Bundesstaate dekretirte. Schon in den Anfängen der ersten Lesung gelangte der Verfassungsausschuß, in dessen Mitte Männer von hoher staatsmännischer Einsicht, wie Beseler, Dahlmann, Droysen saßen, zu der Ueberzeugung, daß man ohne Vereinbarung mit den Regierungen niemals das Ziel erreichen werde. In den letzten Tagen des November begab sich der Präsident des Parlaments, Heinrich v. Gagern, nach Berlin. Zweierlei war es, was er durchzusetzen suchte: die Entlassung des Ministeriums Graf Brandenburg-Manteuffel, das durch seine Maßregeln der Gegenrevolution den Zorn der liberalen Mehrheit in Frankfurt entflammt hatte, und die Zustimmung des Königs zu dem Gedanken einer engeren Union der deutschen Staaten unter Führung Preußens, für welche die gestaltende Form freilich erst noch zu finden war.

In Dresden erhielt man durch die Berichte des Gesandten Freiherrn von Beust, der seine genaue Kenntniß der Sachlage aus mündlichen Mittheilungen des Generals Wrangel schöpfte,

ſehr bald Gewißheit darüber, daß die Bemühungen Gagerns
ohne jeden Erfolg geblieben ſeien. Die Einmiſchung in die
inneren Angelegenheiten Preußens wies Friedrich Wilhelm IV.
mit Entſchiedenheit zurück, und die Vorſchläge über die Begründung
der Reichsgewalt beantwortete er in einer Weiſe, die jede Aus=
ſicht auf die ihm angetragene Bundesgenoſſenſchaft mit dem
Volkstribunal in Frankfurt entfernte. Zahlreiche Aeußerungen
des Königs aus jenen Tagen beweiſen mit überzeugender Klar=
heit, daß er für die Förderung, die der Macht Preußens aus
einer engen Verbindung mit Deutſchland erwachſen mußte, ein
lebhaftes Gefühl hatte. Aus der Hand der deutſchen Fürſten
würde er die Kaiſerkrone ohne Bedenken entgegengenommen
haben, die Verleihung der oberſten Reichswürde durch die deutſche
Volksvertretung, — „dieſe in die revolutionäre Saat geſchoſſene
Verſammlung“, wie er ſich ausdrückte, betrachtete er als eine
Uſurpation, die mit ſeinen Begriffen von dem göttlichen Urſprung
des Königthums unvereinbar war.*)

Die Dinge lagen Mitte Dezember genau ſo wie im Früh=
jahr beim Beginn des nationalen Umbildungsprozeſſes: an der
Frage des Oberhauptes ſpalteten ſich die Parteien der konſti=
tuirenden Verſammlung, die Beziehungen des Parlamentes zu
den Regierungen, die Intereſſen der Einzelſtaaten. In den
Tagen, in welchen Gagern ſich nach Berlin begab, hatte die
Regierung des Königs Maximilian II. von Bayern, im Einver=
ſtändniß mit Württemberg am preußiſchen Hofe und in Dresden
einen Reformplan verlegen laſſen, der den ſchon früher auf=
getauchten Gedanken eines Direktoriums als Spitze des Bundes

---

* Friedrich Wilhelm IV. an Bunſen, 13. Dezember 1848. bei
[…] Ranke a. a. O. […]

staates wieder zu Ehren zu bringen suchte. Von der Ueberzeugung ausgehend, daß die Idee eines Kaisers als höchsten
Repräsentanten der Einheit thatsächlich unausführbar sei, empfahlen
die beiden Staaten, die sich zu dem Vorschlag vereinigt hatten,
die Einsetzung einer Direktorialgewalt, die in kollegialischer Form
und unter wechselndem Vorsitz die Rechte des Oberhauptes aus-
üben sollte. Blieb Oesterreich, wie man einstweilen annahm,
dem Bundesstaate fern, so war eine Stimme für Preußen, die
zweite, auf Grund einer darüber mit Württemberg getroffenen
Vereinbarung, für Bayern bestimmt, die dritte sollte nach einer
festzusetzenden Reihenfolge unter den übrigen deutschen Königreichen alterniren.

Unverkennbar stand das bayerisch-württembergische Projekt
in naher innerer Verwandtschaft mit den Ideen, die der Minister
von der Pfordten bereits im Mai 1848 entwickelt hatte, als er
vorschlug, die Würde des Oberhauptes zwischen dem Kaiser von
Oesterreich und den fünf deutschen Königen wechseln zu lassen.*)
Der gemeinsame Berührungspunkt lag in der bevorzugten
Stellung, die nach dem einen wie dem anderen Entwurf dem
Königskollegium in der künftigen Verfassung gegeben werden
sollte. Wenn die Theilnahme Oesterreichs einstweilen nicht in
Betracht zu ziehen war, so erblickte der Minister darin kein
Hinderniß für die Ausführung seiner Gedanken. Er schrieb am
12. Dezember: „Will Deutschland die Lösung seiner Verfassung
nicht bis nach Beendigung des ungarischen und italienischen
Kampfes verschieben, so muß vorerst von Oesterreich abgesehen
werden."**) An die Einführung der Mittelstaaten in die Central-

---

*) Vergl. S. 153.
**) Reskript an den Bevollmächtigten bei der Reichsregierung, Geheimen
Rath Kohlschütter. Hauptstaatsarchiv.

gewalt schlossen sich aber in dem beweglichen Geiste von der
Pfordtens noch andere Kombinationen. So wenig die Einheits=
bestrebungen des Jahres 1849 ihr Ziel erreichten, so haben sie
doch nach mehr als einer Richtung hin eine befruchtende
Wirkung auf die politischen Anschauungen der Nation ausgeübt:
die Einsicht, daß Deutschland nur durch eine größere Konzentration
der staatlichen Kräfte die ihm gebührende Machtstellung erringen
könnte, begann in weiten Kreisen sich Geltung zu verschaffen,
wenn auch über die Mittel und Wege, durch welche ein engerer
Zusammenschluß der einzelnen Glieder erzielt werden sollte, die
Meinungen weit auseinander gingen. Die Bedrängniß, in welche
die kleineren Staaten Mitteldeutschlands durch die revolutionäre
Bewegung und deren momentane Erfolge versetzt worden waren,
hatte die Fürsten des Ernestinischen Hauses veranlaßt, unter ein=
ander und mit ihren nächsten Nachbarn von Schwarzburg und
Reuß in Verhandlungen über die Begründung eines thüringischen
Staatenvereins einzutreten, zu dessen historischer Rechtfertigung
die Parallele mit den Stammesherzogthümern des römischen
Reiches deutscher Nation herangezogen werden konnte. Es ist
ein Verdienst des Herzogs Ernst II. von Sachsen=Koburg, über
diese bisher wenig beachtete Episode der deutschen Kämpfe einiges
Licht verbreitet zu haben.*) Daneben hatte Herzog Joseph von
Altenburg, ein langjähriger Freund des Prinzen Johann, ein
wohlwollender Fürst, der freilich dem Geist der Zeit ziemlich
rathlos gegenüberstand, eine Wiedervereinigung der Ernestinischen
und Albertinischen Länderhälften unter Leitung des Königs
Friedrich August in Anregung gebracht. Einen Schritt weiter

*) Erschöpfend ist die Darstellung in den Denkwürdigkeiten des
Herzogs, I, S. 223 nicht, da sie nur die koburg=gothaischen Quellen zu
Rathe ziehen konnte.

waren die Vertreter der älteren und jüngeren Linie des Fürsten=
hauses Reuß gegangen, die im Oktober zunächst in einer Anfrage,
sodann in den ersten Tagen des Dezember durch ein förmliches
Anerbieten sich zur Ueberlassung ihrer Souveränetätsrechte an
den König von Sachsen bereit erklärten. In der Nationalver=
sammlung gab es eine Partei, die in der Bildung größerer
Staatenkomplexe innerhalb des deutschen Verbandes eine Förderung
des Einheitsgedankens erblickte. An dem thüringischen Projekt
war die provisorische Reichsgewalt unmittelbar betheiligt: einer
ihrer Kommissare erschien neben den Bevollmächtigten der
betheiligten Staaten in einer Versammlung, die am 15. Dezember
in Gotha tagte. Die Vereinbarung scheiterte an der Uneinigkeit
der Regierungen und dem partikularen Widerstreben der ständischen
Organe. Umsomehr hoffte das sächsische Ministerium, daß die
thüringischen Staaten sich zu einem engeren Bunde mit dem
Königreiche entschließen würden. Jener bayerische Vorschlag
konnte dazu die wirksamste Handhabe bieten. Denn wenn das
Königskollegium, in welches Bayern den Schwerpunkt der Reichs=
verfassung verlegen wollte, zu Stande kam, so ergab sich aus
einer solchen Einrichtung mit großer Wahrscheinlichkeit die weitere
Konsequenz, daß den einzelnen Gliedern desselben ein vorwaltender
Einfluß auf die minder mächtigen Staaten innerhalb ihrer
Machtsphäre eingeräumt werden mußte. Von dieser Seite faßte
von der Pfordten die Sache auf. Vollkommen einverstanden mit
der Hegemonie Preußens im nördlichen, der Führung Bayerns
im südlichen Deutschland, dachte er als verbindendes Glied
zwischen beiden eine mitteldeutsche Staatengruppe aufzustellen,
auf deren Leitung Sachsen begründeten Anspruch erheben durfte.

Dabei verkannte man jedoch nicht die Schwierigkeiten, die
der Ausführung des Planes entgegenstanden. Auf die Zustimmung

der Nationalversammlung war schwerlich zu rechnen, und gerade
das liberale Märzministerium konnte am wenigsten daran denken,
auf den offenen Bruch mit dem Parlamente hinzuarbeiten, wovor
man in München weniger zurückschreckte. Die Dinge nahmen
kurz vor Ablauf des Jahres in Frankfurt eine neue Wendung.
Unter der Flagge des Gagernschen Antrages, der die Herstellung
eines engeren Bundes und die Vereinigung desselben mit Oester=
reich durch eine besondere Unionsakte empfahl, schaarte sich eine
ansehnliche Partei. Aber auch die Zahl der Gegner war von
großem Gewicht. Der Erfolg der Abstimmung, die bis zum
Januar 1849 vertagt wurde, erschien in hohem Grade unsicher.*)
Wie die Entscheidung auch ausfallen mochte, ihre Tragweite war
unermeßlich.

Auch in Sachsen begannen die Wogen des politischen
Kampfes zu steigen. Eine eigenthümliche Beleuchtung der Zeit=
verhältnisse bot der Anblick der Gesellschaft, die am Abend des
1. Januar bei der üblichen Neujahrscour die Empfangsräume
des Schlosses füllte. Nach einer Bemerkung des Prinzen Johann
befanden sich darunter manche „auf den Parquets des Hofes sehr
seltsame Erscheinungen". Sämmtliche Offiziere der Kommunal=
garde, Männer aus den verschiedensten Lebensstellungen,
gruppirten sich mit den Vertretern der aus der Künstlerschaft
hervorgegangenen akademischen Legion, den Führern der Scharf=
schützen=Kompagnie, des polytechnischen Waffenbundes und der
Turnvereine. Prinz Albert blieb dem Feste fern: er wohnte
mit seinem Studienfreunde aus Bonn, dem Prinzen Friedrich
von Baden, der den jungen Kaiser in Olmütz begrüßt hatte**)

---

*) R. Haym, das Leben Max Dunckers, Berlin 1891, S. 98.
**) Vergl. Franz Freiherr von Andlaw: Mein Tagebuch, Frankfurt a. M.
1862, II., S. 132.

und auf der Rückreise Dresden berührte, der Vorstellung im Hoftheater bei. Man gab Wallensteins Lager und die Piccolomini. Das Jahr, das dem Prinzen die ersten Kriegslorbeeren bringen sollte, hätte nicht würdiger eingeleitet werden können. In der militärischen Stellung des jungen Fürsten trat insofern eine Veränderung ein, als er im Winter von 1848 bis 1849 den Dienst bei der 4. Eskadron des 1. Reiterregimentes versah und dann dem Kommando der Artillerie unter dem Oberst Homilius beigegeben wurde, um die Verwaltungs= und Bureaugeschäfte eines größeren Truppentheils kennen zu lernen.

Ueber die äußeren Verhältnisse in der Hauptstadt berichten die Aufzeichnungen des Prinzen Johann: „Uebrigens ging das gesellige Leben in gewöhnlicher, ja sogar noch gesteigerter Leb=haftigkeit seinen Gang. Man glaubte im Allgemeinen, Dresden sei ein besonders ruhiger Punkt, weil es nicht zu äußerlichen Exzessen gekommen war, indeß es, wie die Folge zeigte, gerade einer der unterwühltesten Orte Deutschlands war. Mehrere fremde Fürstlichkeiten zogen bei uns ein. Die Fürstin von Liegnitz*) brachte einen großen Theil des Winters in Dresden zu. Herzog Karl von Glücksburg nebst seinem Bruder Friedrich und seiner Gemahlin Wilhelmine, einer geborenen dänischen Prinzessin, kamen, den unangenehmen Verhältnissen in den Herzogthümern aus dem Wege gehend, zu uns. Sie waren das um so mehr für sie, als die beiden Brüder in den letzten Bewegungen sich auf holsteinische Seite geschlagen hatten,**) indeß die Herzogin natürlich nach

------

*) Fürstin Auguste von Liegnitz, geborene Gräfin v. Harrach, in morganatischer Ehe mit Friedrich Wilhelm III. von Preußen vermählt, eine kunstsinnige Dame, die nach dem Tode des Königs mit Vorliebe Dresden zu längerem Aufenthalte wählte.

**) Ein dritter Bruder war Prinz Christian von Schleswig=Holstein=Sonderburg=Glücksburg, später als Christian IX. König von Dänemark.

Dänemark neigte. Sie machten übrigens ein recht hübsches Haus, in dem wir auch zuweilen einsprachen. Der Herzog, ein guter, freundlicher, wenn auch nicht sehr begabter Herr, machte einen sehr angenehmen Eindruck, und die Herzogin war eine sehr liebe Frau, deren Umgang nur durch ihre Taubheit sehr erschwert wurde. Außerdem war der Herzog von Parma, der damals bereits abdicirt hatte,*) den ganzen Winter über auf seiner Besitzung Weistropp bei Dresden und kam öfters nach der Stadt. Auch der Erbgroßherzog von Oldenburg**) kam zum Besuch zu uns. Er gehörte zu denjenigen Fürsten, die damals sehr bereit waren, allen Rechten der Souveränetät zu entsagen und nur eine äußere fürstliche Stellung sich zu wahren."

Das Bild behaglicher Geselligkeit, das der Prinz entwirft, änderte sich bald. Wie nach dem Ausfall der Wahlen zu erwarten war, brachte die Eröffnung der Kammern am 17. Januar neue Konflikte. In ihrer äußeren Haltung und in dem Ton der Debatte bot die Versammlung eine Erscheinung dar, die in der parlamentarischen Geschichte Sachsens bisher unerhört war. Nach dem Muster der französischen Nationalversammlung begannen die Abgeordneten, die sich zu dem Grundsatz der allgemeinen demokratischen Gleichheit bekannten, ihre Auslassungen häufig mit der Anrede: „Bürger" oder „Mitbürger"! Trotz des Ernstes der Zeiten wurden einige Typen der Volksredner, die sich in ihrer Halbbildung zu den wunderbarsten Leistungen der Rhetorik verstiegen, durch die Lokalpossen Räders auf die Bühne verpflanzt, und manche Kraftworte, wie die Aeußerung des Leipziger Schriftstellers Kell: „Die Gründe der Regierung

*) Karl II. Ludwig von Bourbon, Pathe des Prinzen Albert.
**) Prinz Peter, der erwähnte Jugendfreund des Prinzen Albert, vergl. S. 125.

kenne ich nicht, aber ich muß sie mißbilligen", haben in dem Citatenschatz unserer Litteratur eine dauernde Stelle gefunden.*) Gleich in den ersten Tagen wurden Anträge gestellt, die den vorherrschenden Geist der extremen Richtung deutlich bekundeten. Man verlangte die Aufhebung der sächsischen Gesandtschaften und suchte durch die Forderung einer Revision der Kriegsartikel die Disziplin des Heeres zu erschüttern, indem man den Grundsatz aufstellte, daß die Truppen außerhalb des Dienstes nicht an den Gehorsam gegen ihre Vorgesetzten gebunden seien. Bei einer Verhandlung über die deutsche Frage am 20. Januar verwarf die Zweite Kammer nicht nur das Erbkaiserthum und die Uebertragung der Centralgewalt auf eine der deutschen Kronen, sondern sie erklärte sich für die Einsetzung einer verantwortlichen Präsidentschaft, die mit der monarchischen Grundform des Bundesstaates und seiner einzelnen Glieder in schroffstem Widerspruch stand. Nicht mit Unrecht rief der Minister von der Pfordten der Versammlung das mannhafte Wort zu: „Wenn die Feinde Deutschlands die heutige Diskussion gehört haben, und sie werden sie hören, — so werden Viele unter ihnen sein, die nicht trauern!"**) Die Erste Kammer ließ sich dadurch nicht abhalten, den Beschlüssen der Zweiten beizutreten.

Schon beim Beginn der Session erwies sich die Stellung des Märzministeriums als unhaltbar: Präsident Braun, der am entschiedensten die Gesinnungen des gemäßigten Liberalismus vertrat, hatte bereits vor mehreren Wochen dem König den Wunsch ausgesprochen, in die Stille des Privatlebens zurück-

-----

*) Vergl. G. Büchmann, Geflügelte Worte, Berlin 1892, S. 443; doch fiel der Ausspruch nicht, wie hier zu lesen, am 15., sondern am 13. Februar.
**) Mittheilungen der Zweiten Kammer S. 63.

kehren zu dürfen. Nur die Erwägung, daß ein Personenwechsel innerhalb des Ministerrathes vor dem Zusammentritt der Landes= vertretung der Regierung Verlegenheit bereiten würde, hatte ihn bewogen, im Amte zu bleiben; doch zwang ihn die Rücksicht auf seine erschütterte Gesundheit, den Geschäften fern zu bleiben. Angesichts der unerfüllbaren Forderungen, die von allen Seiten herandrängten, reichte das Ministerium am 26. Januar zum ersten Male seine Entlassung ein. Die Aussicht auf eine parlamentarische Krisis verfehlte zunächst ihre Wirkung nicht. Dem König und seinen Räthen wurden aus den verschiedensten Theilen des Landes Adressen überreicht, die in den schärfsten Ausdrücken das Gebahren der Kammern verurtheilten. In einem dieser Schriftstücke, aus Leipzig, war von dem „souveränen Un= verstand" der Volksvertretung die Rede, und diese wenig schmeichel= hafte Bezeichnung ist seitdem an dem Andenken des außerordent= lichen Landtages von 1849 haften geblieben. Einen Augenblick gewann es den Anschein, als ob die öffentliche Meinung sich zu einem energischen Protest gegen die demagogischen Ausschreitungen der Majorität aufschwingen werde. Friedrich August lehnte das Entlassungsgesuch der Minister ab.

Wer wollte behaupten, daß nicht in jenem Augenblick, hart an dem Abgrund der sich vollziehenden Geschicke, eine Umkehr noch möglich gewesen wäre, wenn die sämmtlichen Ordnungs= parteien die Sache der bedrohten Monarchie zu der ihrigen ge= macht hätten! Es verlohnt sich wohl, die Gründe zu prüfen, die diesem rettenden Ausweg im Wege standen. Im engsten Anschluß an die nationale Bewegung war im Frühjahr 1848 eine liberale Partei emporgekommen, die sich in den „deutschen Ver= einen" formirt hatte und im Gegensatz zu den Radikalen der Vaterlandsvereine das monarchisch=konstitutionelle Prinzip ver=

fochten. Da diese Partei jedoch den Fortschritt im Sinne des Programms vom 16. März 1848, der Monarchie auf volksthümlichen Grundlagen, vertrat und sich darin auch nicht beirren ließ durch die Erfahrungen, die man mit der Verfassungsänderung soeben erlebte, so war an ihre Verschmelzung mit den Konservativen und den gemäßigten Liberalen, die in der stürmischen Reformbewegung des Jahres 1848 einen Fehlschritt erblickten, nicht zu denken. Die Konservativen waren durch die Entwickelung der letzten Monate völlig aus ihrer Stellung verdrängt worden: in der neugebildeten Ersten Kammer befand sich kein einziger Vertreter des Landadels und des angestammten Grundbesitzes. Dem gemäßigten Liberalismus war es ähnlich ergangen: auch er hatte bei den Wahlen eine vollständige Niederlage erlitten. Nichts ist begreiflicher, als daß die Führer der alten Parteien, die seit länger als anderthalb Jahrzehnten an dem Ausbau des sächsischen Verfassungsstaates den hervorragendsten Antheil genommen hatten, sich grollend vom Kampfplatz zurückzogen.

Dazu kam, daß die Fortschrittspartei in der Frage der deutschen Verfassung eine Stellung einnahm, die der Regierung jede Hoffnung auf ihre Unterstützung rauben mußte. Die Partei hatte ihren Anhang hauptsächlich in den höheren Bürgerklassen, in den Kreisen des Handels, der Industrie und Wissenschaft, namentlich auch der Universität: die Männer, die an ihrer Spitze standen, theilten die nationale Gesinnung, aber auch den Doktrinarismus der Gagernschen Fraktion, mit deren angesehensten Mitgliedern sie mannigfache persönliche Beziehungen unterhielten. Dieser Umstand wirkte entscheidend auf die Haltung der deutschen Vereine ein: sie waren bis zum April 1849 das einzige Organ des öffentlichen Lebens in Sachsen, welches seine Stimme für das Erbkaiserthum erhob.

Bevor die Entscheidung in Frankfurt fiel, erfuhr man in Dresden, daß zwischen den beiden deutschen Großmächten Verhandlungen über eine gemeinsame Stellung zu der Verfassungsfrage im Gange waren. Friedrich Wilhelm IV. ließ sich dabei von dem Gesichtspunkte leiten, daß es vor Allem darauf ankomme, gegenüber „den Usurpationsvelleitäten der Paulskirche" die so lange verzögerte Vereinbarung unter den fürstlichen Mächten endlich in ihr Recht einzusetzen. Als das erste Erforderniß einer, wenn auch zunächst nur vorläufigen Verständigung betrachtete er die Errichtung einer obersten Regierungsgewalt aus eigener Machtvollkommenheit der größeren Souveräne: das geeignetste Mittel dazu glaubte er in dem Königskollegium gefunden zu haben. Es war derselbe Gedanke, den das bayerische Projekt in den Vordergrund stellte, und der, wie wir sahen, die Zustimmung Sachsens erhalten hatte. Auch an der Eintheilung des Bundesgebietes in größere Staatengruppen, die dem süddeutschen Vorschlage eigenthümlich war, hielt der König fest. In seiner Vorliebe für mittelalterliche Analogien bezeichnet er diese größeren Bezirke als Reichswehrherzogthümer, — was deutlich genug darauf hinweist, daß dem preußischen Monarchen die Konzentration der deutschen Wehrmacht als das Hauptmoment der föderativen Einigung, deren Grundlage die Reichskreise bildeten, vor Augen schwebte. An eine Mediatisirung der kleinen Staaten dachte der König nicht, aber er war ganz damit einverstanden, wenn den Königreichen ein vorherrschender Einfluß auf die benachbarten kleineren Territorien zugetheilt wurde. In dem obersächsischen Wehrherzogthum sollte nach seiner Ansicht das Königreich Sachsen die Führung der mitteldeutschen Kleinstaaten übernehmen; dem niedersächsischen Herzogthum sollten unter der Aegide Hannovers beide Mecklenburg, die Hansestädte, Schleswig-Holstein

und Braunschweig angeschlossen werden. Zwischen dem Königskollegium, als der vollziehenden Gewalt, und dem Parlamente
gedachte Friedrich Wilhelm eine vermittelnde Instanz einzufügen,
das Staatenhaus, dem schon für die Vereinbarung der Verfassung
eine gewichtige Rolle zugewiesen war. Es sollte aus Abgeordneten und Vertrauensmännern der Regierungen bestehen und bei
der Festsetzung des Verhältnisses zwischen der Bundesgewalt und
den Einzelstaaten ein entscheidendes Wort mitzusprechen haben.

Die Kunde von den österreichisch-preußischen Verhandlungen
hatte sich in weiten Kreisen verbreitet. Gegen Mitte Januar
war der weimarische Minister v. Watzdorf in Dresden erschienen,
um die Formalitäten eines etwaigen Anschlusses der thüringischen
Staaten an Sachsen mit dem diesseitigen Kabinet zu besprechen,
und auch die Anwesenheit des Herzogs Ernst II. von Koburg in
Dresden in den Tagen vom 19. bis 22. Januar, sowie im
Anschluß daran ein Besuch desselben am preußischen Hofe hatten
den Zweck, über die Tendenz der Annäherung zwischen Berlin
und Olmütz Gewißheit zu erlangen. Besondere Aufmerksamkeit
widmete dem Gegenstande der Freiherr v. Beust. Seinem
Scharfblick entging es nicht, daß die Ideen Friedrich Wilhelms IV.
bei den maßgebenden Persönlichkeiten seiner Umgebung auf den
stärksten Widerspruch stießen. Das altpreußische Selbstgefühl
hielt die Gleichstellung Preußens mit den übrigen deutschen
Königreichen für unvereinbar mit den historischen Ueberlieferungen
der Monarchie Friedrichs des Großen. Der vertrauteste Rathgeber des Königs, sein Jugendfreund, Christian Karl Josias
Freiherr v. Bunsen, entwickelte in einer Denkschrift vom 13. Januar, daß das von Schwarzenberg lebhaft befürwortete Gruppen-
system, die Kräftigung der Mittelstaaten und die Beschränkung
der kleineren Territorialgewalten, die der österreichische Minister

weit stärker betonte als der König, unfehlbar zur Isolirung
Preußens führen würden.*) Beust erkannte den Dualismus der
beiden deutschen Großmächte, der darin lag, sehr richtig, wenn
er auch andere Folgerungen daraus zog als die preußischen
Staatsmänner. In einer Depesche vom 29. Januar schreibt er:
„So lange die preußische Regierung noch Aussicht hat, mit Hülfe
Frankfurts sich Oesterreich gegenüber in einer überwiegend un=
abhängigen Stellung zu behaupten, so lange bleibt für sie die
Erhaltung der kleinen Staaten, die ihre natürlichen Verbündeten
sind, und die Verhütung einer vermehrten Bedeutung der mittleren
Staaten von entscheidendem Werth. Dem österreichischen Kabinet
muß dagegen daran gelegen sein, die Staaten zweiten Ranges
zu stärken, um ein Aufgehen des größten Theils von Deutsch=
land in Preußen zu verhüten, und ein noch näher liegendes
Motiv gebietet ihm gegenwärtig, den Regierungen dieser Staaten
Hoffnung auf eine vermehrte Bedeutung einzuflößen und sie da=
mit in sein Interesse zu ziehen, welches darin besteht, Zeit zu
gewinnen und eine zu Gunsten Preußens etwa erfolgende rasche
Lösung der deutschen Verfassung zu verhindern."**)

Inzwischen hatte die Nationalversammlung die erste Lesung
des Verfassungsgesetzes beendet. Nach harten Kämpfen ein Kom=
promiß, dessen Lebensfähigkeit von Anfang an sehr zweifelhaft
erscheinen mußte! Der Beschluß, die Würde des Reichsober=
hauptes einem der regierenden deutschen Fürsten zu übertragen,
war am 19. Januar mit einer Majorität von nicht ganz
fünfzig Stimmen gefaßt worden; eine annähernd gleiche Majorität
verwarf am 23. Januar die Erblichkeit der obersten Reichsgewalt,

*) Fr. Nippold, Christian Carl Josias Freiherr v. Bunsen, Leipzig 1869,
II., S. 521.

**) Schriftwechsel mit der Gesandtschaft in Berlin. Hauptstaatsarchiv.

und für die Verleihung des Kaisertitels an das Haupt der deutschen Nation ergab sich nur eine Mehrheit von neun Stimmen. So vollkommen hielten in den Fragen, von denen die Gestaltung Deutschlands abhing, die großdeutsche und die kleindeutsche Partei einander das Gleichgewicht! Im Namen des Reichsverwesers wurden die Regierungen aufgefordert, bis zum Eintritt in die zweite Lesung ihre Ansichten über das Verfassungswerk zu äußern.

Preußen hatte diese Aufforderung nicht abgewartet: am 23. Januar erschien die vielbesprochene Zirkularnote, die eine entscheidende Wandelung in der Politik der norddeutschen Macht anzukündigen schien. Den dringenden Vorstellungen der Räthe Friedrich Wilhelms IV. war es gelungen, den König von den Vergleichspunkten, auf denen die Unterhandlung mit Oesterreich beruhte, abzulenken, um seine Gedanken auf die Bahn einer Verständigung mit dem Centrum der Nationalversammlung hinüberzuleiten. Die Note sprach sich gegen die Aufrichtung des Kaiserthums aus, machte die Vereinbarung mit den Regierungen zur Bedingung der Theilnahme Preußens, aber erklärte zugleich zum ersten Male mit unumwundener Bestimmtheit den Entschluß des Königs, zur Herstellung des engeren Bundes mitwirken zu wollen, unter der Voraussetzung des zu erzielenden Einverständnisses mit Oesterreich.

Wie wir sahen, hatte die Regierung Friedrich Augusts seit dem Beginn der nationalen Bewegung an dem Grundsatz festgehalten, daß das deutsche Verfassungswerk im Wege der Vereinbarung zwischen der Nationalversammlung und den Einzelstaaten begründet werde. Diese Ansicht fand in der Erwiderung auf die preußische Note, 10. Februar, ihre rückhaltlose Bestätigung. Das Schriftstück erkannte in seinem Eingang mit großer Befriedigung das Bestreben Preußens an, zu „einer raschen und versöhnlichen Förderung des deutschen Verfassungswerkes" die Hand zu bieten. Ebenso rückhaltlos versicherte Sachsen seine Bereitwilligkeit, sich an der Berathung der Vorschläge, welche die Mittheilung vom 23. Januar in Aussicht stellte, zu betheiligen. Die Nothwendigkeit einer Verfassung, die geeignet sei, „das dringende und höchst gerechtfertigte Verlangen des deutschen Volkes nach einer wahrhaften Einigung und kräftigen Gesammt= entwickelung vollständig zu befriedigen", wurde ausdrücklich an= erkannt. Seine endgültige Entscheidung machte das sächsische Kabinet von dem Einvernehmen mit Oesterreich abhängig, indem es sich darauf stützte, daß mit Zustimmung des Parlaments das Reichsministerium bereits Verhandlungen über das künftige Ver= hältniß Oesterreichs zu der Verfassung, sei es im engeren, sei es im weiteren Bunde, eingeleitet habe.

Gleichzeitig mit dem Erlaß der Antwort an Preußen be= schäftigte sich das Ministerium mit der Prüfung des Frankfurter Verfassungsentwurfes. Am 12. und 13. Februar fanden darüber unter dem Vorsitz des Königs Berathungen statt, zu denen der Gesandte in Berlin, Freiherr v. Beust, und der Vertreter bei der Centralgewalt, Geheimer Rath Kohlschütter, als Theilnehmer hinzugezogen wurden. Da die Gesetzesarbeiten der Paulskirche niemals zur Verwirklichung gelangt sind, erscheint es unnöthig, auf die verschiedenen Amendements einzugehen. Das wesentlichste Moment lag in der Frage des Oberhauptes. Die sächsische Regierung verwarf die Uebertragung der obersten Reichswürde an einen der deutschen Monarchen und wünschte im Sinne der früher besprochenen Entwürfe die Einsetzung eines Direktoriums, welches den Einzelstaaten Antheil an der vollziehenden Gewalt gewährleistete; sie verwarf ferner die Beschränkung der Reichs=

gewalt auf ein suspensives Veto und verlangte das unbedingte Einspruchsrecht; sie machte schließlich die Annahme der Verfassung von der Zustimmung der Landstände abhängig, da nach § 2 der sächsischen Konstitution zu jeder Veräußerung von Rechten der Krone die Einwilligung der Stände erforderlich sei.

Während man so den Weg der Vereinbarung beschritt, dessen Erfolg freilich nach keiner Seite hin zu übersehen war, drängten die Verhältnisse in einem Punkte zu einer sofortigen Entscheidung. Das Reichsministerium hatte unmittelbar nach dem Abschluß der Verhandlungen über die Grundrechte, Ende Dezember 1848, die Annahme und Veröffentlichung derselben bei den einzelnen Staaten beantragt. Die sächsische Regierung war weit entfernt, diese Forderung im Prinzip beanstanden zu wollen, aber sie betrachtete die Anerkennung der Grundrechte als eine Frage, die nur durch gemeinsamen Beschluß sämmtlicher Bundesglieder erledigt werden konnte. Außerdem vertrat sie die Ansicht, daß die mannigfachen Modifikationen bestehender Rechtsverhältnisse, die sich aus der Einführung der Grundrechte ergaben, zunächst im Einverständniß mit den Kammern verfassungsmäßig geregelt werden müßten. Um nur ein Beispiel anzuführen: welchen Nutzen konnte es haben, wenn man plötzlich mit dem Areopag der Paulskirche die Unentgeltlichkeit des Schulunterrichtes verfügt hätte, ehe noch Staat und Gemeinde darüber schlüssig geworden, aus welchen Mitteln die Kosten für dieses Danaergeschenk zu bestreiten seien? Ein Königliches Dekret vom 3. Februar forderte die Stände zur Mitwirkung bei dem Erlaß der ergänzenden Gesetze auf. Dieser Appell wurde von Seiten des Landtages mit einmüthigem Protest beantwortet. Dem Regierungsakte vorgreifend, war in der Zweiten Kammer während der Krisis des Kabinets, am 27. Januar, eine Interpellation über den Gegenstand eingebracht und trotz des Widerspruchs der Minister, die mit Rücksicht auf ihr dem König eingereichtes Entlassungsgesuch die weitere Verhandlung über den Gegenstand ablehnten, ein Antrag auf sofortige Gültigkeitserklärung und Bekanntmachung der Grundrechte angenommen worden. Nach dem Erscheinen des Dekrets trat die Erste Kammer durch den Bericht ihrer Deputation vom 20. Februar nicht nur diesem Beschlusse bei, sondern verschärfte die demokratische Tendenz desselben noch dadurch, daß sie die Grundrechte als „das Minimum der dem Volke zu gewährenden Freiheit" bezeichnete. Vor diesem unzweifelhaften Mißtrauensvotum wich das Ministerium zurück und legte am 24. Februar sein Mandat in die Hand des Königs nieder.

Daß der Konflikt, der sich über die Grundrechte entspann, den Ausschlag für den Rücktritt des Konseils gegeben habe, wird sich nicht behaupten lassen. Von so entscheidender Bedeutung war dieser Zwischenfall nicht, denn die Regierung entschloß sich unmittelbar nach der Ernennung der neuen Minister zur Veröffentlichung der Grundrechte. Eine tiefere Ursache lag darin, daß die Stellung der bisherigen Räthe des Königs erschüttert war: keine ihrer Vorlagen hatte die Zustimmung der Kammern gefunden. Es erging dem Märzministerium wie dem Goetheschen Zauberlehrling: die Kräfte, die es entfesselt hatte, vermochte es nicht zu bändigen. Dazu kamen Meinungsverschiedenheiten, die unter den Mitgliedern obwalteten. Der Minister des Innern, Oberländer, stand den Beschlüssen der Nationalversammlung näher als seine Kollegen: er hat sich in der Ersten Kammer, deren Mitglied er war, selbst darüber geäußert, daß er nie Anhänger des Vereinbarungsrechtes, an welchem die Regierung festhielt, gewesen sei. Als die übrigen Minister vor der Einreichung des Entlassungsgesuches die Auflösung der Kammern in Erwägung zogen, erklärte Oberländer sich gegen die Maßregel.

Prinz Johann erwähnt, daß dem König mehrfach der Rath ertheilt worden sei, ein Ministerium aus den Reihen der äußersten Linken zu bilden: es werde nicht vier Wochen am Ruder bleiben. Ein solches Experiment aber widersprach dem Rechtssinn Friedrich Augusts. Die Wahl der Parteimänner hatte dem Lande keinen Segen gebracht; der König entschloß sich daher, den entgegengesetzten Weg einzuschlagen. Das Ministerium, das er berief, war frei von jeder bestimmten Parteifarbe; es bestand aus Beamten, die durch bewährte Geschäftstüchtigkeit in den verschiedenen Ressorts des allgemeinen Vertrauens würdig waren. Den Vorsitz und das Departement der Justiz übernahm der Oberappellationsrath Dr. Held, die auswärtigen Angelegenheiten der Freiherr Ferdinand von Beust, die Finanzen der Geheime Finanzrath von Ehrenstein, das Innere der Geheime Regierungsrath Weinlig, zu denen sich einige Tage später als Chef des Kriegswesens, Oberst Rabenhorst, bisher Militärbevollmächtigter in Frankfurt, gesellte.

Die Erbschaft, die das Kabinet vom 24. Februar 1849 antrat, war eine wenig dankbare. Mit jedem Tage steigerten sich die Schwierigkeiten, die aus der inneren Lage des Landes und aus den Verwickelungen der deutschen Frage erwuchsen. In Olmütz hatte man die Bedeutung der preußischen Cirkularnote im vollsten Maße anerkannt, vielleicht sogar ihre Tragweite überschätzt. Die Sonderstellung, die Preußen mit seinem Vorschlage des engeren Bundes einnahm, war dem König zuletzt doch nur nach schweren Kämpfen abgerungen worden; kaum hatte er den Schritt gethan, so zeigte sich seine Seele von bangen Zweifeln erfüllt. Oesterreich glaubte den Augenblick ge-

kommen, um aus seiner bisherigen Zurückhaltung mit einem be=
stimmten Programm hervorzutreten. Nachdem eine Note vom
4. Februar gegen die Idee des engeren Bundes Verwahrung
eingelegt hatte, folgte am 27. eine Erklärung, die im schärffen
Gegensatz gegen das Votum der Nationalversammlung die einheit=
liche Gestaltung der obersten Reichsgewalt zurückwies und auf
Errichtung eines Direktoriums mit sieben oder eigentlich mit
neun Stimmen drang, von denen je zwei auf Oesterreich und
Preußen, eine auf Bayern und vier auf die übrigen deutschen
Mächte entfielen. Die Eintheilung der Staatengruppen, die
unter Leitung Oesterreichs und der Königreiche stehen sollten,
war in dem Vorschlage beibehalten, dagegen jede Form einer
direkten Volksvertretung neben der Centralgewalt beseitigt. An
Stelle derselben dachte sich das Ministerium Schwarzenberg ein
Staatenhaus, das aus Vertretern der Regierung und Abgeord=
neten der Ständekammern gebildet werden sollte.

Die österreichische Erklärung verfehlte ihre Wirkung nicht.
Sie belebte von Neuem die Hoffnungen der großdeutschen Partei,
die im parlamentarischen Kampfe unterlegen war. Man war
in Frankfurt von einer Vereinbarung weiter entfernt als je:
eher ließen die Dinge sich so an, als ob ein Zwiespalt unter den
Regierungen ausbrechen werde. Während die Mehrzahl der
kleineren Staaten geneigt war, sich dem engeren Bunde Preußens
anzuschließen, begannen die Vertreter der Mittelstaaten mit dem
österreichischen Bevollmächtigten, Ritter von Schmerling, Verhand=
lungen im Sinne des Olmützer Projekts, die bis zur Aus=
arbeitung eines Entwurfes gediehen.*) Eine Vereinigung aber

---

*) Vergl. K. Biedermann, 30 Jahre deutscher Geschichte, Breslau,
I., S. 377.

wurde nicht erzielt. Am wenigſten fühlte ſich das ſächſiſche Kabinet durch die öſterreichiſchen Erklärungen beruhigt. Schon nach dem Erſcheinen der Note vom 4. Februar hatte der König in einem Privatſchreiben an Friedrich Wilhelm IV. auf die Ge= fahren der drohenden Spaltung hingewieſen. Der preußiſche Monarch verſicherte am 17. ſeinem Schwager, daß er „in allen Stücken mit ihm ein Herz und eine Seele ſei“. Was man in Dresden erſtrebte, läßt ſich mit voller Sicherheit aus hand= ſchriftlichen Aeußerungen des Prinzen Johann erkennen. „Ich glaube“, ſchreibt er, „daß die öſterreichiſchen Ideen ſoweit von den Frankfurter abliegen dürften, daß durch dieſelben weder eine Verſtändigung angebahnt, noch den Erwartungen des teutſchen Volkes Genüge geleiſtet werden möchte.“ Als den beſten Ausweg betrachtete er es, wenn Preußen veranlaßt werden könnte, ſeinen Vorſchlägen eine Faſſung zu geben, die früher oder ſpäter den Eintritt Oeſterreichs ermöglichte. Preußen ſelbſt werde in ſeiner abwartenden Politik dazu nicht die Initiative ergreifen, ebenſo wenig Bayern: „Ich ſollte daher meinen, daß es unſerm Hofe wohl anſtünde, dieſe Rolle zu übernehmen.“ Der Gedanke einer Vermittelung zwiſchen Oeſterreich und Preußen, der hiermit vor= gezeichnet war, entſprach durchaus den Ueberzeugungen des Königs. Friedrich Auguſt ſah in dem Manifeſt vom 27. Februar den erſten Schritt zur Wiederaufrichtung der alten Bundesverfaſſung, die nicht in ſeiner Abſicht lag. So gewaltthätige Mittel, wie Schwarzenberg ſie vorſchlug, der die Zuſammenziehung eines Heeres von 40 000 Mann in der Nähe von Frankfurt empfahl, um ſich der Nationalverſammlung zu entledigen, waren ganz und gar nicht nach ſeinem Sinne. Sein oberſter Grundſatz war, eine Trennung von Nord= und Süddeutſchland zu verhüten. Die Ereigniſſe, die ſich ſoeben in Oeſterreich abſpielten —, die Auf=

löſung des Reichstages von Kremſier und die Oktrovirung der Verfaſſung vom 4. März, die ſich in den ſtrengſten Formen der Centraliſation bewegte, ſchienen auch ihm den Eintritt Geſammt-öſterreichs in den deutſchen Bundesſtaat zu erſchweren, wenn nicht unmöglich zu machen. Wenn Preußen ſich zu einer Modifikation ſeiner Reformvorſchläge entſchloß, ſchien ihm ein Ausweg möglich, um ſo mehr als perſönliche Erklärungen Friedrich Wilhelms IV. vorlagen, die den ernſten Willen zu einer Verſtändigung mit Oeſterreich bekundeten.

Noch einmal ſollte die Entſcheidung von Frankfurt ausgehen. Daß ſie durch die Haltung Oeſterreichs beſchleunigt wurde, erhellt aus einer Mittheilung des ſächſiſchen Bevollmächtigten bei der Centralgewalt vom 21. März: „Mit den neueſten gegen den Bundesſtaat gerichteten Erklärungen Oeſterreichs und der dadurch hervorgerufenen gerade entgegengeſetzten Tendenz der National-verſammlung, den Bundesſtaat ohne Oeſterreich und trotz deſſelben mit einem Schlage zu Stande zu bringen, iſt die Verfaſſungs-angelegenheit offenbar in eine neue Phaſe getreten, die ihren Verlauf haben muß, und von deren Entwickelung es erſt abhängen wird, ob die Verhandlung mit Oeſterreich überhaupt und in welchem Sinne ſie wieder aufzunehmen ſein werde."*) Am 27. März wurde die Erblichkeit der oberſten Reichswürde mit einer Mehrheit von nur vier Stimmen angenommen, am 28. erfolgte die Wahl des Königs von Preußen zum deutſchen Kaiſer: 290 Abgeordnete erklärten ſich beim Namensaufruf dafür, 248 enthielten ſich der Abſtimmung.

Die ablehnende Antwort, die Friedrich Wilhelm IV. am 3. April der Kaiſerdeputation unter Führung Martin Eduard

---

*) Bericht Kohlſchütters im Hauptſtaatsarchiv.

Simsons im Rittersaal des Schlosses zu Berlin ertheilte, warf die Beschlüsse der Nationalversammlung in das Nichts zurück. Noch an demselben Tage erklärte Preußen in einer Note sich bereit, an Stelle des Erzherzogs Johann, von dessen Entsagung die Rede war, vorläufig die Centralgewalt zu übernehmen und die Verfassung mit denjenigen Staaten, die freiwillig beitreten wollten, zu vereinbaren. Das Verhältniß zu der Nationalversammlung wurde dabei einstweilen als eine offene Frage behandelt, ebenso die Festsetzung der Beziehungen der Bundesstaaten zu denjenigen Regierungen, die nicht an der Vereinbarung theilnahmen. Friedrich Wilhelm IV. kam es vor Allem darauf an, eine unanfechtbare Handhabe für die Begründung eines engeren Bundes zu gewinnen. Die Erwiderung, die das sächsische Kabinet am 11. April auf die Erklärung Preußens erließ, enthielt den Ausdruck der vollsten Genugthuung über die Antwort an die Reichsdeputation und die Zustimmung zur Uebernahme der provisorischen Centralgewalt, in der sie mit freudigem Dank einen Akt der Hingebung des Königs an die deutsche Sache erblickte, dagegen wurde, was den engeren Bund betraf, die Entscheidung von der Haltung der übrigen Mächte abhängig gemacht. Der Staatsminister von Beust hatte bei einer persönlichen Anwesenheit in Berlin am 7. April die Ueberzeugung gewonnen, daß ein Konflikt zwischen Preußen und der Nationalversammlung unvermeidlich sei. Seine Voraussagung erfüllte sich, als das Parlament am 11. April den unheilvollen Entschluß faßte, trotz der Weigerung Friedrich Wilhelms IV. au der Verfassung festzuhalten.

· In demselben Augenblick brach der Sturm in Sachsen aus. Am 12. April vereinigte sich die Erste Kammer zu dem einstimmigen Antrag auf sofortige Anerkennung der Reichsverfassung und am 13. folgte die Zweite Kammer diesem Beispiel. Die widerspruchsvolle Haltung des sächsischen Landtages, der noch vor wenigen Wochen einen energischen Protest gegen die monarchische Gestaltung der obersten Reichsgewalt erhoben hatte, findet ihre Erklärung einzig und allein in der demokratischen Tendenz, unter deren Bann die Volksvertretung stand. Die Partei der Radikalen in Gemeinschaft mit dem Liberalismus der deutschen Vereine betrachtete die Frankfurter Verfassung mit ihren Grundrechten, dem suspensiven Veto des Oberhauptes, den umfangreichen Befugnissen, die sie den deutschen Ständeversammlungen gewährte, als eine Errungenschaft der Volksfreiheit, die man nicht aus den Händen lassen dürfe. Alle partikularistischen Bedenken, die sich noch vor Kurzem geregt hatten, waren mit einem Schlage verschwunden: der Hauptredner der Zweiten Kammer, Dr. Schaffrath, rief mit Emphase die Worte aus: „Finis Saxoniae, initium Germaniae.“*) Seltsamer Kontrast! Nur wenige Tage vorher, am 30. März, hatte der Landtag die Regierung aufgefordert, auf die engere Vereinigung des Königreiches mit den thüringischen Staaten bedacht zu sein. Die Selbsttäuschung, in welcher die Kammern befangen waren, erreichte ihren Gipfel in dem Trugschluß, daß ihre Aktion dazu beitragen werde, dem Vereinbarungsprinzip der Bundesmächte allen Boden zu entziehen. Die preußische Note vom 3. April hatte die Besorgniß vor einer Verfassungsoktroyirung erweckt, die denn freilich dem Parlament, den Grundrechten und der ganzen Doktrin der Volkssouveränetät ein plötzliches Ende bereitet haben würde.

Es fehlte nicht an Stimmen, die vor den Gefahren einer Revolution warnten. „Die Geburtsstunde für die deutsche Ein-

---

*) Mittheilungen, Zweite Kammer, S. 1014. Vergl. F. Frhr. von Beust, Erinnerungen aus drei Vierteljahrhunderten, Stuttgart 1887, S. 58.

heit ist noch nicht gekommen", sagte einer der Abgeordneten. „Wir wollen festhalten an dem, was wir haben; an Sachsen wollen wir festhalten, hier wissen wir, was wir haben." Der Vorsitzende des Ministeriums, Held, erklärte, daß die Regierung danach trachten werde, den Berathungen und Beschlüssen der Nationalversammlung Wirksamkeit zu verschaffen, aber ihrer Bestimmung und ihren Grundzügen nach beruhe die Verfassung auf der Theilnahme der deutschen Staatsmächte. Ohne Rücksicht auf diese Versicherung erfolgte die Annahme des Antrags mit 43 gegen 19 Stimmen.

In den Beschlüssen vom 12. und 13. April entwickelte der demokratische Gedanke des Jahres 1848, die Begründung der deutschen Einheit durch das Volk im Gegensatz gegen die Monarchie, seine äußersten Konsequenzen. Die Kammern hatten den Kampf erklärt; die volle Verantwortlichkeit für die unabsehbaren Folgen fiel auf sie zurück.

Dem Prinzen Albert war es erspart, Zeuge dieser Vorgänge in seinem Vaterlande zu sein. Jener 13. April, an welchem die Abstimmung in der Zweiten Kammer vor sich ging, wurde für ihn der Anfang seiner ruhmreichen militärischen Laufbahn: es war, wie wir sehen werden, der Tag des Sieges bei Düppel.

Nach der Kündigung des Waffenstillstandes von Malmö durch Dänemark am 26. Februar hatte die provisorische Centralgewalt die Entsendung einer sächsischen Brigade nach Schleswig-Holstein angeordnet. Obwohl die düsteren Schatten in den inneren Verhältnissen Sachsens bereits aufstiegen, war König Friedrich August dem Rufe bereitwilligst gefolgt. Nicht gerade leichten Herzens entschloß sich Prinz Johann, seinem Sohne die Theilnahme an dem Kampfe zu gestatten. Die parlamentarische

Opposition äußerte sich gegen die Mitwirkung der sächsischen Truppen, und wenn auch die Interpellation, die sie einbrachte, nicht den von ihr gewünschten Erfolg hatte, so konnte doch kein Zweifel darüber obwalten, daß die Stimmung Sachsens in Bezug auf die holsteinische Frage sehr getheilt war. Allein der sehnsüchtige Wunsch des Prinzen, Gefahr und Ehre mit seinen Landsleuten zu theilen, die Tüchtigkeit, die er in seinem Berufe erworben hatte, im Dienste des gemeinsamen Vaterlandes zu bethätigen, bewogen den Vater, seine Bedenken aufzugeben. Und darf man nicht sagen: es war ein glücklicher Stern, der damals über dem Prinzen waltete? Die Aufgabe, der er sich fern von der Heimath widmete, sicherte ihn davor, daß sein Name und seine Person in irgend einer Weise in das Getriebe der Parteien verwickelt wurden.

Am 22. März hielt Friedrich August in Begleitung der Prinzen Johann und Georg im Rosenthal zu Leipzig Heerschau über die Truppentheile der dortigen Garnison ab, die den Marsch nach Holstein antreten sollten, das Garde-Reiter-Regiment, drei Bataillone des 3. Infanterie-Regiments, das 3. Schützen-Bataillon, zwei Kompagnien des 2. Schützen-Bataillons und eine sechspfündige Batterie. Am 23. März morgens 9 Uhr erwartete Prinz Albert seinen Oheim bei dessen Rückkehr nach Dresden am Leipziger Bahnhof. Der König, der Prinz und das Gefolge begaben sich von hier zu Pferde nach dem Uebungsplatz bei der Alaunhütte, wo die mobilen Truppen der Dresdener Besatzung Paradeaufstellung genommen hatten. Ihre Haltung und Stimmung zeugte von dem vortrefflichen Geiste, der sie beseelte. Ein Armeebefehl des obersten Kriegsherrn wurde mit Jubel begrüßt. Das Schriftstück lautete:

„Soldaten!

Das Vaterland ruft Euch zugleich mit Waffenbrüdern anderer deutschen Armeen ins Feld. Ihr werdet Euch hierdurch geehrt fühlen. Ihr werdet Euch bestreben, den Ruhm der sächsischen Waffen aufrecht zu erhalten, welchen Euere Vorfahren auf zahlreichen Schlachtfeldern mit ihrem Blute errungen haben.

Seid stets eingedenk Eueres Eides als brave Söhne des Vaterlandes, seid getreue Kameraden und würdige Waffengenossen der Soldaten anderer deutschen Stämme, gehorsame Untergebene des Oberbefehlshabers, den die deutsche Centralgewalt an die Spitze des Heeres stellen wird.

Vergeßt aber auch nie, daß neben der Tapferkeit Gehorsam und Beachtung der Disziplin unerläßlich sind für die kriegerische Ehre.

Prinz Albert, mein geliebter Neffe, wird Euch begleiten, er ist bereit, Gefahren und Anstrengungen mit Euch zu theilen.

Ich empfehle ihn Euerer Kameradschaft. Meine besten Wünsche begleiten Euch!

Friedrich August.“

Von der Dresdener Garnison waren das zweite Linien-Infanterie-Regiment (Prinz Maximilian), eine Pionier-Abtheilung und eine zwölfpfündige Batterie zur Theilnahme am Kriege aufgeboten worden. Die Stärke der Brigade, die unter dem Oberbefehl des Generalmajors von Heintz stand, betrug etwas über 6000 Mann, mit 16 Geschützen, 600 Reitpferden und 132 Fahrzeugen, während die gesammte Reichsarmee mit den Reserven aus ungefähr 50 000 Mann Infanterie, 5000 Mann Kavallerie unb 155 Geschützen bestand. Das oberste Kommando lag in den Händen des Generals Karl Ernst von Prittwitz, eines Offiziers, dessen Kriegserlebnisse bis zur Schlacht von Jena zurückreichten, obwohl er erst 58 Jahre alt war. Die Aufgabe der Führung stellte große Forderungen an ihn, denn die Zusammensetzung des Heerbanns aus den verschiedensten Stämmen und Staaten, von den Schleswig-Holsteinern und Hanseaten des nördlichen bis zu den Bayern, Hessen und Nassauern des südlichen Deutschlands, konnte dem einheitlichen Ineinandergreifen der einzelnen Theile leicht zum Schaden gereichen. Eine andere Schwierigkeit entsprang daraus, daß der oberste Befehlshaber zwar in Eid und Pflicht der Centralgewalt, aber zugleich im Dienst Friedrich Wilhelms IV. stand, und das in einem Augenblick, in dem der Bruch zwischen Preußen und der provisorischen Reichsregierung vorherzusehen war. Seit der Märznacht von 1848, in der Prittwitz den Sturm auf die Barrikaden geleitet hatte, wußte er, was es bedeutete, wenn die militärischen Dispositionen von politischen oder anderen Rücksichten durchkreuzt werden. Er ahnte jetzt etwas Aehnliches: bei seinem Abschied von Berlin äußerte er, er werde sofort das Kommando niederlegen, sobald er in einen Widerstreit der Pflichten gerathen sollte.*)

Prinz Johann bemerkt in Bezug auf die Trennung von seinem Sohn: „Wir schieden von ihm ohne große Sorge, weil wir eigentlich noch gar nicht recht an den Ausbruch des Krieges glaubten." Am 23. März mittags trat der Prinz, der die Uniform eines Hauptmannes der Artillerie trug, die Reise nach dem Norden an, unter starkem Schneefall und einer für die Jahreszeit ungewöhnlichen Kälte. Zu seiner Begleitung war der

---

*) Denkwürdigkeiten Leopold von Gerlachs, Berlin 1891, V., S. 315.

Rittmeister Adolf Senfft von Pilsach ausersehen worden, der aus diesem Grunde die Stellung bei dem Prinzen Georg verließ und durch den Hauptmann von Tschirschky ersetzt wurde. Da die Truppentransporte in vollem Gange waren, verspätete sich die Ankunft in Berlin bis gegen 2 Uhr morgens. Das Erste, was der Prinz hier erfuhr, war die Verlängerung der Waffenruhe vom 26. März bis 3. April.

Das Verfahren der dänischen Regierung erschien in sehr zweideutigem Lichte. Nachdem unter Vermittelung Englands von den kriegführenden Mächten der Entwurf eines Protokolls angenommen worden war, welches die völlige Selbständigkeit Schleswigs, Trennung desselben sowohl von der dänischen Gesammtmonarchie als von Holstein, enthielt und zur Einleitung der Friedenspräliminarien, Verlängerung des Waffenstillstandes und Aufrechterhaltung des status quo in den Herzogthümern bestimmte, hatte Dänemark plötzlich den Vertrag von Malmö aufgesagt. In Frankfurt konnte man sich das nur so erklären, daß Friedrich VII. „in einem unbewachten Augenblick", wie sich Heinrich v. Gagern ausdrückte, „den Bewohnern Nordschleswigs, die ihren Unwillen über die verlängerte Truppenbesetzung des Landes zu erkennen gaben, eine baldige Erleichterung der Waffenstillstandsbedingungen versprochen hatte."*) Obwohl über die einseitige Entschließung des dänischen Monarchen verstimmt, setzte das englische Kabinet die Unterhandlungen fort. Eine gewisse Parteilichkeit zu Gunsten Dänemarks trat dabei insofern zu Tage, als es zunächst die Aufgabe Lord Palmerstons hätte sein müssen, in Kopenhagen die Rücknahme der Kündigung vom 26. Februar zu verlangen. Der Antrag auf Verlängerung des Waffen=

---

*) Bericht Kohlschütters vom 7. März 1849. Hauptstaatsarchiv.

stillstandes um einige Tage ging von Dänemark aus, doch war der Befehlshaber der Reichstruppen im Hinblick auf die noch nicht vollendete Vereinigung seiner Streitkräfte damit ein=verstanden.*)

Im Schlosse zu Charlottenburg, wo Friedrich Wilhelm IV. mit Vorliebe Hof hielt, seitdem die Märzereignisse ihm die Hauptstadt verleidet hatten, fand Prinz Albert einen herzlichen Empfang. Der König bat ihn, kurze Zeit zu verweilen, da die Eröffnung der Feindseligkeiten erst in einigen Tagen zu erwarten sei. Es blieb Zeit zu einem Besuch des Neuen Museums und der Werkstatt des Meisters Christian Rauch; dort machten Kaul=bachs Kartons des Thurmbaues von Babel den größten Eindruck auf den Prinzen; hier verweilte er mit Bewunderung vor dem Reiterstandbild Friedrichs des Großen, dessen Guß eben vollendet war. An der Tafel des Königs, der die Aufmerksamkeit gehabt hatte, an mehrere der auf dem Durchmarsche begriffenen sächsischen Offiziere Einladungen ergehen zu lassen, machte er die Bekannt=schaft der beiden Männer, die damals, wenn auch in sehr ver=schiedenem Sinne, sich der größten Berühmtheit in Berlin erfreuten, Alexander von Humboldts und Wrangels. Dem Scharf=blick des jungen Hauptmannes entging es nicht, daß zwischen dem gelehrten Kammerherrn, der die Schwäche besaß, mit der Oppositionspartei zu liebäugeln, und dem General, der seit dem Belagerungszustand als Diktator die Demokratie im Zaum hielt, eine ausgesprochene Rivalität bestand. Am 25. März, einem Sonntag, wohnte der Prinz dem Gottesdienst bei und nahm dann an dem Familiendiner in Charlottenburg theil, bei welchem

*) Moltke, Geschichte des Krieges gegen Dänemark 1848/49. Berlin 1893, S. 249.

fämmtliche Mitglieder des Königshaufes vereinigt waren, unter Anderen der Prinz von Preußen, deffen Sohn, der nachmalige Kaifer Friedrich, und des Prinzen Studiengenoffe aus Bonn, Friedrich Karl.

Die Reife ging dann am 26. weiter nach Hamburg, wo der Prinz im Hôtel St. Petersburg abftieg. Von hier aus mel= dete er am 27. dem kommandirenden General feine Ankunft in einem Schreiben, welches lautete:

„Ew. Excellenz!

Einer Erlaubniß Sr. Majeftät meines Königs und Oheims zufolge ift es mir vergönnt, an dem bevorftehenden Feldzuge Theil zu nehmen. Bin ich fchon hocherfreut über diefe Erlaubniß, fo gereicht mir zu um fo größerem Vergnügen, meine erfte Campagne unter Ew. Exc. Kommando zu machen, den die preußifche Armee unter Ihre erften Führer zählt.

Sollten Ew. Exc. je über mich zu verfügen haben, fo werde ich ftets zu Dienften ftehen und mich bemühen, Ew. Exc. Befehle auf das pünctlichfte zu vollführen.

Auf jeden Fall empfehle ich mich jetzt, wo ich bei Ew. Exc. Armee eingetroffen bin, Ew. Exc. geneigter Wohlgewogenheit.

Ew. Exc. ergebenfter
Albert, H. z. Sachfen
Haupt. der Art.“

Hamburg, den 27. März 1849.*)

------

*) Abfchrift nach dem Original aus dem Archiv des Großen General= ftabes, durch gütige Vermittelung des Generalmajors und Abtheilungschefs von Leszczynski dem Verfaffer zur Verfügung geftellt.

Am 28. begab der Prinz sich nach Rendsburg, wohin das Hauptquartier der sächsischen Brigade verlegt wurde, die nach der Ordre de Bataille vom 28. im Verein mit der hannoverschen Brigade unter dem Generalmajor Wyneken die zweite Division der Reichsarmee bildete. Die strategische Aufgabe derselben bestand zunächst in der Besetzung des Sundewitt, der Vertheidigung der Küste. Ursprünglich war bestimmt worden, daß der Prinz den Feldzug im Stabe des Generals Heintz mitmachen sollte. Bei seiner persönlichen Meldung in Schleswig am 29. erhielt er jedoch durch Prittwitz Kenntniß von einer soeben eingelaufenen Ordre des Königs von Preußen, die ihn in den Stab des Oberkommandos berief. Unzweifelhaft lag darin ein Beweis, daß das Auge Friedrich Wilhelms mit Wohlgefallen auf der militärischen Haltung des jungen Wettiners geruht hatte.

Für diesen eröffnete sich mit dem Eintritt in den ihm zugewiesenen Wirkungskreis eine Fülle neuer Anschauungen. Er gewann nicht nur einen Einblick in den Organismus der preußischen Armee, sondern er lernte auch die politischen Auffassungen kennen, die in den Reihen derselben vorherrschend waren. Er kam in Berührung mit Männern, die den Glauben an die Wiedergeburt Deutschlands noch nicht verloren hatten und einen entscheidenden Sieg über den nordischen Feind als den letzten Rettungsanker in dem Schiffbruch der nationalen Einheit betrachteten. Eins der angesehensten Mitglieder der Gagernschen Partei, der Historiker Max Duncker, sprach damals in einer Denkschrift über die schleswig-holsteinische Angelegenheit, die dazu bestimmt war, dem Prinzen von Preußen vorgelegt zu werden, das Wort aus: „Die Entscheidung der deutschen Verfassungsfrage wird nicht durch Beschlüsse des Parlaments herbeizuführen sein. Wer an die Spitze Deutschlands kommen soll, das ist eine Frage der Thatsachen, und die Thatsachen werden sie entscheiden."*)   In dieser Richtung bewegten sich die Ansichten eines großen Theils der preußischen Offiziere: sie sahen in dem politischen Kampf vor Allem eine Frage der Macht, und schon damals stand es bei ihnen fest, daß die Armee zu einem hervorragenden Antheil an der Lösung derselben berufen sei.

*) R. Haym, „Das Leben Max Dunckers", Berlin 1891, Seite 101.

Viertes Kapitel

Der Dresdener Maiaufstand und die erste Kriegsfahrt des Prinzen Albert.

Die deutsche Reichsverfassung und die Idee des preußischen Sonder-
bündnisses. Auflösung der sächsischen Kammern, 30. April. Sendung
des preußischen Generaladjutanten Prinzen Croy. Aenderung des
Ministeriums. Ministerielle Bekanntmachung vom 3. Mai. Deputationen.
Verhältniß der Kommunalgarde. Beginn der Dresdener Kämpfe. Ansprache des Königs an die Besatzung auf dem Schloßhofe, 3. Mai
abends. Der Morgen des 4. Mai: Friedrich August und die Königliche
Familie begeben sich auf den Königstein. Charakter der revolutionären
Bewegung; Versuch einer provisorischen Regierung, 4. Mai nachmittags.
Plan des militärischen Kampfes. Szenen auf dem Königstein. Ende
des Aufstandes, 9. Mai. Erlaß des Königs an die Minister und Prokla-
mation des Kriegsministers Rabenhorst an das mobile Kontigent in
Schleswig-Holstein. — Prinz Albert in Schleswig. Beginn des Kampfes.
Gefecht bei Atzbüll, 3. April. Aufenthalt in Seegard. Der Tag von
Eckernförde, 5. April. Gefecht bei Ulderup, 6. April. Besetzung des
Sundewitt. Das Hauptquartier in Kieding, 11. April. Kampf um die
Düppeler Schanzen, 13. April. Bericht des Prinzen Albert an seinen
Vater. Persönliches Verhalten des Prinzen; späteres Urtheil Moltkes.
Geburtstag des Prinzen Albert. Das Hauptquartier in Apenrade,
26. April, Hadersleben, 27. April, Christiansfeld, 29. April. — Lähmender
Einfluß der Politik auf den Feldzug in Jütland. Persönliche Stellung
des Generals von Prittwitz. Des Prinzen künftige Lebenspläne, Gedanken

des Eintritts in die preußische Armee, nationale Gesinnung. Einmarsch in Jütland; das Hauptquartier in Kolding, 6. Mai. Gefecht bei Veile, 8. Mai: Einnahme der Stadt, 9. Mai, Bericht des Prinzen. — Eintreffen der ersten Nachrichten über den Dresdener Maiaufstand. Politische Ansichten des Prinzen. Einschließung von Fredericia und Vorrücken des Hauptquartiers bis Veile, 13. Mai; Abzug der Dänen nach Skanderborg und Einnahme dieser Stadt. Das Lager in Horsens. Stillstand der militärischen Operationen; Ansichten des Prinzen darüber. Aufbruch von Horsens, 20. Juni. Einnahme von Aarhus, 21. Juni; Aufenthalt des Hauptquartiers daselbst. Abzug der Dänen aus Jütland. Die Schlacht bei Fredericia, 6. Juli. Urtheil des Prinzen in einem Briefe an seinen Vater. Politische Bedeutung des Ereignisses. Waffenstillstand vom 10. Juli. Abschied des Prinzen aus dem Hauptquartier. Urtheil des Generals von Prittwitz über den Prinzen, Aufenthalt in Berlin; Orden pour le mérite. Rückkehr des Prinzen nach Dresden, 21. Juli. Verhältnisse in der Heimath. Reise des Prinzen nach Norderney. Hundertjährige Jubelfeier der Geburt Goethes, 28. August.

Mit der Ablehnung der deutschen Kaiserkrone durch Friedrich Wilhelm IV. war die letzte entscheidende Krisis des Verfassungskampfes eingetreten, die an den verschiedensten Stellen Deutschlands noch einmal eine gewaltsame Bewegung der revolutionären Elemente hervorrief. Beinahe sämmtliche Regierungen der kleinen Staaten, achtundzwanzig an der Zahl, hatten, freilich mehr der Noth gehorchend als aus freiem Antriebe, sich auf den Boden der Frankfurter Verfassung gestellt und den engeren Bund unter preußischer Führung angenommen. Die stark erschütterten Staatsgewalten sahen in der preußischen Hegemonie oder doch mindestens in dem Anschluß an die Militärmacht Preußens das einzige Mittel zur Wahrung ihrer Existenz. Dies war theilweise selbst in Süddeutschland der Fall: Baden hatte den preußischen Vorschlägen zugestimmt, und Württemberg schien unter dem Druck der dortigen Kammern denselben Weg einschlagen zu müssen.

Für Sachsen war die Lage der Dinge im Innern und nach Außen eine ungemein schwierige. Wenn Friedrich Wilhelm sich zuletzt doch noch entschloß, die Verfassung der Nationalversammlung anzunehmen, so konnte das Dresdener Kabinet in eine völlig vereinzelte Stellung gerathen. Hierin ist der Grund zu suchen, weshalb die Regierung Friedrich Augusts den Beschlüssen der Ständeversammlung vom 12. und 13. April nicht sofort die Auflösung der Kammern entgegensetzte, die allerdings in Erwägung gezogen wurde. Oesterreich fuhr zwar fort, die Idee des Sonderbundes mit mehrfach erneuerten und stetig verschärften Protesten zu bekämpfen, aber der innere Zwiespalt, der die einzelnen Länderhälften der Gesammtmonarchie durchzuckte, raubte dem Kaiserstaat die Möglichkeit, einen leitenden Einfluß auf die deutschen Parteiungen auszuüben, denn die Armee hatte soeben die schwersten Niederlagen in Ungarn erlitten. Ein eiserner Wille, eine auf das Aeußerste gefaßte Entschlossenheit, die vor dem Kampf gegen eine Welt von Feinden nicht zurückschreckte, hätten sich vielleicht versucht fühlen können, die momentane Entkräftung der habsburgischen Macht benutzend, die Geschicke Deutschlands an sich zu reißen. Ob ein solches Wagniß der Nation und ihren Gliedern zum Segen gereicht haben würde, wer wollte sich vermessen, hierüber den Augurenspruch zu fällen! Dem König Friedrich Wilhelm IV., der bekanntlich in jenen Tagen zu dem Abgesandten des Reichsministeriums Beckerath äußerte, er sei kein Friedrich der Große, fehlte nicht nur die Kraft des Willens, sondern auch nach seinen politischen Grundsätzen der moralische Impuls dazu, um in offener Feindschaft gegen Oesterreich sich zur Führerschaft der deutschen Bundeseinheit aufzuschwingen. Alle bisherigen Schwankungen überwindend, verwarf er am 21. April das Votum der preußischen

Kammer, die sich für die Anerkennung der Frankfurter Verfassung ausgesprochen hatte.

Es liegt auf der Hand, daß der sächsischen Regierung keine andere Wahl blieb, als sich dieser Entscheidung anzuschließen. Der Zeitpunkt, an welchem der König diesen Entschluß faßte, läßt sich mit urkundlicher Gewißheit feststellen. Wiederholt hatte Friedrich August den Minister von Zeschau nach dessen Ausscheiden aus dem Ministerium in politischen Fragen zu Rathe gezogen; dies geschah auch jetzt in der Stunde des folgereichsten Beschlusses, der an den Monarchen während seiner achtzehnjährigen Regierungszeit herantrat. In einem Schreiben, das zwar kein Datum trägt, aber bereits am 30. April an Zeschau gelangte, bemerkte der König: „Mein Entschluß ist unabänderlich gefaßt", und fügt hinzu: „Ich habe zwar verschiedene Ansichten vernommen, aber mir nirgends Rath erholt; denn ich konnte diese wichtige Entschließung bloß vor meinem eigenen Gewissen fassen."*) Hierdurch widerlegt sich von selbst die mehrfach aufgestellte Behauptung, daß der König erst durch die Sendung eines Generaladjutanten Friedrich Wilhelms IV., des Prinzen Croy, veranlaßt worden sei, den Kammern gegenüber die Annahme der Frankfurter Verfassung zu verweigern.**) Am 26. April hatte die Nationalversammlung den Regierungen, die der Verfassung ihre Zustimmung versagten, den Fehdehandschuh hingeworfen, indem sie eine Kammerauflösung aus diesem Grunde als einen Akt der Rechtsverletzung bezeichnete.

*) C. D. von Witzleben, Heinrich Anton von Zeschau, Seite 190, 191.
**) K. Biedermann, a. a. O. Seite 425. Auch der Freiherr von Beust ist bei der Darstellung der damaligen Ereignisse in seiner Gegenschrift gegen Friesen: „Erinnerungen zu Erinnerungen" (1881) Seite 10 und später in seinen „Denkwürdigkeiten", I. Seite 63, mehrfach durch sein Gedächtniß irregeleitet worden.

Darin lag ein offenbarer Appell an die Gewalt, eine Aufreizung der Massen, der man zuvorkommen mußte. Selbst Prinz Johann, der bis zuletzt den Bruch mit der Nationalversammlung zu vermeiden wünschte, rieth jetzt zur Kammerauflösung, die denn auch am 30. mittags erfolgte. Die Ankunft des Prinzen Croy in Dresden fällt dagegen erst auf den 30. abends. Um 9 Uhr wurde er von dem König zum ersten Male, am Vormittag des 1. Mai um 11 Uhr zum zweiten Male in Audienz empfangen. Die Besprechungen, die dabei stattfanden, bezogen sich lediglich auf die Feststellung der Modalitäten für die preußische Truppen= hülfe, deren Nothwendigkeit, je nach den eintretenden Umständen, bereits vorher den Gegenstand eines Schriftwechsels mit Berlin gebildet hatte.

Die Auflösung der Ständekammern ging ohne bemerkbare Aufregung vorüber. Alsbald aber trafen aus allen Theilen des Landes, von Vereinen, Stadträthen, Bürgergarden und Korpo= rationen Adressen ein, die an dem Votum der Kammern fest= haltend, auf Anerkennung der Reichsverfassung drangen. Und nicht nur von dieser Seite wurde der König bestürmt, auch die Mehrzahl seiner Minister rieth ihm, den Wünschen des Landes nachzugeben. Da Friedrich August sich nicht entschließen konnte, darauf einzugehen, forderten die Minister von Ehrenstein, Held und Weinlig ihre Entlassung. Was dann weiter geschehen sollte, darüber freilich gingen die Meinungen weit auseinander. Es gab in hohen Beamtenkreisen Männer von unzweifelhaft patriotischer Gesinnung, die bisher gegen die Verfassung gewesen waren und trotzdem jetzt mit dem Vorbehalt einer künftigen Revision sich für die Annahme derselben aussprachen. Ganz abgesehen davon, ob eine solche einschränkende Klausel geeignet gewesen wäre, die aufs Höchste gespannten Leidenschaften zu zügeln, so widersprach sie der Ansicht Friedrich Augusts, der nach schwerem, die Tiefen seines Gemüthes aufwühlenden Kampfe, den dissentirenden Ministern gegenüber seine Ueberzeugung dahin ausgesprochen hatte, daß aus der Verfassung, wie sie vorliege, kein Segen für Deutsch=land, sondern statt Einigkeit, Größe, Freiheit und Macht — Zerrissenheit, Schwäche und endlich entweder Anarchie oder Despo=tismus hervorgehen werde.*)

Trotzdem erklärte der König, um bis an die äußerste Grenze des Möglichen zu gehen, sich noch zu einem Zugeständniß bereit. Der Präsident des Appellationsgerichts in Dresden, Geheimer Justizrath Dr. Zschinsky, mit dem nach erfolglosen Versuchen bei dem früheren Minister von Carlowitz und Anderen am 2. Mai über den Eintritt in das Ministerium verhandelt wurde, knüpfte seine Zustimmung an die Bedingung, daß die Ablehnung nicht unbedingt erfolge, sondern von der Erklärung Preußens abhängig gemacht werde. Nur mit Widerstreben ging der König darauf ein, denn seine persönliche Ueberzeugung blieb unerschüttert, und was die Haltung der preußischen Regierung anlangte, so konnte, nachdem am 27. April die Auflösung der Kammer in Berlin vollzogen war, kein Zweifel mehr obwalten. Da jedoch die Minister Beust und Rabenhorst, so fest sie im Uebrigen ent=schlossen waren, mit der Entscheidung ihres Landesherrn zu stehen oder zu fallen, den Rathschlag Zschinskys unterstützten, gab Friedrich August nach.

Auf diese Weise entstand die ministerielle Bekanntmachung, die am Morgen des 3. Mai durch Anschlag veröffentlicht wurde.**)

---

*) Die Darstellung beruht, auch im Folgenden, auf den eigenhändigen Aufzeichnungen des Königs und des Prinzen Johann aus jenen Tagen. Hauptstaatsarchiv.

**) Abgedruckt bei A. von Montbé, Der Maiaufstand in Dresden, 1850, S. 41.

Das ziemlich umfangreiche Schriftstück entwickelte den Hergang des von der Regierung in der deutschen Verfassungsfrage beobachteten Verhaltens seit den Wahlen zum Parlament am 10. April 1848, betonte die während der ganzen Zeit deutlich ausgesprochene Absicht einer Vereinbarung der Verfassung zwischen den Bundesstaaten und der Nationalversammlung und die stets bewiesene Bereitwilligkeit des Königs, für die einheitliche Gestaltung Deutschlands die nöthigen Opfer zu bringen, und fuhr dann fort: „So lange aber von Seiten der größten deutschen Staaten die entschiedene Weigerung besteht, die in Frankfurt verkündete Verfassung anzunehmen, so lange insbesondere der ausgedehnteste deutsche Staat, so lange Preußen, ohne welches ein deutsches Reich nicht gedacht werden kann, mit seinem Eintritte in den Bundesstaat auf Grund dieser Verfassung zurücksteht, kann bei ruhiger Erwägung der Verhältnisse kaum ernstlich erwartet werden, daß die sächsische Regierung schon jetzt unbedingt auf ihre Selbständigkeit verzichte." Zum Schluß folgte die Versicherung, daß die sächsische Regierung die thatsächliche Herstellung der deutschen Einheit nicht aufzuhalten bestrebt sei, und sobald das Anerkenntniß der Reichsverfassung von Seiten Preußens erfolgt sei, in gleicher Weise dazu vorschreiten werde.

Was der König vorausgesehen hatte, trat ein; die ministerielle Erklärung verhallte machtlos, da sie in ihrem letzten Passus auf Voraussetzungen begründet war, die nicht in Erfüllung gehen konnten. Die Vorgänge, die sich am 3. Mai ereigneten, bewiesen, daß die radikale Partei den Plan gefaßt hatte, gegen die Autorität der Regierung mit offener Gewalt und Empörung aufzutreten. In den ersten Vormittagsstunden empfing der König noch einige Deputationen aus Zwickau, Leipzig, Dresden, Werdau, Crimmitschau, die sämmtlich das Begehren der Reichsverfassung wiederholten. Abgeordnete der Dresdener Kommunalgarde überreichten dem König eine Adresse, in der sie sich zwar zu der Pflicht bekannten, für die Aufrechthaltung der gesetzlichen Ordnung ein=zustehen, gleichzeitig aber gegen ihre Mitwirkung zu Maßregeln, welche die Gültigkeit der deutschen Reichsverfassung in Frage stellen sollten, Verwahrung einlegten. In diesem Abfall der Bürgerwehr äußerte sich die erste Wirkung der agitatorischen Thätigkeit, welche die Vaterlandsvereine und der mit ihnen ver=bundene Arbeiterverein in Szene gesetzt hatten. Als am 2. Mai die einzelnen Bataillone der bürgerlichen Miliz sich zur Berathung zusammenfanden, war die Stimmung noch getheilt gewesen. Die meisten dieser ehrsamen Bürger hatten keine Ahnung von dem, was in der Frankfurter Verfassung stand. Im Laufe der Ver=sammlungen aber, die man um jeden Preis hätte verhindern müssen, behielten die Rädelsführer der Demagogie durch Ueber=redung und Terrorismus die Oberhand. Sie wußten die willen=lose Masse zu einem Beschluß mit sich fortzureißen, durch den die Bürgerwehr sich auf den Boden der revolutionären Gewalt=thätigkeit stellte. Am 3. Mai, mittags 1 Uhr, sollte die gesammte Kommunalgarde zu einer Parade vereinigt und aus ihren Reihen, der Regierung zum Trotz, die Reichsverfassung proklamirt werden. Dieser Akt der Auflehnung gegen die Staatsgewalt scheiterte daran, daß der Generalkommandant der Kommunalgarden, der ehemalige Generalmajor von Mandelsloh, dem König Meldung machte. Der Generalmarsch, der die Bürgerwehr alarmiren sollte, wurde verboten; die Bataillone, die schon im Begriff waren, nach dem Altmarkt zu ziehen, gingen auseinander.

Inzwischen waren die ablehnenden Antworten, die der König den Deputationen ertheilt hatte, bekannt geworden. Die Revo=lutionspartei säumte nicht, zu weiteren Thaten überzugehen: sie ergriff um 4 Uhr Besitz von dem Altstädter Rathhause und bekretirte hier die Einsetzung eines Wohlfahrtsausschusses, der schon den Keim der provisorischen Regierung in sich barg.

Die Herausforderung zum Kampfe war damit von Seiten der Aktionspartei gefallen. Als die Minister am 2. Mai in den König drangen, auf die Sicherheit seiner Person und die seiner Gemahlin bedacht zu sein, hatte er ihnen mit voller Seelenruhe geantwortet, daß er keine Besorgniß hege. Nur den Prinzessinnen Auguste und Amalie gab er den Rath, die Stadt zu verlassen, was auch am 3. Mai geschah. Er selbst hielt bis zuletzt an der Hoffnung fest, durch seine versöhnlichen Vorstellungen, die milden, wahrhaft landesväterlichen Worte, die er an die Deputationen richtete, dem Aufstand vorbeugen zu können. Erst am 3. gegen Mittag schrieb er einige Zeilen an seinen Schwager Friedrich Wilhelm IV., in welchen er die Entsendung preußischer Truppen= hülfe beantragte.

Während die Minister um den König im Schlosse ver= einigt blieben, lief die Nachricht ein, daß in allen Theilen der Stadt mit dem Bau der Barrikaden begonnen würde. Die Schwäche der Garnison, welche nur aus dem Ersten Linien= Infanterie=Regiment, je einer Division des Garde=Reiter=Regiments und des Ersten leichten Reiter=Regiments, nebst der in Dresden zurückgelassenen Artillerie im Ganzen kaum zweitausend Mann, bestand,*) erlaubte nicht, offensiv zu Werke zu gehen. Diesem Umstand mußten die militärischen Maßregeln Rechnung tragen. Man beschränkte sich darauf, das Schloß und dessen Umgebungen, einschließlich des Prinzenpalais, und das Hauptzeughaus zu be= setzen. Um die Verbindung mit diesem wichtigsten Posten frei=

*) Montbé, a. a. O. S. 31.

zuhalten, wurden vor dem Schlosse Geschütze aufgepflanzt, die den Zugang zur Brühlschen Terrasse und zur Augustusbrücke beherrschten. Der erste Angriff der Meuterer auf das von drei Kompagnien Infanterie und 70 Mann Artillerie besetzte Zeughaus wurde durch Kartätschenfeuer zurückgewiesen. Allein der Aufstand hatte sich bereits über die Straßen der inneren Stadt vom Altmarkt bis an die Rampesche Vorstadt verbreitet: an mehreren Stellen kam es zu Gefechten mit den Truppen, denen die Weisung ertheilt war, sich in der Defensive zu halten. Ein Bataillon der Kommunalgarde, das zum Schutze des Zeug=hauses herbeieilen sollte, weigerte sich, dem Befehl Folge zu leisten. Der gutgesinnte Theil des Stadtrathes unter Führung des Vize=bürgermeisters Pfotenhauer, dem sich der Kommandant der Bürgerwehr, Kaufmann Lenz, anschloß, machte noch einen Versuch, durch Verhandlung mit den Rebellen die Ruhe wieder herzustellen. Als dieser Schritt erfolglos blieb, begab sich eine zahlreiche Deputation von Mitgliedern der Stadtvertretung, Führern der Kommunalgarde und Männern aus allen Berufsklassen, neben den Dresdenern auch einige Leipziger, unter Letzteren der Vize=bürgermeister Koch, zum König ins Schloß. Die dringenden Bitten der Bürger, unter denen Einige bis zu Thränen gerührt waren, bereiteten dem tief ergriffenen Gemüth Friedrich Augusts noch einmal einen schweren Kampf. Der König zog sich in ein anstoßendes Gemach zurück, um, wie er selbst sagt, in diesem ernsten Augenblick sein Gemüth zu Gott zu erheben; nach wenigen Augenblicken wieder eintretend, verkündete er mit dem Ausdruck der Milde, aber auch der Festigkeit, daß er auf seinem Entschlusse beharre.

Unmittelbar darauf erwartete den König eine Szene, die bei aller Kümmerniß, mit der sein Herz belastet war, sich zu

einem wahrhaft erhebenden Eindruck für ihn gestaltete: ein Vor=
gang, der wohl verdient, zur Ehre des sächsischen Heeres und
zur Nacheiferung kommender Geschlechter für alle Zeit dem
Gedächtniß überliefert zu werden. Abends gegen 7 Uhr ging
Friedrich August, begleitet von dem Oberstallmeister, General=
major von Engel, und dem Generaladjutanten Oberst Reichard,
zu den Truppen hinunter, die auf dem inneren Schloßhof lagerten.
Es waren zumeist Mannschaften des Regiments, das den Namen
des Prinzen Albert trug.　Der König trat in den Kreis, den
die Soldaten bildeten, und sprach sie mit den Worten an:
„Meine Lieben! Das Volk, wie Ihr seht, hat mich verlassen
und tritt feindlich auf! Demnach verlasse ich mich auf Euere
Treue zu unserm Schutz!"　Einstimmig erhob sich der Ruf:
„Wir lassen Blut und Leben für Euere Majestät!"　Die tapferen
Söhne des Vaterlandes umringten den obersten Kriegsherrn,
und Einzelne führten seine Hand an ihre Lippen.　Aus den
Fenstern der Kunigundischen Zimmer sah die Königin Marie
mit den Damen ihres Hofstaates auf das rührende Schauspiel
hinab.*)　Die Truppen haben ihr Wort gehalten!

Da die Ankunft der aus Leipzig und Chemnitz beorderten
Mannschaften sich verzögerte, weil die Insurrektion durch ihre
Verbindungen in der Provinz einige Punkte der Eisenbahnlinien
in der Hand hatte, glaubte der Kriegsminister die Verantwort=
lichkeit für die Vertheidigung des Schlosses nicht übernehmen zu
können, zumal bereits feindselige Demonstrationen gegen dasselbe
stattgefunden hatten.　Aus den in der Nähe befindlichen
Barrikaden, die bis in die Schloßstraße und Sporergasse reichten,

----

*) Nach dem Bericht eines Augenzeugen in dem Journal des Hof=
marschallamtes.

waren Kugeln in das Innere der Residenz eingedrungen. Der
König zögerte bis zum Anbruch des Tages; erst als die Minister
am 4. Mai um 3 Uhr morgens mit der Meldung erschienen,
daß ein baldiges Eintreffen der Truppen nicht zu hoffen sei, ver=
ließ der König eine halbe Stunde später mit seiner Gemahlin,
gefolgt von den drei Ministern, dem Oberstallmeister und dem
Adjutanten Reichard zu Fuß das Schloß und gelangte ungehindert
über die Elbbrücke, die Klostergasse, das Wiesen= und Wasser=
thor bis an den Koselschen Garten, wo das Dampfschiff
„Friedrich August" zur Fahrt nach Königstein in Bereitschaft
gehalten war. Als Bedeckung wurde die 7. Kompagnie des
Linien=Infanterie=Regiments Prinz Albert mitgenommen. „Un=
gestört und zumeist unbemerkt", erzählt der König, „ging unsere
Fahrt vor sich; der erblühte Morgen gestaltete sich zu einem
herrlichen Tage, und in der schönsten Frühlingspracht glänzten
die Ufer des Stromes. Ueberall, selbst in Pirna, war es am
Ufer ganz ruhig. — Es war etwa 8 Uhr, als wir bei der
oberen Ziegelscheune unterhalb des Königsteins landeten und den
steilen Fußweg hinaufstiegen. Welche Freude, als uns am Fuße
der Festung auch die ganze Familie meines Bruders empfing,
welche am Abende noch Weesenstein verlassen hatte und um
Mitternacht auf der Festung eingetroffen war. Die 7. Kompagnie
des Ersten Infanterie=Regiments begleitete mich bis auf die
Festung, wo ich sie mit herzlichen Dankesworten verabschiedete.
Die Garnison der Festung hatte mich an der neuen Schänke
empfangen."

Die Genesis des Dresdener Maiaufstandes hatte ihren
Ursprung nicht allein in den wühlenden Umtrieben der
demokratischen Partei, die seit Jahr und Tag das Land für ihre
Zwecke bearbeitet hatte, sondern sie stand zugleich im engsten

Zusammenhange mit der revolutionären Bewegung, die in Baden
und in der bayerischen Pfalz, in Schlesien, am Rhein und an
anderen Stellen Deutschland durchtobte. Ein sehr wesentlicher
Anstoß dazu ging von Frankfurt aus, wo die Nationalversamm=
lung in den letzten Wochen ihres Bestehens, unter der zügel=
losen Uebermacht der äußersten Linken, im schroffsten Gegensatz
gegen die Staatsgewalten den Widerstand des souveränen Volkes
proklamirte. Im höchsten Grade zweifelhaft war dabei die
Rolle, welche die Regierung des Reichsverwesers spielte. Auf
Zureden Oesterreichs hatte sich Erzherzog Johann bestimmen
lassen, auf seinem Posten auszuharren; als Dank dafür sah er
sich mit dem steuerlosen Schiff der Centralgewalt in die wildeste
Brandung hineingerissen. In seiner Rathlosigkeit entsandte er
Kommissare an Preußen, Sachsen, Bayern, die noch im letzten
Augenblick für die Annahme der Reichsverfassung wirken sollten.
Der weimarsche Staatsminister von Watzdorf, der mit diesem
Mandat nach Dresden kam, erkannte erst hier die wahre Lage
der Dinge. Er verließ die Stadt wenige Stunden bevor die
provisorische Regierung, deren Einsetzung am 4. Mai nachmittags
erfolgte, sich unter den Schutz der Nationalversammlung stellte:
— eine Bundesgenossenschaft, die jedenfalls auch dem Reichs=
verweser die Augen öffnen mußte.

Mit dem Gewaltschritt der provisorischen Regierung hatten
die Führer des Aufstandes die Maske abgeworfen. Kein ver=
nünftiger Mensch konnte sich darüber täuschen, daß der deutsche
Einheitsgedanke nur die trügerische Fahne war, unter der die
leitende Partei ihre republikanische Tendenz zu verdecken suchte.
Es war eine Vereinigung von Männern, die wie der Vorsitzende
der provisorischen Regierung, Tzschirner, von der Rednerbühne
des Landtags oder der demokratischen Klubs aus das Feuer ge=

schürt hatten, Mitgliedern der Arbeitervereine, die von den Irr=
lehren des Sozialismus erfüllt waren, und Anhängern der inter=
nationalen republikanischen Propaganda, die von Frankreich,
Italien und der Schweiz aus ihre Netze nach allen Richtungen
hin ausgespannt hatte. Der Russe Michael Bakunin und die
polnische Gefolgschaft, die hinter ihm stand, vertraten dabei den
Gedanken der antimonarchischen Föderation des Slavismus, deren
Verwirklichung nach ihrer Meinung zur Auflösung der öster=
reichischen und russischen, vielleicht auch der preußischen Staats=
macht führen mußte. Ihre Blicke waren nicht auf Sachsen,
sondern auf Böhmen gerichtet, denn die Wahrscheinlichkeit lag
vor, daß der Gedanke der Revolution zunächst unter den Czechen
gezündet haben würde, wenn der Versuch der Republikanisirung
an der Elbe gelungen wäre. Von diesem Gesichtspunkt aus be=
trachtet, stand der Sieg, den die Legitimität in Sachsen erfocht,
im engsten Zusammenhange mit der Aufrechterhaltung der Staats=
ordnung an der Grenze der germanischen und slavischen Volks=
stämme. Sehr bezeichnend ist in dieser Hinsicht die Bemerkung
des Ministers von Beust, daß er bei seinem Erscheinen in Berlin
unmittelbar nach Beendigung des Aufstandes nicht als ein Er=
retteter, sondern als ein Retter begrüßt worden sei.*)

Was den Plan des militärischen Kampfes anbetraf, so ge=
reichte die Schwäche der Truppenmacht demselben anfänglich ent=
schieden zum Nachtheil, da der Gouverneur, Generalmajor
von Schulz, sich am 4. mittags veranlaßt fand, mit den Insur=
genten ein mündliches Abkommen zu treffen, welches eine vor=
läufige Waffenruhe festsetzte, unter der Bedingung, daß die Ver=
bindung mit dem Zeughause frei bleiben, dagegen der Platz am

---

*) Bericht Beusts vom 12. Mai 1849. Hauptstaatsarchiv.

Schlosse von der Reiterei geräumt und die Geschütze auf die
Brücke zurückgezogen werden sollten. Die Nachricht hiervon
wirkte entmuthigend auf die schwache Besatzung des Arsenals und
hatte die Folge, daß der Kommandant desselben, Oberst Dietrich,
die Wache des Zeughauses der Kommunalgarde überließ, obwohl
die Haltung derselben sich als höchst unsicher herausgestellt hatte.*)
Aber nach wenigen Stunden, als im Laufe des Nachmittags Ver=
stärkungen eintrafen, zunächst anderthalb Bataillone der leichten
Infanterie aus Leipzig, dann das Leib=Infanterie=Regiment aus
Chemnitz, Schneeberg und Penig, wuchs die Zuversicht der
Truppen. Der reguläre Angriff wurde am 5. Mai mittags
2 Uhr von den sächsischen Regimentern begonnen. Der linke
Flügel hatte die Aufgabe, gegen das Zeughaus vorzugehen, der
rechte sollte zunächst die Stellungen am Zwinger einnehmen,
dann, von der Sophienkirche in der inneren Stadt vordringend,
die Verbindung mit dem linken Flügel bewirken und so die Um=
zingelung des Feindes vollenden. Außerdem wurden im weiteren
Umkreis der Stadt Kavalleriepatrouillen aufgestellt, um den In=
surgenten die Verbindung mit der Provinz abzuschneiden. Diese
Grundidee war bereits festgestellt, ehe die erste preußische
Truppenhülfe, das Füsilier=Bataillon des Regiments Kaiser
Alexander unter dem Oberstlieutenant Grafen Waldersee, am
Nachmittag zwischen 5 und 6 Uhr anlangte.**)

Wir folgen den grauenvollen Szenen, von denen die Stadt
heimgesucht wurde, in der die Wiege des Prinzen Albert gestanden
hatte, nicht im Einzelnen. Wie es die Natur des Straßenkampfes be=

---

*) Der Aufstand in Dresden. Von einem sächsischen Offizier und
Augenzeugen, Leipzig 1849, S. 18.

**) Vergl. Graf von Waldersee, Der Kampf in Dresden, Berlin 1849,
S. 19 ff.

bingte, zerfielen Angriff und Vertheidigung in eine lange Reihe von Einzelgefechten, die sich von Straße zu Straße und an den Hauptpunkten von Haus zu Haus fortsetzten. In vielen Fällen wurde in den Gebäuden Mann gegen Mann gerungen: die Verbindungsmauern mußten eingeschlagen werden, damit man von einem Haus in das andere gelangen konnte; an einzelnen Stellen bedurfte es der Sturmleitern, um in das Innere ein= zubringen.*)

Für die Königliche Familie war es ein besonders aufregender Moment, als man am Sonntag, 6. Mai, morgens gegen 7 Uhr, vom Königstein aus an dem Horizont über Dresden in der Richtung des Schlosses eine gewaltige Feuersäule aufsteigen sah: erst im Laufe des Tages erfuhr man, daß das alte Opernhaus am Zwinger von den Aufrührern vermittelst Pechfackeln in Brand gesteckt worden war. Der angrenzende Theil des Zwingers mit der naturgeschichtlichen Sammlung wurde ein Raub der Flammen. Auch in der Galerie, dem heutigen Johanneum, erlitten einige Gemälde, darunter die Madonna von Murillo, Beschädigungen. Im Laufe des 7. Mai durfte man sich der Hoffnung hingeben, daß die Truppen Sieger bleiben würden. Am Morgen dieses Tages war das Grenadier=Bataillon des Regiments Alexander eingerückt, am 8. früh folgte das Füsilier=Bataillon des 24. Infanterie=Regiments; der eiserne Ring schloß sich um die Stellungen der Insurgenten, und nachdem in der Morgen= dämmerung des 9. Mai die Führer der provisorischen Re=

---

*) Die neueste Darstellung des Dresdener Maikampfes aus der Feder des Generallieutenants z. D. von Meyerinck findet sich im Band 104, Heft 1 bis 3, der Jahrbücher für die deutsche Armee und Marine, Juli bis September 1897.

gierung ihr Heil in der Flucht gesucht hatten, erlosch der Aufstand.

Zu Ehren der Dresdener muß gesagt werden, daß nur ein geringer Theil der Bürgerschaft an der Revolution theilnahm. Es gilt dies namentlich auch von der Klasse des kleinen Gewerbestandes. Mit Stolz erzählt Gustav Freytag, daß unter den 500 Mitgliedern eines von ihm gegründeten Handwerkervereins nur fünf sich gegen Gesetz und Ordnung empörten.*) Die städtischen Behörden hatten sich bis zuletzt bemüht, vermittelnd einzugreifen. Unter den Opfern des Barrikadenkampfes auf Seiten der Insurrektion bestanden drei Fünftel aus Fremden, die Niemand zu rekognosziren vermochte, ihre Herkunft ist für alle Zeit im Dunkel geblieben. Als am 9. morgens 9 Uhr zum Zeichen der erfolgten Kapitulation die weißen Fahnen an dem Thurm der Kreuzkirche sichtbar wurden, drangen die Leute aus den Häusern hervor und boten den siegreichen Soldaten Erfrischungen an.**)

Die Stimmung des Königs findet ihren Ausdruck in einem am 9. Mai an die Minister gerichteten Handschreiben: „Erleichtert schlägt mir das Herz nach den schweren vergangenen Tagen. Dank gegen Gott ist mein erstes Gefühl, welcher der guten Sache den Sieg verliehen hatte, aber auch Dank gegen die Treuen, die mir in dieser Zeit zur Seite gestanden haben, und unter denen Sie einen vorzüglichen Platz einnehmen. Innig beklage ich das Schicksal der Stadt und der Unschuldigen, die darunter leiden mußten, aber wahrhaft erhebend ist mir das herrliche Benehmen der Truppen und wahrhaft trostreich, daß

---

*) Erinnerungen aus meinem Leben, Leipzig 1887, S. 221.
**) C. G. Carus, a. a. O. III, S. 581.

der Opfer verhältnißmäßig nicht viele sind."*) Die Thätigkeit der obersten Staatsbehörde war übrigens während der Tage des Kampfes nicht unterbrochen worden; das Ministerium hatte sich sogar am 6. Mai durch den Eintritt Richard von Friesens in die Leitung der inneren Verwaltung ergänzt.

In den Stunden der höchsten Gefahr hatten die sächsischen Truppen ihrer Waffenbrüder in Schleswig=Holstein gedacht! Eine Proklamation, welche der Kriegsminister Rabenhorst am 6. Mai an das mobile Kontingent erließ, wies darauf hin, daß der Kampf gegen Aufruhr und Anarchie, den man in Dresden führte, doch auch zu Ehren Deutschlands ausgefochten werde. „Die ge= rechte Sache wird siegen" hieß es in dieser Ansprache. „Der König vertraut seinen tapferen und bewährten Soldaten, sie werden den Thron und die Verfassung retten und sich dadurch auch um das große deutsche Vaterland verdient machen."**)

Prinz Albert hatte nach dem Eintritt in das preußische Quartier zunächst seine ganze Zeit darauf verwandt, sich über die Stellungen der einzelnen Truppentheile zu unterrichten und durch Rekognoszirungsritte die örtlichen Eigenthümlichkeiten des Landes kennen zu lernen. Sein Begleiter, der spätere General der Kavallerie z. D. Senfft von Pilsach, mußte noch in seinen hohen Lebenstagen***) davon zu erzählen, wie rasch es dem jugend= lichen Hauptmann gelang, sich in den gegebenen Hindernissen des Terrains, dessen Uebersichtlichkeit durch die unregelmäßige Formation der Küste sowie durch die vielen Waldungen und Hecken, die sogenannten Knicks, erschwert wird, zurechtzufinden.

*) Ministerium des Königlichen Hauses.
**) Der vollständige Text bei Montbé, a. a. O. S. 252.
***) Der hochverdiente Offizier ist, 81 Jahre alt, als Senior der sächsischen Generalität, am 15. Dezember 1897 aus dem Leben geschieden.

Uebrigens bot der kurze Aufenthalt in Schleswig manche an=
regende Unterhaltung: einen Besuch bei dem von Dresden her
bekannten Herzog Christian von Augustenburg und dessen Familie,
gesellige Vereinigungen bei dem Kommandirenden der ersten Di=
vision, dem bayerischen Generallieutenant, Prinzen Eduard von
Sachsen=Altenburg, bei dem der Prinz seinen späteren Kampfgenossen
in Frankreich, von der Tann, damals Oberstlieutenant, zum ersten
Male sah, und am 30. März ein Festessen, veranstaltet von
Mitgliedern der soeben eingesetzten Statthalterschaft, Grafen
von Reventlow=Preetz und Wilhelm Beseler, das ihm Gelegenheit
gab, seiner Sympathie für Schleswig=Holstein in einem Toaste
Ausdruck zu verleihen.

In der Voraussicht eines feindlichen Angriffs nach Be=
endigung der Waffenruhe wurde das Hauptquartier am 2. April
nach Flensburg verlegt. Schon während der Nacht zum 3. April
waren die Dänen von ihrer Hauptstellung auf der Insel Alsen
auf einer Brücke über den Sund vorgegangen; vormittags ent=
spann sich bei Atzbüll ein Gefecht mit der Avantgarde der hol=
steinischen Division, der Brigade St. Paul, die eine Stunde
lang ihre Position gegen die Uebermacht des Gegners behauptete
und sich dann, entsprechend der ihr ertheilten Weisung, mit ge=
ringem Verluste auf das Gros der Division zurückzog. Prinz
Albert schreibt am 3. April abends 7 Uhr seinem Vater: „Jacta
est alea, würde Lamartine sagen; die Dänen haben diese Nacht
die Brücke bei Düppel überschritten und heute Mittag die
Demarkationslinie, indem sie die holsteinische Brigade St. Paul,
man sagt bis drei Stunden von hier, zurückdrängten. Vor
einer Stunde hielten die ersten Wagen mit Verwundeten vor
meinem Fenster. — Morgen werden wir zuerst Pulver riechen.
Wer weiß übrigens, was diese Nacht schon bringt?“

Man erwartete, daß die Dänen am folgenden Tage den Vor=
stoß fortsetzen würden. „Unsere Hoffnungen scheinen gewiß zu
werden," berichtet der Prinz, „und mit einem eigenen Gemisch
von Freude und Erwartung ritt ich hinaus. Wir kamen bis
zum Kruge Helaby, wohin uns die erste Division folgte, allein
die Dänen waren wieder zurück, und wir kehrten daher den
Abend nach Flensburg zurück, — etwas verstimmt, wie leicht zu
denken. Den 5. gingen die Bayern und Hessen weiter vor und
lösten bei Gravenstein die Holsteiner ab, die sich auf die Straße
von Apenrade nach Sonderburg zogen. Wieder kein Gefecht!
Unser Hauptquartier kam nach Seegard. Hier erhielt ich das
erste Bild vom eigentlichen Kriegsleben. Es war Mittag, als
wir ankamen. Noch lagen 2 Kompagnien, 1 Schwadron und
1 Batterie Holsteiner darin. Sie mußten heraus, aber aßen
noch schnell, und wir setzten uns sans façon zu ihrem Essen.
Wir übernachteten zu Sechsen in einem kleinem Hause auf Stroh,
das sich Jeder so gut versüßt hat wie möglich; das Beste thut
hierbei freilich die viele Bewegung am Tage."

Der 6. April brachte die erste Siegesnachricht. Sie traf
von der Reserve=Brigade unter Befehl des Herzogs Ernst II.
von Sachsen=Koburg ein, die mit der Bewachung der Küste
zwischen Kiel und Eckernförde betraut war. In der Bucht vor
der zuletzt genannten Stadt waren bereits am 4. einige Dampfer
und Segelschiffe in Sicht gekommen. Am 5. stießen zu diesem
Geschwader das Linienschiff „Christian VIII.", der Stolz der
dänischen Flotte, die Fregatte „Gefion" und einige Jachten,
welche die Landungsmannschaften an Bord trugen. Die beiden
Strandbatterien vor Eckernförde und eine nassauische Batterie,
die zu ihrer Unterstützung herbeieilte, hatten das Glück, nach
mehrstündigem, hartnäckigen Geschützfeuer von beiden Seiten die

Kriegsschiffe außer Gefecht zu setzen. Als die Kapitulations-
verhandlungen bereits im Gange waren, und der Abend sich
niedersenkte, brach auf dem „Christian VIII." Feuer aus: durch
die Explosion der Pulverkammer ging das Schiff in Flammen auf.

Auf die Kunde von dem Ereigniß entsandte General Prittwitz
den Prinzen Albert am 6. nachmittags nach Eckernförde. Bereits
in Flensburg aber begegnete ihm ein Adjutant des Herzogs
Ernst von Koburg, der sächsische Rittmeister von Fritsch, der den
Auftrag hatte, über den Verlauf des Kampfes bei Eckernförde
im Hauptquartier Bericht zu erstatten und dem kommandirenden
General die erbeutete Kriegsflagge des Schiffes „Christian VIII."
nebst den Degen der gefangenen Kapitäne zu überreichen.*) Da
die Mission des Prinzen sich dadurch erledigte, kehrte er nach
Seegard zurück.

Der Sieg über die dänische Seemacht rief in allen Theilen
Deutschlands die freudigste Bewegung hervor. „In Dresden",
— so erzählt Prinz Johann, „verbreitete sich am ersten Oster-
feiertage, 8. April, die Nachricht, daß ein sächsischer Prinz an der
Affaire entscheidenden Antheil genommen hätte. Ich hoffte, es
habe mein Sohn das Glück gehabt, vielleicht durch Placirung
der Batterie hierbei mitzuwirken, denn ich muß gestehen, daß
ich stets in ihm militärisches Talent ahnte". Genaueres erfuhr
man am Hofe durch ein Schreiben Ernsts II. an den König
vom 7. April. In sehr warmen Worten sprach der Herzog
seinen Dank dafür aus, daß Friedrich August einigen Offizieren
der sächsischen Armee gestattet hatte, während des Feldzuges in

---

*) Diese Nachricht in den diesseitigen Quellen steht im Widerspruch
mit der Erzählung der Memoiren Ernsts II., I. S. 396, nach welcher der
Herzog den Kapitänen Paludan und Meyer am Tage nach der Schlacht
ihre Waffen zurückgegeben hätte.

Schleswig in dem Stabe des Erneſtiniſchen Fürſten Dienſte zu nehmen,*) und entwarf dann in großen Zügen ein Bild von den ergreifenden Kampfesſzenen des 6. April.

Im Hauptquartier ſah man inzwiſchen mit großer Span=nung einem entſcheidenden Schlage entgegen. Der Feind hatte den größten Theil der bei dem Vorſtoß vom 3. April zur Ver=wendung gekommenen Truppen nach Sonderburg und Alſen zu=rückgezogen: es lag offenbar in ſeiner Abſicht, ſich einſtweilen paſſiv zu verhalten. Prittwitz war, nach der Schilderung Senffts, ein Mann, der wenig ſprach, aber deſto mehr handelte. Aus ſeinen Befehlen, die als ein Muſter von Klarheit und Beſtimmt=heit gerühmt werden, ergab ſich, daß er ſeit dem 6. April den Plan gefaßt hatte, durch einen konzentriſchen Angriff mit ſeiner Hauptmacht die Dänen aus dem Sundewitt zu vertreiben. Sein nächſtes Ziel war die Wiedereinnahme von Atzbüll. Während die lediglich zu dieſem Zweck getroffenen Anordnungen noch in der Ausführung begriffen waren, machten die Vortruppen der hannoverſchen Brigade Wyneken einen eigenmächtigen Ausfall auf die Dänen und wurden nach einem Gefecht bei Ulderup, 6. April, von der Uebermacht derſelben unter nicht unbedeutenden Ver=luſten zurückgeworfen.**) Zu ihrer Unterſtützung wurde die ſächſiſche Brigade gegen Abend bis Quars vorgeſchoben, wo ſie die Nacht hindurch im Biwak lagerte.

Hier beſuchte der Prinz am 7. April ſeine Landsleute. Er hatte ſich raſch mit echtem Soldatenhumor in die Bedürfniß=loſigkeit des Lagerlebens eingewöhnt. Sein freundliches und an=ſpruchsloſes Weſen gefielen allgemein: vom erſten Tage an ſtand

---

*) Es waren der Oberſt von Treitſchke als Stabschef, Rittmeiſter von Fritſch und Hauptmann von Stieglitz als Adjutanten.

**) Nach Moltke, S. 273, betrug die Einbuße der Brigade 147 Mann.

er mit seinen preußischen Kameraden auf dem besten Fuße. In
Seegard bewohnte er mit vier Offizieren ein kleines Haus,
dessen Ausstattung so dürftig war, daß abends, wenn die Genossen sich bei dem sächsischen Artilleriehauptmann zu dem von
dem Kammerdiener Thiele bereiteten Thee oder Grog vereinigten,
Jeder seinen eigenen Stuhl mitbringen mußte. Da Betten ein
unbekannter Luxus waren, mußte man sich mit Streulagern be-
helfen.*)

Die Besetzung des Sundewitt ließ sich ohne weitere Hindernisse bewerkstelligen, da in dem dänischen Kriegsrath beschlossen
worden war, jenseits des Sundes nur in den Verschanzungen bei
Düppel Truppen stehen zu lassen und in jedem Falle zur Sicherung der Flanke den Brückenkopf bei Sonderburg zu behaupten.
Die Vertheilung der Streitkräfte des Gegners gestaltete sich so,
daß drei Brigaden auf Alsen, eine auf Fünen und eine in Jütland standen; die Flotte unterhielt die Verbindung zwischen diesen
Gruppen.**)

Am 11. April wurde das Hauptquartier nach Kieding verlegt; die Vorposten standen bis Düppelskirchen und Rackebüll,
in unmittelbarer Nähe der feindlichen Schanzen; rückwärts
reichten die Kantonnements der ersten und zweiten Division bis
Gravenstein. Nachdem General Prittwitz am 12. die Stellung
der Dänen auf den Höhen von Düppel rekognoszirt hatte, befahl er zum 13. den Angriff. Die Hauptaufgabe des Tages fiel
den Bayern und Sachsen zu. Auf dem rechten Flügel sollten
vier bayerische Bataillone auf der südlichen Straße nach Sonderburg gegen Düppel so vorgehen, daß sie vor Tagesanbruch auf

---

*) Bericht Senffts, 9. April; von Schimpff a. a. O. S. 42.
**) Moltke, S. 275.

den Höhen einträfen. Dem linken Flügel der Avantgarde, den
die Brigade Heintz bildete, war die Ordre ertheilt, ebenfalls mit
vier Bataillonen, der Artillerie und der Pionierabtheilung den
Vormarsch auf der nördlichen Straße über Rackebüll nach Sur=
lycke zu vollziehen und von dort in die Offensive einzugreifen.
Gelang die Einnahme der Höhen, so waren die Truppen ange=
wiesen, sich dort einzunisten und sofort mit der Verschanzung
ihrer Stellungen zu beginnen.

Früh morgens 1½ Uhr ritt Prittwitz mit seinem Stabe
von Kiebing nach Westerbüppel, in die unmittelbare Nähe des
Gefechtsterrains. „Es war eine für die Jahreszeit ungewöhn=
lich milde Nacht," so heißt es in der Darstellung Moltkes, „und
die schon beginnende Dämmerung gestattete, von der Vorposten=
kette aus die Umrisse der Düppeler Höhen zu erkennen. Tiefe
Stille herrschte; nur von den Schanzen her ertönte ein schwaches
Geräusch, als ob dort Pfähle eingeschlagen würden."*) Noch
am Abend des 13. meldete Prinz Albert seinem Vater den glän=
zenden Erfolg des Kampfes, der ihm stets als einer der erhe=
bendsten Momente seiner militärischen Laufbahn in treuer Er=
innerung geblieben ist. „Wir haben heute unser erstes größeres
Gefecht bestanden, denn heute früh um 4 Uhr wurden die be=
kannten Düppeler Schanzen von den Bayern und Sachsen ge=
stürmt. Der Sturm weniger als das darauf folgende Gefecht
kostete namentlich den Letzteren viel Menschen. — Unsere Truppen
haben nach der Meinung Aller die Palme der Tapferkeit davon=
getragen!"

Dem ausführlicheren Bericht vom 14. April entnehmen wir
noch die folgenden Mittheilungen über die persönlichen Erlebnisse

---

*) Geschichte des Krieges gegen Dänemark S. 278 ff.

des Prinzen. „Wir ritten um 1½ Uhr von hier ab; in welcher Spannung kannst Du Dir denken. Es konnte auch unser letzter Tag sein! Um ½4 Uhr waren wir in Düppelskirchen. Vor dem Kirchhofe, in der Mitte zwischen beiden Angriffen, rechts von vier Bataillonen Bayern, links von ebensoviel Sachsen, stehen wir nun und harren des ersten Schusses rechts, wo der Tag beginnen sollte; da, um ½5, ertönen die ersten Schüsse! Trommeln in der feindlichen Stellung! Das immer heftigere Feuer schien schon mehr in der Mitte der Stellung zu sein, — ein Beweis, daß die Dänen überrascht worden waren. Jetzt setzten wir uns zu Pferde und eilten vor. Ein Hagel des schwersten Kalibers überflog uns brausend und zischend."

Nach der Eroberung der Höhen war der Eifer des Vordringens bei den Truppen so groß, daß sich eine Reihe von Gefechten entwickelte, die in dem Plane des Oberkommandos nicht vorgesehen waren. Dazu gehörte namentlich eine Kanonade, welche die sächsische Artillerie gegen die feindlichen Strandbatterien eröffnete: ein Unternehmen, das später auch von der Kritik Moltkes ungünstig beurtheilt worden ist. Prinz Albert schreibt darüber: „Die arme zwölfpfündige Batterie, die der General Heintz gegen den Willen von Prittwitz und Rouvroy den Strandbatterien entgegengestellt hatte, verlor drei Zwölfpfünder, wovon zwei demontirt und einer im Sumpfe stecken geblieben war. Um ½11 Uhr drang der Feind wieder aus dem Brückenkopf gegen unsere Truppen voran. Hier hörte ich zuerst das Sausen der Flintenkugeln um mein Ohr. Um die dänischen Kolonnen zu beschießen, rückte eine bayerische Batterie vor, hielt aber das Spitzkugelfeuer nicht aus. Darauf griff unsere Infanterie den Feind an und warf ihn, freilich mit schwerem Verluste, zurück. Nach einiger Zeit brachen die Dänen nochmals vor; diesmal beschränkte sich das Gefecht auf Feuern von einem Knick zum anderen. Um 5 Uhr ritten wir fort, das Gefecht war beendigt."

Ueber die Bravour, die der Prinz an seinem ersten Ehrentage bewies, herrschte nur eine Stimme: „Unser geliebter Prinz Albert", berichtet Heintz am 14. April aus dem Biwak am Düppelberg dem König, „hat die Gefahr wie die Anstrengungen Aller mit der größten Unerschrockenheit getheilt, die Truppen dadurch angefeuert und deren Liebe zu ihm bis zum Enthusiasmus gesteigert."*) Als der Geschützkampf seinen Höhepunkt erreichte, morgens 7 Uhr, sprengte der Prinz, begleitet von Senfft und einem Reitknecht auf seiner weißen Stute „Stella" zu dem Schützenbataillon. Die brausenden Hurrahs, mit denen die Krieger seines Vaterlandes ihn empfingen, lenkten die Aufmerksamkeit des Feindes auf diese Stelle, die jetzt der Zielpunkt für die Geschosse wurde. Es bedurfte einer zweimaligen, zuletzt sehr dringlichen Aufforderung des Generals Prittwitz, der die Gefahr erkannte, ehe der Prinz sich entschloß, zu dem Standort des Hauptquartiers auf dem Mühlenberge bei Düppel zurückzukehren; doch ritt er später noch einmal zu den sächsischen Batterien und wurde auch hier mit Jubelrufen empfangen.**) Der Prinz konnte mit gutem Recht seinem Vater schreiben: „Die Feuertaufe, die Du mir wünschtest, habe ich gründlich erhalten." In einem anderen Bericht vom 14. April heißt es: „Prinz Albert war stets in unseren Reihen; seine Unerschrockenheit erregte

*) Ministerium des Königlichen Hauses.

**) Weitere Einzelheiten finden sich bei von Schimpff, a. a. O. S. 47 ff, Albrecht Graf von Holtzendorff, Geschichte der Königlich Sächsischen leichten Infanterie, Leipzig 1860, S. 64 und von Kretschmar, Geschichte der Königlich Sächsischen Feld-Artillerie-Regimenter 1820—1878, Berlin 1879, S. 20. — Leipziger Zeitung vom 21. April 1849, S. 1969.

überall Bewunderung, laute Hurrahs begrüßten ihn, wo er sich blicken ließ, die Liebe der Truppen gehört ihm." Einer der Führer der konservativen Partei in Sachsen, Graf Hohenthal=Püchau, rühmte den jugendlichen Fürsten als einen würdigen Nachfolger seines großen Ahnherrn und Namensvetters Albrecht des Beherzten.*) Die rühmendste Anerkennung aber hat dem tapferen Verhalten des jungen Wettiners Feldmarschall Graf Moltke in seinem um die Mitte der siebziger Jahre verfaßten Werke über den dänischen Krieg von 1848 und 49 gezollt, mit den Worten: „Einen sehr guten Eindruck machte das Erscheinen des jungen Prinzen Albert von Sachsen vor den sächsischen Truppen in einem Augenblicke, wo diese im heftigen Feuer standen. Seine ruhige Besonnenheit und sein anspruchsloses Wesen erwarben ihm schon damals die Liebe und Achtung Aller und verkündeten im Voraus die Eigenschaften, welche ihn später als Feldherrn auszeichneten."**)

In dem Gewoge des Kampfes, bei dem raschen Stellungs=wechsel der Truppen hatte man es leider versäumt, die un=brauchbar gewordenen Geschütze in Sicherheit zu bringen. Zwei derselben wurden von den Dänen fortgeführt. Dem Prinzen ging dies sehr zu Herzen: „ich möchte blutige Thränen weinen", sagte er. In den nächsten Tagen traten ernste Pflichten an ihn heran. Es galt, für die Pflege der Verwundeten zu sorgen, die er sich persönlich angelegen sein ließ, und den gefallenen Kriegern bei deren Bestattung in Satrup am 15. April die letzte Ehre zu erweisen. „Bei den Worten, die Heintz sprach", berichtet ein Augenzeuge, „konnte sich Niemand der Rührung erwehren. Offiziere

---

*) In der Schrift, die konservative Partei in Sachsen und ihre Stellung zur deutschen Frage, Dresden 1850, S. 29.

**) A. a. O. S. 282.

und Gemeine kamen in ein Grab und gaben so das schönste Zeugniß der Gleichheit im Tode".

In der Familie des Prinzen war man hocherfreut über die Thaten des jungen Kriegers. Prinz Johann schrieb am 20. April an Senfft: „Die letzten Tage haben ein Gemisch von Gefühlen in mir hervorgebracht, wie ich es selten empfunden habe. Freude und Stolz über das rühmliche Benehmen meines guten Albert, Sorge in Betracht der Gefahren, in denen er geschwebt und die ihm noch bevorstehen, Schmerz über die Verluste, die so viele Bekannte getroffen haben, und innige Freude über das glückliche Debut unserer Truppen wechselten beständig in mir."

Es zeigte sich alsbald, daß mit der Eroberung von Düppel ein neuer Abschnitt des Feldzuges begann. Prittwitz hatte sofort Anstalt getroffen, die gewonnene Stellung durch reguläre Befestigung und Errichtung von Blockhäusern in Vertheidigungszustand zu setzen, damit dem Feinde die Möglichkeit weiterer Ausfälle von Alsen und dem Brückenkopf bei Sonderburg benommen werde. Der Gegner mochte einsehen, daß das Terrain im Sundewitt für ihn verloren sei. Er warf den größten Theil seiner Truppen nach Jütland, in der unverkennbaren Absicht, den Schwerpunkt der Operationen dorthin zu verlegen. In Frankfurt hatte man diese Wendung der Dinge bereits ins Auge gefaßt. Unter dem 14. April erließ der Erzherzog = Reichsverweser an den Höchstkommandirenden die Weisung, in Jütland einzudringen. Die Beweggründe, die dazu führten, waren theils militärischer, theils politischer Natur. Durch das Vorgehen in Jütland wurden die Stellungen der Reichsarmee in den Herzogthümern gesichert und zugleich für den Fall eines baldigen ehrenvollen Friedens, den die Centralgewalt wünschte, ein Unterpfand zum Ausgleich der dem deutschen Handel aus dem Kriege erwachsenen Verluste gewonnen.

Es kam der 23. April, des Prinzen Geburtstag. Seine Gedanken weilten bei den Seinigen in der Heimath. In Worten, welche der Tiefe seines Gemüthes entströmten, übersendet er dem Vater den Ausdruck seiner unverlöschlichen Liebe und Pietät. „Ich kann nicht umhin, an diesem für mich so wichtigen Tage, wenn auch nur im Geiste vor Dich zu treten, um Dir meinen kindlichen Dank darzubringen für das viele Gute, welches Du mir nun seit einundzwanzig Jahren so väterlich erwiesen hast. Allein mein Dank sei nicht ein leerer Schall von Worten, nein meine Thaten sollen Dir beweisen, wie ich auch mündig immer Dein treuer gehorsamer Sohn sein werde; Du sollst mein väterlicher Freund, Dein Rath immer der am liebsten gehörte sein." Im Hauptquartier zu Kiebing wetteiferte man mit Kundgebungen der Sympathie. Zur Reveille bliesen die Waldhornisten des Schützenbataillons den Morgensegen. Dann erschienen Prittwitz mit seinem Stabe und Heintz an der Spitze seiner Offiziere zur Beglückwünschung. „Albert, Dresden und Großjährig" lautete die Parole der Reichsarmee. Eine ganz besondere Weihe aber erhielt der Tag durch die Nachricht des Sieges, den am 23. April die holsteinische Division unter General Bonin bei Kolbing davongetragen hatte. Unter glänzenden Aussichten war der Einmarsch in Jütland eröffnet worden.

In starken Märschen näherte sich nun auch das Gros des Reichsheeres der jütischen Grenze. Am 26. April stand das Hauptquartier in Apenrade. Hier erwartete den Prinzen eine große Freude und Ueberraschung. Generalmajor von Oppell, der als königlicher Kommissar eingetroffen war, um im Namen Friedrich Augusts den sächsischen Truppen die Anerkennung für die am 13. bewiesene Haltung auszusprechen, überreichte dem Prinzen das Ritterkreuz des St. Heinrichsordens. Der Prinz war sichtlich ergriffen über diese Gnadenbezeugung von Seiten seines Oheims. In der Bescheidenheit, die schon Langenn an dem heranwachsenden Jüngling gerühmt hatte, glaubte er die Auszeichnung, so sehr sie ihn erfreute, nicht verdient zu haben. „Wenigstens Andere viel mehr als ich", schrieb er seinem Vater und fügte hinzu: „Hat sich doch Senfft tiefer und öfters im Feuer befunden als ich und mehr gethan, als ihm befohlen war." Prinz Johann war von diesem Briefe so gerührt, daß er ihn gleich nach dem Empfang dem König übersandte.

Seit Apenrade war durch die Anwesenheit des Erbgroß=herzogs Karl Alexander von Sachsen=Weimar auch das Ernestinische Fürstenhaus im Hauptquartier vertreten, das sich am 27. April in Hadersleben, am 29. in Christiansfeld, dem nördlichsten Grenz=posten Schleswigs, befand.

Indem man so auf allen Seiten im Vorgehen begriffen war, äußerte sich von Neuem, wie im Jahre 1848, der Rückschlag der politischen Verhältnisse auf die Kriegführung in Schleswig. Für den Augenblick kam dabei weniger das diplomatische Zwischen=spiel der fremden Mächte in Frage — so sehr dasselbe dem Starrsinn des Gouvernements von Kopenhagen zur Stütze ge=reichte — als vielmehr die letzte, entscheidende Krisis des Ver=fassungskampfes in Deutschland. Von dem Augenblick an, in welchem Friedrich Wilhelm IV. das ohnehin schon längst gelockerte Band mit der Nationalversammlung vollends zerriß, wurde für ihn auch der Bruch mit der provisorischen Centralgewalt un=vermeidlich. Daraus entstand das Dilemma, unter dem die Operationen in Schleswig zu leiden hatten. Der König war von einem engeren Rath reaktionär gesinnter Männer umgeben, die ihm die Gefahren einer Verfeindung mit Rußland im schwärzesten Lichte schilderten und ihre Stimme für die Ein=

stellung der Feindseligkeiten gegen Dänemark erhoben. Das Reichs=Kriegsministerium hatte, wie wir sahen, die Ermächtigung zum Einmarsch in Jütland ertheilt; das Ministerium Brandenburg würde am liebsten dem Bundesheer an der schleswig=jütischen Grenze Stillstand geboten haben. Der Konflikt, den Prittwitz von Anfang an befürchtet hatte, war eingetreten; er drang am 28. April auf bestimmte Instruktionen in Berlin, ob er den Weisungen der Reichsgewalt Folge zu leisten habe, da er im entgegengesetzten Falle sein Abschiedsgesuch in Frankfurt einreichen müsse.*) Durch die Verzögerung des Bescheides sah sich der Oberbefehlshaber in die peinlichste Lage versetzt: die holsteinische Presse richtete die schlimmsten Verdächtigungen gegen ihn; mit der Statthalterschaft kam es zu höchst unerquicklichen Auseinandersetzungen, die Mißstimmung über den „Scheinkrieg“ war in den Herzogthümern allgemein.**)

Der innere Zusammenhang der obwaltenden Widersprüche entging dem Prinzen nicht. Er gewann zum ersten Male einen Einblick in die verschlungenen Fäden der großen Politik. Bisher hatte er sich mit historischen und politischen Studien nur theoretisch beschäftigt, jetzt sah er sich selbst mitten in den Kampf der historischen Mächte gestellt. Für den künftigen Herrscher sicherlich die beste Schule, — aber wie viele Ungewißheiten waren mit der damaligen Lage der Dinge verknüpft! Unwillkürlich richteten sich die Ueberlegungen des Prinzen auf die künftige Gestaltung seiner eigenen Lebensverhältnisse. Der Drang des Mannes nach selbständiger Thätigkeit war in ihm erwacht. Am

---

*) Moltke a. a. O. S. 304, 311 ff.

**) Ausführlich sind diese Verhältnisse beleuchtet bei Otto Jock, Schleswig=Holsteinische Erinnerungen, Leipzig 1863, S. 190 ff.

3. Mai sprach er sich gegen seinen Vater über die weiteren Pläne aus, die in ihm auftauchten. „Wir stehen hier an der jütischen Grenze, werden sie aber sobald nicht überschreiten, ja ich glaube, der Friede steht uns näher, als wir glauben. Bald werde ich also zurückkehren, und da ist es jetzt Gegenstand meines steten Nachdenkens, mit was ich mich beschäftigen soll, denn daß ich Beschäftigung finde, wird auch Dein Wunsch sein wie meiner." Der Prinz geht dann die Möglichkeiten, die sich darbieten, der Reihe nach durch. Dem Universitätsleben fühlte er sich entwachsen. „So nützlich und wichtig es ist, den Civilstaatsdienst kennen zu lernen, so wenig ist gerade jetzt der Zeitpunkt dazu, wo Alles einer Aenderung entgegensieht. Reisen ist auch nicht an der Zeit, da man mich doch vielleicht zu Hause brauchen könnte." Wie sich erwarten läßt, beharrt der Prinz mit seinem ganzen Sinnen und Trachten bei dem Militärdienst. Der Erlangung eines selbständigen Kommandos stehen in der Heimath die Rücksichten der Disziplin entgegen. Der Eintritt in die österreichische Armee, für den der Prinz früher eine Vorliebe gehegt hatte, verbietet sich durch die Zeitverhältnisse. Als Ergebniß seiner Selbstprüfung spricht der Prinz seinem Vater den Wunsch aus, für einige Zeit in den Verband des preußischen Heeres eintreten zu dürfen. Der Prinz verhehlte nicht, daß er früher Bedenken gegen den preußischen Dienst gehegt habe, „allein", so fährt er fort, „einestheils haben dieselben sich durch längeres Zusammensein mit Preußen sehr gemindert, andererseits halte ich ihn für den jetzt politisch einzig möglichen, da wir uns doch wohl enger an Preußen werden halten müssen". Eines weitläufigen Kommentars bedarf dieses Schreiben nicht; es stellt der politischen Vorurtheilslosigkeit des künftigen deutschen Feldherrn ein Zeugniß aus, das für sich selber spricht.

Es liegt aus jenen Tagen noch eine andere schriftliche
Aeußerung vor, die als Beweis dafür angeführt werden darf,
daß die nationalen Ideen, denen der Krieg in Schleswig-Holstein
entsprang, einen mächtigen Einfluß auf den jungen Fürsten aus-
übten. Die Bravour der sächsischen Truppen am Tage von
Düppel und das tapfere Verhalten des Prinzen hatten in seinem
Vaterlande trotz der politischen Leidenschaften, deren Ausbruch so
nahe bevorstand, mancherlei patriotische Kundgebungen veranlaßt.
Der deutsche Verein in Leipzig, an dessen Spitze ein angesehener
Arzt der Universitätsstadt, Dr. Göschen, stand, sprach in einer
Adresse der mobilen Brigade den Dank für ihre erfolgreiche
Theilnahme an dem Ehrenkampfe Deutschlands aus. Ein Komitee
wohlgesinnter Bürger in Dresden, zu welchen der Sekretär am
Appellgericht, Fritzsche, ein auch sonst durch seine rührige Thätigkeit in öffentlichen Angelegenheiten verdienter Mann, gehörte,
richtete ein Schreiben an den Prinzen, in welchem dieser gebeten
wurde, sich nicht mit allzu großer Kühnheit der Lebensgefahr
auszusetzen. Darauf erging eine Antwort, welche lautete:

„Wie sehr ich mich über Ihr Schreiben gefreut habe,
können Sie sich denken, denn Sie wissen wohl, wie sehr in
der Fremde die Stimme eines Freundes wohlthut. Der
Krieg hier hat, abgesehen von Recht und Unrecht, das schwer
zu erklären, für mich eine höhere Bedeutung; es ist das erste
Zusammenwirken der deutschen Stämme zu einem Ziele, es
ist dies der wahre Weg zur Einigung, und diese Bahn
zu eröffnen, ist es Pflicht, namentlich des Fürsten, voraus-
zugehen, und gelte es das Leben, denn, liebster Freund, die
Monarchie stirbt nicht durch den Tod eines Gliedes, aber
Deutschland geht zu Grunde, wagt es nicht durch-
zukämpfen. Für mein Volk habe ich ein Herz, und daß ich

es habe, möge mein freundlicher Gruß an Sie, an alle gleich=
gesinnten Sachsen zeigen.

Sonorbt bei Flensburg, den 19. April 1849.

Albert, H. z. S."*)

Noch immer wartete Prittwitz vergeblich auf Befehle aus
Berlin. Bei den Berathungen im Ministerkonseil behielt zuletzt
der Gedanke die Oberhand, daß es der preußischen Waffen=
ehre schweren Abbruch thun würde, wenn man dem Feinde
gestattet hätte, seine Truppenmacht um Fredericia zu verstärken.
Man scheute sich, den Befehl zum Angriff zu geben, aber man
erließ auch kein Verbot an den kommandirenden General.
Prittwitz, der die Gründe des Zauderns richtig erkannte, nahm
zunächst die Verantwortlichkeit auf sich. Niemand war darüber
froheren Muthes als Prinz Albert. „Aus unserer Langenweile
in Christiansfeld", schreibt er unmittelbar vor dem Aufbruch von
dort am 6. Mai, „sind wir nun erlöst. Es geht wirklich nach
Jütland hinein! Wir kommen heute nach Kolding." Der junge
Kriegsmann hatte die Stadt bereits am 2. Mai besucht; sie bot
noch immer den Anblick entsetzlicher Verwüstung dar. Bei dem
Kampfe am 23. April, dessen Erbitterung dadurch gesteigert
wurde, daß die Bürgerschaft gegen die eindringenden Holsteiner
zu den Waffen griff, war ein großer Theil Koldings in Grund
und Boden bombardirt worden. Das Hauptquartier wurde in
einem arg zerschossenen Hause untergebracht, mußte aber gleich=
wohl mehrere Tage unter diesen Ruinen verweilen. Am 6. Mai
erhielt Prittwitz endlich eine Instruktion vom Grafen Branden=
burg, die ihn anwies, den Anordnungen von Frankfurt Folge

*) Das Schreiben des Prinzen wurde seiner Zeit durch lithographischen
Druck vervielfältigt. Veröffentlicht ist dasselbe a. a. O. bei Fedor von Köppen,
König Albert und das Haus Wettin. Leipzig 1895, S. 49.

zu leisten. Es war das seltsamste Verhältniß, das man sich denken konnte, da die Centralgewalt thatsächlich für Preußen nicht mehr vorhanden war. Gleich am 7. Mai ließ Prittwitz die Holsteiner auf der Straße nach Fredericia und die erste preußische Division unter Generalmajor von Hirschfeld auf der nach Veile vorgehen. Letzterer Ort sollte noch an diesem Tage eingenommen werden; man mußte sich aber begnügen, nach anstrengenden Märschen und einem Gefecht bei Alminde den zurückweichenden Feind bis Veile zu verfolgen und kurz vor der Stadt Halt zu machen, da die Mannschaften, nachdem sie zehn Stunden in Bewegung gewesen waren, der Ruhe bedurften. Auf dem rechten Flügel war es den Holsteinern gelungen, die Dänen bei Gudsö gegen Fredericia zurückzuwerfen und ihre Avantgarde bis Snoghöj, dem Uebergangspunkte nach der Insel Fünen, auszudehnen. Auch für den Prinzen waren dies anstrengende Tage: er folgte am 8. Mai mit dem Oberkommando den Operationen der preußischen Truppen, hielt sich, während das Gefecht bei Veile stand, mehrmals innerhalb der feuernden Linien auf und traf abends nach einem siebenstündigen Ritt wieder in dem Hauptquartier von Kolding ein. Am folgenden Tage, 9. Mai, gelangte das Reichsheer in den Besitz von Veile. Sehr anschaulich schildert der Prinz die Einnahme des Ortes, die er mit dem Stabe Prittwitz' von einem südlich gelegenen Windmühlenhügel aus beobachtete. „Das Tirailleurgefecht fand längs der Waldungen statt; in der Stadt selbst, die wie ein Plan unter uns lag, rückten die Kolonnen der Preußen nach und oben auf den kahleren Höhen hinter dem Walde die feindlichen Reserven. Sogar den feindlichen Führer, General Rye, konnten wir reiten sehen. Dabei die hellste, schönste Sonne, so daß wir Alles wie ein Gemälde betrachten konnten." Während die

preußische Division nordwärts gegen Horsens vorrückte, wurde auf
dem rechten Flügel die Einschließung von Fredericia begonnen.

In diesen Tagen war es, daß Prinz Albert in schmerzlicher
Bewegung die ersten sicheren Nachrichten über den Aufstand
in Dresden erhielt, nachdem bisher durch den „Hamburger
Correspondenten" nur eine unvollständige Kunde von der furcht-
baren Katastrophe, die über sein Geburtsland hereinbrach, zu
ihm gedrungen war. Offenbar säumte man im Elternhause mit
einer Schilderung der traurigen Ereignisse solange als möglich,
um nicht den Seelenfrieden des in der Ferne weilenden Sohnes
zu stören. Ein Schreiben seines ehemaligen Lehrers, des
Appellationsrathes Schneider, meldete ihm am 8. Mai die
Schreckensszenen der Revolution. Ausführlichere Nachrichten erhielt er durch den mündlichen Bericht des Freiherrn Anton von
Gablenz, der am 9. Mai in Kolding eintraf. „Was mein
Herz hauptsächlich beruhigte", schreibt der Prinz an demselben
Tage dem Vater, „ist der Gedanke, Euch Ihr Lieben, in Sicherheit zu wissen; bis dahin war ich in steter Angst. Ich werde
jetzt noch hier bleiben, wenn es Majestät nicht anders befiehlt,
doch kannst Du Dir denken, daß wir bloß mit halbem Herzen
bei diesem Kriege sind." So tief es ihn erschütterte, daß sein
friedliches Vaterland der Schauplatz eines blutigen Bürgerkrieges
geworden war, so zollte er doch der Festigkeit des Königs volle
Anerkennung. Die Wege, welche die Politik der deutschen Mächte
einzuschlagen habe, schienen ihm durch die Ereignisse selbst vor-
gezeichnet. „Der Boden muß gründlich ausgekehrt werden",
sagte er im Hinblick auf die Bestrebungen der Umsturzparteien.
In seiner Abneigung gegen politische Theorien die wir an ihm
von Jugend auf bemerken konnten, erkannte er sehr richtig, daß
mit den Grundrechten nichts anzufangen sei. Die deutsche

Reichsverfassung mußte auf festen und realen Fundamenten auf-
gebaut werden: ein Bund unter Preußens Führung, selbst zeitweise eine „unbedingte Diktatur", solange es nothwendig war,
eine Verfassung mit einheitlichem Wahlgesetz für die deutschen
Staaten, und — was für die militärische Einsicht des Prinzen
sehr bezeichnend ist — eine gemeinsame Armee, das waren nach
seiner Ueberzeugung die nächsten Ziele der deutschen Reform, die
nur von den monarchischen Gewalten ausgehen konnte.

Die militärischen Operationen nahmen inzwischen einen nur
sehr langsamen Fortgang. Die holsteinische Division hielt
Fredericia eingeschlossen, aber nach Maßgabe ihrer Truppenstärke
und aus Mangel an Belagerungsgeschütz war sie nicht im
Stande, etwas Entscheidendes zu unternehmen. Das Hauptquartier rückte erst am 13. Mai bis Veile vor. Es wurde
immer klarer, daß die politischen Verhältnisse Deutschlands
lähmend auf die Entschlüsse des Oberkommandos zurückwirkten.
Am 15. Mai erließ die Regierung Friedrich Wilhelms IV. einen
Abberufungsbefehl an die Vertreter Preußens in dem Frankfurter
Parlament, und Sachsen schloß sich diesem Beispiel an. Nachdem
dann in Berlin die Berathungen über ein engeres Bündniß,
vorläufig mit Sachsen und Hannover, begonnen hatten, brach
das Berliner Kabinet durch eine Erklärung vom 18. Mai alle
Beziehungen zu der provisorischen Centralgewalt ab. Die natürliche Folge war, daß die Leitung des dänischen Krieges auf
Preußen überging. Die Lage, in der General Prittwitz sich
befand, wurde dadurch nicht erleichtert, sondern eher noch erschwert. Nach seiner persönlichen Anschauung hielt er ein
energisches Vorgehen in Jütland für das einzige Mittel, den
Frieden zu erzwingen, aber er wußte, daß sein Monarch sehr
geneigt war, der Vermittelung Rußlands und Englands Folge

zu geben, und daß diplomatische Verhandlungen darüber bereits eingeleitet waren. Die revolutionären Kämpfe in Sachsen, Baden und der Pfalz erweckten bei den betreffenden Staaten den Wunsch nach baldiger Rückkehr ihrer Kontingente.

Unter diesen Umständen beschränkte sich die Kriegführung darauf, das Gebiet Jütlands nur soweit zu besetzen, als es für die Sicherung und Verpflegung der Truppen nothwendig war.*) Die preußische Division unter Generallieutenant von Hirschfeld hatte auf ihrem linken Flügel, gedeckt von einer Reserve-Kavallerie-Brigade, zu der das sächsische Garde-Reiter-Regiment gehörte, den Vormarsch gegen Horsens fortgesetzt. Bei einer Rekognoszirung am 11. Mai wurde die Anwesenheit des Feindes daselbst festgestellt, der Befehl zum Angriff aber nicht ertheilt. Erst nachdem die dänische Besatzung sich am 13. Mai zurückgezogen hatte, wurde die Stadt von den deutschen Truppen eingenommen.**) Man wußte zwar, daß die Dänen eine befestigte Stellung in Skanderborg eingenommen hatten; doch verbot Prittwitz den Angriff auf dieselbe: in einem Befehl vom 15. Mai hieß es: ehe die Dinge in Deutschland sich nicht geklärt hätten, werde der General auf jedes weitere Vorgehen verzichten.

Die defensive Taktik hatte jedoch auch ihre Grenze. Die Stimmung der Bewohner Jütlands erwies sich als äußerst feindselig, so daß die Ausführung der Kontributionen bei der Bevölkerung, die sich zum Theil bewaffnet hatte, auf Widerstand stieß. Da das okkupirte Landesgebiet auf die Dauer zur Ernährung der Truppen nicht ausreichte, hielt Prittwitz es für unerläßlich, das Amt Skanderborg zu besetzen, wenn er dadurch auch in Widerspruch mit den Instruktionen des preußischen

---

*) Moltke a. a. O. S. 323 ff.
**) Moltke, a. a. O. S. 327, 335.

Ministeriums gerieth. Nachdem das Hauptquartier am 21. Mai nach Horsens verlegt worden war, wurde zum 23. Mai mit den vereinten Kolonnen der bayerischen Brigade und der preußischen Division, 18000 Mann, ein Angriff auf die dänische Brigade Rye, die man in Skanderborg vermuthete, befohlen. Da es sich herausstellte, daß der Gegner am Abend vorher abgezogen war, wurden nur noch einzelne Streifzüge nach Norden, in der Richtung auf Aarhus unternommen, wobei es mehrfach zu kleineren Reitergefechten kam; im Ganzen aber sah sich die Reichsarmee zur Unthätigkeit verurtheilt.

Prinz Albert lernte nun auch die Einförmigkeit des Lager=lebens kennen, die mit dem längeren Stillstand der Bewegungen verbunden ist. Während des vierwöchentlichen Aufenthaltes in Horsens wohnte er im Hause eines Stockdänen, der ebenso wie die Damen des Hauses kein Wort deutsch verstand. Einige Zer=streuung gewährte ein Pianoforte, dessen Beschaffenheit freilich nicht von der besten Art war, auch ein Klavierauszug des Don Juan fand sich vor. Der Prinz musizirte fleißig mit dem hessi=schen Lieutenant von Eschwege; außerdem hatte der Erbgroßherzog von Weimar, der am 29. Mai in die Heimath zurückkehrte, als willkommene Lektüre die Werke Lord Byrons hinterlassen. Bisweilen wurden Wasserfahrten auf den Fjords oder Ritte nach Skanderborg unternommen, wo der Divisionsstab des Prinzen Eduard von Altenburg sein Standquartier hatte. Am 6. Juni besuchte der Prinz das Gardereiter=Regiment in seinen Stellungen, die sich vom Skanderborger See bis zum Kattegat erstreckten. Abends versammelten sich die Offiziere im Schützenhause zu Unterhaltung und Kartenspiel.

Aber die Tage verstrichen langsam, und dem Prinzen blieb Zeit genug, sich mit Plänen über seine Zukunft zu beschäftigen.

Der Vater war seinem Eintritt in die preußische Armee nicht entgegen, allein die Zeitverhältnisse boten wenig Aussicht für die Verwirklichung dieses Gedankens, denn der dänische Krieg näherte sich seinem Ende, und die Truppenrüstungen Preußens für die Wiederherstellung der inneren Ordnung Deutschlands konnten dem jungen Fürsten keine geeignete Thätigkeit eröffnen. In jedem Falle wünschte er, bei den sächsischen Truppen zu bleiben, so lange diese vor dem Feinde standen, obwohl er seinen Unmuth über die gegenwärtige Lage des Krieges nicht unterdrücken konnte. Bei den Vorposten fing es bereits an, still zu werden: nur von Fredericia her hörte man aus der Ferne bisweilen Kanonendonner. Nachrichten von Verlusten der holsteinischen Division, der Tod des Stabschefs von Delius und des Brigadiers der Infanterie, Major von St. Paul, die von feindlichen Granaten erschlagen wurden, wirkten niederdrückend auf die Stimmung des Hauptquartiers. Am meisten schmerzte es den Prinzen, zu sehen, wie angesichts der Unthätigkeit des deutschen Heeres der Uebermuth des Feindes wuchs. Am 9. Juni meldet er seinem Vater, daß eine halbe hessische Schwadron tags zuvor das Unglück gehabt habe, bei einem Requisitionskommando mitten in der Nacht von dem Feinde überfallen zu werden und in Gefangenschaft zu gerathen, und fährt dann fort: „Es wird dies um so mehr Aufregung in der Armee hervorrufen, als wir von den Herren Diplomaten in Berlin Ordre erhalten haben, durchaus nichts Feindliches zu unternehmen, während wir sehen müssen, wie die Dänen täglich kecker werden." Die Lage vor Fredericia flößte dem Prinzen Besorgniß ein, da den Dänen Zeit gelassen wurde, durch Anlage von Minen und Befestigungen ihre Stellung zu verstärken.

Bisher war es den Bemühungen Englands nicht gelungen, das Kabinet von Kopenhagen zur Annahme eines Waffenstill

stanbes zu bewegen: die Vorstellungen Prittwitz', „daß man dem
Feinde noch einmal zu Leibe gehen müsse", um seinen Uebermuth
zu dämpfen, fanden daher bei dem preußischen Kriegsminister
von Strotha Gehör.*) „Heute verlassen wir Horsens", schreibt
der Prinz am 20. Juni kurz vor dem Aufbruch, „um noch nörd=
licher zu ziehen. Zweck der Bewegung ist, unsere Verpflegungs=
rayons zu erweitern, da wir hier beinahe Alles aufgezehrt haben.
Es ist eine Echelon=Bewegung, mit dem linken Flügel voran, um
die Dänen zur Räumung von Aarhus zu zwingen. Das erste
Echelon unter dem General von Ledebur, bestehend aus der ersten
preußischen Infanterie=Brigade (12. Regiment, zahlreiche Land=
wehr), dem 11. Husaren=Regiment und unseren Garde=Reitern mit
zwei Batterien geht bis Jeren. Wir sind dabei." Man traf
am 21. auf einige Kavallerie=Abtheilungen des Feindes, die sich
jedoch plötzlich im Galopp entfernten. An demselben Tage be=
mächtigte sich die zweite preußische Brigade der Stadt Aarhus
ohne Kampf, da die Dänen abermals zurückgewichen waren.
„Wir sind gestern hier eingetroffen", berichtet der Prinz am 24. aus
Aarhus, „nach Vollendung unseres, wenn auch unblutigen, doch
recht interessanten Zuges." Der Prinz war inzwischen unter
dem 19. Juni zum Major ernannt worden. In Aarhus hatte
er sein Quartier bei einem Rektor, dessen Haus am südlichen
Ende der Stadt lag und von einem geräumigen Garten umgeben
war. Sein Aufenthalt war nicht unbehaglich, aber Befriedigung
konnte das beinahe vierzehntägige Stilllager in der öden Stadt
nicht gewähren. Die defensive Haltung des Feindes, der seit
Wochen jeder Begegnung ausgewichen war und bei den Zusammen=
stößen der Vorposten nordwärts von Aarhus nur mit schwachen

*) Moltke, a. a. O., Seite 361.

Truppenabtheilungen, meist aus Kavallerie bestehend, angetroffen wurde, mußte allmählich der Vermuthung Raum geben, daß die Dänen das Gros der Besatzung aus Jütland herausgezogen hatten, in der wahrscheinlichen Absicht, bevor es zum Waffenstillstand kam, noch einmal an einer für sie günstigeren Stelle mit vereinter Macht aufzutreten.

Sowohl das Oberkommando als der Führer der holsteinischen Division, General von Bonin, waren auf einen Angriff des Gegners gefaßt, aber über die Stelle, an welcher derselbe erfolgen würde, gingen die Ansichten auseinander: Prittwitz erwartete ihn von der Westküste Fünens her, in der Richtung auf Hadersleben, Bonin auf der Insel Alsen. Erst am 5. Juli ließen übereinstimmende Nachrichten, die von verschiedenen Seiten in Aarhus eintrafen, den wirklichen Thatbestand erkennen. Die Dänen hatten mit ihrer Hauptmacht, etwa 24 000 Mann, zu denen auch der größere Theil der Brigade Rye aus Jütland gehörte, an der Nordspitze von Fünen, gegenüber von Fredericia, eine Landung ins Werk gesetzt. Trotz mancher ihm zugegangenen Warnungen wurde Bonin von der Gefahr, die seine Front bedrohte, überrascht. Noch ehe die Befehle, die Prittwitz sofort nach Empfang der einlaufenden Meldungen erließ, zur Ausführung gelangen konnten, war das Unglück geschehen. Die Schlacht bei Fredericia am 6. Juli ist der schwerste Schicksalsschlag, von dem die deutsche Wehrkraft in den an Enttäuschungen so reichen schleswig-holsteinischen Feldzügen der Jahre 1848 und 1849 betroffen wurde.

Daß bei der Katastrophe strategische Fehler mit im Spiele waren, hat die militärgeschichtliche Kritik anerkannt. Die regelrechte Belagerung Fredericias war von Anfang an nicht nach dem Sinne des Oberbefehlshabers gewesen, der nur die Beobachtung der Festung wünschte, um die in Jütland vordringenden Heeres-

theile im Rücken zu decken. Bonin dagegen, dessen Entschlossen=
heit über jeden Zweifel erhaben ist, glaubte der Sache der Hol=
steiner am besten zu dienen, wenn er versuchte, den Hauptstützpunkt
der feindlichen Macht in seine Gewalt zu bringen. Er unter=
nahm eine Cernirung im größten Maßstabe und ließ sich dadurch
verleiten, seine Truppen in weite Linien auseinanderzuziehen,
was dem mit überlegenen Streitkräften angreifenden Gegner zum
größten Vortheil gereichte, denn die Stellungen der holsteinischen
Division vertheilten sich auf einen Raum von anderthalb Meilen
in der Länge und einer Meile in der Tiefe.

Das Hauptquartier hatte sich sogleich in Bewegung gesetzt,
stand am 6. Juli in Horsens und trat am 7. den weiteren Rück=
marsch nach Groß=Grundet bei Veile an. Von hier entwirft der
Prinz am 8. in einem Brief an seinen Vater, dem letzten, den
wir aus dem Feldzuge von ihm besitzen, eine anschauliche Be=
schreibung von dem Verlauf der Begebenheiten am 6. Juli:
„Der Auftrag, der den Holsteinern vom Oberkommando geworden,
erstreckte sich darauf, die Dänen am Debouchiren aus Fredericia
zu hindern. Sie erweiterten ihre Operationen zu einer voll=
ständigen Cernirung der Festung durch Batterien und Schanzen.
Namentlich in der letzten Zeit dehnten sie diese Stellung auf dem
linken Flügel bis an die Seeküste aus, um von da aus die
Landungsbrücke in der Kehle der Festung bestreichen zu können.
So war ihre Stellung so weit, daß zwischen dem linken Flügel
und der Mitte ein weiter Raum entstand. In diesen Zwischen=
raum drangen die Dänen am 6. früh 1 Uhr mit überlegenen
Kräften ein und warfen den linken Flügel (erste Brigade) in den
hinter ihr liegenden Randsfjord, durch den nur eine schmale,
aber sechshundert Schritt lange Furt führte. Die zweite Bri=
gabe (Centrum) wurde gegen das Defilee von Bredstrup ge=

brängt, indem jedes einzelne Bataillon, sobald es vorkam — ein Theil lag in den Dörfern — angegriffen und geworfen wurde. Hinter dem Defilee vereinigten sich diese Truppen mit den Resten der zweiten Brigade und der ziemlich intakt gebliebenen Avant= garde, die den rechten Flügel gebildet hatte. Der Rückzug ging nach Veile, wo wir gestern anlangten. Der heutige Tag ist be= nutzt worden, um die erste Division und die Hannoveraner zu vereinigen. Morgen geht es wieder vor, doch sollen sich die Dänen, die beinahe ihre ganze Armee zu diesem Schlage ver= sammelt hatten, zum Theil wieder eingeschifft haben."

Die Regierung Friedrichs VII. hatte mit der Affaire von Fredericia erreicht, was sie wollte. Ihr kam Alles darauf an, vor dem Abschluß des Waffenstillstandes noch einen Hauptschlag auszuführen, und zwar gerade gegen die Holsteiner, die sie nicht aufhörte, als Rebellen zu behandeln. Der Ruhm des Generals Olaf Rye, der in der Schlacht den Heldentod fand, ist in dem Insellande am Sunde noch heute unvergessen: in derselben Stadt Fredericia, in der ein Denkmal zu seinen Ehren errichtet ist, steht als sinnbildliche Verherrlichung des siegreichen Dänenthums die Gestalt „des tapferen Landsoldaten", die dem Tage vom 6. Juli ihre Entstehung verdankt. In Bezug auf die moralische Wirkung des Ereignisses aber hat man sich in Dänemark trotzdem getäuscht. Es herrschte nur eine Stimme über die Bravour, mit der die Holsteiner gekämpft hatten, und auch Prinz Albert ließ ihrer Haltung volle Gerechtigkeit widerfahren. So unglücklich sich die Verhältnisse der Herzogthümer während der nächsten Jahre gestalteten, in den Herzen der tapferen Holsten blieb das Verlangen zurück, die Scharte von Fredericia auszuwetzen. Die unentrinnbare Vergeltung der Geschichte hat ihnen schließlich zum Siege verholfen!

Die Vereinbarungen der Waffenruhe wurden in Berlin am
10. Juli unterzeichnet. Obwohl die offizielle Benachrichtigung
hiervon am 14. in Veile noch nicht eingetroffen war, gab Pritt=
witz selbst dem Prinzen den Rath, einstweilen in die Heimath zu=
rückzukehren. Der Ausgang der diplomatischen Verhandlungen,
wenn man ihn auch längst vorhergesehen hatte, erweckte in der
Bevölkerung Schleswig=Holsteins einen Sturm der patriotischen
Leidenschaften, in welchem der Haß gegen Preußen das Grund=
motiv bildete. Die Stellung der in den Herzogthümern zurück=
bleibenden Truppen mußte eine äußerst unerquickliche werden.
Es wurde verabredet, daß von Seiten des Oberkommandos so=
fort eine Zurückberufung des Prinzen erfolgen werde, falls die
Annahme des Waffenstillstandes in Kopenhagen auf Hindernisse
stoßen sollte. Der Abschied von dem Hauptquartier wurde dem
Prinzen schwer, denn es bestand ein Verhältniß der aufrichtigsten
Sympathie zwischen ihm und seinem General. Das ehrenvollste
Zeugniß, welches der höchste Vorgesetzte dem jugendlichen Offizier
ertheilen konnte, ist niedergelegt in einem Schreiben, welches
Prittwitz einige Wochen später, 16. August, an den Prinzen
Johann richtete. Es finden sich darin die folgenden Aeußerungen
zur Charakteristik des Prinzen: „Prinz Albert besitzt die Gabe,
nicht allein die Verehrung und treue Anhänglichkeit einzelner
Personen, sondern auch die Herzen aller derer zu gewinnen,
welche nur irgend des Vorzugs theilhaftig werden, in Berührung
mit Seiner Königlichen Hoheit zu kommen. Diese Gabe, ver=
bunden mit Verachtung der Kriegsgefahren, Bewahrung des
kalten Blutes in den ernsten Lagen und dem Geschick, Offi=
zieren und Soldaten gegenüber stets die richtige That oder das
passende Wort zu finden, hat den Prinzen schnell auf einen Punkt
gestellt, der eine Leitung entbehrlich machte, und ebenso schnell

alle Stimmen zu dem Ausdrucke ehrfurchtsvollster und innigster Hochachtung vereinigte. Unter so günstigen Umständen hat meine Aufgabe nur darin bestehen können, mich dem allgemeinen Urtheile anzuschließen und, wenn ich es auszusprechen wagen darf, wachsam auf mich selbst zu sein, um dem Prinzen nicht alle die Empfindungen gar zu offen darzulegen, welche mein Herz erfüllten."*)

Am 15. Juli reiste Prinz Albert aus Veile ab, stattete auf dem Wege nach Flensburg der Brigade Heintz noch einen kurzen Besuch ab und begab sich dann über Hamburg nach Berlin. In Charlottenburg mit großer Herzlichkeit von Friedrich Wilhelm IV. und dessen Gemahlin aufgenommen, erhielt er die höchste Auszeichnung für Tapferkeit im Felde, den Orden pour le mérite. Eine Besichtigung des Kaiser Alexander-Regiments, die zu Ehren seiner Anwesenheit veranstaltet wurde, gab dem Prinzen Gelegenheit, diesem Truppentheil den Dank für die Hülfsleistung in den Maitagen auszusprechen. In der Stille und ohne Empfang wie er es gewünscht hatte, traf er mit seinem Begleiter Senfft von Pilsach am 21. Juli abends in Dresden ein: erst in Pillnitz sah er nach den schweren Zeiten, die dazwischen lagen, die Seinigen wieder.

In Sachsen war inzwischen, wenigstens dem äußeren Eindruck nach, Alles zur alten Ordnung der Dinge zurückgekehrt. Der König hatte bei einem Besuch der verwundeten Soldaten im Kadettenkorps am 20. Juli zum ersten Male wieder seine Hauptstadt betreten und bei dieser Gelegenheit auch einige Zeit im Schlosse verweilt. Prinz Albert meldete sich am 22. bei dem Kriegsminister, suchte seinen ehemaligen Erzieher, den Präsidenten

---

*) Vgl. von Schimpff a. a. O. S. 59.

von Langenn, auf und empfing am 24. das gesammte Offizier=
korps der vier preußischen Landwehrbataillone unter General=
major von Hobe, die bis zur Rückkehr der sächsischen Brigade aus
Schleswig im Laufe des Monats August im Lande blieben. Am
25. Juli gab der Prinz seinen Geschwistern und den Prin=
zessinnen Auguste und Amalie ein Frühstück bei Torniamenti in
dem alten Café Reale, dessen Verschwinden von der Brühlschen
Terrasse noch heute mancher Dresdener schmerzlich beklagt. Da
die Gesundheit des Prinzen nach den körperlichen Anstrengungen
und seelischen Erregungen der letzten Monate einer Stärkung be=
durfte, riethen die Aerzte zum Gebrauch eines Seebades. Am
30. Juli trat er, von seinem Vater und dem Prinzen Georg
bis Riesa begleitet, über Leipzig und Hannover die Reise nach
Norderney an, wo er mit Senfft einen sechswöchentlichen Aufent=
halt nahm.

Das Dresdener Leben lenkte inzwischen, trotz des Belage=
rungszustandes, dessen strenge Verordnungen über der Stadt
walteten, im Sommer 1849 wieder in seine gewohnten Geleise
ein. Am 28. August wurde der hundertjährige Gedenktag der Ge=
burt Goethes mit einer Aufführung im Opernhause gefeiert, die
insofern für die Geschichte des deutschen Theaters bedeutsam war,
als bei diesem Anlaß zum ersten Male einige Szenen aus dem
zweiten Theil des Faust mit der Musik von Reißiger zur Dar=
stellung gelangten.*)

*) K. Gutzkow, Rückblicke auf mein Leben, Berlin 1875, S. 356.

Fünftes Kapitel.

Die Unions-Verfassung und die Zeit bis zum Tode König Friedrich Augusts II., 9. August 1854.

—

Das Drei-Königs-Bündniß vom 26. Mai 1849; Urtheil des Prinzen Johann. Der sächsische Vorbehalt. Frage des Anschlusses von Süddeutschland an die Union. Vermittelnde Stellung des Königs Friedrich August; Festhalten an der Bundesreform. Persönliche Verhandlungen mit Friedrich Wilhelm IV. in Sanssouci, 6. bis 16. August. Schwierigkeiten des Verhältnisses zu Oesterreich. Begegnung Friedrich Wilhelms IV. mit Kaiser Franz Joseph in Teplitz, 7. September. Franz Joseph in Dresden, 9. September. Das Interim vom 30. September. Die Gothaische Partei. Urtheil des Abgeordneten v. Bismarck-Schönhausen über den sächsischen Vorbehalt. Rückkehr des Prinzen Albert aus Norderney, 13. September und Uebersiedelung nach Bautzen als Chef des IV. Bataillons der Infanterie-Brigade „Prinz Albert". Urtheil des Professors Perthes über den Prinzen. Haushalt in Bautzen. Der Widerstandslandtag von 1849/50; Stellung der Parteien; deutsche Frage. Weihnachten 1850; Prinz Albert in Dresden. Parlamentarische Gegensätze in der deutschen Frage. Vermählung der Prinzessin Elisabeth mit dem Herzog von Genua, 22. April. Reise der Neuvermählten nach Berlin mit Prinz Albert. Der Fürstenkongreß in Berlin, 8. Mai. Scheitern der Unionspolitik. Einmischung Rußlands. Rückkehr des Prinzen nach Bautzen, Ernennung zum Oberstlieutenant. Auflösung des Landtags, 1. Juni. Reise des

Prinzen nach München, Ischl und Wien. Der Orden des Goldenen Vließes. Rückkehr nach Dresden. Einweihung des Denkmals für die bei dem Maiaufstand gefallenen Krieger, 9. Juli. Uebergabe der Fahnen an die neu errichteten Bataillone. Ernennung des Prinzen zum Obersten, 8. August. Abschied von Bautzen, 1. September. Unglücksfall des Prinzen bei den Manövern in Böhmen, 10. September. Konflikt der deutschen Mächte und Mobilisirung der sächsischen Armee. Schreiben des Prinzen Johann an Friedrich Wilhelm IV. Warschau und Olmütz; Preisgebung Schleswig-Holsteins. Die Dresdener Konferenzen, Dezember 1850 bis Mai 1851. Das schätzbare Material und die Rückkehr zur Bundesverfassung. Landtag von 1850/51. Veränderte Zeitverhältnisse; Einfluß auf das Leben des Prinzen Albert. Eröffnung der Eisenbahn nach Prag, 6. April 1851. Der Prinz in Olmütz bei der Begegnung des Kaisers Franz Joseph mit Kaiser Nikolaus. Rückkehr österreichischer Truppen aus Schleswig-Holstein. Ernennung des Prinzen zum Kommandeur der 3. Infanterie-Brigade, 10. Dezember 1851. Besuch des Prinzen in Potsdam, Juli 1852. Reise nach Petersburg. Landung in Kronstadt, 27. Juli. Das Lager von Krasnoe. Reise nach Moskau mit dem Prinzen Friedrich Wilhelm von Preußen. Russische Manöver. Urtheil des Kaisers Nikolaus über den Prinzen. Ernennung desselben zum Chef des 2. Jäger-Regiments Kabor. Rückkehr nach Dresden, 1. September. Der Zollkrieg von 1852. Ausscheiden des Ministers von Friesen aus dem Ministerium des Innern, 24. September. Der Prinz in Pest und in Mähren. Prinzessin Carola von Wasa, Verlobung des Prinzen mit der Prinzessin, Dezember 1852. Besuch des Prinzen und seiner Familie in Brünn, Februar 1853. Attentat auf Kaiser Franz Joseph; Reise des Prinzen nach Wien. Vermählung, 18. Juni. Beginn des Orientkrieges. Der Prinz in Wien, Mai 1853. Ueberschreitung des Pruth durch die Russen; Kriegserklärung der Pforte. Kaiser Franz Joseph in Dresden, Dezember 1853. Leben am Hofe in den ersten Monaten des Jahres 1854. Besorgniß über den Gesundheitszustand Friedrich Augusts II Politische Verhältnisse: preußisch-österreichischer Vertrag vom 20. April 1854. Die Bamberger Konferenz, Mai 1854. Gegenwart des Prinzen Albert bei der Zusammenkunft der Monarchen von Oesterreich und Preußen in Tetschen, 8. Juni. Denkschrift Friedrich Augusts. Rückmarsch der Russen über den Pruth. — Tod der Prinzessin Wasa; Prinz Albert in Brünn und Sigmaringen. Reise Friedrich Augusts nach Tirol, 1. August. Tod des Königs, 9. August. Charakter Friedrich Augusts, Verhältniß zum Prinzen Albert. Der Kronprinz nach Wien; Berufung desselben zur Theilnahme an den Sitzungen des Gesammtministeriums.

Auf dem Gebiet der Politik stand damals die Frage der Reichsverfassung noch immer im Mittelpunkt des allgemeinen Interesses. Mit der Abberufung der preußischen und sächsischen Abgeordneten, dem Massenaustritt des Centrums, war die Auflösung der Nationalversammlung zu einer vollendeten Thatsache geworden. Die letzten Versuche des Rumpfparlaments in Stuttgart, die Einheit der Nation im republikanischen Sinne zu konstituiren, endeten in dem wüsten Taumel eines radikalen Parteikampfes, der namentlich für die Staaten des südlichen Deutschlands verhängnißvoll wurde. Nach der Unterdrückung der revolutionären Erhebungen in Baden und der Pfalz kehrte die Leitung der Bewegung in die Hände der Regierungen zurück.

Als der erste Vorschritt zu einer Bundesreform, der von dieser Seite unternommen wurde, stellt sich die sogenannte Union, das Drei-Königs-Bündniß dar, das am 26. Mai in Berlin zwischen Preußen, Sachsen und Hannover vereinbart worden war. Prinz Johann bemerkte hierzu: „Unter den damaligen Umständen, wo es darauf ankam, wieder eine verfassungsmäßige Basis zu gewinnen, konnte ich auf Anfrage meines Bruders mich nur für den Beitritt erklären, wobei ich nicht verschweigen kann, daß ich der vorgeschlagenen Einrichtung wirklich nicht abhold war. Auch bin ich überzeugt, daß Friedrich Wilhelm IV. dabei von der besten Ansicht ausging und, wie er selbst gegen mich äußerte, zu einer Einrichtung, welche Oesterreich mehr oder weniger von Teutschland ausschloß, nur mit großem Schmerz und im Bewußtsein unvermeidlicher Nothwendigkeit, wenn auch nicht ohne Gefühl von der providentiellen Bestimmung Preußens seine Stimme gab. In anderen Köpfen hatte indeß diese Idee eine willkommene Aufnahme gefunden und ist seitdem nie wieder verschwunden, bis zuletzt der politische Knoten durch das Schwerdt zerhauen wurde."*)

Vergegenwärtigen wir uns die Hindernisse, die einer erfolg=
reichen Entwickelung der preußischen Reformbestrebungen ent=
gegenstanden, so beruhten sie auf dem Dualismus zwischen
Oesterreich und Preußen, der seit dem Ende des 17. Jahrhunderts
das politische Leben Deutschlands beherrschte, und auf dem Wider=
stand der Mittelstaaten gegen die Reichsvorstandschaft Preußens,
wie der Berliner Verfassungsentwurf sie festsetzte. Was Sachsen
insbesondere anbetrifft, so betrachtete der König, wie wir wissen,
eine Trennung von Nord= und Süddeutschland als das größte
Unglück, das aus dem noch unübersehbaren Gestaltungsprozeß
der deutschen Reform hervorgehen konnte. Die Befürchtung lag
nahe, daß die Idee des engeren Bundes, die Preußen vertrat,
niemals zu einer Vereinigung aller Theile des ehemaligen
Bundes, wenn auch zunächst Oesterreich ausgenommen, führen
werde, da Bayern von vornherein wenig Neigung zeigte, sich der
Führung des norddeutschen Großstaates unterzuordnen. In diesem
Zusammenhange entstand jene Rechtsverwahrung, welche Sachsen
in Gemeinschaft mit Hannover bei der Ratifikation des Ver=
trages vom 26. Mai einlegte, und deren Inhalt darauf beruhte,
daß beide Mächte, falls der Anschluß Süddeutschlands nicht zu
erreichen sei, oder, wie der Ausdruck lautete, „die Verfassung
nicht das Gemeingut der ganzen Nation werden sollte," ihr Ver=
harren bei den eingegangenen Verpflichtungen von weiteren
Verhandlungen mit Preußen abhängig machten. Der Vertrag
nahm dadurch im eigentlichsten Sinne des Wortes einen provi=

*) Es ist hierbei daran zu erinnern, daß die Aufzeichnungen des
Prinzen, wie in der Vorrede erwähnt, erst nach 1866 entstanden sind.

sorischen Charakter an, wie ja auch thatsächlich das Drei-Königs-Bündniß zunächst nur auf ein Jahr abgeschlossen wurde.

Dieser Vorbehalt hat Veranlassung zu den heftigsten Anklagen gegen die sächsische Politik gegeben, und auch in den neuesten Darstellungen überwiegt die Behauptung, daß die Regierung Friedrich Augusts von Anfang an entschlossen gewesen sei, das Abkommen mit Preußen fallen zu lassen, sobald die Verhältnisse es gestatteten.*) Schon die oben angeführten Worte des Prinzen Johann dürften geeignet sein, den Thatbestand in einem etwas anderen Lichte erscheinen zu lassen, denn sie beweisen, daß der Prinz keineswegs einen lediglich verneinenden Standpunkt den preußischen Einigungsversuchen gegenüber einnahm. Auch Friedrich August theilte diese Ansicht. In eigenhändigen Aufzeichnungen, die in den ersten Tagen des Juli niedergeschrieben worden sind, bemerkt der König, daß er die Hoffnung auf den Zutritt Bayerns nicht aufgegeben habe, und hauptsächlich dadurch bewogen worden sei, seine ernsten Bedenken gegen die Vorschläge Friedrich Wilhelms IV. zu überwinden. Das Auftreten der preußischen Militärmacht gegen die Revolution in Süddeutschland war von unerwartetem Erfolge begleitet: in der letzten Woche des Juni standen die Truppen siegreich bis Rastatt und bis an den Ufern des Bodensees. Der König war der Meinung, daß Bayern mit Rücksicht auf die Stimmung in seinen pfälzischen und fränkischen Landestheilen der Bundesverfassung, die, trotz mancher Veränderungen im Einzelnen, doch die wesentlichsten Bestandtheile des Frankfurter Entwurfes in sich aufgenommen hatte, seine Zustimmung ertheilen werde. Aus München meldete der sächsische Gesandte Graf

---

*) Vergl. H. von Sybel a. a. O. S. 336 ff.

Hohenthal: „Man wird, so unpopulär auch im Süden Deutsch=
lands die preußische Reichsvorstandschaft ist, dieselbe annehmen,
wenn Bayerns finanzielle Interessen gewahrt werden und die
Macht des Fürstenkollegiums noch einige Kräftigung erhält.“*)

Ganz in demselben Sinne sprachen sich die Berichte des
ehemaligen Ministers von Zeschau aus, den der König zum
sächsischen Bevollmächtigten in dem Verwaltungsrath der Union
ernannt hatte, und der durch mehrfache Besprechungen mit dem
damals in Berlin anwesenden Minister von der Pfordten sich in
der Lage befand, einen tieferen Einblick in die Anschauungen
Bayerns zu gewinnen. Es ist mehr als selbstverständlich, daß
von der Pfordten, seitdem er in den Dienst Maximilians II. ge=
treten war, seinen Lieblingsplan der Direktorialverfassung nicht
aufgegeben hatte: mit der ganzen Lebhaftigkeit, die in seinem
Temperament lag, hielt er an demselben fest und kam gelegentlich
auch auf die Einführung des Gruppensystems zurück, dessen Vor=
theile für die Machtstellung der Mittelstaaten wir früher an=
gedeutet haben.**) Nebenbei aber ließ er deutlich durchblicken,
daß sein Monarch wohl bereit sein würde, in die Absendung von
Vertretern Bayerns zu dem Parlament in Erfurt, dem die Ver=
fassung zur Prüfung vorgelegt werden sollte, zu willigen, wenn
für die Einrichtung der Exekutive des Bundes eine Formel ge=
funden werde, durch welche den Ansprüchen der Königreiche Ge=
nüge geschähe, und wenn dem österreichischen Staate die Mög=
lichkeit des Anschlusses an den Bund unter Theilnahme an dem
Vorsitz desselben in abwechselndem Turnus mit Preußen offen
gelassen würde.

*) Depesche vom 27. Juni. Ministerium der auswärtigen Angelegen=
heiten.

**) Vergl. S. 181, 188 ff.

Auf dieselben Momente richtet auch der König Friedrich August in der erwähnten Denkschrift sein Augenmerk. „Ganz Deutschland," sagt er, „ist in diesem Augenblick in zwei Lager gespalten, die sich Gott sei Dank zwar noch nicht feindselig gegenüberstehen, und in denen der Wunsch nach Einigung bis jetzt noch ein allgemeiner ist. Auf der einen Seite steht Preußen. Sein Zweck ist Gründung eines Bundesstaates mit Volks= vertretung, und es verlangt, selbst an der Spitze desselben zu stehen, nachdem Oesterreich an einem solchen Staate nicht theil= nehmen zu wollen durch Handlungen und Worte erklärt hat. Soviel ist klar, daß Bayern eine Hegemonie Preußens unbedingt verwirft, dagegen noch an dem Bundesstaate und dem Volkshause festzuhalten scheint. Es ist daher denkbar, daß wenn Preußen sich geneigt finden sollte, neben einigen anderen Konzessionen in den Verfassungspunkten die erbliche Hegemonie aufzugeben und sich zu einer direktorialen Spitze zu verstehen, Bayern für die Idee des Bundesstaates gewonnen werden könnte. Erfolgt aber, wie es bis jetzt den Anschein hat, eine solche Konzession nicht, so tritt Bayern entschieden auf die Seite Oesterreichs, obwohl nicht geleugnet werden kann, daß es dann mit einem Theile seiner neuen Provinzen einen schweren Kampf zu bestehen haben wird. Dann ist aber die Spaltung Deutschlands ausgesprochen, und das ist es, was mit aller Kraft abzuwenden ist." Der König zieht daraus den Schluß, daß entweder Oesterreich oder Preußen etwas von ihren Forderungen aufgeben müssen: entweder größere Centralisation ohne Oesterreich oder geringere mit Oesterreich.

Wenn Preußen sich zu den angegebenen Beschränkungen der Vorstandschaft entschließt, ist eine bundesstaatliche Vereinigung sämmtlicher deutscher Mächte, Oesterreich ausgenommen, nicht unmöglich. Die weitere Aufgabe würde dann darin bestehen,

„den Bundesstaat in ein so nahes völkerrechtliches Verhältniß mit Oesterreich zu setzen, daß dieser Macht ein gesetzlicher Einfluß auf die deutschen Angelegenheiten gewährt und dieselbe auf die Dauer an die deutschen Interessen geknüpft werde." Friedrich August hielt die Feststellung einer solchen völkerrechtlichen Vereinbarung für schwierig, aber nicht für unlösbar. Das beste Mittel schien ihm zu sein, wenn Oesterreich von den centralisirenden Bestrebungen, die der Verfassung vom 4. März zu Grunde lagen, soviel nachließ, daß wenigstens seine deutschen Provinzen in ein engeres Verhältniß zu dem übrigen Deutschland eintreten könnten. Mit Entschiedenheit verwarf der König am Schluß seiner Denkschrift die einfache Rückkehr zu den Institutionen von 1815. „Die Idee, das alte Bundesverhältniß mit einer bloß etwas konzentrirteren Spitze wiederherzustellen", sagte er, „würde nach meiner innigsten Ueberzeugung nicht nur von Seiten der Regierungen auf unüberwindliche Schwierigkeiten stoßen, sondern auch in dem Volke eine Unbefriedigung zurücklassen, die über kurz oder lang schlimme Folgen tragen würde." Sicherlich ein Ausspruch, der in der unzweideutigsten Weise erkennen läßt, daß dem König die Reform der Reichsverfassung am Herzen lag.

Bereits gegen Mitte Juli konnte nun allerdings kein Zweifel mehr darüber obwalten, daß auf den Eintritt Bayerns nicht zu rechnen sei. Die Verhandlungen in Berlin waren gescheitert, da das preußische Ministerium sich weigerte, auf die Pfordtenschen Vorschläge über eine Modifikation der Unionsverfassung einzugehen.*) Trotzdem gab der König seine Bemühungen, eine Verständigung anzubahnen, nicht auf: in der denkbar vertrautesten Form der Mittheilung wandte er sich unmittelbar an seinen

*) J. von Radowitz, Gesammelte Schriften, Berlin 1852, II., S. 140.

Schwager, Friedrich Wilhelm IV. In den Tagen vom 6. bis 16. Auguſt fand im Schloſſe von Sansſouci eine Vereinigung von Mitgliedern der preußiſchen und ſächſiſchen Königshäuſer ſtatt, die man faſt als einen Familienkongreß bezeichnen könnte. Außer dem König Friedrich Auguſt und ſeiner Gemahlin waren die Eltern des Prinzen Albert mit der Prinzeſſin Eliſabeth und dem Prinzen Georg dabei gegenwärtig. Im Verkehr mit dem König und den hervorragenden Staatsmännern Preußens, unter denen damals der eigentliche Schöpfer der Union, General von Radowitz, eine leitende Stellung einnahm, gewann Friedrich Auguſt einen vollkommenen Ueberblick über den Stand der Ver=ſaſſungsangelegenheit. In ſeiner gründlichen und ſyſtematiſchen Natur legte er ſeine Anſichten dem König ohne Rückhalt nicht nur in mündlichen Beſprechungen, ſondern auch ſchriftlich dar. Er behandelte zunächſt die Frage, „was iſt das anzuſtrebende Ziel?“ Seine Antwort darauf lautete: „Ich erkenne es, ohne Rückſicht auf dieſe oder jene theoretiſche Tagesidee, in der baldigen Rekonſtruktion eines ganzen einigen Deutſchland, aber in einer Form, die einerſeits geeignet iſt, den Beſtrebungen der Umſturzpartei kräftig entgegenzutreten, auf der anderen Seite aber den förmlich gegebenen Verſprechungen und dem in den Völkern lebenden Wunſch inſoweit entſpricht, daß die beſten Elemente der Nation auf die Dauer wieder feſt an die Re=gierungen gebunden werden.“ Dann wendet ſich der König einer Kritik der bundesſtaatlichen Einigung zu und äußert ſich darüber in einer Weiſe, die für ſeine objektive Beurtheilung der preußiſchen Beſtrebungen ſpricht. „Dieſe Idee“, heißt es wörtlich, „iſt nicht aus dem Streben der Machtvergrößerung Preußens hervor=gegangen, denn denkt man ſich dieſelbe vollſtändig durchgeführt, ſo wird zwar der König von Preußen an der Spitze Deutſch=

lands stehen, aber Preußen hört als solches auf, eine europäische
Macht zu sein. In der That ist auch die spezifisch preußische
Partei dieser Idee abhold und wünscht lieber eine Rückkehr des
alten Bundesverhältnisses, in welchem Preußen eine selbständige
Macht einnimmt, oder vielleicht noch lieber eine Trennung von
Nord und Süd, wo dann Preußen im Norden herrschen würde.
Wenigstens kann ich die feste Ueberzeugung aussprechen, daß der
König von Preußen bloß aus dem deutschen Gesichtspunkt sich
dieser Ansicht angeschlossen hat und bloß darum diesen Weg jetzt
noch fortsetzt, weil der entschiedene Widerspruch Oesterreichs ihm
die Ueberzeugung gegeben hat, daß die Gründung eines Bundesstaates mit Nationalvertretung, auf welche hinzuarbeiten nun
einmal nach der gegebenen Zusicherung und der Volksstimmung
unabwendbar erscheint, mit Oesterreich nicht möglich ist. Vielleicht hätte man die Hegemonie nicht so schroff hinstellen sollen,
aber freilich kann nicht geleugnet werden, daß es der preußischen
Regierung sehr schwer wird, von dieser Forderung abzustehen,
weil die einzige Partei, auf welche sie sich im eigenen Lande mit
einiger Zuversicht stützen kann, eine solche Politik ihr stets zur
Bedingung machen wird, und weil es von einer Macht, wie
Preußen viel gefordert ist, sich seiner Qualität als europäische
Macht zu entäußern, wenn ihr nicht wenigstens die Garantie
gegeben wird, daß ihr Herrscherhaus an der Spitze des neuen
Bundesstaates steht."

Der König von Preußen berief sich zur Rechtfertigung seiner
Politik hauptsächlich darauf, daß es für Oesterreich nach Annahme
der Verfassung von Kremsier unmöglich sei, die Leitung der Neugestaltung Deutschlands zu übernehmen. Friedrich August stimmte
ihm darin bei, daß die Begründung des Einheitsstaates in der
österreichischen Monarchie das Haupthinderniß für eine Ver-

einigung des deutschen Bundesstaates mit der habsburgischen Macht bilde. In den weiteren Folgerungen aber, die sich daraus für Preußen ergaben, gingen die Meinungen auseinander. Die Hoffnung seines Schwagers, Oesterreich werde die definitive Begründung des Bundesstaates zuletzt anerkennen und auf die Union im weiteren Bunde mit demselben eingehen, vermochte Friedrich August nicht zu theilen, und der Verlauf der Ereignisse hat ihm darin Recht gegeben. Im März 1849, meinte der König, hätte man in Wien die vollendete Thatsache vielleicht anerkannt, aber werde der jetzt siegreiche Kaiserstaat sich von dem halben Deutschland Gesetze vorschreiben lassen?

Eine andere Reihe von Erwägungen schloß sich daran. Sachsen hatte, als es bei dem Abschluß des Vertrages vom 26. Mai mit seiner Rechtsverwahrung hervortrat, seine endgültige Entscheidung bis zu dem Zeitpunkt hinausgeschoben, an welchem der Reichstag, dem die Verfassung zur Berathung vorgelegt werden sollte, einberufen werden würde. Im Prinzip war der König keineswegs ein Gegner der Volksvertretung; er hielt sie sogar im Gegensatz gegen Oesterreich für nothwendig, weil sich in ihr am deutlichsten der historische Zusammenhang mit dem Frankfurter Verfassungswerk aussprach, auf dessen Boden die Union sich gestellt hatte. Aber etwas Anderes war ein allgemein deutsches und ein nur die norddeutschen Staaten repräsentirendes Parlament, das zu zwei Drittheilen aus preußischen Abgeordneten bestanden haben würde. Der König wies auf die Gefahren hin, die aus dem Zusammentritt des Parlamentes erwachsen könnten, bevor eine Verständigung unter den deutschen Mächten erfolgt war. Wie leicht konnte unter diesen Verhältnissen der Geist der Paulskirche wieder erwachen, — wie nahe lag die Befürchtung einer Verschärfung des Gegensatzes mit

Oesterreich und Süddeutschland durch die zu erwartenden Debatten! „Welche Entscheidung in diesem Falle Sachsen fassen wird", erklärte Friedrich August mit voller Offenheit, „kann ich ohne Rücksprache mit meinem Kabinet nicht sagen, glaube aber, daß es von dem Vorbehalt Gebrauch machen wird." Er beschwor den König, eine Verständigung mit Oesterreich zu versuchen: er schlug ihm eine Zusammenkunft mit dem Kaiser Franz Joseph vor. Das Schriftstück, das in den Händen Friedrich Wilhelms IV. zurückblieb, schloß mit den Worten: „Als warmer Freund Deutschlands, als gleich innig verbunden mit Oesterreichs und Preußens Fürstenhäusern, als Freund des Friedens, fühle ich mich im innersten Herzen gedrungen, was in meinen schwachen Kräften steht, zu diesem Werke der Einigung mitzuwirken."*)

Wenn die persönliche Begegnung der Herrscher Preußens und Oesterreichs bald darauf in der That stattfand, so darf daraus wohl der Schluß gezogen werden, daß die Vorstellungen seines langjährigen Jugendfreundes nicht ohne Einfluß auf Friedrich Wilhelm IV. geblieben waren. Bereits am 3. September begab sich der König von Preußen mit seiner Gemahlin nach Dresden. Sicherlich entsprang dieser Besuch, der so rasch auf die Zusammenkunft in Sanssouci folgte, nicht bloß aus einem Akt der Höflichkeit. Der junge Kaiser Franz Joseph befand sich in Prag: in einem Handschreiben an die Königin Marie von Sachsen hatte er selbst den Wunsch einer persönlichen Unterredung mit dem König von Preußen im Bade Teplitz ausgesprochen. Ohne den Rath seiner Minister zu hören, die den entgegenkommenden Schritt ihres Souveräns eher mißbilligten als guthießen, entschloß sich Friedrich Wilhelm am 7. morgens 5 Uhr nach Teplitz

----

*) Nach dem Original im Ministerium des Königlichen Hauses.

zu gehen. Seine Gemahlin und das sächsische Königspaar folgten ihm wenige Stunden später. Am Nachmittag hatten die beiden Monarchen eine längere Besprechung: Friedrich August nahm nicht an derselben theil, weil er jeden Anschein einer direkten Einwirkung Sachsens zu vermeiden wünschte. Die sächsischen und preußischen Fürstlichkeiten traten am 8. die Rückfahrt nach Pillnitz an, wo bald darauf auch der Kaiser erschien. Franz Joseph äußerte den Wunsch, die Straßen und Plätze Dresdens, die der Schauplatz der Kämpfe des Maiaufstandes gewesen waren, zu besichtigen. Da Prinz Albert sich in Norderney aufhielt, begleitete Prinz Georg den Kaiser am 9. in die Stadt, die noch immer an manchen Stellen das Bild der Verwüstung darbot. Während die preußischen Majestäten am 9. mittags Pillnitz verließen, verweilte Franz Joseph noch bis zum 11. September.

Der einzige Erfolg der Entrevue in Teplitz äußerte sich darin, daß eine Frage, über die schon seit mehreren Wochen zwischen Berlin und Wien verhandelt wurde, rascher ihre Erledigung fand, als dies wohl sonst der Fall gewesen sein würde. Als Preußen den Aufruf zum Anschluß an das Drei-Königs-Bündniß erließ, war es weit davon entfernt gewesen, die völkerrechtliche Vereinigung, auf welcher der deutsche Bund von 1815 beruhte, in Frage stellen zu wollen. Die Rechte, die sich aus der Bundesakte ergaben, wurden denjenigen Regierungen, die nicht beitraten, ausdrücklich gewahrt, und die Unionsverfassung selbst leitete ihre Berechtigung aus der Bundesakte her, welche die Einzelbündnisse der deutschen Mächte untereinander zum Schutze ihrer Sicherheit für statthaft erklärte. Ob diese Auffassung der strengen Logik des staatsrechtlichen Gedankens entsprach, lassen wir unerörtert. Durch den Beschluß der Nationalverſammlung war die Erbſchaft des Bundes einſtweilen auf den Reichsverweſer übergegangen; da Erzherzog Johann jedoch, die Unhaltbarkeit ſeiner Stellung einſehend, auf das ihm übertragene Mandat endgültig verzichtete, ſo handelte es ſich um eine ander= weite Feſtſetzung über die proviſoriſche Centralgewalt, die am 30. September dahin getroffen wurde, daß Oeſterreich und Preußen, vorläufig bis zum 1. Mai 1850, das Proviſorium übernahmen. Von mancher Seite hat man in dieſer „interi= miſtiſchen Bundeskommiſſion‟ den erſten Schritt zu einer An= näherung zwiſchen den deutſchen Großmächten geſehen, allein zu einer faktiſchen Bedeutung hätte derſelbe nur gelangen können, wenn gleichzeitig ein Einverſtändniß über die Beziehungen des engeren zu dem weiteren Bunde erzielt worden wäre. Leider war dies nicht der Fall. Das Verlangen Preußens, durch die Uebereinkunft vom 30. September die Rechtsbeſtändigkeit der Unionsverfaſſung ausdrücklich anzuerkennen, wurde von Oeſterreich verworfen.*)

Für Friedrich Wilhelm lagen verſchiedene Gründe vor, die ihn veranlaßten, mit der Konſtituirung des Bundesſtaates nicht länger zu zögern. Eine Verſammlung von ehemaligen Mitgliedern der erbkaiſerlichen Partei, die in der letzten Woche des Juni in Gotha tagte, hatte ſich in voller Einigkeit für die Union aus= geſprochen. In dieſem Votum angeſehener Männer aus Nord= und Süddeutſchland, die durch ihre politiſche Vergangenheit und ihre Lebensſtellung einen hervorragenden Namen beſaßen, lag unzweifelhaft eine weit reichende moraliſche Unterſtützung. Der „Gothaismus‟ beherrſchte die Mehrheit der preußiſchen Kammer, und das war es, was den König vorwärts trieb. Auf den

---

*) Vergl. von Radowitz, a. a. O. S. 212.

Antrag eines süddeutschen Staates, Nassau, wurde im Oktober die Berufung des Parlamentes nach Erfurt beschlossen. Das geschah in dem Augenblick, in welchem Bayern und Württemberg den Eintritt in den Bundesstaat endgültig abgelehnt hatten. Für Hannover und Sachsen war damit der Zeitpunkt gekommen, um ihre Rechtsverwahrung in Kraft treten zu lassen. Daß die preußische Regierung nicht überrascht war, geht aus einer Bemerkung Radowitz' hervor,*) obschon es den Anschein hat, als ob der persönliche Gedankenaustausch zwischen den Monarchen Preußens und Sachsens nicht zu seiner Kenntniß gelangt sei. Unbegreiflich aber ist, daß sich bis auf den heutigen Tag die Ansicht behauptet hat, Sachsen habe bis zum Moment der That seinen Vorbehalt in den Schleier des diplomatischen Geheimnisses gehüllt, da doch der Wortlaut der betreffenden Erklärung schon vor Monaten in amtlicher Form veröffentlicht worden war.**) Es bliebe somit höchstens der Vorwurf bestehen, daß die Bekanntmachung nicht unmittelbar nach der Vereinbarung vom 26. Mai für gut befunden worden sei. Aber auch hier sind wir in der Lage, auf eine Aeußerung Friedrich Augusts Bezug zu nehmen, die jeden Zweifel an der Loyalität seiner Gesinnung entfernt. „Daraus, daß der Vorbehalt nicht gleich veröffentlicht worden ist", schreibt der König, „darf kein Argument gegen Sachsen genommen werden. Mein innigster Wunsch war damals, Alles ans Licht der Oeffentlichkeit zu bringen, und nur die Rücksicht, dadurch den moralischen Eindruck des Bündnisses nicht zu schwächen und den Beitritt der süddeutschen Staaten nicht zu erschweren, bewog mich, meine gerechten Bedenken im Interesse des Ganzen, im Interesse Preußens, fallen zu lassen."

*) Gesammelte Schriften II, 205.
**) Abgedruckt in der Leipziger Zeitung vom 20. Juli 1849, S. 3751.

Wie sehr die Vorbehalte Sachsens und Hannovers in politischen Kreisen bekannt waren, ergiebt sich mit überzeugender Beweiskraft aus einer Rede des Vertreters für den Kreis West=havelland=Zauche in der Zweiten Kammer zu Berlin bei der Berathung über die deutsche Frage am 6. September, der von jenen Vorbehalten sagte, sie seien „so wesentlicher Natur, daß sie den Rücktritt dieser Mächte unbestreitbar rechtfertigten, sobald es nicht gelingt, alle Staaten außer Oesterreich zu dem Zutritte zu vermögen." Der preußische Abgeordnete, der sich in dieser Weise vernehmen ließ, war kein Geringerer als der nachmalige erste Kanzler des Deutschen Reiches, Herr von Bismarck=Schön=hausen.*)

Oesterreich säumte nicht, seinen Protest gegen die Berufung des Unionsreichstages am 28. November geltend zu machen. Die Krise, der Friedrich August hatte vorbeugen wollen, war damit im Anzuge begriffen.

In der Zwischenzeit war Prinz Albert am 13. September abends aus dem Seebade zurückgekehrt, nachdem er auf der Heim=reise die Höfe von Oldenburg und Hannover besucht hatte. Es entsprach durchaus seinen Wünschen, daß er nach der Bestimmung des Königs seinen Dienst zunächst nicht in Dresden, sondern in der Provinz fortsetzen sollte. Am 21. September wurde er zum Chef des IV. Bataillons der Infanterie=Brigade „Prinz Albert" in Bautzen ernannt. Der Prinz erlangte damit nicht nur einen selbständigen Wirkungskreis, wenn auch zunächst nur innerhalb eines kleinen militärischen Verbandes, sondern er wurde auch den Schwierigkeiten entrückt, die sich aus der bevorstehenden Eröffnung

---

*) Th. Riedel, Die Reden des Abgeordneten von Bismarck=Schönhausen in dem Parlamente 1847 bis 1851. Berlin 1881, S. 40.

der Landtagssession bei einer ständigen Anwesenheit in Dresden für seine persönliche Stellung ergeben konnten. Die Uebersiedelung in die Hauptstadt der Lausitz mußte jedoch wegen der dazu erforderlichen Einrichtungen, so bescheiden dieselben waren, auf einige Wochen verschoben werden. Der Prinz lebte einstweilen in Pillnitz, in der Nähe seiner Eltern, und begab sich am 14. Oktober mit dem König, seinem Vater, und dem Prinzen Georg über Leipzig nach Reichenbach, um den damals viel bewunderten Bau des Eisenbahnviaduktes im Göltzschthal in Augenschein zu nehmen. Wenige Tage später, 25. Oktober, meldete er sich bei dem König zum Antritt des Kommandos in Bautzen; gleichzeitig mit ihm sein Bruder Georg, der die Universität Bonn besuchen sollte, wo damals auch Prinz Friedrich Wilhelm von Preußen, der nachmalige Kaiser Friedrich, den akademischen Studien oblag.

In dankbarer Erinnerung an die Verdienste, die sich Clemens Perthes um die wissenschaftliche Fortbildung des Prinzen Albert erworben hatte, sah der Prinz-Vater sich veranlaßt, auch seinen jüngeren Sohn der besonderen Fürsorge dieses Gelehrten anzuvertrauen. Auf ein Schreiben des Prinzen Johann, das dem Eintreffen des Prinzen Georg in Bonn um einige Wochen vorausging, antwortete Perthes am 29. September: „Die wenigen Stunden, welche ich vor anderthalb Jahren Euerer Königlichen Hoheit persönlich gegenüber zu stehen die Ehre hatte, haben durch ihren die tiefsten menschlichen Verhältnisse berührenden Gehalt in mir einen Eindruck für das Leben hinterlassen und mich durch die Trübsal und durch die immer frisch blutenden Wunden der letzten Vergangenheit begleitet. — Zwei Jahre sind jetzt vergangen, seitdem Euere Königliche Hoheit den Prinzen Albert unserer Universität anvertrauten; gerade damals rangen in dem selben die jugendlichen Kräfte und die jugendlichen Schwächen hart mit einander, um den Mann und auch den Menschen hervorzuarbeiten. Bei der großen Anziehungskraft, welche diese reich begabte und hingebende Persönlichkeit auf mich ausgeübt hat, habe ich mit großer Freude aus dem Munde vieler unserer Offiziere das in ernsten Stunden männliche und Leute gewinnende Auftreten des Prinzen preisen hören. Möge der dunkle Ernst der Zeit die Keime, die in seine Seele gelegt sind, nicht knicken, sondern stark und immer stärker machen."*)

Am 26. Oktober 1849 herrschte eine freudige Bewegung in der alten lausitzischen Sechsstadt Budissin. Sie galt der Ankunft des Prinzen Albert, der in Begleitung des Kriegsministers Rabenhorst, des Generallieutenants Grafen Holtzendorff, des Obersten von Friederici und mehrerer Adjutanten mit dem Frühzuge von Dresden eintraf. Auf dem Bahnhofe stieg der Prinz mit der zahlreichen Suite zu Pferde und ritt nach dem Exerzirplatz, wo das IV. Bataillon, in Reihe und Glied aufgestellt, seinen neuen Führer mit einem kräftigen Hurrah begrüßte. An der Spitze der Truppen defilirte der Prinz vor dem Kriegsminister und rückte in die Stadt ein. Die am Lauenthore in dichten Schaaren versammelte Bürgerschaft gab ihre Freude darüber zu erkennen, daß das sonst so stille Bautzen für einige Zeit eine fürstliche Residenz werden sollte. In einem Privathause der Lauengasse bezog der Prinz seine Wohnung. Hier erschienen mittags die städtischen Behörden und das Offizierkorps der Kommunalgarde zum Empfang; dann fand ein Festmahl im Gasthaus zur Weintraube statt, und nachmittags wurden zur Feier des Tages die Truppen auf dem Schießhause bewirthet.

---

*) Mittheilung des Professor Dr. Otto Perthes. Vgl. S. 136.

Ueber den Eindruck, den das Erscheinen des künftigen Thronerben hervorbrachte, äußerte sich ein Zeitungsbericht: „Der Prinz findet hier die lebhaftesten Sympathien, denn bis in die untersten Schichten herab ist der Ruf von seinen hohen Eigenschaften gedrungen, auf welche das sächsische Volk seine Hoffnungen setzt.*)

Der Haushalt des Prinzen, der unter der umsichtigen Leitung Senfft von Pilsachs stand, war von anspruchsloser Einfachheit, aber gerade deshalb wohl geeignet, den neutralen Boden für die gesellige Vereinigung der verschiedensten Stände und Berufsklassen zu bilden, die sich hier begegneten: Vertreter der Bürgerschaft und der Beamtenwelt aus der Stadt, Offiziere, Gutsbesitzer und Edelleute aus der Umgebung. Von einer ängstlichen Abschließung gegen den freien Austausch der politischen Meinungen oder gar von einer Rivalität zwischen Militär und Bürgerthum, wie sie am Anfang der Fünfziger Jahre unter den Nachwirkungen der revolutionären Aera vielfach zu Tage trat, konnte bei der Ungezwungenheit des Verkehrs, die der Prinz liebte, keine Rede sein. Er hatte die für einen Fürsten unschätzbare Eigenschaft, die Menschen, mit denen er in Berührung kam, ausreden zu lassen, und erst, nachdem er sie gehört, mit seiner eigenen Ansicht hervorzutreten, wobei er dann in der Regel Recht behielt. Wie wir früher bemerkten, daß er zu denjenigen Naturen zählte, die in Bezug auf die Entwickelung der Bildung und des Charakters sich ihre eigenen Wege suchen, so war er in verhältnißmäßig jungen Jahren zu einer Unabhängigkeit des Urtheils gelangt, die für fremde Einwirkungen sehr wenig empfänglich war, aber zugleich, gerade weil sie auf selbst erworbenen und deshalb ge-

____

*) Aus den „Budissiner Nachrichten" vom 29. Oktober, die in den folgenden Mittheilungen mehrfach als Quelle gedient haben.

festigten Ueberzeugungen beruhte, jede Schroffheit der Gegen=
äußerung zu vermeiden wußte. Die Haltung der Stadt
Bautzen war während der Maitage nicht gerade feindselig, doch
aber manchen Schwankungen unterworfen gewesen. Der Auf=
enthalt des Prinzen daselbst hat entschieden versöhnend auf den
Geist der lausitzer Bevölkerung gewirkt; es gelang ihm, für
die Regierung seines Oheims moralische Eroberungen zu
machen.

Bei der Nähe Dresdens konnte es nicht ausbleiben, daß
vielfache Beziehungen mit dem elterlichen Hause und der Haupt=
stadt gepflogen wurden. Schon am 1. November berührten die
Königin Marie und die Prinzessin Amalie Bautzen auf der
Reise nach Wien zur Feier der silbernen Hochzeit des Erzherzogs
Franz Karl und seiner Gemahlin Sophie. Der Prinz=Vater
kam häufig, um sich von dem Wohlsein seines Sohnes zu über=
zeugen, und auch die Prinzessinnen Auguste und Amalie ließen
es sich nicht nehmen, den Neffen in seiner Garnisonstadt auf=
zusuchen. Der Prinz selbst unternahm am 22. November einen
kurzen Ausflug nach Prag, um zum ersten Male nach dem Feldzug
in Schleswig und Jütland seinen Kaiserlichen Vetter Franz
Joseph zu bewillkommnen, dann wohnte er am 26. in Dresden
mit seinem Vater der Eröffnung des Landtages bei.

Die Regierung sah dem Wiederzusammentritt der Stände
mit unsicheren Erwartungen entgegen, zumal man nach mancherlei
Erwägungen den Entschluß gefaßt hatte, für die Neuwahl der
Abgeordneten an Stelle der am 28. April aufgelösten Kammern
das äußerst freisinnige Wahlgesetz vom 15. November 1848
beizubehalten. Dieses Gesetz war zwar ausdrücklich als ein
provisorisches bezeichnet worden, und es hatte die Absicht vor=
gelegen, mit dem Landtag von 1849 einen endgültigen Beschluß

über den künftigen Wahlmodus zu vereinbaren. Die Bewegung
das Jahres 1849 war dann aber hinderND dazwischen getreten.
Der Ausfall der Wahlen gab ein Bild der herrschenden Partei=
verhältnisse, das im Ganzen nicht sehr erfreulich war. Die
konservative Partei war in sich uneinig. Ein großer Theil ihrer
Mitglieder wünschte eine entschiedene Umkehr der Gesetzgebung,
also mit anderen Worten eine Reaktion. Die Minorität war
nicht abgeneigt, mit den gemäßigteren Liberalen engere Fühlung
zu gewinnen, namentlich auch in der Behandlung der deutschen
Frage. Unter den Männern, welche die Richtung der deutschen
Vereine vertraten, hatte das Programm der Gothaer vielfach
Anklang gefunden. Die hier und da an den demokratischen Fort=
schritt streifenden Tendenzen jener Vereine hatten besonneneren
Anschauungen Platz gemacht, durch welche die Kluft zwischen dem
Liberalismus und der Demokratie erweitert wurde; die nationalen
Gesinnungen dagegen behaupteten sich. Die radikale Partei,
obwohl viele ihrer Führer sich in Untersuchung befanden, oder
vielleicht gerade aus diesem Grunde, machte Anstrengungen, das
Feld zu behaupten, sah sich aber besonders in den länblichen
Bezirken enttäuscht durch die passive Haltung, welche weite Kreise
der Bevölkerung bei den Wahlen beobachteten. Die Betheiligung
an denselben war eine äußerst schwache gewesen, und in dieser
Abspannung des öffentlichen Geistes, die dem Sturm und Drang
des politischen Kampfes folgte, durfte man immerhin ein An=
zeichen dafür erblicken, daß das Verlangen nach einer friedlichen
Gestaltung der inneren Verhältnisse vorhanden war.

Das, was freilich am meisten zu wünschen gewesen wäre,
ein geschlossenes Auftreten der Ordnungsparteien, dessen Noth=
wendigkeit Prinz Johann in einer seiner umfangreichsten politischen
Denkschriften betonte, die im Herbst 1849 entstand, wurde nicht

erreicht.*) In der Zweiten Kammer hielt die liberale Fraktion der radikalen annähernd das Gleichgewicht. Auch die Erste Kammer zeigte noch deutlich das Gepräge der nivellirenden Bestimmungen, aus denen sie hervorgegangen. Das radikale Element war auch hier stark vertreten, doch lag die Präsidentschaft in den Händen des ehemaligen Ministers Georgi, der den Standpunkt des Gothaischen Programms theilte. Das konservative Element war in beiden Kammern nur mit wenigen Stimmen vertreten. Prinz Johann war im Anfang nicht Willens gewesen, seinen Sitz in der Ersten Kammer einzunehmen, da man ihn jedoch ohne sein Zuthun zum Mitglied des Gesetzgebungsausschusses wählte, ließ er im Einverständniß mit dem Ministerium sich zu einer Aenderung seines Entschlusses bewegen. „Wobei ich gern bekenne", äußerte sich der Prinz, „daß es mir erwünscht war, meine liebgewordene ständische Thätigkeit wiederzufinden: für jeden Fall behielt ich mir den Rücktritt vor."

Gleich nach Beginn der Sitzungen erhob sich in der Ersten Kammer ein Widerspruch gegen die Haltung der Regierung in der deutschen Verfassungsangelegenheit. Das Ministerium versprach die Vorlegung einer Denkschrift und der diplomatischen Korrespondenz über das Verhältniß Sachsens zu dem Vertrage vom 26. Mai. Seltsame Gerüchte schwirrten durch das Land. Die Zusammenziehung größerer Truppenkörper an der Nordgrenze Böhmens und die Anwesenheit des Erzherzogs Albrecht in Dresden am 28. und 29. November gaben zu der Befürchtung Anlaß, daß ein Einverständniß über eine militärische Intervention Oesterreichs getroffen sei, falls dem sächsischen Kabinet

---

*) Auszüge aus dieser Abhandlung, deren Titel lautete: „Zum Verständniß, von einem Konservativen" hat von Falkenstein a. a. O. S. 184 ff. veröffentlicht.

aus der Opposition der Kammern Schwierigkeiten entstehen sollten. Auch in Berlin fühlte man sich hierüber beunruhigt. Friedrich Wilhelm sandte seinen Generaladjutanten Leopold von Gerlach mit Briefen an den König und die Königin Marie nach Dresden. Gerlach konnte sich mit Leichtigkeit überzeugen, daß die Ausstreuungen über eine bedrohliche Stimmung, die in der Hauptstadt herrschen sollte, lediglich auf ein falsch berechnetes Manöver der Presse zurückzuführen seien. An dem Tage seines Eintreffens, 6. Dezember, erschien der König mit seiner Gemahlin zum ersten Male nach den Maitagen in einer Vorstellung des Hoftheaters und wurde von dem Publikum mit lebhaften Zurufen der Freude empfangen. Die Audienz, die Friedrich August dem preußischen Abgesandten am 7. ertheilte, gab diesem die befriedigendste Aufklärung.*) Die Erste Kammer aber begnügte sich nicht, den in Aussicht gestellten Rechenschaftsbericht der Regierung abzuwarten; am 20. Dezember stellte der ehemalige Staatsminister Albert von Carlowitz den Antrag auf Widerruf des Vorbehaltes und Theilnahme der sächsischen Abgeordneten an dem Erfurter Parlament. Der Antrag wurde an eine Kommission verwiesen und die Debatte bis nach dem Jahreswechsel vertagt.

Prinz Albert verlebte die Weihnachtsfeier und das Neujahrsfest inmitten der Familie. Bei der Vorliebe, die Friedrich August der Tonkunst überhaupt und besonders der Militärmusik widmete, war es seit einigen Jahren zur Gewohnheit geworden, daß am 1. Januar vor der üblichen Cour am Hofe eine der Regimentskapellen sich im weißen Saale des Schlosses versammelte, um ihre Weisen erklingen zu lassen. So geschah es auch diesmal; Prinzeß Amalie und Prinz Albert befanden sich dabei in

*) L. von Gerlach, Denkwürdigkeiten, I., S. 387 ff.

Gesellschaft des Königs. Nach Bautzen zurückgekehrt, wurde der Prinz am 13. Januar mit einem Feste überrascht, welches die Stadt ihm zu Ehren veranstaltete. Der nächste Zweck desselben war, dem Prinzen den Dank der Bürgerschaft für die Schenkung seines Bildnisses abzustatten und ihm als Gegengabe einen silbernen Trinkkrug mit den Bildnissen seiner Ahnen und der entsprechenden Votivinschrift zu überreichen. Der Prinz nahm dieses Erinnerungszeichen mit bewegten Worten entgegen und widmete den ersten Ehrentrunk dem Gedeihen der Stadt Budissin. Die Redner, die ihm folgten, priesen das gute Einvernehmen zwischen der Garnison und der Einwohnerschaft, und der Jubel erreichte seinen Höhepunkt, als der jugendliche Wettiner den Trinkspruch eines Vertreters der wendischen Bevölkerung in der alten Sprache des Landes beantwortete.

Während dann die nächsten Wochen „nach des Dienstes ewig gleichgestellter Uhr" ruhig dahinflossen, bildete die deutsche Frage das Hauptthema der ständischen Verhandlungen. In der Ersten Kammer, die in dieser Diskussion den Vortritt hatte, kam es zu keinem Beschluß. Der Carlowitzsche Antrag erlangte nicht die Majorität. Die Mehrzahl der Redner sprach sich für den Bundesstaat mit einer repräsentativen Versammlung aus, aber man verkannte nicht die unübersteiglichen Hindernisse, die der Ausführung entgegenstanden. Die Hoffnung, daß die preußische Union sich zu einem Bunde aller deutschen Staaten gestalten werde, war so gut wie geschwunden. Es kam hinzu, daß die Kunde von Verhandlungen über die Errichtung eines Gegenbundes zwischen Oesterreich und den Königreichen bereits in die Oeffentlichkeit gedrungen war. Der unentwirrbare Zwiespalt der Regierungen, der durch dieses Vorgehen nur verschärft werden konnte, lähmte die Entscheidung der Kammer: man zog es vor, die weitere Entwickelung der Dinge abzuwarten.

Auch in der Zweiten Kammer spalteten sich die Meinungen. Die radikale Partei griff auf die Frankfurter Beschlüsse zurück und verlangte sogar eine Wiederberufung der Nationalversammlung, indem sie behauptete, daß die Vollmacht derselben trotz der Auflösung des Rumpfparlamentes nicht erloschen sei. Bei der Erstattung des Ausschußgutachtens dagegen hatte sich eine Majorität von Liberalen und Konservativen zusammengefunden, deren Votum nach mehrtägiger Berathung, vom 2. bis 7. März, in den wesentlichen Punkten angenommen wurde. Die Abstimmung fiel zu Gunsten der Errichtung eines Bundesstaates und einer aus Wahlen hervorgegangenen Versammlung, wobei die Kammer besonders hervorhob, daß sie diese Institutionen als unerläßliche Bedingung für Herstellung eines gesicherten Zustandes der allgemeinen deutschen Verhältnisse und einer gedeihlichen Entwickelung Sachsens betrachte. Die Betheiligung an dem Erfurter Parlament wurde mit einer Mehrheit von nur zwei Stimmen, 35 gegen 33, abgelehnt, nichtsdestoweniger aber die Regierung aufgefordert, mit allen Mitteln diplomatischer Unterhandlung auf den Anschluß Bayerns und Württembergs an das Bündniß vom 26. Mai hinzuwirken.

Hierin lag ein unverkennbarer Protest gegen den unter Führung Oesterreichs unternommenen Reformversuch der Mittelstaaten, der inzwischen durch den Münchener Vertrag vom 27. Februar zum Abschluß gelangt war. Eigentlich also hatte die Union in diesem parlamentarischen Kampfe den Sieg davon getragen. Nebenbei erklärte die Kammer sehr bestimmt, daß sie die deutsche Politik der Regierung nur auf denjenigen Wegen unterstützen werde, die ihren Anschauungen entsprächen, und zuletzt wahrte sie sich das Recht der Entscheidung über jede Festsetzung, die in dieser Angelegenheit getroffen werden würde.*) Das Ministerium konnte darin nur ein Mißtrauensvotum erblicken, und der Fortbestand des Landtages mußte unter solchen Verhält=nissen schon damals zweifelhaft erscheinen. Die Ereignisse der nächsten Zeit waren danach angethan, die sächsische Volksvertretung in dem Standpunkt, auf den sie sich stellte, zu bestärken, denn das Erfurter Parlament, das vom 20. März bis 29. April tagte, nahm, wie bekannt, in seinen beiden Kurien, dem Staaten= und dem Volkshause, die Unionsverfassung fast ohne Ver=änderung an.

In diese Tage fällt die Vermählung der Schwester des Prinzen Albert, Elisabeth. Durch die Ungunst der Zeitverhält=nisse, die Kämpfe in Italien, seit Jahren hinausgeschoben, sollte die Verbindung der Prinzessin mit dem Herzog Ferdinand von Genua, Bruder des Königs Viktor Emanuel, endlich ihre Ver=wirklichung finden. Die Prinzessin stand im einundzwanzigsten, der Herzog im achtundzwanzigsten Lebensjahre. Der Hochzeits=feier, die am 22. April stattfand, folgten mancherlei Festlichkeiten, zu denen am 24. April auch die Gemahlin Friedrich Wilhelms IV. erschien, begleitet von der Prinzessin Charlotte, Tochter des Prinzen Albrecht von Preußen, die mit der jungen Herzogin befreundet und damals Braut des Erbprinzen von Meiningen war. Der Herzog von Genua, — ein eifriger Soldat — widmete den Uebungen der verschiedenen Truppengattungen großes Interesse und „zeigte sich dabei", bemerkt Prinz Johann, „seiner jungen Frau als kühner Reiter durch häufige Lançaden, die er sein Pferd machen ließ". Am 30. April wurde ein Aus=

*) Landtagsakten 1849/50, Mittheilungen der II. Kammer I, 986 ff.

flug in die sächsische Schweiz nach dem Königstein und der Bastei unternommen; bei der Rückfahrt am Abend, zu der man das Dampfschiff benutzte, erstrahlten die Ortschaften am Elbufer in bengalischem Feuer. Als die Neuvermählten am 2. Mai die Reise nach Berlin antraten, um sich am Hofe vorzustellen, gab ihnen Prinz Albert dorthin das Geleite.

In der preußischen Hauptstadt war man damals mit den Vorbereitungen des Kongresses beschäftigt, zu welchem Friedrich Wilhelm IV. die sämmtlichen mit ihm verbündeten Fürsten und deren Minister eingeladen hatte; in gewissem Sinne die äußerlich glänzendste Episode der Union, aber auch zugleich der Beginn des Umschlages. Allerdings hatte die mittelstaatliche Einigung die beabsichtigte Wirkung vollständig verfehlt und eher zu einer Befestigung als zu einer Schwächung des preußischen Systems bei= getragen. Die Grundidee, auf der das Münchener Projekt fußte, die Uebertragung der ausübenden Gewalt auf ein Direktorium von sieben Stimmen, die sich lediglich auf die größeren deutschen Mächte, Oesterreich, Preußen, die übrigen Königreiche und beide Hessen, vertheilte, hatte bei den Kleinstaaten den nicht unbegründeten Argwohn erweckt, daß es dabei auf ihre Mediatisirung abgesehen sei. Das Ministerium Schwarzenberg erkannte den taktischen Mißgriff, den es mit Aufstellung des von ihm inspirirten Gegen= bundes begangen hatte, und säumte keinen Augenblick, den Kampf gegen die Union von einer anderen Operationsbasis aus fortzu= setzen. Mit dem 1. Mai war die vertragsmäßige Frist des österreichisch=preußischen Interims abgelaufen. Da die Er= neuerung desselben nicht in dem Plane Oesterreichs lag, hatte das Wiener Kabinet am 26. April eine Zirkularnote erlassen, in welcher die deutschen Regierungen aufgefordert wurden, ihre Be= vollmächtigten zum 10. Mai zu einer Plenarversammlung nach

Frankfurt a. M. zu entsenden. Mochte dieser bedeutsame Akt auch mit einer Erklärung verbunden sein, welche die Nothwendigkeit einer Revision der Bundesakte und einer Reform der Reichsverfassung geflissentlich betonte, so konnte sich doch Niemand mehr darüber täuschen, daß das Endziel der österreichischen Politik auf die Wiederherstellung des Bundestages gerichtet war.

Das Vorgehen des Kaiserstaates äußerte sofort den nachhaltigsten Einfluß auf die Stellung des deutschen Sonderbundes. Als der Berliner Kongreß am 8. Mai seine Berathungen begann, war bei der Mehrzahl der unirten Fürsten die Betheiligung an den Frankfurter Verhandlungen schon so gut wie beschlossen. Es handelte sich eigentlich nur noch um die Frage, ob die Union als Bund im Bunde fortbestehen solle. Einige Mitglieder, wie der Kurfürst Friedrich Wilhelm I. von Hessen, unter Beirath seines Ministers Hassenpflug, und der Großherzog Georg von Mecklenburg-Strelitz gaben ihrem Widerspruch gegen die Verfassung vom 26. Mai unverholenen Ausdruck, und sie waren nicht die Einzigen, die so dachten. Die endgültige Einsetzung der Bundesregierung wurde nicht beschlossen, sondern nur das Provisorium bis zum 15. Juli verlängert. Der Delegation in Frankfurt bestritt man das Recht, die Befugnisse des Plenums in Anspruch zu nehmen und unter österreichischem Vorsitz zu tagen: man legte ihr nur den Charakter einer freien Konferenz bei, an der die Union mit einer Kollektivstimme theilnehmen sollte, — was die Anerkennung ihrer Berechtigung in sich geschlossen hätte. Am Schluß der Sitzungen, 16. Mai, hielt Friedrich Wilhelm IV. mit gewohnter Beredsamkeit eine Ansprache an die Fürsten, in der er auf die Möglichkeit eines Kampfes mit Oesterreich hinwies und es als die Pflicht seines Gewissens bezeichnete, für diesen Fall das Festhalten an dem

Bunde oder den Austritt dem freien Entschluß der einzelnen Regierungen anheimzustellen. Der Inhalt der Rede und noch mehr die schwermüthige Resignation, mit der der König sie vortrug, waren nur allzusehr geeignet, das Vertrauen in seine Festigkeit zu erschüttern.*)

Es ist mehr als wahrscheinlich, daß Friedrich Wilhelm IV. schon damals die Unionspolitik aufgegeben haben würde, wenn nicht sein Bruder, Prinz Wilhelm von Preußen, in ihn gedrungen hätte, Stand zu halten.**) Die abwehrende Haltung der hochkonservativen Partei, jenes urwüchsigen altpreußischen Partikularismus, der mit der Bundesverfassung das Ende des spezifischen Preußenthums prophezeite und in der Theilung der Rechte des Fürstenrathes zwischen der Hohenzollernmacht und den Kleinstaaten die Mediatisirung Preußens erblickte,***) hatte ihn schon lange bedenklich gestimmt. Nicht minder fühlte seine Seele sich bedrückt durch die Wahrnehmung, daß der Gang der allgemeinen Politik zu einer Isolirung Preußens geführt hatte. Der Friede mit Dänemark war noch nicht abgeschlossen; Rußland drohte mit einer Besetzung der Herzogthümer. Die Aussicht auf ein Zerwürfniß mit seinem alten Bundesgenossen in dem Augenblick, in welchem Oesterreich ihm feindselig gegenübertrat, ließ dem König keine ruhige Stunde. Noch während des Fürstentages beschloß er die Absendung seines Bruders nach Warschau zu Kaiser Nikolaus. Die deutsche Frage trat damit in das Stadium der europäischen Verwickelung.

— —

*) Den ausführlichsten Bericht über den Berliner Fürstentag geben die Denkwürdigkeiten Ernsts II. von Koburg. Band I, S. 556 ff.

**) Vgl. den Brief des Prinzen an den König vom 9. Mai bei L. von Gerlach, S. 475, und die Denkschrift vom 19. Mai bei W. Oncken, das Zeitalter des Kaisers Wilhelm. 1, 312.

***) Aussprüche Bismarcks bei Riedel. S. 43 und 99.

Der Aufenthalt des Prinzen Albert in Potsdam währte bis zum 8. Mai. Tags zuvor war auch sein Vater dort eingetroffen. Da trotz der Vorgänge im Oktober 1849 eine Erklärung Sachsens über den Austritt aus der Union nicht erfolgt war, hatte Friedrich Wilhelm IV. auch an den König Friedrich August eine Einladung zu dem Kongreß erlassen, die jedoch abgelehnt wurde. Prinz Johann wünschte durch sein Erscheinen beim Beginn des Fürstentages die unveränderte Fortdauer des Freundschaftsverhältnisses mit dem preußischen Herrscherhause zu bezeugen; außerdem drängte es ihn, das Ehepaar von Genua vor dessen Abreise nach Italien noch einmal zu sehen. Der Prinz hebt besonders hervor, daß Friedrich Wilhelm IV. ihn mit gewohnter Herzlichkeit empfing. Sein Sohn war von Berlin zunächst nach Bautzen zurückgekehrt, wo am 16. Mai der König das Bataillon inspizirte. Nachdem der Prinz bei dieser Gelegenheit zum Oberstlieutenant befördert worden war, unternahm er am 22. Mai eine größere Reise durch Bayern, das Salzkammergut und Oesterreich.

Wenige Tage darauf trat die vorauszusehende Katastrophe der Ständeversammlung ein. Durch die Auflösung der Kammern im April 1849 war das Ministerium in die schwierige Lage versetzt worden, die gesammte Finanzverwaltung ohne Budget fortführen zu müssen. Die Regierung legte das größte Gewicht auf ein baldiges Zustandekommen eines neuen Etats; die Zweite Kammer aber hatte bis Mitte Mai erst wenige Kapitel desselben erledigt, und die Erste traf überhaupt keine Anstalten, sich mit der Regelung der Finanzen zu beschäftigen.*) Diese passive Haltung hatte ihren Grund vornehmlich darin, daß beide Kammern

* R. von Friesen I, 249.

im Hinblick auf die fernere Entwickelung der deutschen Frage die Session in die Länge zu ziehen suchten. Die Aussicht auf die Wiederbelebung des Bundestages gab der Gothaischen Partei unter Führung Biedermanns Veranlassung zu einer Interpellation, die in der Absicht gestellt wurde, die Regierung bei der Entscheidung, die sie treffen würde, an eine Vereinbarung mit den Kammern zu binden. Die Angelegenheit kam jedoch nicht mehr zur Berathung. Das Kabinet war schon seit mehreren Wochen zu der Einsicht gelangt, daß die vorliegenden Gesetzentwürfe, namentlich die Bestimmungen über das Vereins- und Versammlungsrecht, das Wahlgesetz und die damit im Zusammenhang stehende Revision der Gemeindeordnung mit diesem „Widerstandslandtage" nicht zum Abschluß zu bringen seien. Am 1. Juni erschien ein Dekret über die Auflösung der Kammern. Die Frage über die Erneuerung der Landesvertretung hatte innerhalb des Ministeriums zu lebhaften Kontroversen geführt. Man schwankte zwischen der Oktroyirung eines Wahlgesetzes und der Einberufung der Stände in der Zusammensetzung von 1848. Wenn die Regierung trotz der konstitutionellen Bedenken, die dagegen geltend gemacht wurden, und deren Berechtigung auch Prinz Johann anerkannte, den letzteren Weg wählte, so geschah es, weil sie mit einiger Sicherheit auf die Zustimmung der konservativen Mehrheit des Volkes rechnen konnte.

Prinz Albert erfuhr die Auflösung der Kammern erst in München und konnte sich überzeugen, daß die von dem König ergriffene Maßregel in den dortigen Kreisen einen günstigen Eindruck machte. Der Prinz hatte seine Reise in Augsburg unterbrochen, wo er den Abend des 25. Mai mit den Offizieren des Chevaulegers-Regiments verlebte, bei dem sein Jugendfreund, Prinz Ludwig von Bayern, stand. Die Mitglieder des Wittels-

bachischen Königshauses, namentlich Maximilian II. selbst, be=
reiteten ihm den freundschaftlichsten Empfang, und auch die
Einwohnerschaft Münchens fand Gefallen an dem zwanglosen
Auftreten des jungen Fürsten, der auf die angebotene Wohnung
in der Residenz verzichtet und sich in dem Gasthof zum Hirsch
einquartiert hatte. Der Prinz widmete allen Sehenswürdig=
keiten der bayerischen Hauptstadt, namentlich auch den Künstler=
ateliers, eingehendes Interesse. Am 3. Juni machte der König
dem Prinzen in früher Morgenstunde einen Besuch und über=
reichte ihm die Insignien des Hubertus=Ordens; am Vormittag
wurde auf dem Marsfeld eine Parade abgehalten. Am 5. ging
es nach Berchtesgaden, in den nächsten Tagen nach Salzburg
und Ischl.

Der Prinz hatte gewünscht, auf der Reise durch Oester=
reich unerkannt zu bleiben, aber der Kaiser durchkreuzte diese
Absicht durch Absendung eines Stabsoffiziers, des Majors
von Barbarczy, nach Linz zur Begrüßung seines Vetters. Die
Fahrt nach Wien erfolgte am 10. Juni mittelst des Dampf=
bootes auf der Donau bis Nußdorf. Hier harrten Erzherzog
Maximilian und, im Auftrage des Kaisers, der Generaladjutant
Graf Grünne der Ankunft des fürstlichen Gastes und gaben ihm
das Geleite nach dem Schlosse Schönbrunn.

Was bei dem Besuche des Prinzen Albert in Olmütz im
Dezember 1848 noch als eine unsichere Hoffnung sich darstellte,
die Befestigung der Staatsverhältnisse Oesterreichs, das war jetzt
nach Verlauf von anderthalb Jahren der Erfüllung entgegen=
gereift. Der Widerstand der Ungarn war mit Hülfe der Russen
bezwungen; die Strenge der Haynauschen Kriegsgesetze hatte die
Opposition der Magyaren zum Schweigen gebracht. Die Lom=
bardei und Venetien schienen fester als je mit der habsburgischen

Monarchie verknüpft: weithin über Mittelitalien, in Parma, Toskana und dem Kirchenstaat, herrschte der Einfluß Oesterreichs. Auch in den deutschen Verhältnissen begann der Sieg sich auf die Seite des Kaiseradlers zu neigen. Gleichzeitig mit dem Prinzen von Preußen war Fürst Schwarzenberg in Warschau gewesen; die Nachrichten, die er von dort mitbrachte, ließen keinen Zweifel darüber, daß der Zar sich gegen die Unions=bestrebungen Preußens erklärt hatte. Der erste Erfolg der Annäherung Rußlands und Oesterreichs wurde sofort darin erkennbar, daß Preußen die Hand zum Friedensschluß mit Däne=mark bot, der am 2. Juli 1850 zu Stande kam. War es schon an sich sehr begreiflich, daß all' diese Vorgänge in Wien eifrigst besprochen wurden, so ergab sich dazu noch ein besonderer Anlaß. Infolge eines gegen das Leben Friedrich Wilhelms gerichteten Attentats hatte Franz Joseph dem König, der dabei verwundet worden war, in einem Handschreiben seine Theilnahme aus=gedrückt. Zur Abstattung des Dankes erschien am 17. Juni in Schönbrunn der preußische Flügeladjutant Major Freiherr Edwin von Manteuffel, der nachmalige Generalfeldmarschall und Statt=halter von Elsaß=Lothringen, der im Gefolge des Prinzen Wilhelm Zeuge der Entrevue von Warschau gewesen war.

Ein weites Feld der großen Politik eröffnete sich vor den Augen des Prinzen Albert. Sein Hauptinteresse aber widmete er dem Studium der militärischen Verhältnisse Oesterreichs. Der siegreiche Ausgang des langen Waffenkampfes an der Donau und jenseits der Alpen hatte dem kriegerischen Geist der Armee einen mächtigen Impuls gegeben und die einzelnen Heerestheile auf die Höhe der Leistungsfähigkeit erhoben. Glänzende Bilder zogen an seinen Blicken vorüber. Am 12. Juni eine Truppen=schau auf dem Glacis, 16 Bataillone, 12 Eskadrons, 48 Geschütze, aufgestellt in drei Treffen, Vorbeimarsch erst in Zügen, dann in Kolonnen, in der Suite die berühmtesten Generale, Clam Gallas, Jellacic, Welden, Graf Wratislaw; am 26. Juni Manöver auf der Schmelz, Schießübungen der Raketenbatterie bei Wiener= Neustadt, Besuch der Militärakademie.

In jenen Tagen wurde zwischen dem Kaiser und dem Prinzen Albert ein Lebensbund geschlossen, der allen Wechsel der Zeiten überdauern sollte. In den Laubgängen des im Rokokostil angelegten Parkes von Schönbrunn zeigte sich das Freundespaar Arm in Arm dem zahlreich versammelten Publikum, das sich ungehindert nahen durfte. Am 30. Juni verlieh Franz Joseph dem Prinzen den Orden des Goldenen Vließes. Bei der Abreise am 2. Juli abends fand sich der Kaiser mit sämmt= lichen Erzherzögen auf dem Nordbahnhof ein. Die Wiener er= blickten darin eine Aufmerksamkeit, die noch keinem Souverän zu Theil geworden. Fürst Felix Schwarzenberg war voll des Lobes: „Ihr Prinz hat hier den günstigsten Eindruck hinterlassen," äußerte er zu dem Gesandten Könneritz, „und was die Haupt= sache ist, sich mit dem Kaiser vortrefflich verstanden."*)

Ueber Prag, wo Erzherzog Albrecht damals das militärische Kommando führte, kehrte Prinz Albert am 6. Juli nach Bautzen zurück. Am 9. Juli rief ihn eine erhebende Feier nach Dresden: auf dem Neustädter Kirchhofe wurde im Beisein einer Deputation des Kaiser Alexander=Regiments, mit dem Obersten Grafen Waldersee an der Spitze, das Denkmal zu Ehren der bei dem Maiaufstande gefallenen preußischen und sächsischen Krieger ent= hüllt. Wie wir sahen, hatten bereits die Ereignisse des Jahres

---

*) Als Quelle dienten die Depeschen der Wiener Gesandtschaft im Hauptstaatsarchiv und die Tagesberichte der Wiener Zeitungen.

1843 zu einer Verftärkung der fächfifchen Wehrkraft geführt. Die damals begonnene Reorganifation ging jetzt ihrer Vollendung entgegen. Bei jedem der vier Linien-Infanterie-Regimenter, die bisher aus drei Bataillonen beftanden, war ein viertes Bataillon gebildet worden, ebenfo bei den Schützen-Bataillonen. An Stelle der Regimentsverbände, die aufgelöft wurden, traten vier Brigaden bei der Linie, eine bei den Schützen; doch wurden die hiftorifchen Bezeichnungen der Regimenter auf die neu formirten Brigaden übertragen, von denen die erfte den Namen des Prinzen Albert erhielt. Am 11. Juli fand auf dem Schloßhof zu Dresden die Uebergabe der Fahnen an die vier Bataillone diefer Brigaden ftatt. Der König hielt eine Anfprache an die Truppen, die fich unter Vortritt des Prinzen Albert in einem offenen Viereck aufgeftellt hatten. Die Veränderungen in der Armee hatten auch einen Wechfel in den dienftlichen Verhältniffen des Prinzen zur Folge. Nach einer Ordre vom 8. Auguft follte er unter Ernennung zum Oberften die Führung der leichten Infanterie-Brigade in Leipzig übernehmen.*) Nachdem er noch am 15. Auguft den Befuch der Erzherzöge Albrecht und Leopold in Bautzen erhalten hatte, fchied er am 1. September aus diefer Stadt unter den unzweideutigen Beweifen allgemeiner Anhänglichkeit, welche die Bürgerfchaft ihm darbrachte. Der Perron des Bahnhofs war von Damenhänden mit Blumen gefchmückt; Stadtrath Dr. Klien hielt eine Anrede, auf die der Prinz verficherte, daß er die in Budiffin verlebte Zeit zu den fchönften Erinnerungen feines Lebens zählen werde.

Die Zeit der Truppenübungen im Spätfommer führte den Prinzen wieder nach Böhmen, wo er mit feinem Bruder Georg,

*) Vergl. von Schimpff a. a. O. S. 71 ff.

der nach Beendigung der Studien in Bonn eine Reise nach
Paris und dem nördlichen Frankreich unternommen hatte und
am 29. August nach Pillnitz zurückgekehrt war, den Manövern
in der Umgegend von Bilin beiwohnen wollte. Dieser Ausflug
hätte leicht verhängnißvoll werden können. Am 10. September
wurde der Prinz bei Trzeblitz von dem Schlag eines Pferdes
am linken Unterschenkel oberhalb des Fußgelenks getroffen; die
Aerzte konstatirten eine schwere Verletzung des Knochens. Der
Prinz ertrug sein Mißgeschick mit der Kaltblütigkeit des echten
Soldaten. „Schon damals", berichtet sein Vater, „zeigte sich
sein unerschrockenes Gemüth. Als er auf die Trage gebracht
wurde, nahm sich General Graf Grünne seiner an und wurde
von einem der Militärträger mit einer niederen Titulatur be=
dient. Albert sagte scherzend zu Grünne: Ich gratulire zum
Avancement." Die erste Nachricht von dem Unglücksfall über=
brachte am späten Abend der Adjutant des Generalstabes, Ober=
lieutenant von Montbé, dem am 11. früh der Adjutant Rittmeister
von Fabrice, der spätere Kriegsminister, mit der Meldung folgte,
daß der Prinz, nachdem die Einrenkung des Fußes an Ort und
Stelle vorgenommen, in Begleitung des österreichischen Stabs=
arztes Dr. Kraus und des Oberarztes Dr. Voigt mit dem
Dampfschiff am Abend in Pillnitz eintreffen werde. In allen
Kreisen äußerte sich die aufrichtigste Theilnahme; die Kammern
übersandten ihre Wünsche für baldige Genesung, — das erste
Mal, daß der Name des Prinzen in den Akten des Landtages
auftauchte. Am 15. September erschien Kaiser Franz Joseph,
um sich nach dem Befinden seines Freundes zu erkundigen. Der
Heilungsprozeß verlief in erwünschter Weise, aber er nöthigte
den Prinzen zu mehreren Wochen unfreiwilliger Muße. Von dem
Antritt des Kommandos in Leipzig konnte unter diesen Um=

ſtänden keine Rede ſein, und ehe der jugendliche Oberſt wieder
dienſtfähig wurde, hatte die Lage der Dinge in Deutſchland eine
ſo drohende Geſtalt angenommen, daß am 2. November der
Befehl zur Mobiliſirung der ſächſiſchen Armee erging.

Es war bekanntlich der kurheſſiſche Verfaſſungsſtreit, der
damals den Ausbruch des offenen Kampfes zwiſchen den deutſchen
Regierungen befürchten ließ. Die mittelalterlichen Anſchauungen
des Landesherrn, namentlich ſeine budgetloſe Regierung, hatten
zu einem Konflikt mit den Ständen geführt; es kam zur Steuer-
verweigerung und ſchließlich, da die Beamten und ſelbſt die
Offiziere ſich für die Aufrechthaltung der konſtitutionellen Rechte
erklärten, zu einem Zuſtand, der an die Revolution ſtreifte.
Das Plenum des Bundes, obwohl es bisher nur dem Namen
nach beſtand, weil ihm die Anerkennung Preußens und des
größeren Theils der deutſchen Mächte fehlte, beſchloß auf Antrag
des Kurfürſten die Reichsexekution. Friedrich Wilhelm IV. ſah
darin eine Maßregel der Willkür, deren Zweck in ſeinen Augen
kein anderer ſein konnte, als die Union mit Gewalt zu zer-
ſprengen und die weſtlichen Landestheile ſeiner Monarchie, deren
Etappenſtraßen durch das Kurfürſtenthum führten, mit einem
Angriff zu bedrohen. Während eine bayeriſche Heeresabtheilung
ſich anſchickte, in Heſſen einzurücken, drang ein preußiſches
Truppenkorps unter General von Gröben bis Kaſſel vor. Auf
einer Zuſammenkunft in Bregenz, am 11. Oktober, zu der ſich
Kaiſer Franz Joſeph und die Könige von Bayern und Württemberg einfanden, wurde die Aufſtellung einer Armee von
200 000 Mann gegen Preußen beſchloſſen. Die Stimmung in
Süddeutſchland war außerordentlich kriegeriſch, ruhiger und be-
ſonnener die Haltung im Norden. König Friedrich Auguſt und
Prinz Johann, die vom Rechtsſtandpunkt aus das Verfahren des

Kurfürsten mißbilligten, bemühten sich, die Zorneswallungen ihres preußischen Schwagers durch briefliche Vorstellungen zu besänftigen. „Die bedenkliche Lage", schreibt Prinz Johann, „war für mich ein wahrer Gegenstand des Kummers. Der Gedanke eines Bruderkrieges unter Teutschen schien mir unerträglich, wozu bei mir noch das freundschaftliche Verhältniß mit König Friedrich Wilhelm IV. kam. Es drängte mich, wenigstens einmal mich offen gegen ihn auszusprechen und ihm meine Meinung zu schreiben." Seine Andachtsübungen führten den Prinzen auf die Stelle der heiligen Schrift, in welcher die Königin Esther den Wunsch ausspricht, daß ihre Worte bei dem Gebieter des Perserreiches Gehör finden möchten. „Man muß gestehen", fährt der Prinz fort, „daß kaum eine passendere Stelle für meine Lage aufgefunden werden konnte. Ich machte mich sogleich ans Werk, suchte alle Gründe hervor, die dafür sprachen, den bisherigen Weg zu verlassen, und beschwor ihn mit den herzlichsten und wohlmeinendsten Worten. Der Brief ging unter Genehmigung meines Bruders ab. Ob er etwas zu dem folgenden Ausgang gewirkt hat, wage ich nicht zu entscheiden. So viel ist aber gewiß, daß einige Zeit darauf die Entlassung Radowitz' aus dem Ministerium erfolgte und später die Entsendung Manteuffels nach Olmütz stattfand."

Friedrich Wilhelm IV. erhielt das Schreiben in einem Augenblick, in welchem er im Begriff stand, auch seinerseits dem langjährigen Freunde sein Herz auszuschütten. Er dankte am 25. Oktober in warmen Worten für den treuen Rath, — aber die Erregung über die einseitig beschlossene Bundesexekution wirkte noch in ihm nach. In der ihm eigenthümlichen drastischen Ausdrucksweise schrieb er: Niemand werde sich ungestraft auf den Leib treten lassen. Dennoch hatte der Prinz nicht so Unrecht,

wenn er in dem Ausscheiden Radowitz' das Anzeichen einer Um=
kehr der preußischen Politik betrachtete. Voraufgegangen war
eine zweite Mission an den Zaren, die der Ministerpräsident
Graf Brandenburg übernommen hatte. Wenige Tage nach der
Ankunft desselben in Warschau traf am 25. Oktober, von Bregenz
zurückkehrend, Kaiser Franz Joseph dort ein, mit ihm Schwarzen=
berg. Es ist bekannt, daß der Schiedsspruch des russischen
Herrschers für die Lösung sowohl der deutschen als der kur=
hessischen Frage den Ausschlag gab. Am 31. Oktober nach
Berlin zurückgekehrt, fand Graf Brandenburg die Hauptstadt von
Kriegslärm erfüllt; auch der Prinz von Preußen war für die
Annahme des Kampfes. In einer Ministerialsitzung vom 2. No=
vember aber wurde auf den Rath Brandenburgs, der am 6. No=
vember einer tödlichen Krankheit zum Opfer fiel, die Aussöhnung
mit Oesterreich zum Beschluß erhoben.*)

Die Zusammenziehung größerer Truppenmassen, die infolge
der Mobilmachung in der Nähe von Dresden stattfand, wurde
noch mehrere Wochen hindurch aufrecht erhalten. Ehe die Auf=
lösung der Heerestheile erfolgte, nahm der König am 11. De=
zember eine Musterung über das Gros und die Reserve auf
dem Neumarkt vor, woran sich am 16. eine Revue über die
Avantgarde bei Moritzburg schloß, beide Male unter Theilnahme
des Prinzen Albert, dessen Wiederherstellung mit Freude begrüßt
wurde. Am 21. Dezember 1850 übernahm der Prinz das
Kommando der dritten Infanterie=Brigade.

Inzwischen waren am 28. und 29. November in Olmütz
zwischen Schwarzenberg und Manteuffel die Grundlagen für eine

---

* Vergl. H. von Sybel, Begründung des deutschen Reiches, 1889,
II., S. 3 ff.

Verständigung der deutschen Großmächte festgesetzt worden. Die Angelegenheit der Bundesreform wurde an eine Ministerkonferenz verwiesen, die nach dem Wunsche Preußens in Dresden zusammentreten sollte, während Oesterreich Wien vorgeschlagen hatte. In Bezug auf den kurhessischen Streit einigten sich die Unterhändler über eine vorläufige gemeinsame Okkupation des Landes von Seiten Preußens und des Bundes, vorbehaltlich der endgültigen Regelung durch eine preußisch-österreichische Kommission. Eine weitere Abmachung betraf die Verhältnisse Schleswig-Holsteins. Die tapfere Bevölkerung der Herzogthümer hatte den Friedensschluß vom 2. Juli verworfen und auf eigene Hand den Kampf mit Dänemark fortgesetzt, — wie sich bei dem Mangel an genügenden Streitkräften voraussehen ließ, mit ungünstigem Erfolg. Oesterreich und Preußen übernahmen es, der schleswigschen Landesregierung ein Machtgebot zu stellen, durch welches sie gezwungen werden sollte, die Truppen hinter die Eider zurückzuziehen und auf einen Waffenstillstand einzugehen.

Seit Jahrzehnten hatte Dresden keine so stattliche Versammlung berühmter Staatsmänner in seinen Mauern beherbergt als während der Ministerkonferenzen, die vom 23. Dezember 1850 bis Mitte Mai 1851 in dem alten Brühlschen Palais ihre Sitzungen hielten. Es herrschte ein äußerst lebhaftes Treiben: der Hof und die verschiedenen Korporationen der Stadt wetteiferten in festlichen Veranstaltungen. In den Konzerten feierte eine der ersten Vertreterinnen der italienischen Gesangskunst, Madame La Grua, Triumphe; am Fastnachtsabend, 4. März, wurden unter Mitwirkung der Prinzen und Prinzessinnen Menuets im Kostüm aufgeführt: nach alter sächsischer Sitte endete der Ball mit dem „Großvatertanz", bis das Schmettern der Fanfaren den Eintritt der Mitternachtsstunde verkündete.

Im Beginn der Berathungen wurde die Nothwendigkeit einer Bundesreform noch von allen Parteien anerkannt. Allmählich aber verschwanden die verheißungsvollen Programme der Jahre 1848 und 1849 von der Tagesordnung unter den Händen der einzelnen Kommissionen. Der Gedanke eines Volksparlaments war schon in Warschau heftig bestritten, in Olmütz völlig aufgegeben worden; in Dresden versuchten es noch einige Regierungen, darunter die von Bayern und Sachsen, ihn wieder zur Geltung zu bringen, aber die Mehrzahl der deutschen Mächte war darin einig, daß die Erinnerungen des Frankfurter Parlaments so rasch wie möglich der Vergessenheit überliefert werden müßten. Die unversöhnlichen Gegensätze der verschiedenen Staatengruppen traten im Februar 1851 bei der Debatte über die konstituirenden Grundlagen der Verfassung in ihrer ganzen Schärfe zu Tage. Die Hauptforderung Oesterreichs, Aufnahme der Gesammtmonarchie in den Bund, stieß nicht nur bei Preußen und der geschlossenen Phalanx der kleineren Staaten auf Widerspruch, sondern sie gab auch den Anlaß zu einer Einmischung der europäischen Mächte: Frankreich und England protestirten gegen die Idee des Siebzigmillionen-Reiches, die erst ein Vierteljahrhundert später unter völlig veränderten Verhältnissen ihre Verwirklichung finden sollte. Der Dualismus zwischen Oesterreich und Preußen offenbarte sich von Neuem in der Frage des Bundespräsidiums, welches Schwarzenberg als ein unveräußerliches Ehrenvorrecht für den Kaiserstaat allein in Anspruch nahm. Ebenso wenig vermochte man sich über die Zusammensetzung der Vollziehungsbehörde zu einigen. Unzweifelhaft entsprach es dem Wesen der Föderation, wenn Preußen und Oesterreich auf die Begründung einer kräftigeren Exekution im Vergleich zu der früheren Organisation der Bundesgewalt drangen. Man hatte

zunächst vorgeschlagen, an Stelle des engeren Rathes einen Aus=
schuß von sieben Staaten mit neun Stimmen zu setzen, von
denen je zwei für Oesterreich und Preußen, je eine auf Bayern,
Sachsen, Württemberg, Hannover, und eine Gesammtstimme für
Kurhessen, und Hessen=Darmstadt bestimmt waren. Die kleineren
Staaten aber verwarfen diesen Plan, der sie von jeder Theil=
nahme an der Centralgewalt ausschloß. Man versuchte es noch
mit einer Modifikation durch Erweiterung der Stimmenzahl von
neun auf elf, aber auch dies blieb ohne Erfolg. Die Fürsten=
libertät, die seit dem westfälischen Frieden den Grundfaktor der
deutschen Reichsverfassung bildete, behauptete 1851 gerade so das
Uebergewicht wie 1815 bei Stiftung der Bundesakte. Bereits
am 12. März erklärte Preußen „die Restitution der vormaligen
Bundesverfassung“ als den einzigen noch möglichen Ausweg.*)
„Die übrigen zur Sprache gebrachten Gegenstände“, bemerkt
Prinz Johann sehr richtig, „wurden mit dem sprüchwörtlich ge=
wordenen Ausdruck »als schätzbares Material«**) der Bundes=
versammlung überwiesen.“

Noch vor dem Schluß der Konferenzen hatte am 12. April
1851 der Landtag, der am 15. Juli 1850 zusammengetreten war,
seine gesetzgeberischen Arbeiten beendet. Anfangs waren aus
liberalen Kreisen mancherlei Proteste gegen die Wiederberufung
der alten Stände erhoben; mehrere Abgeordnete, darunter der
Vertreter der Universität Leipzig, weigerten sich, ihre Mandate
auszuüben. Allmählich aber nahmen die Kammern eine Haltung
an, die dem in der Thronrede vom 22. Juli ausgesprochenen

---

    *) Bericht des koburgischen Gesandten Seebeck in den Denkwürdig=
keiten des Herzogs Ernst, Band II., S. 17.
    **) Bekanntlich ein Ausspruch Schwarzenbergs in der Schlußrede der
Dresdener Konferenzen.

Wunsche der Rückkehr zu einer konservativen Staatsordnung auf Grund der Verfassung von 1831 entsprach. Dabei ließ sich freilich nicht verkennen, daß auch die Tendenz einer rückschreiten= den Bewegung ihren Einfluß geltend machte. Das von der Re= gierung vorgelegte Wahlgesetz mußte zurückgezogen werden, weil der Entwurf sich von dem Prinzip der ständischen Vertretung, das, wie wir wissen, bei der Begründung der Konstitution auch auf die Zusammensetzung der Zweiten Kammer übergegangen war, weiter entfernte, als die damalige Majorität es für ange= messen hielt. Durch das Gesetz vom 15. August 1850 wurde die Verfassungsänderung vom 15. November 1848 aufgehoben: mit der Wiederherstellung des alten Wahlmodus kehrte man zu den Grundlagen der konstitutionellen Monarchie von 1831 zurück. Dagegen wurde der Staatshaushaltsetat vor Ablauf des Jahres 1850 ohne Schwierigkeit festgestellt, und die einschränkenden Be= stimmungen in Bezug auf das Vereinswesen und die Presse er= hielten nach den Vorschlägen des Ministeriums Gesetzeskraft. Unter Zustimmung der Kammern erfolgte die Aufhebung der Grundrechte; nur die bürgerliche Gleichstellung der Juden, für die Prinz Johann energisch eintrat, wurde beibehalten. Am deutlichsten gab sich die veränderte Stimmung in der Zurück= haltung kund, welche die Vertreter des Landes auf dem Gebiet der Politik beobachteten: die Opposition gegen die Stellung des Kabinets in der deutschen Frage verstummte.

Es liegt uns fern, das unerquickliche Kapitel der Kämpfe und fruchtlosen Reformversuche, die in den nächsten anderthalb Jahrzehnten von dem wiederhergestellten Bundestage ausgingen, eingehend behandeln zu wollen. Die großen Ereignisse der Jahre 1848 bis 1850 bedurften einer ausführlicheren Darstellung, da sie von entscheidendem Einfluß auf das Leben des Prinzen Albert gewesen sind. Der Aufschwung der nationalen Ideen hatte den jungen Fürsten, der damals an der Schwelle des Mannesalters stand, wie wir sahen, mächtig ergriffen. Unter den deutschen Regenten der Gegenwart ist König Albert von Sachsen der einzige, der das Schwert für Schleswig=Holstein gezogen hat. Mit dem Jahre 1851 begann auch für ihn eine neue Zeit. Die Veränderung der politischen Verhältnisse, die damals eintrat, be= ruhte vornehmlich auf der Erstarkung des Sondergefühls der Einzelstaaten und, im Rückschlag gegen die revolutionäre Be= wegung der unmittelbar vorhergegangenen Jahre, auf einer Be= festigung der staatlichen Autorität in allen Zweigen der inneren Gesetzgebung.

Für den Prinzen Albert waren es besonders die militärischen Verhältnisse, die sein Interesse fort und fort in Anspruch nahmen. Bei der Reorganisation der Armee, die nur schrittweise vor sich gehen konnte, ist er vielfach thätig gewesen. Bemerken wir gleich hier, daß auch die Heereseinrichtungen Sachsens von der Tendenz der Rückkehr zu den Zuständen vor 1849 nicht unberührt blieben: durch ein Gesetz vom 3. Juni 1852 wurde die allgemeine Wehr= pflicht abgeschafft und das System der Stellvertretung wieder= hergestellt.

Die Beschäftigung mit der Politik war weniger die Sache des Prinzen. Es ist zwar im Herbst 1851 davon die Rede ge= wesen, daß der künftige Thronfolger von der ihm verfassungs= mäßig zustehenden Befugniß des Eintritts in die Erste Kammer Gebrauch machen sollte, allein er selbst scheint darauf kein großes Gewicht gelegt zu haben. Es gab auch für ihn Zeiten, wo er, ähnlich wie der damalige Prinz von Preußen, ganz damit zu= frieden war, daß sein Beruf ihm gestattete, „nur Soldat zu sein“. Die Richtung der auswärtigen Politik Sachsens, die wie

wir bemerken konnten, zu einem engeren Anschluß an Oesterreich
führte, gewann für den Prinzen ein persönliches Verhältniß,
dessen Schwerpunkt in seiner Freundschaft zu Franz Joseph lag.
Es kam hinzu, daß die Bundesgenossenschaft mit dem Nachbar=
staate sehr bald in breiten Schichten der sächsischen Bevölkerung
Wurzeln schlug.   Die Eröffnung der Eisenbahn nach Prag am
6. April 1851 wurde in Dresden und in der böhmischen Haupt=
stadt als ein nationales Ereigniß betrachtet.   König Friedrich
August nahm in der Schlußrede des Landtages darauf Bezug.
Prinz Albert, der mit der Vertretung seines Oheims bei den
Feierlichkeiten der Einweihung betraut war, und Prinz Georg
begaben sich am 6. April mit dem ersten Bahnzug nach Prag
und kehrten am nächsten Tage in Begleitung des Erzherzogs
Albrecht nach Dresden zurück.   Der Bahnhof war mit den
Namenszügen der beiden Monarchen, den Flaggen Oesterreichs,
Böhmens und Sachsens geschmückt.   Bei einem Festmahl in der
„Harmonie“, zu welchem die Spitzen der Bürgerschaft erschienen
waren, wurde die Tragweite des Ereignisses in den verschiedensten
Variationen beleuchtet.

In den Tagen vom 27. Mai bis 2. Juni 1851 verweilte
der Prinz in Olmütz, um Zeuge der Begegnung des Zaren und
des österreichischen Kaisers zu sein.   Unmittelbar vorangegangen
war ein Besuch Friedrich Wilhelms IV. bei seinem Schwager
Nikolaus in Warschau, und Anfang September fand in Prag
die große Entrevue zwischen dem preußischen Monarchen und dem
Kaiser Franz Joseph statt.   Das Einverständniß der Ostmächte
trat so sichtbar hervor, daß die Liberalen eine Erneuerung der
heiligen Allianz prophezeiten.   Die Katastrophe der Elbherzog=
thümer, die sich damals vollendete, war allerdings geeignet, die
Klagen über den Untergang der nationalen Hoffnungen des

Jahres 1848 laut werden zu lassen. Die tapfere schleswig-holsteinische Armee, für die Prinz Albert aus der Zeit der Waffen-
brüderschaft her bis zuletzt eine lebhafte Sympathie bewahrte,
hatte vor dem Machtgebot der österreichisch-preußischen Exekution
die Waffen strecken müssen. Die Landesversammlung der Herzogthümer wurde aufgelöst, die Trennung Schleswigs durchgeführt.
Die dänische Gesammtmonarchie begann ihre Thätigkeit damit,
daß sie durch die berüchtigten Spracherlasse das deutsche Element
in Schleswig mit gewaltsamer Unterdrückung bedrohte. Nachdem
die Pacification Schleswig-Holsteins in dieser Weise beendet,
nahm ein Theil der österreichischen Truppen seinen Rückmarsch
durch sächsisches Gebiet. Das Dragoner-Regiment Windischgrätz und
einige Batterien bezogen in den Tagen vom 23. bis 26. März
1852 in der Umgegend Dresdens Quartiere. Die Windisch-
grätz-Dragoner defilirten auf dem Neumarkt vor dem König und
den Prinzen. Die Anwesenheit der Raketen-Batterie, deren
Leistungen in den Feldzügen von 1849 die Aufmerksamkeit der
Fachleute erweckt hatte, veranlaßte die Dresdener Bevölkerung,
schaarenweise nach dem benachbarten Gruna hinauszuziehen.

　　Prinz Albert war inzwischen in seiner Stellung als Kommandeur der dritten Infanterie-Brigade am 10. Dezember 1851
zum Generalmajor ernannt worden. Das Hauptereigniß des
Jahres 1852 und zugleich den Höhepunkt seiner Reiseerinnerungen
aus der Jugendzeit bildete ein längerer Aufenthalt in Petersburg.
Wie es scheint, hat die militärische Sachkenntniß des Prinzen
schon in Olmütz einen vortheilhaften Eindruck bei dem Kaiser
Nikolaus hinterlassen. Bald nach dem Osterfeste berührte der
Zar auf der Reise von Prag nach Berlin die sächsische Hauptstadt und verweilte hier einen Tag im Hause seines Gesandten,
Baron von Schröter. Bei dieser Gelegenheit sprach der Kaiser

dem Prinzen den Wunsch aus, ihn während der Truppenübungen im Sommer als Gast am russischen Hofe begrüßen zu können. Der Prinz verbrachte zunächst, wie es seit Jahren seine Gewohnheit war, einige Wochen an der See, diesmal auf Helgoland, und besuchte dann seine preußischen Verwandten in Sanssouci, wo er mit seinem Vater zusammentraf. Besondere Anregung gewährte ihm das Adlerschießen der Offiziere des ersten Garde-Regiments im Wildpark, ein alljährlich wiederkehrendes Turnier unter den besten Schützen, wobei die Gegenwart der Damen dem Eifer des Wett-streits einen romantischen Anflug verleiht. Von Potsdam aus begleitete Prinz Johann am 23. Juli seinen Sohn nach Stettin bis an Bord des Dampfschiffes „Preußischer Adler", das die Fahrt nach Kronstadt am 24. antrat. Zu den Reisegefährten des Prinzen, der von dem Rittmeister von Senfft und dem Major im Kriegsministerium, Bernhard von Schimpff, begleitet war, gehörte der Bruder der Großfürstin Helene, Prinz August von Württem-berg, damals Generallieutenant, im Kriege 1870 Kommandirender des Gardekorps, der General von Rochow, preußischer Gesandter in Petersburg, der auf seinen Posten zurückkehrte, nachdem er die ihm interimistisch übertragene Vertretung am Bundestage in die Hände des Herrn von Bismarck-Schönhausen gelegt hatte, und der österreichische Gesandte in Berlin, Graf Mensdorff, durch seine Mutter ein Verwandter des Hauses Sachsen-Koburg.

Der Prinz liebte das Meer. Jahrelange Uebungen in der Seefahrt hatten ihn dahin gebracht, mit den Launen des ewig be-wegten Elements auf vertrautem Fuße zu stehen. Seine Wider-standskraft bewährte sich rühmlichst: trotz des starken Wellen-ganges und der kräftigen Brise auf der Fahrt längs der Küste Gothlands war er der einzige Passagier, der nicht den Tücken der Seekrankheit erlag. In den Augen des nicht mehr ganz jugendlichen Rochow, dem der Prinz manchen ermuthigenden Beistand leistete, war seitdem die günstige Meinung über den Prinzen fest begründet.

Die Landung in Kronstadt erfolgte am 27. Juli, morgens 9 Uhr. Der sächsische Geschäftsträger Karl Friedrich Graf Vitzthum von Eckstädt und, im Auftrage des Kaisers, der General-lieutenant Betencour, hatten sich zum Empfange eingefunden; ein Dampfer zur Fahrt über den Finnischen Meerbusen nach Schloß Peterhof nahm die Reisenden auf. Gleich der erste Tag führte den Prinzen mitten in das rastlose Treiben des russischen Hof-lebens. Bei der Ankunft in Peterhof fand er den Zaren und die Zarewna im Begriff, sich zu Schiff nach Petersburg zu be-geben. Es blieb nur die Zeit zu einer kurzen Begrüßung, dann schloß der Prinz sich der Gesellschaft an. Auch in Petersburg war ihm nur eine kurze Ruhe gegönnt, denn es drängten die Besuche, deren erster der Schwägerin des Kaisers, Wittwe des Großfürsten Michael, Helene Paulowna, auf ihrer Villa in Jelagya galt. Vor der Rückkehr nach Peterhof wurden in der Troika des Großfürsten Nikolai im Fluge noch einige Sehens-würdigkeiten Petersburgs berührt. Am 28. Juli fand ein all-gemeiner Aufbruch nach Krasnoe-Selo statt, wo zum nächsten Tage ein Manöver angesagt war.

Während der ganzen Regierungszeit des Kaisers Nikolaus bildeten die jährlichen Uebungslager des Gardekorps bei Krasnoe den auserlesensten Vereinigungspunkt für die militärischen Ver-treter aller europäischen Staaten, mit denen das nordische Reich in Frieden lebte. Im Jahre 1852 stellten das Hauptkontingent Preußen und Oesterreich. Der nachmalige Kronprinz Friedrich Wilhelm von Preußen, drei und ein halbes Jahr jünger als der dereinstige Thronfolger Sachsens, machte damals seinen ersten Be-

such in der russischen Hauptstadt. Oesterreich hatte den Feld=
zeugmeister Heß und den Feldmarschall Clam Gallas, der im
Jahre 1866 in so enge Beziehungen zu der sächsischen Armee
treten sollte, entsandt; Preußen, außer dem württembergischen
Herzog den Gouverneur der Marken, Wrangel, und, was dem
Prinzen besondere Freude bereitete, den Befehlshaber der Reichs=
armee von 1849, Prittwitz. Der General liebte es, in zwang=
losem Verkehr mit den Offizieren, die lange Pfeife im Munde,
von seinen Kriegsthaten zu erzählen, wobei er nicht versäumte,
das Lob des jungen sächsischen Hauptmanns, dem er drei Jahre
zuvor ein so glänzendes Zeugniß ertheilt hatte, zu wiederholen.

Freilich hätte es dieser Empfehlung des alten Kriegsmannes
nicht bedurft, denn Nikolaus hatte in seinem Scharfblick die Be=
gabung des Prinzen für seinen Beruf längst erkannt. Mit
Wohlgefallen bemerkte der Kaiser, daß sein Gast bereits bei dem
ersten Vorbeimarsch der Truppen die Namen der Regimenter,
die sich dem Gedächtniß der Uneingeweihten schwer einprägen,
ohne Anstoß beherrschte. Leutselig richtete er an den Prinzen
die Worte: „Mensch, woher weißt Du denn das schon?“ Zu
dem Grafen Vitzthum sagte der Kaiser am 1. August: „Ich
liebe keine Phrasen, aber ich bin entzückt von dem Besuch des
Prinzen Albert; der Prinz ist ein hervorragender junger Mann,
hervorragend in jeder Hinsicht, namentlich sehr unterrichtet in
den Kriegswissenschaften. Wir werden ihm zeigen, was bei uns
zu sehen ist, und es soll mich freuen, wenn es ihm hier gefällt.“
Der Prinz gewann gleich in den ersten Tagen seines Verweilens
im Lager die höchste Vorstellung von der Leistungsfähigkeit der
russischen Armee. Am meisten aber imponirte ihm der Kaiser
selbst an der Spitze seiner Truppen: diese hünenhafte Herrscher=
gestalt mit dem durchbringenden Blick, dessen Strenge durch einen

Zug der Melancholie gemildert wurde. Wegen seines Körper=
gewichtes pflegte Nikolaus bei den großen Revüen stündlich sein
Pferd zu wechseln: unbeweglich, wie aus Erz gegossen, ergänzten
Roß und Reiter sich zu einer wahrhaft monumentalen Erschei=
nung. Die Herzen der russischen Offiziere eroberte der jugend=
liche Fürst hauptsächlich dadurch, daß er über alle Einzelheiten
des nationalen Krieges von 1812 Bescheid zu geben wußte. Wie
in Wien, so erwarb er sich auch in Petersburg in kurzer Zeit
durch sein anspruchsloses und doch sicheres Auftreten und die
Sachkenntniß seiner Urtheile einen guten Namen.

Die Unterbrechung der militärischen Uebungen wurde zu
einem Besuche der Zarenstadt Moskau benutzt, in Gemeinschaft
mit dem Prinzen Friedrich Wilhelm von Preußen und Feldzeug=
meister Heß: jedenfalls ein Beweis dafür, daß sich zwischen den
fürstlichen Vertretern der Häuser Hohenzollern und Wettin rasch ein
freundschaftliches Verhältniß entwickelt hatte. Man nahm Woh=
nung im Kreml und vertiefte sich mit lebhaftem Interesse in
den Anblick der Stätten, die in religiöser und geschichtlicher Be=
ziehung den besten Kommentar für das Verständniß des Altrussen=
thums gewähren. Natürlich wurden dabei auch die Napoleonischen
Erinnerungen nicht vergessen: die Prinzen verweilten längere
Zeit auf jener Anhöhe an der Straße nach Smolensk, von der
aus der Imperator zuerst die Thürme des Kreml erblickt hatte.
Es war den Reisenden jedoch nur ein kurzer Aufenthalt, vom
4. bis 7. August, gestattet, denn die Hauptmanöver sollten am
11. beginnen.

Die fürstlichen Fremden begaben sich am 10. nach dem Lust=
schloß Ropsha, das in der Nähe der zu erwartenden Truppen=
bewegungen lag. Die Grundidee beruhte auf dem Kampfe eines
noch nicht vollständig konzentrirten Nordkorps unter persönlichem

Befehl des Kaisers, welches von einem Südkorps unter General Rüdiger zunächst mit überlegener Macht angegriffen und zurückgeworfen wird, später aber, nach Vereinigung seiner Streitkräfte, bei Gatschina dem Südkorps die Entscheidungsschlacht anbietet und den Feind mit glänzendem Erfolge zurückschlägt. In dem Kaiserlichen Hauptquartier versah der Zarewitsch, Alexander Nikolajewitsch, die Stelle des Stabschefs, während die jüngeren Söhne des Zaren den Dienst als Flügeladjutanten ausübten. Eine große Parade bei Krasnoe-Selo, am 20. August, bei der auch die Kaiserin, Alexandra Feodorowna, Schwester Friedrich Wilhelms IV., erschien, bildete den Beschluß der Uebungen. Jeden Truppentheil, der bei ihm vorbeidefilirte, begrüßte der oberste Kriegsherr mit lauten Zurufen, die aus den Reihen der Soldaten stürmisch erwidert wurden, — nur bei zwei Kavallerie-Brigaden, die sich durch einen Verstoß mehrerer Offiziere gegen die Duellgesetze die Ungnade des Kaisers zugezogen hatten, fielen diese Akklamationen fort. Die Anforderungen, die während der zehn Manövertage an die körperliche Ausdauer der Theilnehmer gestellt wurden, waren ungewöhnlich, denn man saß von morgens vier bis nachmittags fünf Uhr zu Pferde.

Erst nach der Rückkehr aus dem Feldlager, am 21. August, fand der Prinz die Zeit, sich unter den Sehenswürdigkeiten Petersburgs umzuthun. Besondere Aufmerksamkeit widmete er der noch im Bau begriffenen Jsaakskirche, der Gemäldegalerie in der Eremitage, die soeben erst durch den Ankauf der durch die Bilder der spanischen Schule berühmten Sammlung des Marschalls Soult eine namhafte Bereicherung erfahren hatte, den mineralogischen Sammlungen, dem Arsenal und dem alle Zweige der Kriegsstudien umfassenden Institut des Generalstabs, einer Schöpfung des Generals Berg, der selbst die Führung übernahm. Daß das gesellschaftliche Leben des Hofes sich in voller Pracht vor den Blicken des Kaiserlichen Gastes entfaltete, bedarf kaum der Erwähnung. Die denkwürdigste Szene, die sich dabei ereignete, spielte in der Nacht zum 3. August auf einem Balle in Serjewski, dem Landhause der Herzogin von Leuchtenberg, Maria Nikolajewna, der Lieblingstochter des Kaisers. Als der Prinz die Großfürstin zum Tanze führte, richtete sich auf ihn das Auge des Kaisers, der sich an den Grafen Vitzthum mit den Worten wendete: „Die Entschlüsse der Vorsehung sind unerforschlich! Sehen Sie Ihren jungen Prinzen! Ich verstehe mich auf die Menschen. Nun, es ist wahrhaftig schade; er hätte die Befähigung, das größte Reich der Welt zu beherrschen, während", setzte er mit einem Seufzer hinzu, „ich Erben großer Staaten kenne, denen ich keine Kompagnie anvertrauen möchte."*)

Auf den 27. August mittags war die Abreise des Prinzen Albert aus Peterhof festgesetzt. Tags zuvor hatte der Kaiser ihn zum Chef eines russischen Regiments mit dem Range eines Generalmajors ernannt, wobei dem Prinzen die Wahl der Truppengattung freigestellt wurde. Er entschied sich für das Zweite Jäger-Regiment Kapor, das noch heute als 4. Infanterie-Regiment der russischen Armee den Namen des Königs führt. Auf dem Kaiserlichen Kriegsdampfer „Graciarsky" geleitete der Zar den Prinzen bis Kronstadt; die Fahrt nach Stettin wurde in Gesellschaft des Großfürsten-Thronfolgers und dessen Gemahlin zurückgelegt, und am 1. September traf der Prinz wieder in Dresden ein.

---

* K. Fr. Graf Vitzthum von Eckstädt, St. Petersburg und London 1852 bis 1864, Stuttgart 1886, I. S. 18. Außerdem wurden die Berichte des Grafen Vitzthum im Hauptstaatsarchiv der Darstellung zu Grunde gelegt.

Unter den politischen Ereignissen Deutschlands nahm in der Zeit des Petersburger Aufenthalts der viel berufene Zollkrieg des Jahres 1852 die erste Stelle ein. Kaiser Nikolaus bezeichnete diese echt deutsche Fehde als eine Angelegenheit, der das Ausland vollkommen gleichgültig gegenüberstand,*) allein für die Spannungen, die unter den Mächten des Staatenbundes herrschten, war der Vorgang doch sehr bezeichnend. Preußen hatte bereits im September 1851 mit den Nordseestaaten, Hannover und Oldenburg, die bisher noch außerhalb des Zollverbandes standen, ein Abkommen getroffen, das insofern eine Revision der bestehenden Verträge nothwendig machte, als den neu eintretenden Staaten dabei gewisse Vorrechte eingeräumt worden waren, die mit den Grundsätzen des Zollvereins nicht im Einklang standen. Hatte schon das eigenmächtige Vorgehen Preußens bei den übrigen Mitgliedern des Zollbundes, namentlich den Mittelstaaten, die nicht um ihre Meinung befragt worden waren, großes Aufsehen erweckt, so wurde der Gegensatz noch verschärft, als von Seiten des Berliner Kabinets mit der ablaufenden Frist zum 1. Januar 1854 die Kündigung des Zollvereins erfolgte. Oesterreich, das schon bei den Dresdener Konferenzen seinen Eintritt in den deutschen Handelsverein beantragt hatte, bemächtigte sich der Agitation, um eine Sprengung des Zollverbandes herbeizuführen und dem Gedanken eines österreichisch-mitteldeutschen Handelsbundes Eingang zu verschaffen. Wir übergehen die zahlreichen Ministerkongresse, zu denen dieser deutsche Streit den Anlaß gab. Sie vollzogen sich sämmtlich unter der gleichen Signatur: lebhafte

*) Am 1. August 1852 sagte der Zar zum Grafen Vitzthum mit Bezug auf die Krisis des Zollvereins: „C'est bien la plus importante question pour vous et la plus ennuyeuse pour nous autres spectateurs." Bericht aus Petersburg im Hauptstaatsarchiv.

Entrüstung über Preußen auf der einen Seite, und auf der anderen die im Grunde genommen bei allen Betheiligten vorwiegende Ueberzeugung, daß die Erneuerung des Zollvereins eine Existenzbedingung für den deutschen Binnenhandel sei. In Sachsen vertraten der Finanzminister Behr und der Minister des Innern, von Friesen, diese Ansicht mit Entschiedenheit, das Votum des Landtages von 1852 bestärkte sie darin, und auch der Freiherr von Beust sah sich zuletzt veranlaßt, den politischen Standpunkt, den er in der Sache einnahm, dem Uebergewicht der materiellen Interessen zum Opfer zu bringen. Immerhin waren die Meinungsverschiedenheiten anfangs stark genug, um eine Ministerkrisis herbeizuführen. Herr von Friesen reichte am 24. September seine Entlassung ein, Beust übernahm neben dem Ministerium des Auswärtigen das des Innern und überließ das Departement des Kultus, das er bisher verwaltet hatte, dem Minister von Falkenstein, dessen hervorragende Persönlichkeit uns schon begegnet ist.*) Preußen einigte sich am 19. Februar 1853 mit Oesterreich über einen Handelsvertrag, und die Fortdauer des Zollvereins war vorläufig auf eine Reihe von Jahren gesichert.

Prinz Albert war von diesen Konflikten kaum berührt worden. Nach der Rückkehr aus Rußland hatten ihn zunächst bis Ende September die österreichischen Truppenübungen in der Nähe von Pest in Anspruch genommen, die ihn zum ersten Male nach Ungarn führten.**) Dann folgte er im Spätherbst, 6. November 1852, mit seinem Bruder Georg einer Einladung des ihm seit Jahren befreundeten Erzherzogs Albrecht nach Mähren, die sich zu einem Wendepunkte in seinem Leben gestalten sollte, denn sie

*) R. von Friesen, Erinnerungen, V. 357, die beste Quelle für die Geschichte des Zollstreits, soweit Sachsen dabei betheiligt.
**) Vgl. von Schimpff a. a. O. S. 80.

legte den Grund zu seinem ehelichen Glücke. Der Erzherzog führte seine Freunde in das Haus der Prinzessin Luise von Wasa ein, die mit ihrer einzigen Tochter, Carola, auf der mährischen Besitzung Schloß Moravec, einige Poststunden von Iglau entfernt, ihren Wohnsitz hatte. Die Herzensneigung des jungen Paares erblühte bei der erften Begegnung und wurde auch nicht lange als Geheimniß behandelt. „Als meine Söhne zurückkamen“, berichtet Prinz Johann, „fuhr ich ihnen auf den Bahnhof ent= gegen und erfuhr schon hier von Albert, wie es um die Sache ftand. Er brang fogar in mich, bald die nöthigen erften Schritte zu thun, denn er besorgte immer noch, es werde ihm von Paris aus zuvorgekommen werden.“ Man weiß in der That, daß Louis Napoleon, damals noch Präsident der französischen Republik, bei einem Besuch in Baden von der Persönlichkeit der Prinzessin Carola gefesselt, einige Wochen vor der Proklamation des Kaiser= reichs vom 2. Dezember 1852, um die Hand der letzten Erbin des Hauses Wasa geworben hat.*) Die Eltern des Prinzen Albert gaben mit Freuden ihre Zustimmung zur Wahl des Sohnes. Prinz Guftav Wasa, der Vater der Prinzessin, Sohn Guftavs IV. Adolf, Königs von Schweden, der im Kampfe gegen Napoleon I. seinen Thron verlor, nahm in der Kaiserlichen Armee die Stellung eines Feldmarschall=Lieutenants ein. Oesterreich wurde dadurch die Heimath der Prinzessin=Tochter, die am 5. Auguft 1833 im Schlosse von Schönbrunn geboren war, später aber einen Theil ihrer Erziehung an dem Hofe ihrer Großmutter, der Groß= herzogin Stephanie von Baden, Adoptivtochter Napoleons I., in Mannheim erhielt. Einem altfranzösischen Geschlecht entstammend,

*) Den Verlauf der Werbung Louis Napoleons erzählt der mit dieser Angelegenheit beauftragte General Graf Fleury in seinen soeben erschienenen Souvenirs du Général comte Fleury, Paris 1897, I. S. 216.

Tochter des Generals Grafen Beauharnais und der Gräfin Marnézia, seit 1806, im 17. Lebensjahre, mit dem damaligen Erbprinzen Karl Ludwig Friedrich vermählt und seit 1818 ver-wittwet, gehörte die Großherzogin Stephanie bis über die Mitte unseres Jahrhunderts hinaus zu den edelsten Gestalten im Kreise der deutschen Fürstinnen.

Vielseitige künstlerische und geistige Interessen und ein reger Verkehr mit den meisten Regentenhäusern Europas machten ihren Hofhalt in Mannheim und Baden-Baden zum Mittelpunkt einer auserlesenen internationalen Geselligkeit, die auf die Geistes-entwickelung der Enkelin frühzeitig einen anregenden Einfluß ausübte. Außer in Wien und in Baden verbrachte die Prinzessin Carola ihre erste Jugendzeit, namentlich während der Sommer-monate, auf der Besitzung ihres Vaters in Mähren, Schloß Eichhorn im Thal der Schwarzawa.

Nach erfolgter Trennung der Ehe des Prinzen Wasa und dessen Gemahlin im Jahre 1844 nahmen Mutter und Tochter ihren ständigen Aufenthalt auf der mährischen Herrschaft Moravec. Hier, in ihrer zweiten Heimath, erfreute Prinzeß Carola sich bald großer Beliebtheit, die sie nicht nur ihrer ausgezeichneten Bildung und der Anmuth ihrer Erscheinung, sondern ebenso sehr ihrem in der Stille wirkenden Wohlthätigkeitssinn verdankte. Sie besaß ein in so jungen Jahren ungewöhnliches Organisations-talent für die Förderung gemeinnütziger Zwecke und erwarb sich dabei umsomehr die Sympathien der armen Bevölkerung, als ihre schaffensfreudige Natur sie dazu trieb, überall selbst Hand anzulegen.*) Dem Prinzen Wasa, der alljährlich in Dresden

---

*) Eine ausführliche Darstellung des Jugendlebens der Prinzessin liegt vor in dem Buche des Obersten von Schimpff: Königin Carola von Sachsen, Leipzig und Berlin, 1898.

oder Pillnitz als Gast erschien, war Prinz Albert seit seinen Kinderjahren bekannt; es fiel ihm nicht schwer, die väterliche Einwilligung desselben zu erlangen. Bereits im Dezember, bei einer zweiten Anwesenheit des Prinzen in Mähren, wurde die Verlobung vollzogen.

In den nächsten Monaten entspann sich ein lebhafter Verkehr zwischen Dresden und Mähren. Am 10. Februar 1853 begab sich Prinz Johann mit seiner Gemahlin und den Töchtern Sidonie und Anna nach Brünn, wo die Prinzessin Wasa mit ihrer Tochter den Winter zubrachte, um die künftige Schwiegertochter zum ersten Male zu begrüßen. „Der Eindruck, den uns die Braut machte," schreibt Prinz Johann, „war ein höchst günstiger. Ihre liebliche Erscheinung, ihr freundliches und herzliches Wesen und das Glück, das den jungen Leuten aus den Augen leuchtete, machten mich ganz glücklich." Während die Eltern und Geschwister am 16. Februar abreisten und Prinz Albert noch zurückblieb, brachte der Telegraph die Schreckenskunde von einem Attentat auf Franz Joseph. Als der Kaiser am 18. mittags in Begleitung des Flügeladjutanten O'Donnel auf der Löwenbastion in der Nähe des Kärnthnerthors, über die Mauerbrüstung gelehnt, die Uebungen einer Artillerie-Abtheilung im Stadtgraben betrachtete, traf ihn von rückwärts am Hinterkopf der meuchlerische Stoß eines fanatisirten Magyaren, Libényi mit Namen, der das Messer auf ihn richtete. Der Kaiser und sein Adjutant hatten die Geistesgegenwart, ihre Säbel zu ziehen; doch wurde der Mörder sogleich von der herbeieilenden Menge ergriffen, die ihn ohne die Dazwischenkunft der Sicherheitsorgane in Stücke gerissen haben würde. Ohne auf den starken Blutverlust zu achten, ging der Kaiser zu Fuß in den Palast des Erzherzogs Albrecht, wo der erste Verband angelegt wurde.

Prinz Albert eilte nach Wien und durfte schon am 20. einige Augenblicke am Krankenlager seines Vetters verweilen, der noch unter den Folgen einer durch die Gewalt des Stoßes verursachten Gehirnerschütterung zu leiden hatte. Am Arm des Prinzen machte Franz Joseph am 6. März den ersten Spaziergang im Kaisergarten; einige Tage später konnte er mit seinem Freund bereits die Stätte aufsuchen, an welcher die Frevelthat geschehen war. Am 8. März zum Chef des 11. Infanterie-Regiments ernannt, das seinen Hauptwerbebezirk im böhmischen Kreise Neuhaus hatte, war Prinz Albert Zeuge eines Tedeums in der Stephanskirche, bei dem der Kaiser sich zum ersten Male wieder dem großen Publikum zeigte, und verabschiedete sich dann am 17. März. Sein theilnehmender Besuch war dem Kaiserlichen Vetter, wie dieser selbst sagte, ein wahrer Trost in jenen trüben Tagen gewesen.*)

Die Zeit der Vermählungsfeier rückte heran. Am 16. Juni traf Prinzessin Carola mit ihrer Mutter von Bodenbach aus, wohin der Bräutigam entgegengeeilt war, im Hoflager zu Pillnitz ein. Die Großherzogin Stephanie hatte sich aufgemacht, dem Ehrentag ihrer Enkelin beizuwohnen. Die Geschwister des Prinzen Albert waren vollzählig versammelt; auch die Herzogin Elisabeth von Genua und deren Gemahl hatten die weite Reise von Turin nicht gescheut. In der großen Zahl der fürstlichen Gäste sah man den Erbprinz-Regenten Friedrich von Baden, der als Sohn einer Tochter Gustavs IV. von Schweden ein naher Verwandter der Braut war, den Prinzen Ludwig von Bayern und als Vertreter der Ernestinischen Linie den Erbgroßherzog Karl

---

*) Nach den Berichten des Geheimen Raths von Könneritz in Wien. Hauptstaatsarchiv.

Alexander von Sachsen-Weimar mit Gemahlin, den Prinzen Hermann von Sachsen-Weimar, die Herzöge Joseph von Altenburg und Erich Freund von Meiningen mit seinem Sohn Georg. Die Sängerchöre Dresdens brachten von der Elbe her dem jungen Paare am 16. eine Serenade und am 17. ein Morgenständchen. Am 18. setzte sich vormittags vom Palais des Großen Gartens aus unter dem Geläut der Kirchenglocken und Kanonendonner der Festzug in Bewegung, der die Braut in die Residenz geleiten sollte: an der Spitze acht Postillone, die Landleute auf ihren besten Pferden, Offiziere und Beamte jeden Ranges, zwei Schwadronen Garde-Reiter, die dem sechsspännigen Galawagen voranritten und folgten, und, was dem Brautzuge ein besonders volksthümliches Gepräge gab, eine fröhliche Schaar von sechstausend Kindern aus der Schuljugend beiderlei Geschlechts, die sich der Gefolgschaft anschlossen. Unter der Ehrenpforte am Rathhause begrüßte Bürgermeister Pfotenhauer die Prinzessin mit einer Anrede; an der Treppe des Schlosses wurde sie von Prinz Johann und dessen Söhnen empfangen; Prinz Albert führte die Braut dem König und der Königin zu. Bei der Trauungsceremonie war die Prinzessin Sidonie die Führerin der Brautjungfern. Dann folgte bis zum 27. Juni eine lange Reihe festlicher Veranstaltungen, in dem Hoftheater eine Vorstellung der Oper Titus von Mozart, ein Kinderfest im Großen Garten, Hofball, eine Fahrt nach dem Königstein, eine Huldigung der ländlichen Bevölkerung von Pillnitz und Umgegend, — nur ein auf die Unterhaltung der weitesten Volkskreise berechnetes Feuerwerk, das in dem zu diesem Zwecke gemietheten Felsnerschen Etablissement an der Elbe abgebrannt werden sollte, scheiterte zu bitterer Enttäuschung der Dresdener an der Ungunst des Wetters.

Das junge Ehepaar nahm zunächst seine Residenz in der oberen Etage des Gartenpalais in der Langen Gasse. Die Wohnung bestand zwar meist aus ziemlich niedrigen Mansarden= zimmern, sie war weder umfangreich, noch prunkvoll eingerichtet, aber in ihren bescheidenen Verhältnissen von anheimelnder Be= haglichkeit. Die Leitung des Hofstaates übernahm der Major Senfft von Pilsach, dem der Prinz jedoch gestattete, seine militärische Thätigkeit beizubehalten. Die nächsten Wochen und Monate wurden benutzt, um die Prinzessin mit den verschiedenen Theilen des Landes bekannt zu machen; überall wußte sie die Herzen der Bevölkerung zu gewinnen.

Der September brachte Truppenübungen in großem Maß= stabe, denn es handelte sich um eine Bundesinspektion des sächsischen Korps vor österreichischen, bayerischen und hessen=darmstädtischen Kommissaren. Der österreichische Bevollmächtigte war Prinz Alexander von Württemberg. Die oberste Leitung lag in den Händen des Prinzen Johann, während sein ältester Sohn bei den Manövern zwischen Großenhain, Riesa und Lommatzsch zum ersten Male die eine Division befehligte, und sein ehemaliger Begleiter, General von Mangoldt, die zweite Division führte. Prinz Johann bemerkte dazu: „Die Feldmanöver fielen sehr gut aus, und mein Sohn Albert zeigte schon damals das Talent zur Führung." Die Anerkennung des Königs blieb nicht aus: Friedrich August übertrug seinem Neffen am 3. Dezember das Kommando über die gesammte Infanterie des sächsischen Armee= korps. Nach dem Schluß der Uebungen stellte Prinz Albert am 24. Oktober in seiner ehemaligen Garnison Bautzen bei einem von der Stadt gegebenen Fest die Prinzessin vor und wohnte mit derselben am 5. November der Weinlese auf Wachwitz bei:

es war das letzte Winzerfeſt, das der Königliche Grundherr er=
leben ſollte.

Ganz Europa verfolgte damals mit geſpannter Erwartung
die folgenſchweren Ereigniſſe, die ſich im Orient abſpielten. Dem
Prinzen Albert bot ſich mehrere Male die Gelegenheit zu einem
unmittelbaren Einblick in die diplomatiſchen Verwickelungen, die
dem großen Kampf der europäiſchen Mächte theils vorangingen,
theils ihn begleiteten. In die Zeit ſeines Aufenthaltes in Wien
während der Krankheit des Kaiſers fiel die Rückkehr des Grafen
Chriſtian von Leiningen von ſeiner Sendung nach Konſtantinopel,
die dem Vordringen Omer Paſchas in Montenegro Stillſtand
gebot. Der unerwartet raſche Erfolg der öſterreichiſchen Ver=
mittelung gab bekanntlich den Anlaß zu der verhängnißvollen
Miſſion des Fürſten Menſchikow, durch welche Rußland die
urſprüngliche Grundlage des Streites mit der Pforte über die
Beſitzrechte der heiligen Stätten in Jeruſalem verließ und den
Anſpruch auf die Schutzgerechtigkeit über die Griechiſchgläubigen
in den Balkanſtaaten erhob. Als die peremptoriſchen Forderungen
Menſchikows im Mai 1853 bekannt wurden, befand ſich der
Prinz abermals in Wien, um auf Wunſch Franz Joſephs Zeuge
eines Beſuches zu ſein, den der König der Belgier, Leopold, dem
Kaiſerhofe abſtattete. Der Wiener Hof war damals der Mittel=
punkt der europäiſchen Politik, von dem man die friedliche Löſung
des Konfliktes erwartete: auch Friedrich Wilhelm IV. erſchien in
der zweiten Hälfte des Maimonats daſelbſt.

Die Anſicht iſt vielfach ausgeſprochen worden und ſie hat
große Wahrſcheinlichkeit für ſich, daß ohne die feindſelige De=
monſtration Englands und Frankreichs, die am 14. Juni ihre
Flotten nach der Beſikabai entſandten, der Widerſtand der Pforte
bald erlahmt ſein würde. Allerdings hatte Kaiſer Nikolaus für

den Fall der Ablehnung seiner Forderungen mit der Besetzung der Donaufürstenthümer gedroht, und Anfang Juli begannen zwei russische Armeekorps unter Gortschakow den Pruth zu überschreiten, aber die Geringfügigkeit dieser Streitkräfte deutete darauf hin, daß ein Eroberungskrieg nicht im Plane des Kaisers lag. Der Vermittelungsvorschlag der Wiener Konferenzen vom 31. Juli 1853, welcher der Regierung Abdul Medschids eine unzweideutige Erklärung über die rechtliche Gleichstellung ihrer christlichen Unterthanen als Bedingung auferlegte, wurde in Petersburg angenommen, in Konstantinopel zurückgewiesen. Mit der Kriegserklärung der Pforte am 5. Oktober begann der erste Akt des Kampfes, der Feldzug an der Donau. Mit lebhaftem Interesse folgte Prinz Albert den kriegerischen Vorgängen, der Niederlage des russischen Landheeres bei Oltenitza am 2., dem Sieg der russischen Flotte bei Sinope am 30. November. Die Geschwader der Westmächte waren im Oktober in das Schwarze Meer eingelaufen; doch nahm die diplomatische Vermittelung der Wiener Konferenz ihren Fortgang. Im Vertrauen auf das vom Zaren bei einer Entrevue mit Franz Joseph in Olmütz gegebene Versprechen, daß seine Truppen die Donau nicht überschreiten würden, verharrte Oesterreich einstweilen in einer neutralen Haltung und richtete in diesem Sinne am 10. November eine Erklärung an den Bundestag, der auch Preußen beitrat.

In die letzten Tage des Jahres 1853 fiel ein zweimaliger Aufenthalt des österreichischen Kaisers, der bei einem Besuch seiner Braut, der Prinzessin Elisabeth von Bayern, auf der Hin- und Rückreise Dresden berührte, weil eine Eisenbahnverbindung zwischen Wien und München damals noch nicht bestand. Die verhängnißvollen Ereignisse des Jahres 1854 leitet Prinz Johann mit den Worten ein: „In den ersten Monaten desselben war das Leben noch ganz das alte. Am 5. März, meines Bruders Namenstag, wurde noch ein sehr schönes und sinniges Fest gefeiert. Es waren zunächst die schon im Jahre 1841 aufgeführten Tableaux, Tag und Nacht, und die vier Jahreszeiten, nach Rietschelscher Erfindung als Basreliefs. Diesmal figurirten in denselben meine beiden Töchter Sidonie und Anna und meine Schwiegertochter. Es wurde während der Vorstellung ein Gesangstück von Reißiger aufgeführt, zu welchem ich den Text geliefert hatte. Es enthielt alle möglichen Segenswünsche für meinen Bruder mit Hinblick auf die verschiedenen Jahres- und Tageszeiten und mit Anspielungen auf seine Lieblingsvergnügungen. So hieß es insbesondere in Betreff des Winters:

> Aber wenn des Winters Zorn
> Scheucht des Himmels Milde,
> Ruf' ihn froh des Waidmanns Horn
> In das Jagdgefilde.
>
> Wenn dann bei gesell'gem Schein
> Lieb und Lust sich rühren,
> Mög' er froher Tänzer Reih'n
> Manches Jahr noch führen.

Zuletzt wurde noch »die Braut aus der Residenz« von meiner Schwester*) durch Personen aus der Gesellschaft in französischer Uebersetzung aufgeführt, wobei besonders Minister Beust und Frau von Gise, die bayerische Gesandtin, durch gutes Spiel sich auszeichneten. Aber schon machten sich gewissermaßen die Vorahnungen des hereinbrechenden Unglücks fühlbar. In Mitte des Winterhalbjahres traf uns die Nachricht von der Ermordung des jungen Herzogs von Parma, eines nahen Verwandten.**)

---

*) Prinzeß Amalie.

**) Ferdinand III. von Bourbon, geb. 1823, erlag am 27. März 1854 den Folgen eines gegen ihn verübten Attentates.

Mein Bruder war von seiner vorjährigen, etwas anstrengenden Reise angegriffener zurückgekommen als in anderen Jahren.*) Gegen das Frühjahr hin trat die melancholische Stimmung stärker hervor. Insbesondere waren wir Alle bei dem Frühstück am Ostertage — 16. April — betroffen, und namentlich konnte er auch bei einem Scherz, der jährlich an diesem Tage stattfand, dem Eiersuchen durch die Kinder, seine gewöhnliche Heiterkeit nicht wiederfinden. Er zog daher auch sehr bald mit meiner Schwägerin auf den Weinberg. Ich muß bekennen, daß mir oft der traurige Gedanke kam, daß am Ende dieser Zustand ein bleibender werden und ihm die Fortführung der Regierung unmöglich machen würde. Welche schmerzliche und peinliche Pflichten mir das auferlegt hätte, ist leicht zu denken! Es war mir später, als das damit gar nicht im Zusammenhang stehende Unglück eingetreten war, als ob jener Zustand ihm sein Ende bereitet hätte."

Keine Frage der auswärtigen Politik, die in die Zeit seiner Regierung fiel, hat den König August in so hohem Grade geistig und seelisch beschäftigt als die orientalische Verwickelung. Nachdem am 28. März 1854 das Bündniß der Westmächte geschlossen, stand sich halb Europa mit den Waffen gegenüber. Durch das Vorgehen der russischen Armee unter Paskewitsch sah sich Oesterreich in seinen Lebensinteressen bedroht; in dem Kaiser Franz Joseph entstand der Gedanke, seine Truppen in die Donaufürstenthümer einrücken zu lassen, um einer Festsetzung der russischen Macht auf

*: Der König hatte im Sommer 1853 seine Nichte in Turin besucht. Bei einer Jagd auf Steinböcke in dem Jagdrevier des Herzogs von Aglié erlitt er an einer sehr gefährlichen Stelle einen Unfall mit dem Pferde, — es war der 9. August, derselbe Tag, an welchem er ein Jahr später vom Tode ereilt werden sollte.

der Balkanhalbinsel entgegentreten zu können. Oesterreich sah ein, daß es die Freiheit der Aktion nach dieser Richtung hin nur durch ein Einverständniß mit Preußen erlangen könne. Am 20. April kam unter Vermittelung des Feldzeugmeisters Heß in Berlin ein Vertrag zu Stande, in welchem beide Mächte sich für die Gesammtheit ihrer Länderbesitzungen, auch die außerhalb des deutschen Bundesgebietes gelegenen, zu Schutz und Trutz vereinigten. In einem besonderen Artikel verpflichtete sich Preußen zur Unterstützung der kriegerischen Maßregeln seines österreichischen Bundesgenossen, wenn Rußland auf eine gemeinsam nach Peters- burg zu richtende Aufforderung sich weigern sollte, die Fürsten- thümer zu räumen.*)

Beide Mächte gingen dabei von der Voraussetzung aus, daß die übrigen Mitglieder des Bundes sich ihren Abmachungen an- schließen würden. Die deutschen Mittelstaaten aber erklärten sich mit Entschiedenheit gegen eine Politik, die leicht einen offensiven Charakter annehmen konnte. Die darüber von einer Konferenz in Bamberg am 25. Mai erlassenen gleichlautenden Noten an Oesterreich und Preußen, von dem Minister von Beust verfaßt, stellten sich im Wesentlichen auf den Standpunkt der Neutralität, betonten aber außerdem den Anspruch des Bundes, als gleich- berechtigter Faktor neben den Großmächten bei allen Verhand- lungen über die orientalische Frage, namentlich auch bei dem künftigen Friedenskongreß, hinzugezogen zu werden. Es war die Idee der Trias, die, wie sonst in den inneren Verhältnissen Deutschlands, hier auf dem Gebiet der europäischen Politik ihren Einfluß geltend machte, nur daß diesmal die Spitze gegen das einseitige Vorgehen Oesterreichs gerichtet war. Der Hauptsatz,

-----

*) H. von Sybel a. a. O. II, S. 195.

den die Bamberger Koalition verfocht, bestand darin, daß gleichzeitig mit dem an Rußland zu erlassenden Ultimatum die Westmächte zur Einstellung der Feindseligkeiten aufgefordert werden
sollten, was ganz und gar nicht den Absichten Oesterreichs entsprach, denn die Pression, zu der das Berliner Bündniß dienen
sollte, konnte ihre volle Wirkung nur dann entfalten, wenn
England und Frankreich den Krieg mit Nachdruck fortsetzten.

Die Differenzen, die sich hieraus ergaben, führten Anfang
Juni zu einer Zusammenkunft der Monarchen von Oesterreich
und Preußen in dem Schlosse Tetschen. Dem Prinzen Albert
war es vergönnt, Augenzeuge dieses wichtigen politischen Aktes
zu sein, denn der Kaiser, der von seiner Gemahlin begleitet war,
hatte ihn nach Tetschen eingeladen. Da es der Wunsch Franz
Josephs war, auch den König von Sachsen bei sich zu sehen, so
begab sich Friedrich August am 8. Juni zu der Entrevue. Der
Prinz befand sich bereits in der Nähe des Kaisers.

In zwei wesentlichen Momenten theilte der König die Anschauungen, von denen sein preußischer Schwager sich während
des ganzen Verlaufs der orientalischen Krisis leiten ließ. Zunächst entsprach das energische Eintreten Rußlands für die Rechte
der Rajah seiner religiösen Ueberzeugung ebenso sehr, wie der
Friedrich Wilhelms IV. Ein Bündniß christlicher Mächte zur
Erhaltung der Türkei erschien ihm nach seinen eigenen Worten
als etwas Unnatürliches und Widriges. Er hielt die Beschränkung
der Souveränetätsrechte des Padischah gegenüber seinen anders-
gläubigen Unterthanen für eine unabwendbare Pflicht, der sich
auch die Bundesgenossen des Divan nicht entschlagen konnten.
Die christlichen Mächte, meinte er, müßten zur Festsetzung eines
Interventionsrechtes in den inneren Angelegenheiten des osma-
nischen Reiches gelangen, das den Herrscherbefugnissen des

Sultans weit engere Grenzen ziehen würde, als dies jemals von Seiten Rußlands geschehen sei. Der König ging darin so weit, daß er das Einschreiten der Westmächte gegen die nationale Bewegung in Griechenland, die von Athen aus hervorgerufenen Aufstände in Epirus und Thessalien, denen eine Wiederbelebung des philhellenischen Gedankens zu Grunde lag, als einen unberechtigten Akt der Willkür betrachtete: denn niemals dürften die christlichen Mächte zur Unterdrückung der Selbständigkeit Griechenlands die Hand bieten.

Ein zweites Moment der Uebereinstimmung mit Friedrich Wilhelm IV. ergab sich aus dem Verhältniß des Wiener Kabinets zu Rußland und den Westmächten. Mit Besorgniß verfolgte man in Dresden den Gang der österreichischen Politik, der eine Annäherung an die französisch-englische Allianz zur Folge haben mußte. Ohne die Interessen zu verkennen, die für Oesterreich bei der Gestaltung der Machtverhältnisse an der Donau auf dem Spiele standen, erblickte Friedrich August die ungleich größere Gefahr in der vorherrschenden Stellung, die Frankreich durch geschickte Benutzung der orientalischen Wirren erlangt hatte. Der König zollte dem Genie Napoleons III. alle Achtung, aber er sah in dem Ursprung des Kaiserreiches die fortwirkenden Kräfte der Revolution und betrachtete umsomehr die Aufrechterhaltung des alten Bündnisses zwischen Rußland, Oesterreich und Preußen als das einzige Mittel, um Europa vor weiteren Erschütterungen zu bewahren.

Wie Prinz Johann erwähnt, überreichte Friedrich August in Tetschen dem Kaiser ein ausführliches Memoire, in welchem er seine Ansichten vortrug.*) Franz Joseph konnte seinen Un-

____

*) Eigenhändige Aufzeichnungen des Königs in den Akten des Königlichen Hausministeriums.

muth über das Programm der Mittelstaaten nicht verhehlen; ebensowenig hielt er damit zurück, daß er auf der Räumung der Donaufürstenthümer bestehen werde. Beruhigender lauteten die Aeußerungen Friedrich Wilhelms IV., der dem König die Versicherung gab, seinen ganzen Einfluß zur Verhütung eines Bruches der Ostmächte aufbieten zu wollen. Auf der Rückkehr von Tetschen wurde in Pillnitz die Instruktion für den Obersten von Manteuffel entworfen, der die Annahme der österreichischen Forderungen bei Kaiser Nikolaus befürworten sollte.*) Friedrich August erlebte es noch, daß die Russen nach dem vergeblichen Angriff auf Silistria den Rückmarsch über den Pruth begannen, aber die schwierige Verkettung der europäischen Politik warf einen tiefen Schatten auf die letzte Zeit seines Wirkens.

Ein düsteres Verhängniß waltete im Sommer 1854 über dem Albertinischen Hause und seinen nächsten Anverwandten. Am 15. Juli traf die Nachricht von einer ernsten Erkrankung der Prinzessin Wasa ein, die sich in Karthaus, einer erzherzoglichen Villa bei Brünn, aufhielt. Die betrübende Kunde wurde der Tochter, die soeben eine Kur in Elster begonnen hatte, zunächst nicht mitgetheilt; Prinz Albert dagegen eilte an das Krankenlager seiner Schwiegermutter, an dem sich auch die Schwestern der Prinzessin Wasa, Fürstin Josephine von Hohenzollern und Marie, Herzogin von Hamilton, diese mit ihrem Gemahl, einfanden.**) Da die Gewißheit des tödlichen Ausganges vorlag, mußte die Prinzessin Carola herbeigerufen werden. Schon auf der Reise nach Brünn begriffen, erhielt sie in Leipzig

---

*) L. von Gerlach, Denkwürdigkeiten II, S. 163.
**) Vgl. den Bericht des Freiherrn Franz von Andlaw, der als Gesandter in Wien den Badenschen Hof bei den Bestattungsfeierlichkeiten vertrat. Tagebuch Andlaws II, S. 219.

am 19. Juli die Trauerbotschaft von dem Dahinscheiden ihrer Mutter. Während die Prinzessin, von tiefem Schmerz ergriffen, die Fortsetzung des Aufenthaltes in Elster einstweilen vertagte und nach Dresden zurückkehrte, erwies ihr Gemahl der Prinzessin Wasa, die in der hohenzollernschen Familiengruft in Sigmaringen beigesetzt wurde, die letzten Ehren.

„In dieser Zeit", erzählt Prinz Johann, „fühlte mein Bruder immer deutlicher das Bedürfniß, seine Gesundheit durch eine abermalige Gebirgsreise herzustellen. Es war, als ob das Schicksal ihn riefe." Der König fuhr am 30. Juli mit seinem Neffen Georg über Bautzen zu einer Jagd bei dem Kammer=herrn von Rabenau auf Königswartha, kehrte am 31. Juli nach Dresden zurück und trat am 1. August, nachmittags 6 Uhr, mit der Königin die Reise über Leipzig nach München an, um die Ausstellung zu besichtigen und dann über Possenhofen sein Lieb=lingsland, Tirol, aufzusuchen. Auf der Fähre bei Pillnitz gab Prinz Johann ihm das Geleite: hier sahen die beiden Brüder sich zum letzten Male. Man ahnte nicht, daß es ein Abschied für das Leben sei, und doch war die Seele des Prinzen Johann von sorgenvollen Vorahnungen erfüllt.

Nach der Abreise Friedrich Augusts hatten die Eltern des Prinzen Albert Aufenthalt in Weesenstein genommen; der Prinz selbst war mit seiner Gemahlin nach Elster zurückgekehrt. In den großen Weltverhältnissen war nach der Beendigung des Donaufeldzuges, dem freilich der Kampf in der Krim folgte, ein augenblicklicher Stillstand eingetreten. „Wir gedachten noch recht ruhige Tage zu verleben", schreibt Prinz Johann.

Da brachte der Telegraph aus Wien in der Nacht zum 10. August um ½1 Uhr die erschütternde Botschaft von dem jähen Tode des Königs. Auf der Fahrt von Imst nach dem

Pitzthal, einem der wenigen Gebirgspfade Tirols, die sein Fuß noch nicht betreten hatte, war Friedrich August in der Nähe des Weilers Brennbichl am 9. August, vormittags gegen 10 Uhr, bei einem Umsturz des Wagens durch den Hufschlag des Pferdes am Hinterhaupt getroffen worden. Mit Unterstützung des begleitenden Flügeladjutanten, Major von Zezschwitz, trugen herbeieilende Landleute den König, der nicht mehr zum Bewußtsein zurückkehrte, auf ein Graslager. Das Erscheinen ärztlicher Hülfe aus Imst konnte keine Rettung mehr gewähren: schon in der elften Stunde verschied der König, nachdem er durch den Dorfpfarrer Stephan Krismer mit den Sterbesakramenten versehen worden war. In rührender Weise gaben die Bergbewohner ihre Theilnahme zu erkennen: ein alter Tiroler wies auf den urewigen Zusammenhang der Natur und des Menschenschicksals hin, indem er den tiefsinnigen Ausspruch that, wen die Leidenschaft fürs Tirol erfasse, der komme zuletzt darin um.*)

Vor Tagesanbruch des 10. August erschien Minister von Falkenstein als Ueberbringer der Trauerkunde im Weesensteiner Schlosse. Anfangs von erschütterndem Schmerz ergriffen, sammelte König Johann alsbald seine Gedanken in einem stillen Gebet. Der Morgen fand ihn bereits bei der Ausübung seiner Regentenpflichten: um 6 Uhr traf er in Dresden ein und nahm bald darauf im Gartenpalais die Eidesleistung der Minister entgegen. Eine Kommission, bestehend aus dem Oberstallmeister General von Engel, dem Kammerherrn Grafen Vitzthum von Eckstädt und dem Leibarzt Geheimen Medizinalrath Dr. Carus, wurde nach Tirol entsandt, um die Vorkehrungen für die Ueberführung der sterblichen Hülle Friedrich Augusts zu leiten. Auf der Durchreise

---

*) C. G. Carus, Lebenserinnerungen, IV., S. 113.

durch Leipzig trafen diese Herren mit dem Kronprinzen Albert zusammen, der dort eine militärische Inspektion abgehalten hatte und aus ihrem Munde die Einzelheiten über das Lebensende seines Oheims erfuhr. Am 11. August früh erfolgte die Rück= kehr des Kronprinzen nach Dresden, am 13. die Ankunft der Königin-Wittwe Marie, die die Nachricht von dem Dahinscheiden ihres Gemahls in Possenhofen erhalten hatte und, von dem Prinzen Georg in Leipzig empfangen, mit der sie begleitenden Herzogin Helene von Bayern*) sich in die Einsamkeit des Wein= berges über Wachwitz zurückzog. Wenn ihr irgend etwas zum Troste gereichen konnte, war es die durch die Sektion festgestellte Thatsache, daß der plötzliche Tod den König vor einem schweren Gehirnleiden bewahrt hatte, dessen Symptome unverkennbar vorlagen.**)

Am 13. August mittags 1 Uhr setzte sich von dem unschein= baren Gasthause in Brennbichl aus, wo die Leiche des Königs aufgebahrt war, der Trauerzug in Bewegung, unter dem Ge= leite der treuen Tiroler, die, mit Flinten und Stutzen be= waffnet, von Ort zu Ort sich anschlossen, durch die mondhelle Nacht über den Fernpaß, auf weiter Gebirgsfahrt bis zur Station Biessenhofen, dann mit der Eisenbahn über Augsburg und Hof nach Dresden. Die abendliche Dunkelheit war bereits hereingebrochen, als der Kondukt den Leipziger Bahnhof erreichte. Auf dem freien Platze vor demselben hatten die Truppen sich in Reih und Glied aufgestellt: ein ernstes düsteres Schauspiel, von

---

*) Der damals 20jährigen Tochter des Herzogs Max, älteren Schwester der Kaiserin Elisabeth, 1858 vermählt mit dem Erbprinzen Maximilian von Thurn und Taxis, dem in Dresden erzogenen Jugendfreunde des Prinzen Albert.

**) So lautet das Urtheil des Innsbrucker Professors der Anatomie Dantscher bei Carus, a. a. O. IV, S. 110.

dem Zwielicht der Fackeln beleuchtet. Unmittelbar hinter dem Trauerwagen eröffnete König Johann, umgeben von seinen Söhnen, die unübersehbaren Reihen der Leidtragenden auf dem Wege über die Elbbrücke zur katholischen Kirche. Nachdem am folgenden Tage viele Tausende von Männern und Frauen aus allen Ständen an dem Katafalk vorübergegangen waren, um einen letzten Blick auf das Antlitz des entseelten Landesfürsten zu werfen, fand am Abend des 16. August die Beisetzung statt, in Gegenwart des Prinzen Albrecht von Preußen, in Vertretung seines Bruders, Friedrich Wilhelms IV., des Herzogs Ernst II. von Koburg, des Prinzen August von Koburg-Koháry und des Prinzen Volrad von Walbeck.

In dem von ihm erlassenen Aufruf: „An meine Sachsen" hat König Johann den Regententugenden seines Bruders, der Gerechtigkeit und Milde, der Umsicht und Festigkeit, der treuen Liebe zu seinem Volke, ein ehrenvolles Andenken gewidmet.*) Der Grundzug in dem Charakter Friedrich Augusts entsprang aus einem unerschütterlichen Pflichtgefühl, das den Inbegriff seiner sittlichen und religiösen Anschauungen bildete. Bis in die Höhe des Mannesalters war er unablässig bemüht, seine wissenschaftliche Ausbildung, die bei der Ungunst der Zeitverhältnisse manche Unterbrechung erfahren hatte, zu vervollkommnen und zu vertiefen. Seine zahlreichen eigenhändigen Aufzeichnungen tragen den Stempel mühevoller Gelehrtenarbeit. Er begnügte sich nicht damit, Inhalt und Plan der Darstellung zu beherrschen, sondern seine Selbstzucht erstreckte sich auch auf die peinlichste Sorgfalt in dem Ausdruck der Gedanken. Bei seinem frühen Eintritt in die Regierungsgeschäfte hatte er das Glück gehabt, sich in hohem Maße

------

*) P. von Falkenstein a. a. O. S. 214.

die Sympathien des Volkes zu erwerben, und er ſelbſt bezeugt, daß es der innerſte Wunſch ſeines Herzens geweſen ſei, die Liebe ſeiner Unterthanen unauflöslich an ſeine Perſon zu feſſeln. Vom Tage ſeiner Thronbeſteigung an bis zum Jahre 1849 pflegte er in jedem Monat zweimal öffentlichen Empfang abzuhalten, bei welchem Jedermann, ohne Unterſchied des Ranges oder Berufes, ihm ſeine Anliegen vortragen durfte. Es iſt vorgekommen, daß an ein und demſelben Tage 70 und mehr Bittſteller ſich dem König nahten. Den Formen des konſtitutionellen Staates mag eine ſolche Einrichtung nicht ganz entſprechen, aber die patriarcha= liſche Auffaſſung des Herrſcherberufes, die ſich darin wieder= ſpiegelt, gehört zu den edelſten Eigenſchaften deutſcher Fürſtenart. Eine ſo durchaus auf eigene Geiſtesarbeit geſtellte Perſönlichkeit wie die Friedrich Auguſts mußte das Bedürfniß in ſich fühlen, in unmittelbarer Berührung mit allen Kreiſen der Bevölkerung freien Blickes die Intereſſen ſeines arbeitſamen Landes zu über= ſchauen. Wie ſchmerzlich es den König berühren mußte, als trotz dieſer Hingebung an ſeinen Herrſcherberuf die Abſichten der Krone verkannt wurden, läßt ſich leicht ermeſſen. Friedrich Auguſt hat die Erinnerungen des Jahres 1849 niemals über= wunden: die bittere Enttäuſchung, die ihm dadurch bereitet wurde, verleiht ſeinem Leben einen tragiſchen Zug.

Obwohl von Natur eher wortkarg als mittheilſam, liebte der König doch eine ungezwungene Geſelligkeit in der Familie und im Verkehr mit Gelehrten und Künſtlern, deren Beſtrebungen er mit fürſtlicher Freigebigkeit unterſtützte. Seiner hervorragen= den Kenntniß auf den verſchiedenſten Gebieten der Naturwiſſen= ſchaft wurde ſchon gedacht. Eine Sammlung von Kupferſtichen, die er anlegte und deren Vervollſtändigung zu ſeinen Lieblings= beſchäftigungen gehörte, bildet noch heute eine ergiebige Quelle für das Studium dieses Zweiges der bildlichen Darstellung. Die Dresdener Gemäldegalerie verdankt ihm den Kunstpalast, der den Neid mancher Metropole Europas erweckt, und wenn auch der König die Einweihung desselben nicht mehr erlebte, so war doch die Besichtigung des fast vollendeten Baues, wenige Stunden vor seiner Abreise am 1. August 1854, der letzte Akt seiner Regierungsthätigkeit.

In einer letztwilligen Verfügung, die Friedrich August am 4. April, unter den Mahnungen seiner schwankenden Gesundheit niederschrieb, dankt er für die ihm erwiesene Anhänglichkeit all' seinen Verwandten, namentlich auch seinen Neffen. Das Verhältniß zwischen dem König und dem Prinzen Albert hatte sich im Laufe der Zeit immer fester gestaltet: zahlreiche Jagdausflüge, die sie in den letzten Jahren fast regelmäßig gemeinsam unternahmen, gaben Gelegenheit zu einem vertraulichen Austausch der Gedanken. In der Erinnerung an diese Stunden vermachte der König dem jugendlichen Begleiter seine sämmtlichen Gewehre. Als einige Jahre nach dem Tode des Königs die Abfassung einer Lebensgeschichte desselben nach den Akten der Archive in Erwägung gezogen wurde, schenkte Prinz Albert dem Unternehmen seine fördernde Theilnahme. Bei der Reichhaltigkeit des vorhandenen urkundlichen Stoffes würde dieses Werk, das nicht zur Ausführung gelangte, sicherlich geeignet gewesen sein, ein ehrenvolles Andenken Friedrich Augusts der Nachwelt zu überliefern.

Um dem Kaiser Franz Joseph die Thronbesteigung seines Vaters anzukündigen, begab sich der Kronprinz am 19. August nach Ischl, während Prinz Georg, der mit dem Tode seines Oheims in die Besitzrechte der Sekundogenitur des Albertinischen Hauses eintrat, mit derselben Mission am preußischen Hofe betraut wurde. Am Tage nach der Beisetzung Friedrich Augusts,

bei der ersten Vereinigung des Gesammtministeriums, die unter
seinem Vorsitz stattfand, hatte König Johann den Räthen der
Krone von dem Entschluß Kenntniß gegeben, den Kronprinzen
fortan an allen Berathungen dieser obersten Behörde der Monarchie
theilnehmen zu lassen. Die Vorsteher der einzelnen Ressorts
wurden angewiesen, dem künftigen Thronfolger von allen An=
gelegenheiten, die zur Entscheidung gelangten, unter Beifügung
der Akten Mittheilung zu machen; auch der diplomatische Schrift=
wechsel mit den Gesandtschaften sollte ihm vorgelegt werden.
So sehr war es der Wunsch des Königs, seinem ältesten Sohne
einen vollkommenen Einblick in den Gang der Staatsgeschäfte
zu gewähren. Der Kronprinz wohnte infolgedessen am 10. Sep=
tember zum ersten Male einer Sitzung des Ministeriums bei.
Es war für ihn ein wichtiger Abschnitt seines Lebens, in den er
eintrat: neue Aufgaben, neue Verantwortlichkeiten standen ihm
bevor.